KB097345

SHER LOCK

The Hound of the Baskervilles

"이건 지독한 사건이야, 왓슨.
지독하고 위험한 사건.
알면 알수록 맘에 안 들어.
그래, 웃을지 모르겠지만,
진심으로 네가 베이커 스트리트로
무사히 돌아오기만 한다면
좋겠단 심정이야."

SHER LOCK

2 셜록

The Hound of the Baskervilles
바스커빌의 사냥개

아서 코넌 도일 지음
김나현 옮김

열림원

Contents

일러두기

1. 열림원 「셜록」 시리즈는 영국 BBC 채널에서 방영된 드라마 《셜록》(이하 BBC 《셜록》)의 시즌1~4(2010년 7월~2017년 1월 방영) 에피소드를 제작하며 드라마 제작진이 참고한 작품을, 각 시즌별로 모아 번역한 것입니다. (각 시즌의 주요 장면을 맨 앞에 배치하고, 관련이 있는 단편들을 함께 수록했습니다.)

2. 『The New Annotated Sherlock Holmes』(2005, 2006, W. W. Norton & Company)의 원문 텍스트를 번역 대본으로 삼고, The complete Sherlock Holmes Canon(https://sherlock-holm.es/) 텍스트 또한 참조해 번역했습니다.

3. 인명, 지명 등의 발음 표기는 외래어표기법을 따랐으나 '홈스Holmes'는 독자들에게 친숙한 '홈즈'로 표기했습니다.

4. 이 책에 나오는 모든 주석은 옮긴이의 주입니다. 아서 코넌 도일의 원작 「셜록 홈즈」 시리즈와 BBC 《셜록》을 비교한 주석은 본문 아래에 표기했고, 그 밖에 단어 설명과 같은 간단한 주석은 대부분 본문 안에 표기했습니다.

5. 본문에서는 원작에서의 호칭을 따라 홈즈/왓슨으로, BBC 《셜록》 관련 주석에서는 드라마에서의 호칭을 따라 셜록/존으로 표기했습니다.

6. 간행된 책, 단행본, 잡지는 겹낫표(「 」)로, 그 하위 항목이나 단편, 신문, 시리즈 등은 홑낫표(「 」)로 묶어 표시했으며, TV 드라마는 쌍꺾쇠(《 》)로, 그 하위 항목이나 음악 곡은 홑꺾쇠(〈 〉)로 묶어 표시했습니다.

The Hound of the Baskervilles

바스커빌의 사냥개

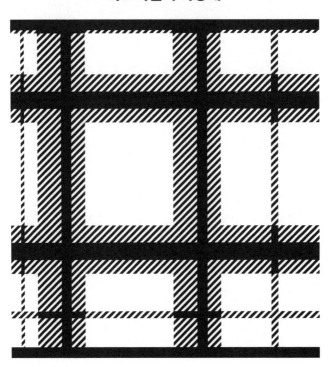

1장
미스터 셜록 홈즈

셜록 홈즈는 밤을 새운 날이 아니라면 원래 굉장히 늦게 일어나는데, 오늘은 어쩐 일로 아침상 앞에 앉아 있었다. 난 난로 앞 카펫 위에 서서 어젯밤에 찾아온 손님이 두고 간 지팡이를 집어 들었다. 질 좋고 굵직한 이 나무 지팡이는 페낭 로이어라고 불리는, 머리 부분이 둥근 지팡이였다. 머리 아랫부분에 3센티미터 폭의 은테가 둘려 있었고 "M.R.C.S.Member of the Royal College of Surgeons. 왕립외과의사협회원 제임스 모티머에게, 1884년 C.C.H. 벗들이"라는 글귀가 새겨져 있었다. 옛날 가정 주치의들이 들고 다닐 법한 위엄 있으면서도 단단하고 안정감 있는 지팡이였다.

"흠, 왓슨, 뭐 좀 눈치챈 거 있어?"

홈즈는 나에게 등 돌린 자세로 앉아 있었기 때문에 내가 뭘 하고 있는지 몰랐을 텐데도 이렇게 물어왔다.

"내가 뭘 하는지 어떻게 알았어? 뒤통수에 눈이 달린 것도 아니고 말이야."

"뒤통수에 눈은 없지만 반짝반짝 닦아놓은 은 주전자는 내 앞에 있지. 그나저나 왓슨, 말해봐. 우리의 손님이 두고 간 지팡이에서 뭔가 알아냈어? 손님에게 직접 용건을 들을 수 있었다면 좋았겠지만. 이제 우연히 남겨진 이 기념품이 중요해졌어. 자, 이 지팡이로부터 이 사람이 어떤 사람인지 재구성해보자고."

"좋아, 내 생각엔…… 모티머 박사는 꽤 나이 든 성공한 의사야. 이런 감사의 표시를 받은 걸 보면 상당히 존경받는 의사지."

난 할 수 있는 한 내 친구의 수법을 따라 하며 말했다.

"좋아. 제법인데!"

"그리고 아마 엄청 걸어서 왕진을 다니는 시골 주치의였을 것 같아."

"그건 왜?"

"지팡이를 봐. 원래는 근사한 지팡이였을 텐데 많이 긁혀 있잖아. 도시에서 일한다고 보기는 어렵지. 지팡이 끝의 두꺼운 쇠 부분이 닳았잖아. 엄청나게 걸어 다녔다는 증거야."

"완벽해 보여!"

"그리고 또 'C.C.H. 벗들이'라고 새겨져 있는데, 아마도 H로 보아 무슨 사냥(Hunt) 클럽인 것 같아. 지역 사냥 모임 일원에게 무슨 치료를 해줬을 거야. 그래서 이런 답례품을 받은 거고."

"왓슨, 오늘 진짜 대단해!"

홈즈는 의자를 다시 밀어 넣고 담배에 불을 붙이면서 말을 이었다.

"이 말은 꼭 해야겠어. 너는 내가 내놓는 작은 성과들은 한없이 추켜세우면서 스스로의 능력은 습관적으로 과소평가하더라. 넌 스스로 빛나는 사람은 아닐지 모르지만 빛의 안내자이긴 해. 어떤 사람들은 천재성이 없더라도 천재성을 자극하는 놀라운 힘을 갖고 있거든.♦ 솔직히 말해서, 왓슨, 내가 빚진 게 많아."

홈즈가 이렇게까지 말한 적은 없었기 때문에 그의 말 한 마디 한 마디가 굉장히 기뻤다. 그간 홈즈는 내 칭찬에도 별 반응이 없었고, 그의 수사 기법을 널리 알리려는 내 시도에도 항상 무관심해 마음이 상했던 참이었다. 게다가 난 홈즈의 방식을 익히고 적용해 그의 인정을 받았다는 것만으로도 스스로가 자랑스러웠다. 홈즈는 지팡이를 건네받고는 몇 분간 관찰했다. 그러고는 흥미롭다는 표정으로 담배를 내려놓고는 지팡이를 창 쪽으로 들고 가더니 돋보기에 비춰 다시 살피기 시작했다.

"흠, 재미있는데? 기본은 했군. 이 지팡이엔 분명한 한두 가

♦ 홈즈가 왓슨에게 "빛의 안내자"라고 칭찬하는 부분은 BBC 드라마 《셜록》 시즌2 두 번째 에피소드 〈바스커빌의 개(The Hounds of Baskerville)〉에서도 재미있게 변주된다. 한밤중 황야를 수색하던 존은 언덕 위에서 깜박이는 불빛을 발견하고 모스부호로 '움크라(umqra)'라고 해석한다. 셜록은 움크라가 한 단어가 아니라 약어(U.M.Q.R.A.)는 아닐까 추측해보는데, 바로 그때 이번 사건의 핵심인 '하운드(hound)' 역시 약어(H.O.U.N.D.)일 수 있다는 가설을 세우게 된다. 그리고 그 순간 존에게 "천재성을 자극하는 빛의 안내자"라고 말한다.

지 단서가 있어. 거기에서부터 출발해서 추리해보자고."

홈즈는 그가 가장 좋아하는 긴 안락의자 끝에 앉으며 말했다.

"내가 놓친 거라도 있어? 간과한 건 없을 것 같은데?"

난 자못 젠체하며 물었다.

"미안하지만 왓슨, 아까의 그 추론은 대체로 틀렸어. 솔직히 말하자면 아까 네가 날 자극한다고 했던 건, 내가 때때로 그런 실수들을 통해 진실에 접근하게 된다는 얘기였어. 이번 경우엔 다 틀린 건 아니지만. 우리의 손님은 시골 의사가 분명해."

"그럼 내 말이 맞잖아."

"거기까지는 맞지."

"그게 전부잖아."

"아니지, 아니지, 왓슨. 그건 절대 아냐. 예를 들어 의사한테 이런 선물을 하는 단체는 사냥 클럽보다는 병원일 가능성이 크다고 생각해. 그렇다면 병원(Hospital) 앞에 붙은 이니셜 C.C.는 채링크로스(Charing Cross)를 가리킨다고 보는 게 자연스럽지."

"그럴 것도 같군."

"이쪽에 가능성이 있다고 봐. 이 가설에서부터 시작한다면 우리는 이 의문의 방문객에 대해 새롭게 구성해볼 수 있어."

"음, C.C.H.가 채링크로스 병원이라고 했을 때 우리가 뭘 더 알 수 있는 거지?"

"떠오르는 거 없어? 내 방법 알잖아. 한번 해봐!"

"내가 보기엔 이 남자가 시골로 가기 전에 도시에서 활동했다는 것 말고는 확실한 게 없는데."

"거기서 좀 더 나아가볼 수도 있지. 자, 이런 식으로. 지팡이를 선물로 받을 때는 어떤 때겠어? 동료들이 마음을 모아 이런 선물을 하는 때는 언제일까? 분명 모티머 박사가 개업하기 위해 근무하던 병원을 그만둘 때, 바로 그때 선물을 줬을 거야. 모티머 박사는 도시 병원에서 시골로 이직을 했으니, 바로 이 변화의 시기에 선물을 받았다고 생각해볼 수 있지 않겠어?"

"확실히 그랬을 것도 같네."

"자, 이제 그는 병원의 정식 의사가 아니었을 거라는 추론이 가능해. 런던에 확고한 위치가 있는 사람들만이 그 자리를 잡을 수 있었을 텐데, 모티머가 그런 사람이었다면 시골로 떠밀려 갈 필요도 없었겠지. 그렇다면 모티머 박사는 뭐였을까? 만약 병원에 근무했다 하더라도 정식 의사는 아니었을 거고, 기껏해야 졸업한 지 얼마 안 된 연수 중인 의사였을 거야. 그리고 지팡이에 새겨진 대로 그는 5년 전에 채링크로스 병원을 떠났어. 그러니 왓슨, 이제 중년의 가정 주치의 같은 건 허공으로 사라졌고 서른도 안 된 한 젊은이를 그려볼 수 있지. 친절하면서 야망 없고 어딘가 얼빠진 사람이야. 그리고 개를 키웠던 것 같은데, 대강 그려보자면 테리어보다 크고 마스티프보다는 작은 개였던 것 같아."

홈즈는 안락의자에 몸을 기댄 채 천장을 향해 도넛 모양의 담배 연기를 내뿜었다. 난 믿을 수가 없어 그저 웃기만 했다.

"네가 말한 마지막 부분에 대해서는 확인할 방법이 없지만, 최소한 이 사람의 나이나 직업을 확인하는 일은 어렵지 않지."

난 의학 서적을 모아놓은 책장에서 의사 명부를 꺼내 들춰 보았다. 모티머 씨가 몇 사람 있었지만 우리 손님인 것 같은 사람은 딱 한 명이었다. 난 그 부분을 큰 소리로 읽었다.

제임스 모티머, 왕립외과의사협회원, 1882년 출생, 데번주 다트무어 그림펜 거주. 1882년~1884년 채링크로스 병원에서 외과 연수. 논문 「병은 유전되는가?」로 비교병리학 부문 잭슨상 수상. 스웨덴 병리학회 통신회원. 「격세유전의 변종들」(『랜싯』, 1882년), 「우리는 진보하는가?」(『심리학회지』, 1883년 3월) 저술. 그림펜, 소슬리, 하이배로 교구 보건소장 역임.

"그것 봐, 왓슨. 사냥에 대한 얘기는 없지. 하지만 네 통찰력대로 시골 의사가 맞아. 내 추론도 검증됐고 말이야. 내가 아까 모티머 박사에 대해 친절하고 야망 없고 어딘가 얼빠진 것 같다는 표현을 사용했지? 이런 감사 선물을 받는 건 친절한 사람이라는 뜻이고, 런던에서의 경력을 포기하고 시골로 간다는 건 야망이 없다는 뜻이며, 이 방에서 한 시간 넘게 기다리고는 명함이 아닌 지팡이를 두고 갔다는 건 어딘가 얼빠졌다는 뜻이기 때문이야."

홈즈는 짓궂은 웃음을 띠며 말했다.

"그럼 개는?"

"이 개는 주인 뒤에서 지팡이를 물고 다니는 습관이 있어. 무거운 지팡이의 가운데 부분을 꽉 물고 다닌 거지. 여기 이빨 자국이 선명하게 보이잖아. 자국의 간격을 보건대 테리어보다는 넓고 마스티프보다는 좁은 턱을 가진 개인 것 같아. 그렇다면, 그래 맞아, 털이 곱슬곱슬한 스패니얼♦이야."

자리에서 일어나 방 안을 서성이며 말하던 홈즈는 어느새 창문 앞에 멈춰 서 있었다. 나는 너무 자신만만한 어조에 깜짝 놀라 홈즈를 힐끗 쳐다보았다.

"어떻게 그렇게 확신하는 거야?"

"간단해. 그 개가 지금 우리 집 계단을 올라오는 걸 보고 있거든. 주인이 초인종을 울리고 있고. 아, 그냥 여기 있어줄래, 왓슨? 모티머 박사도 의사니까 통하는 것도 있을 테고, 네가 있는

♦ BBC 《셜록》 〈바스커빌의 개〉에서는 셜록이 옆 테이블에 앉은 부인이 어떤 사람인지 추리하는 과정에서 치맛자락에 붙은 털을 보고 스패니얼을 키운다고 말하는 장면이 나온다. 하지만 더 정확하게는 드라마 속 스테이플턴 박사의 딸이 키우던 애완토끼 '블루벨'이 이 스패니얼의 변주로 보인다. 처음 '블루벨'은 드라마 초반에 지나가듯 언급만 되는데, 결국 셜록 일행은 바스커빌 연구소에서 '블루벨'을 보게 되고 사건과 관련이 있음을 알게 된다. 이 작은 애완토끼는, 마치 모티머 박사의 스패니얼처럼 우리를 런던에서부터 데번셔로 안내한다.

게 나한테도 도움이 돼. 자, 왓슨, 좋은 일일지 나쁜 일일지 알 수는 없지만 네 삶 속으로 들어오는 저 발소리를 들어봐. 이제 운명의 순간이 오는 거야. 과학자인 제임스 모티머 박사가 범죄 전문가인 셜록 홈즈를 왜 찾아온 걸까? 들어오세요!"

전형적인 시골 의사를 상상했던 나는 손님의 겉모습을 보고 깜짝 놀랐다. 굉장히 키가 크고 마른 남자였는데 날카로운 잿빛 눈동자 사이로 매부리코가 툭 튀어나와 있었고, 약간 몰린 두 눈은 금테 안경 뒤에서 반짝이고 있었다. 옷차림은 의사다웠지만 좀 지저분해 보였는데, 때 묻은 프록코트와 해진 바지 때문이었다. 아직 젊은데도 등이 이미 굽었고 목을 앞으로 빼고 걸었다. 선해 보이는 인상이었다. 손님은 홈즈의 손에 들린 지팡이를 보고는 기쁨의 탄성을 지르며 달려왔다.

"다행이네요. 이걸 선적 사무실에 두고 왔나 여기 두고 왔나 헷갈렸거든요. 무슨 일이 있어도 잃어버리면 안 되는 거라서요."

"선물받으신 것 같네요."

홈즈가 말했다.

"그렇습니다."

"채링크로스 병원에서요?"

"결혼할 때 친구 한둘로부터 받은 겁니다."

"이런, 이런. 안 좋네요."

홈즈가 고개를 저으며 말했다.

모티머 박사는 약간 놀라 안경 너머로 눈을 깜박이며 물었다.

"뭐라고요?"

"우리의 추론이 흐트러져서요. 결혼하면서 받으셨다고요?"

"네. 결혼하면서 병원을 떠나게 됐고 개업의가 되려던 꿈도 접었지요. 가정을 꾸리려면 어쩔 수 없었습니다."

"흠, 결국 우리가 많이 틀린 건 아니었군요. 자, 그럼 제임스 모티머 박사님⋯⋯."

"아녜요, 그냥 편하게 불러주세요. 전 왕립외과의사협회의 일개 회원일 뿐입니다."

"정말 정확하신 분이군요."

"홈즈 씨, 전 그냥 과학 애호가 정도예요. 위대한 미지의 바다 끝 모래사장에서 조개껍데기를 줍는 수준입니다. 셜록 홈즈 씨 맞으시죠? 아니라면 이쪽이⋯⋯."

"맞아요. 제가 홈즈고, 이쪽은 제 친구 왓슨 박사입니다."

"뵙게 되어 영광입니다. 박사님 친구분을 통해 성함을 들은 적이 있습니다. 홈즈 씨도 흥미로운 분이시군요. 안와眼窩가 발달된 이런 장두長頭의 골상구조를 갖고 계실 줄은 몰랐습니다. 두정골 사이를 제가 좀 만져볼 수 있을까요? 선생님의 두개골 모형은 어떤 인류학 박물관에 놔둬도 손색이 없을 겁니다. 과장하는 게 아니라 정말 탐나는 두개골이네요."

홈즈가 우리의 낯선 손님에게 의자에 앉으시라 손짓했다.

"자기만의 생각에 열정적으로 빠지는 타입이시군요. 저도 그렇습니다. 검지를 보니 담배를 피우시는 분 같은데, 어서 피우세요."♦

모티머 박사는 종이와 담뱃잎을 꺼내더니 놀라운 솜씨로 담배를 말았다. 그의 긴 손가락은 마치 곤충의 더듬이처럼 쉼 없이 떨며 날렵하게 움직였다.

홈즈는 조용히 있었지만 이 의문의 방문객을 재빨리 살피며 흥미로운 점을 찾아낸 것 같았다.

"선생님, 단지 제 두개골 모양을 살피기 위해 어제오늘 방문하신 것은 아닐 테지요?"

마침내 홈즈가 운을 뗐다.

"어이쿠, 아닙니다. 물론 홈즈 씨 두상을 관찰하게 된 것도 기쁘지만요. 홈즈 씨, 제가 찾아온 이유는 저 혼자는 해결할 수 없는 아주 심각하고 이상한 문제가 생겨서입니다. 홈즈 씨는 유럽에서 둘째가는 전문가시니까요."

"그런가요? 첫 손가락에 꼽히는 전문가는 대체 누군지 여쭤봐도 될까요?"

홈즈가 다소 거칠게 물었다.

♦ 담배를 권하는 이 대사는 방문객을 편안하게 해주려고 으레 하는 인사말이지만, BBC 《셜록》〈바스커빌의 개〉에서는 위트 있게 작동한다. 몰입할 만한 사건이 없어 지루해하던 셜록은 애써 끊었던 담배 생각이 간절하던 차에, 의뢰인 헨리 나이트가 찾아오자 어서 담배를 태우라 권한 뒤 헨리가 내뿜는 담배 연기를 신경질적으로 들이마신다.

"엄밀한 과학 정신을 지닌 베르티용_{지문법이 발명되기 전, 신체 측정을 통해} 범죄자를 식별하는 분류법을 제안했던 범죄감식 전문 경찰 선생님이지요."

"그렇다면 그분께 상담을 받지 그러셨습니까?"

"그분은 말씀드린 대로 엄밀한 과학도라서요. 실질적인 면에선 홈즈 씨 명성이 단연 높지요. 경솔하게 말하려던 게 아닌데……"

"그 정돈 괜찮습니다. 모티머 박사님, 제 생각엔 이렇게 돌아갈 게 아니라 제 도움이 필요한 문제의 본질을 바로 말씀해주시는 게 어떨까 싶은데요."

홈즈가 말했다.

2장
바스커빌가의 저주

"문서 하나를 가져왔어요."

제임스 모티머 박사가 말했다.

"들어오실 때부터 그걸 봤습니다."

"오래된 문서예요."

"위조된 게 아니라면 18세기 초 문서네요."

"어떻게 아셨습니까?"

"주머니에서 삐져나와 있기에 말씀하시는 동안 관찰을 좀 했지요. 10년 정도 오차 범위 안에서 감정할 수 없다면 전문가라고 할 수 있나요? 이 주제로 쓴 논문도 있습니다. 1730년대 문서군요."

"정확히는 1742년입니다. 찰스 바스커빌 경께서 제게 맡기신 가족 문서예요. 그분은 3개월 전쯤에 갑자기 비극적인 죽음을 맞이해 데번셔가 난리 났었죠. 전 개인적으로 그분의 친구이자 주치의였고요. 강인했던 바스커빌 경은 기민하면서 현실적인 분이셨어요. 저처럼 상상력은 좀 부족한 편이었는데, 이 문서만큼은 심각하게 받아들이셨습니다. 끝내 덮쳐 올 이런 결말을 이미 예상하고 있었어요."

모티머 박사는 안주머니에서 그 문서를 꺼내 들었다.

홈즈는 손을 뻗어 그 문서를 집어 들고 무릎 위에 펼쳤다.

"이것 좀 봐, 왓슨. 긴 s와 짧은 s를 번갈아 썼어. 덕분에 이 문서의 연대를 짐작해볼 수 있지."

나는 홈즈의 어깨 너머로 그 노란 문서의 바랜 글씨를 훑어봤다. 맨 위에 "바스커빌 저택"이라고 적혀 있었고 아래에는 휘갈긴 글씨로 "1742"라고 쓰여 있었다.

"무슨 진술서처럼 보이네요."

"바스커빌 집안에 전해 내려오는 어떤 전설을 담고 있는 문서입니다."

"저한테 의뢰하시려는 문제는 그보다는 더 최근에 일어난 실질적인 문제일 것 같은데요?"

"아주 최근의 일이죠. 아주 실질적인 문제이고요. 게다가 24시간 안에 결정해야만 하는 시급한 문제이기도 합니다. 하지만 이 짧은 문서가 그 일에 관계되어 있어요. 허락하신다면 읽어드리겠습니다."

홈즈는 알았다는 듯이 의자에 깊숙이 기대며 양 손가락 끝을 맞댄 채 눈을 감았다. 모티머 박사는 그 문서를 등불 아래로 가져가더니 높고 갈라진 음성으로 이 의문의 옛날이야기를 읽기 시작했다.♦

바스커빌가 사냥개의 기원에 관한 이야기는 무수하다. 내 아버지께서는 할아버지께 들은 이 이야기를 휴고 바스커빌의 직계 후손인 나에게도 들려주셨다. 나는 이것이 실제 일어난 사건이었다고 확실히 믿기 때문에 그대로 적어나가겠다. 자손들아, 정의는 죄를 벌하는 동시에 관대하게 용서하기도 한다는 것을 믿기 바란다. 아무리 질긴 연이라도 기도와 참회로 끊어낼 수 있다는 것도 믿기 바란다. 과거의 결과를 두려워하는 대신에, 비뚤어진 열정이 우리 가문을 다시 파멸로 떨어뜨리지 않도록 신중히 대비하는 자세를 배워라.

청교도 혁명기(이 시기 역사에 대해서는 클래런던 경이 쓴 글을 일독하라.)에 바스커빌 영지를 다스렸던 이가 휴고 바스커빌이라는 것은 알 것이다. 그가 신을 믿지 않는 거칠고 사악한 사람이었다는 것은 부정할 수 없다. 이웃들이야 그가 성인군자가 아니라 해도 이해하고 넘어갔지만, 그의 무자비함과 잔인함은 서부 지역 일대에 악명 높았다. 휴고 바스커빌은 근처 자작농의 딸을 사랑(사실 이렇게 어두운 열정을

♦ 바스커빌 전설을 설명해주는 이 문서가, BBC 《셜록》에서는 바스커빌 사냥개에 대해 의문을 제기하는 TV 다큐멘터리 비디오로 대체된다.

사랑이라는 빛나는 단어로 말해도 좋을지는 모르겠다.)하게 되었다. 하지만 평판 좋던 이 신중한 아가씨는 이미 악명이 자자했던 휴고 바스커빌을 피하려 했다. 결국 성 미카엘 축일에, 휴고는 게으르고 못된 친구 대여섯 명을 데리고 그녀의 아버지와 오빠들이 집을 비운 틈을 타 농장에 잠입해 아가씨를 납치했다. 그 아가씨를 바스커빌 저택 위층에 가두고서 휴고와 친구들은 매일 밤 그랬듯 술판을 벌였다. 위층에 갇힌 이 불쌍한 아가씨는 아래층에서 사람들이 노래하고 고함치며 험악한 욕설을 지껄이는 틈을 타 이곳을 빠져나가고자 했다. 휴고 바스커빌이 술 취했을 때 입에 담는 말들은 어디에 옮기기도 힘들 정도로 고약했다고 한다. 겁에 질린 아가씨는 용감하고 과감한 남자들도 감히 시도하지 못할 일을 벌였다. 남쪽 외벽을 덮고 있던 담쟁이덩굴(아직도 덮여 있다.)을 타고 처마 밑으로 내려와 황야를 가로질러 집으로 달아난 것이다. 바스커빌 저택에서 농장까지는 14킬로미터 정도 떨어져 있었다.

잠시 후 휴고는 친구들을 아래층에 둔 채 아가씨에게 줄 먹거리와 음료, 혹은 더 나쁜 것들도 함께 들고 2층으로 올라왔다. 이미 새는 날아가 버린 텅 빈 새장 꼴이었으니, 그다음 일은 안 봐도 훤할 테지. 그는 악마처럼 변해서 식당으로 달려 내려와서는 커다란 식탁 위로 뛰어올랐다. 병이니 쟁반들을 집어 던지면서 그 아가씨를 잡아 올 수 있다면 악마에게 육신도 영혼도 모두 바치겠노라고 친구들을 향해 고함쳤다. 거나하게 마시던 친구들은 분노한 휴고의 모습에 경악했다. 그중 좀 더 사악한, 아니 좀 더 취한 한 친구는 사냥개를 풀어 그녀를 쫓자고 외쳤다. 그러자 휴고는 밖으로 뛰어나가서는 마부들에게 안장을 올리고 사냥개를 풀어놓으라고 고함쳤다. 사냥개들에게 아가씨의 손수건 냄새를 맡게 한 뒤 사냥개들을 줄지어 출발시켰고, 달빛 비친 황야는 사냥개 짖는 소리로 가득 찼다.

이 술 취한 패거리는 자신들이 성급하게 벌인 일이 무엇인지도 모른 채 멍하니 서 있다가, 이윽고 황야에서 무슨 사태가 벌어질지 깨닫고는 난리법석이 났다. 누군가는 총을 찾고, 누군가는 말을 찾고, 또 몇몇은 술병을 찾았다. 한참 후에서야 모두 정신을 차리고 열세 명 전원이 말을 타고 추적을 시작했다. 환한 달빛 아래 나란히 줄지어 말을 몰며 아가씨가 지나갔을 수밖에 없는 길을 따라 달렸다.

2, 3킬로미터쯤 갔을 때 황야에서 양치기를 만나 도망가는 아가씨를 못 봤느냐고 고함쳐 물었다. 전하는 말에 따르면 양치기는 잔뜩 겁에 질려 있었고, 떨리는 목소리로 사냥개들에 쫓기는 불쌍한 처녀를 보았다고 간신히 답했다고 한다. 그리고 "사실은 그보다 더한 것도 봤어요. 검은 말을 탄 휴고 바스커빌 뒤로 세상에나, 지옥에서 온 것 같은 사냥개가 따라가고 있었어요."라고 덧붙였다.

술 취한 일당은 양치기에게 욕설을 퍼붓고 계속해서 달렸다. 그러나 이내 그들은 얼음처럼 굳었다. 휴고의 검은 말이 황야를 가로지르며 달려오고 있었기 때문이다. 말은 흰 거품을 문 채 일당을 지나쳐 갔는데, 말의 고삐는 축 늘어져 있었고 안장은 비어 있었다. 이들은 겁에 질려 서로 바짝 붙었다. 혼자였다면 말 머리를 돌렸겠지만 함께였기에 어쩔 수 없이 계속해서 황야를 달렸다. 이런 식으로 천천히 말을 몰다가 드디어 풀어놨던 사냥개들을 만났다. 혈통 좋고 용맹스럽기로 유명한 사냥개들이 계곡 입구에 모여 깽깽대고 있었다. 그중 몇 마리는 슬금슬금 뒷걸음질을 쳤고, 일부는 털을 곤두세운 채 좁은 계곡을 내려다보고 있었다.

처음에 비해 술기운이 많이 가신 일당은 말을 세웠다. 누구도 앞장서고 싶은 사람은 없었으나 그나마 용감한, 아니 어쩌면 개중에 가장 술이 덜 깬 셋이 계곡 아래로 말을 몰았다. 곧 넓은 공터가 나타났고 이름 모를 고대인들이 세워놓은 커다란 바위 두 개가 보였다. 그 바위는 지금도 그곳에 가면 볼 수 있다. 달은 밝게 빛났고 공터 가운데에 바로 그 불쌍한 아가씨가 공포와 피로에 지쳐 숨을 거둔 채 쓰러져 있었다. 하지만 호기롭게 나선 이 세 명의 머리털을 쭈뼛 서게 만든 것은 아가씨의 시신도, 그 옆에 누워 있는 휴고 바스커빌의 시신도 아니었다. 그것은 휴고 옆에 서서 그의 목을 물어뜯고 있는 거대하고 시꺼먼 괴물, 사냥개처럼 보이지만 누구도 본 적 없을 만큼 커다란 짐승이었다. 그 짐승이 휴고 바스커빌의 목덜미를 물어뜯다가 턱 밑으로 피를 흘리며 불타는 눈동자를 이쪽으로 돌리는 순간, 이들 셋은 공포의 비명을 지르며 말을 몰았다. 황야를 달리는 내내 비명이 계속 울려 퍼졌다. 전해오는 말에 따르면 이 중 한 명은 그날의 광경 때문에 숨을 거두었고, 나머지 둘은 평생을 폐인으로 살다

갔다고 한다.

자손들아, 이것이 바로 그 후로 우리 가문을 그토록 괴롭힌 사냥개에 대한 이야기다. 너희가 사냥개에 대해 소문으로 짐작하는 것보다 확실히 아는 편이 공포를 더는 길이라고 생각하기 때문에 이렇게 기록으로 남긴다. 우리 가문의 많은 사람들이 갑작스럽게 피를 흘리며 의문의 불행한 죽음을 맞이했음은 부정할 수 없지 않느냐. 성서의 약속대로 죄 없는 후손들까지 벌을 받지는 않을 것이며, 우리는 영원한 신의 섭리 아래 설 수 있을 것이다. 자손들아, 신의 섭리에 따라 이르노니, 악의 기운이 솟아나는 어둠이 깔리거든 황야에 나가지 마라.

〔이 문서는 후손 휴고 바스커빌이 그의 두 아들 로저와 존에게 전한 것으로, 여동생 엘리자베스에게는 비밀로 할 것을 당부한다.〕

다 읽고 난 모티머 박사는 안경을 위로 올리고 맞은편에 앉은 셜록 홈즈를 쳐다보았다. 홈즈는 하품을 하며 담배꽁초를 난롯불에 던져 넣었다.

"그래서요?"

홈즈가 말했다.

"흥미롭지 않으십니까?"

"옛날이야기를 수집하는 사람에게야 흥미롭겠지요."

모티머 박사는 주머니에서 접어두었던 신문 기사를 꺼냈다.

"그렇다면 홈즈 씨, 최근 일을 하나 말씀드리죠. 올 6월 14일자 「데번 크로니클」 기사입니다. 얼마 전에 벌어진 찰스 바스커빌 경의 죽음을 설명한 기사입니다."

홈즈는 몸을 앞으로 살짝 기울이며 집중했다. 우리의 방문객은 다시 안경을 내려 쓰고 읽어나갔다.

중부 구역 자유당 차기 후보로 거론되던 찰스 바스커빌 경이 최근 갑작스러운 죽음을 맞이하면서 데번주 전체가 술렁이고 있다. 찰스 경은 바스커빌 저택에서 생활한 지 오래되지는 않았지만 온화하고 관대한 성품 덕분에 주변의 존경을 받아왔다. 졸부가 넘쳐나는 이 시대에 무너진 가문을 재건하고자 스스로 일군 재산을 가지고 돌아왔다는 것은 놀라운 일이었다. 알려졌다시피 찰스 경은 남아프리카 투자로 큰 재산을 모았다. 끝을 모르고 욕심내는 사람들과 달리 찰스 경은 현명하게도 자신이 얻은 것에 만족하며 영국으로 돌아왔다. 그가 바스커빌 저택으로 들어온 것은 불과 2년 전 일이지만, 불의의 죽음으로 중단되기 전까지 그가 했던 저택 재건 및 개발 계획이 얼마나 원대한 것이었는지는 널리 알려진 사실이다. 찰스 경은 자손이 없었기 때문에 사후에 재산을 사회 곳곳에 환원하겠노라 공언했었는데, 그 때문에 많은 사람들이 그의 때아닌 죽음에 더욱 비통해하고 있다. 찰스 경이 지역사회의 자선단체에 후하게 기부한 일은 본지에서도 자주 다룬 바 있다.

찰스 경의 죽음을 둘러싼 정황들이 모두 명확히 밝혀졌다고 말할 수는 없지만, 적어도 이 지역 미신에 관한 소문들을 잠재울 만큼은 조사되었다. 찰스 경의 죽음은 누군가에 의한 살인이라고 볼 증거는 없으며 자연사인 것으로 판명되었다. 찰스 경은 부인과 사별 후 혼자 살고 있었고 엉뚱한 면모가 있는 사람이었다. 상당한 부를 축적했음에도 불구하고 단출한 생활 방식을 갖고 있어서 저택 내 일꾼이라곤 배리모어 부부뿐이었다. 배리모어 씨는 집사 일을 보았고 아내는 가정부로 일했다. 몇몇 친구들의 증언에 따르면 찰스 경의 건강 상태는 악화되고 있었고, 특히 심장 질환이 있어 혈색이 바뀌거나 숨을 헐떡이거나 갑작스러운 우울증 증세를 보였다고 한다. 찰스 경의 친구이자 주치의였던 모티머 박사의 소견도 마찬가지였다.

사건은 간단하다. 찰스 바스커빌 경은 매일 밤 잠자리에 들기 전 저택 내의 유명한 주목나무 길을 산책하곤 했다. 배리모어 부부의 증언에 의하면 이 산책은 찰스 경의 습관이었다고 한다. 6월 4일 찰스 경은 다음 날 런던으로 출발할 것이니 배리모어 부부에게 짐을 싸두라고 했고, 밤이 되자 언제나처럼 산책을 나갔다. 그는 산책하면서 시가를 태우는 습관이 있었다. 그런데 그렇게 나가서는 돌아오지 않았다. 자정이 되자 배리모어는 저택의 문이 열려 있는 것을 보고 놀라 등불을 밝히고 주인을 찾아 나섰다. 비로 땅이 축축하게 젖어 있었기에 주목나무 길을 향해 난 찰스 경의 발자국을 쉽게 찾을 수 있었다. 그리고 그 발자국의 끝에 찰스 경의 시신이 놓여 있었다. 배리모어의 증언 가운데 해명되지 않은 한 가지는, 찰스 경의 발자국이 황야 쪽 출입문을 지나면서부터 바뀌어 뒤꿈치를 들고 까치발로 걸어간 듯 보였다는 것이다. 사건 당시 그리 멀지 않은 곳에 말을 파는 집시가 있었는데, 술을 많이 마신 상태여서 울부짖는 소리를 듣기는 했으나 어느 방향에서 난 소리인지는 모르겠다고 진술했다. 찰스 경의 시신에 폭행의 흔적은 없었고, 의사의 증언에 따르면 믿기 어려울 정도로 얼굴이 일그러져 있었다고 한다. 오죽하면 찰스 경의 친구이자 주치의인 모티머 박사도 시신을 한눈에 못 알아봤을 정도였다. 이는 대개 호흡곤란과 심장마비로 사망한 경우 나타나는 증상이다. 부검을 통해서도 이렇게 드러났고, 오랫동안 기질성 질환을 앓았다는 사실도 밝혀졌다. 검시 배심은 의학적 증거에 따라 평결을 내렸다. 이렇게 종결된 것은 한편으론 다행스러운 일이다. 이제 중요한 것은 찰스 경의 후계자가 바스커빌 저택에 정착해 불행하게 좌절된 사업들을 이어나가는 일이기 때문이다. 검시관의 냉철한 조사가 항간에 떠돌던 허무맹랑한 이야기에 종지부를 찍지 않았더라면 바스커빌 저택의 새 주인을 찾는 일은 어려웠을지 모른다. 아직 생존해 있다면 찰스 경의 남동생의 아들인 헨리 바스커빌 씨가 가장 가까운 친척이라고 알려져 있다. 들리는 말에 따르면 그는 미국에 거주 중이며 상속 절차를 위한 준비를 진행하고 있다고 한다.

모티머 박사는 신문을 접어 다시 주머니에 넣었다.

"홈즈 씨, 이것이 찰스 바스커빌 경의 죽음과 관련해 공식적으로 발표된 사실입니다."

"감사드리지 않을 수 없군요. 이렇게 흥미로운 사건을 알려 주시다니. 재미있는 부분이 있군요. 당시에 저도 신문 기사들을 읽었던 기억이 납니다만, 당시에는 바티칸 카메오 사건♦에 매달리느라 정신이 없었지요. 교황님께 성의를 다하려다 국내의 흥미로운 사건들을 좀 놓쳤달까요. 그러니까 공식적 사실은 이게 전부라는 말씀이시죠?"

"그렇습니다."

"그럼 이제 비공식적 이야기를 들어볼 차례군요."

홈즈는 뒤로 기대앉아 손가락을 맞대고는 냉철하고 날카로운 표정을 지었다.

모티머 박사는 다소 격앙된 어조로 운을 뗐다.

"그러기 위해서는…… 누구에게도 털어놓지 못한 이야기를 해야겠군요. 명색이 과학도인데 미신을 퍼뜨리는 사람처럼 보일까 봐 검시관에게는 말 못 했던 이야깁니다. 기사에서도 언급했듯이 흉흉한 소문이 더해진다면 바스커빌 저택에 아무도 들

♦ 코넌 도일이 끝내 작품으로 쓰지 않았기 때문에 이것이 정확히 어떤 사건인지는 알 수 없다. '바티칸 카메오스'는 2차 세계대전 당시 적이 무장했음을 알리는 암호로 쓰였는데, BBC 《셜록》에서는 이 점을 살려 '바티칸 카메오스'를 중요한 대사로 등장시킨다. 시즌2 첫 번째 에피소드 〈벨그라비아 스캔들(A Scandal in Belgravia)〉에서 셜록은 아이린의 금고를 열며 "바티칸 카메오스"라고 소리친다. 군인 출신 존은 이 말을 알아듣고 몸을 숙여 위험을 피한다.

어오지 않을 것 같았어요. 그래서 말을 아꼈습니다. 털어놔 봤자 좋을 게 없으니까요. 하지만 선생님께는 털어놔야 할 것 같습니다.

황야에는 집이 드문드문 있어서 근처에 사는 이웃들끼리만 자주 왕래합니다. 그래서 전 찰스 바스커빌 경과 자주 만났죠. 래프터 저택에 사는 프랭클랜드 씨나 박물학자인 스테이플턴 씨를 빼면 근방에 교육을 받은 사람도 없고요. 찰스 경은 내성적인 분이셨습니다만 저와는 진료를 하면서 자주 보게 되었고, 저희 둘 다 과학에 관심이 많아 친분을 쌓게 되었어요. 찰스 경은 남아프리카에 있을 때 여러 과학 정보를 수집해 오셨습니다. 우리는 그런 이야기로 멋진 시간을 보내곤 했지요. 부시먼족과 호텐토트족의 해부학적 차이 등을 토론하면서 말입니다.

찰스 경은 최근 몇 달간 점점 신경을 날카롭게 곤두세우곤 했어요. 아까 제가 읽어드렸던 그 전설에 신경을 많이 썼지요. 그래서 항상 다니는 길로만 산책을 다녔을 뿐 밤이 되면 황야로는 나가려 하지 않았습니다. 믿기 힘든 얘기처럼 들리시겠지만, 홈즈 씨, 찰스 경은 자신의 가문에 드리운 끔찍한 운명을 정말로 믿고 있었습니다. 선조들로부터 내려온 이야기였으니 여지없이 사실이라 믿었던 거죠. 무시무시한 존재에 대한 생각에 내내 시달렸고, 저보고도 밤에 왕진을 다닐 때 이상한 동물을 보거나 사냥개가 으르렁대는 소리를 들은 적은 없느냐고 몇 차례나 물었습니다. 사냥개를 봤느냐는 질문을 여러 번 했는데 그때마다 흥분으로 목소리가 떨렸죠.

사건이 일어나기 3주 전쯤 바스커빌 저택에 방문했던 기억이 생생합니다. 마침 찰스 경이 저택 입구에 나와 계셨어요. 마차에서 내려 그 앞에 섰는데, 찰스 경은 극도로 두려움에 찬 눈빛으로 제 어깨 너머 어딘가를 뚫어지게 쳐다보고 있었습니다. 저도 얼른 고개를 돌려봤는데 뭔가 커다랗고 시꺼면 송아지 같은 것이 길 끝을 휙 지나가는 걸 언뜻 봤어요. 찰스 경이 굉장히 놀라고 흥분한 상태여서, 저는 그 동물이 지나간 곳을 둘러보러 가볼 수밖에 없었습니다. 하지만 이미 사라진 뒤였어요. 이 일로 찰스 경은 굉장한 심적 충격을 받은 것처럼 보였습니다. 저녁 내내 제가 함께 있었는데, 바로 그때 아까 그 문서를 제게 맡기며 공포에 질렸던 이유를 털어놓더군요. 이날 저녁 이야기를 들려드리는 이유는 이후에 일어날 비극에 있어서 굉장히 중요한 장면인 것 같아서입니다. 그렇지만 당시에는 사소하게 느껴졌고 찰스 경이 그렇게 흥분하는 것도 이해가 안 갔었죠.

런던행을 권한 건 저였습니다. 이미 심장에 무리가 왔다는 걸 알았고 계속 그렇게 불안하게 지내는 건 건강에도 안 좋은 영향을 줄 것이라 판단했기 때문이죠. 터무니없는 이유로 생긴 불안감이라 하더라도요. 몇 달간 시내에 나가 지내면 다시 안정을 찾을 것이라고 생각했습니다. 친구였던 스테이플턴 씨도 찰스 경의 건강 상태를 걱정하던 터라 저와 같은 의견이었습니다. 그러다 결국 마지막 순간에 그런 최악의 비극이 일어난 겁니다.

찰스 경이 숨을 거둔 날 밤, 시신을 발견했던 배리모어 집사가 마부 퍼킨스를 저희 집에 보냈습니다. 저도 마침 깨어 있던 터라 사건이 발생한 지 한 시간도 지나지 않아 바스커빌 저택에 도착했습니다. 조사서에 나와 있는 대로 저는 모든 사항들을 검사하고 확인했어요. 주목나무 길에 난 찰스 경의 발자국을 따라 내려가 보았는데, 찰스 경은 황야로 나가는 문 앞에서 누군가를 기다린 것처럼 보였습니다. 그 지점부터 발자국 모양이 달라진 걸 알 수 있었거든요. 부드러운 자갈길의 흙 위에는 배리모어 집사의 발자국 말고는 다른 발자국은 없었습니다. 그리고 마지막으로 찰스 경의 시신을 주의 깊게 살펴보았어요. 제가 도착하기 전까지 시신에 손을 댄 사람은 없었습니다. 찰스 경은 얼굴을 바닥에 대고 쓰러져 있었고, 팔을 벌리고 손가락으로 땅을 움켜쥐고 있었어요. 그리고 뭔가 강렬한 감정에 사로잡혔었는지 이목구비가 뒤틀려 있었는데, 찰스 경이 맞는지 알아보기 힘들 정도였지요. 외상은 전혀 없었습니다. 하지만 배리모어의 진술 중에 하나 잘못된 점이 있어요. 시신 주변에 아무런 흔적도 없었다고 말한 대목 말입니다. 배리모어 집사가 미처 발견하지 못했던 거죠. 저는 봤습니다. 약간 떨어진 곳이었지만 막 생긴 명확한 자국이었어요."

"발자국이었나요?"

"발자국이었어요."

"남자였나요, 여자였나요?"

모티머 박사는 우리를 잠시 묘하게 바라보더니 속삭이듯 기어들어 가는 목소리로 대답했다.

"홈즈 씨, 그건 커다란 사냥개 발자국이었어요!"♦

♦ 이 극적인 대사는 그동안 많은 독자들을 열광시켰지만, 여러 주석가들은 발자국만으로 개의 종류를 맞히는 것은 거의 불가능하다고 말한다. BBC 《셜록》〈바스커빌의 개〉에서 셜록은 헨리가 의뢰한 사건에 전혀 흥미를 느끼지 못하다가 "그건 커다란 사냥개 발자국이었어요."라는 말을 듣고 바로 사건 자문을 수락한다. 평소에 잘 사용하지 않는 단어인 '사냥개(hound)'라는 말을 특정해서 썼다는 데에 어떤 정신분석학적 비밀이 있다고 직감했기 때문이다.

3장

문제

사실 난 이 말을 듣는 순간 부르르 떨렸다. 모티머 박사도 말하면서 전율에 휩싸인 듯했다. 홈즈도 흥분하며 의자에 기댔던 몸을 일으켰다. 강렬한 호기심에 사로잡혔을 때마다 그러듯이 무겁고 진지한 눈빛을 빛내고 있었다.

"그걸 보셨단 말이죠?"

"지금 제 눈앞에 있는 두 분을 보듯이 확실히 보았습니다."

"그런데 왜 함구한 거죠?"

"말해봤자 무슨 소용이 있었겠어요."

"그런데 어떻게 다른 목격자가 없을 수 있죠?"

"그 자국은 시신으로부터 18미터 정도 떨어져 있었어요. 그러니 아무도 신경을 못 쓴 거죠. 저도 그 전설을 몰랐다면 그냥 지나쳤을 겁니다."

"황야에는 양치기 개가 많잖아요?"

"물론이죠. 하지만 그런 발자국이 아니었어요."

"더 컸단 말씀입니까?"

"정말 거대했어요."

"하지만 그 발자국이 시신 쪽으로 나 있었던 건 아니었다는 거죠?"

"네."

"그날 밤은 어땠나요?"

"축축하고 으슬으슬한 날이었어요."

"비가 온 건 아니고요?"

"네."

"산책로는 어떻게 생겼나요?"

"양옆에 3.5미터 정도의 오래된 주목이 빽빽하게 늘어서 있는 길이에요. 그 사이로 폭 2.5미터 정도의 산책로가 나 있어요."♦

"울타리와 산책로 사이엔 별다른 건 없고요?"

"양쪽으로 폭이 2미터 가까이 되는 풀밭이 있어요."

"그리고 주목 울타리 한쪽이 뚫려서 문과 연결되어 있다는 거죠?"

♦ 높게 뻗은 주목은 사건이 일어나는 데 압도적인 가림막 역할을 한다. BBC 《셜록》 〈바스커빌의 개〉에서 셜록과 존이 바스커빌 군사기지에 들어갈 때 여러 단계의 보안검문을 거쳐야만 했던 것은 높이 솟은 주목 울타리의 현대적 변주다. 드라마에서 군사기지를 둘러싼 단단한 철망을 여러 차례 클로즈업하고 있는 것 역시 같은 효과를 자아낸다.

"네, 황야 쪽으로 쪽문이 나 있습니다."

"다른 문은 없고요?"

"없어요."

"그러니까 주목나무 길에 가려면 저택에서부터 걸어 내려오든가 이 문으로 들어오는 방법밖에 없겠네요?"

"좀 더 가면 길 끝에 여름 별장과 통하는 문도 있어요."

"찰스 경이 거기까지 갔나요?"

"아뇨, 그 문은 시신에서 50미터 가까이나 떨어져 있는걸요."

"그렇다면 모티머 박사님, 이제 중요한 걸 여쭤봐야겠군요. 그 발자국은 산책로에 찍혀 있었나요, 풀밭에 찍혀 있었나요?"

"풀밭에는 발자국이 없었습니다."

"황야의 문 방향으로 찍혀 있었던 건가요?"

"네, 황야의 문 쪽 산책로 가장자리에 찍혀 있었어요."

"정말 흥미로운 이야기네요. 하나 더 여쭙죠. 황야의 문은 닫혀 있었나요?"

"자물쇠로 잠긴 채 닫혀 있었습니다."

"높이가 어느 정도 되죠?"

"아마 1.2미터 정도일 겁니다."

"누구든 뛰어넘을 수 있는 높이네요."

"그렇죠."

"그 문 옆에 다른 자국은 없던가요?"

"특별한 건 없었어요."

"세상에! 아무도 확인을 안 했나요?"

"아녜요, 제가 직접 둘러봤습니다."

"그런데 아무것도 없었단 말씀이시죠?"

"뭔가 이상하긴 했어요. 찰스 경이 5분에서 10분 정도 거기에 계셨던 건 분명한 것 같은데 말이죠."

"어떻게 아시죠?"

"시가를 태운 재가 두 곳에 떨어져 있었거든요."

"대단하시네요! 왓슨, 이분은 우리랑 완전히 통하는 분이셔. 그러면 자국은요?"

"자갈 흙 부분에 찰스 경의 발자국이 잔뜩 찍혀 있었어요. 다른 사람의 발자국은 못 봤습니다."

셜록 홈즈는 안달 난 사람처럼 무릎을 탁 치며 말했다.

"내가 거기 있었어야 했는데! 확실히 뭔가 특별한 사건이네요. 과학도에게 엄청난 기회를 주는 사건이고요. 그 자갈 흙 자국을 제가 확인했어야 하는데, 지금은 비에 뭉개지고 구경 나온 농부들 발자국에 다 지워졌겠지요. 박사님, 아, 모티머 박사님, 그날 절 부르지 그랬습니까! 그건 박사님 책임이라고밖에는 말 못 하겠군요."

"홈즈 씨, 이런 사실들을 폭로하지 않고는 모셔 올 수 없는 노릇이었어요. 함구할 수밖에 없었던 이유는 이미 말씀드리지 않

있습니까. 게다가, 게다가……."

"망설이지 말고 말씀해보세요."

"날카롭고 경험 많은 전문 탐정이라 하더라도 도울 수 없는 어떤 영역이 있으니까요."

"초자연적인 현상 같은 걸 말씀하시는 건가요?"

"꼭 찍어 그렇게 말씀드리는 건 아니고요."

"그렇지만 실은 그렇게 생각하고 계시군요?"

"홈즈 씨, 그날의 비극이 있은 뒤, 자연의 질서에 부합한다고 보기 어려운 여러 일들이 제 귀에 들려오고 있어요."

"예를 들자면요?"

"그 사건이 있기 전에 황야에서 바스커빌 악마처럼 보이는 짐승을 봤다는 사람이 많아요. 우리가 알고 있는 어떤 짐승과도 다른 모습이었다고 해요. 목격자들이 입을 모아 말하기로는 어마어마하게 크고 빛을 발하며 무시무시한 유령 같은 모습이었답니다. 그 짐승을 본 사람들을 한 명 한 명 만나봤어요. 한 명은 고지식한 시골 사람이었고, 또 한 사람은 말의 편자를 만드는 사람, 그리고 다른 한 명은 황야에서 농사짓는 사람이었는데, 이들 모두가 입을 모아 전설 속의 사냥개와 정확히 일치하는 무서운 괴물 이야기를 들려주는 겁니다. 확실히 말씀드리는데, 이 지역은 완전히 공포에 사로잡혀 있어요. 밤에 아무도 황야를 지나려 하지 않는다고요."

"그렇다면 선생님 의견은 어떻습니까? 과학도이신 모티머 박사님도 이 일이 초자연적인 것이라고 믿으십니까?"

"뭘 믿어야 할지 모르겠습니다."

홈즈는 어깨를 으쓱해 보였다.

"전 지금껏 이 세계의 여러 사건들을 조사해왔는데 그건 소박하게 말해서 악에 맞서 싸운 거라 할 수 있겠죠. 하지만 악마 자체를 떠맡는 일은 아마도 너무 과한 일이 아닐까 싶군요. 어쨌든 박사님께서도 그 발자국이 실제로 찍혀 있는 물리적인 실체라는 것은 인정할 수밖에 없겠지요."

"전설 속 사냥개도 휴고의 목을 물어뜯은 만큼 실제로 있었던 물리적인 동물이었습니다. 그것도 그렇지만 그 짐승은 악마적인 존재였어요."

"이미 초자연주의 쪽으로 넘어가신 것 같군요. 하지만 모티머 박사님, 한번 말씀해보세요. 그렇게 생각하신다면 저한테 사건을 의뢰하시는 이유가 뭡니까? 찰스 경의 죽음에 대해 조사하는 건 소용없는 일이라고 말씀하시면서 동시에 저한테 이걸 조사해달라고 하시는 거 아닙니까?"

"이 사건을 조사해달라는 말씀을 드리려는 게 아닙니다."

"그럼 제가 뭘 도와드려야 하죠?"

"제가 헨리 바스커빌 경과 뭘 어떻게 하는 게 좋을지 조언을 좀 부탁드립니다. 헨리 경은 워털루 역에 정확히 한 시간 15분 뒤에 도착합니다."

모티머 박사는 시계를 보며 말했다.

"그분이 바스커빌 상속인이군요?"

"네. 찰스 경이 돌아가시고 이 젊은 신사분을 수소문했는데 알아보니 캐나다에서 영농을 하고 계시더라고요. 전해 들은 말로는 모든 면에서 뛰어난 분이라고 합니다. 이건 의사로서가 아니라 찰스 경의 신탁 관리자이자 유언 집행자로서 드리는 말씀입니다."

"다른 상속자는 없나요?"

"네, 없습니다. 저희가 찾은 다른 친척은 세 형제 중 막내인 로저 바스커빌밖에 없었어요. 일찍 명을 달리한 둘째 동생이 바로 헨리 경의 부친이고요. 셋째인 로저는 집안의 골칫덩어리였어요. 바스커빌가의 거만한 기질을 물려받아서, 들리는 말로는 전설 속의 휴고 바스커빌과 비슷한 이미지였다고 합니다. 영국에서 살기에는 이런저런 문제가 많아서 중앙아메리카로 건너갔는데, 1876년에 황열병으로 세상을 뜨고 말았어요. 그래서 헨리 경이 바스커빌의 마지막 후손이 된 것이죠. 워털루 역에 도착하기까지 한 시간 5분 남았군요. 오늘 아침에 사우샘프턴에 도착했다는 전보를 받았어요. 홈즈 씨, 이제 저는 그분을 모시고 뭘 어떻게 해야 할까요?"

"가문의 저택으로 돌아가면 되지 않습니까?"

"물론 그게 자연스럽겠지요. 하지만 저택으로 들어간 바스커빌가 사람들 모두가 악운을 만났잖아요. 찰스 경이라면 저더러 가문의 마지막 후손을 죽음의 저택에 들이지 말라고 부탁하셨을 것 같아요. 하지만 가난하고 희망 없는 저희 시골 마을의 발전을 위해서는 상속자 헨리 경에게 기댈 수밖에 없는 것도 사실입니다. 바스커빌 저택에 새 주인이 오지 않는다면 찰스 경이 일궈온 선행들은 물거품이 될 테니까요. 제가 이런 직접적인 이해관계에 휘둘리고 있는 건 아닌지 걱정이 됩니다. 그래서 선생님의 조언을 구하러 온 거예요."

홈즈는 잠깐 생각에 잠겼다.

"간단히 말하자면 이런 거군요. 모티머 박사님께서는 악마의 사도 때문에 바스커빌 가문 사람에게 다트무어는 위험한 곳이라고 생각하신다는 거죠?"

"적어도 그렇게 생각할 만한 증거들이 있다고 생각합니다."

"그것 보세요. 하지만 만약 초자연적인 현상에 대한 박사님의 이론이 맞는다면, 데번셔에서처럼 런던에서도 그 악의 사도가 힘을 행사할 수 있지 않겠어요? 지역 교구가 나뉘듯 특정 지역에서만 활동하는 악마라는 건 생각하기 힘들지 않나요?"

"홈즈 씨, 사안을 너무 가볍게 보시는 것 같군요. 이런 일들을 직접 겪으셨다면 홈즈 씨도 저처럼 생각하셨을 겁니다. 그러니까 이분이 데번셔에 가도 런던에서처럼 안전할 거라고 보신다는 말씀이시죠? 50분 후면 도착하겠군요. 어떻게 하죠?"

"이렇게 하죠, 선생님. 마차를 타세요. 저희 집 현관을 긁고 있는 스패니얼은 여기 두고, 워털루 역에 가서 헨리 바스커빌 경을 만나세요."

"그러고는요?"

"헨리 경에겐 아무 말씀 마시고 제가 결정을 내릴 때까지 기다리세요."

"얼마나 기다려야 할까요?"

"24시간요. 모티머 박사님, 내일 10시에 여기로 와주신다면 더욱 성심껏 돕겠습니다. 헨리 바스커빌 경과 함께 오시면 향후 계획을 세우는 데 한층 도움이 될 겁니다."

"네, 홈즈 씨. 그렇게 하겠습니다."

그는 셔츠 소맷부리에 약속 내용을 급히 적은 뒤 뭔가를 살피는 듯한 얼빠진 태도로 급히 나갈 채비를 했다. 홈즈는 계단 앞에서 다시 모티머 박사를 불렀다.

"모티머 박사님, 한 가지만 더요. 찰스 바스커빌 경이 사망하기 전에 황야에서 괴물을 본 사람이 몇 명 있었다고 하셨죠?"

"세 명요."

"그 후에도 괴물을 봤다고 하던가요?"

"그런 얘기는 못 들었어요."

"감사합니다. 그럼 살펴 가세요."

홈즈는 다시 의자로 돌아와 앉더니 마음에 드는 일을 맡았다는 듯 만족스러운 표정을 지었다.

"나갈 거야, 왓슨?"

"내가 도울 일이 없다면."

"지금은 없어, 친구. 행동에 나설 때 도움이 필요할 뿐이지. 그런데 이 사건 정말 멋진데. 어떤 면에서는 굉장히 독특하고. 브래들리 가게를 지나거든 독한 담배 500그램 좀 보내달라고 주문해줄래? 고마워. 불편하지 않다면 저녁까지 집을 비워주는 것도 고마울 것 같아. 내일 아침까지 해결해야 하는 이 흥미진진한 문제를 좀 곱씹어보고 싶어서."

극도로 집중하기 위해서는 혼자 고독하게 있는 시간이 필요한 친구다. 생각을 집중해 모든 증거들을 저울질하고 가능한 대안들을 세워보고 이것들을 서로 견주어보면서 뭐가 사소한 것이고 뭐가 중요한 것인지를 결정한다. 그래서 난 종일 클럽에 있다가 저녁이 되어서야 베이커 스트리트로 돌아왔다. 내가 다시 거실에 앉은 시간은 거의 9시가 다 되어서였다.

현관문을 열자마자 난 집에 불이 난 줄 알았다. 방 안이 연기로 꽉 차 있어서 램프 불빛이 뿌옇게 보일 정도였다. 그러나 막상 들어가 보니 다행히도 그것은 강하고 매캐한 담배 연기였다. 목이 칼칼해져 기침이 났다. 연기 속에서 홈즈의 모습이 희미하게 보였다. 가운을 걸친 홈즈는 까만 담배 파이프를 입에 물고 안락의자에 앉아 있었다. 주변에는 돌돌 말린 종이 몇 장이 놓여 있었다.

"감기 걸렸어, 왓슨?"

"아니, 공기가 너무 매캐해서."

"듣고 보니 좀 그런 것도 같네."

"좀? 못 참을 정도라고!"

"그럼 창문 열어! 보아하니 클럽에 있었나 보네."

"역시 넌 홈즈야."

"맞지?"

"당연하지. 그런데 어떻게 알았어?"

어리둥절한 나를 보고 홈즈는 웃으며 말했다.

"왓슨, 넌 진짜 활기를 주는 친구야. 너한텐 조금만 뭐를 해 보여도 즐겁다니까. 소나기로 진창이 된 날 한 남자가 외출을 했어. 그런데 저녁에 깔끔한 복장으로 귀가했어. 모자며 신발이 여전히 반짝이는 채로 말이야. 그렇다면 하루 종일 어디에 틀어박혀 있었단 거지. 그 남자는 친구도 별로 없어. 자, 그렇다면 그 남자가 어디 있었겠어? 답 나오지?"

"음, 그런 것 같기도."

"이 세상은 명백한 사실들로 가득 차 있지만 아무나 다 그것들을 관찰할 수 있는 건 아니야. 그렇다면 나는 어디 있었을 것 같아?"

"역시 틀어박혀 있었겠지."

"정반대야. 난 데번셔에 갔다 왔어."

"마음속으로?"

"맞았어. 아쉽게도 내 몸은 안락의자에 있었지. 커피 두 주전자와 엄청난 담배를 소비하면서. 네가 나간 뒤에 스탬퍼드 가게에 사람을 보내 황야 지역 일대의 군용 지도를 구해 와서는 마음속으로 종일 그 지도 위를 맴돌았어. 대단한 것들을 찾아냈지."

"대축적 지도?"

"응, 어마어마한 대축적 지도를 구했어. 여기가 우리의 관심지역이야. 이 가운데에 바스커빌 저택이 있고."

홈즈가 지도 한 부분을 무릎 위에 펼쳤다.

"주변은 다 숲이야?"

"맞아. 주목나무 길이라고 따로 표시된 건 없지만 아마 이 선을 따라 숲길이 나 있을 거야. 여기 보다시피 오른편이 황야겠지. 건물들이 밀집한 이 지역이 그림펜 마을. 모티머 박사가 사는 곳도 여기지. 여기 보이는 것처럼 반경 8킬로미터 내에 주거지가 흩어져 있어. 이게 그 이야기 속에 나온 래프터 저택이고. 그리고 여기 있는 집이 아마 그 박물학자의 집일 거야. 이름이 스테이플턴이었지, 아마? 여기 황야에 농가가 두 군데 있어. 하이 토어랑 파울미어. 여기서 22킬로미터를 더 가면 프린스타운 교도소가 있고. 이렇게 흩어진 지점들 사이사이랑 그 주변은 전부 사람이 살지 않는 황야야. 즉 바로 여기가 무대야. 어쩌면 우리가 가서 해결해야 할 그 비극의 무대."

"살벌한 곳이군."

"응, 그래 보여. 정말로 인간사에 끼어들고 싶어 하는 악마가 있다면 말이야."

"너도 초자연적인 설명 쪽으로 기운 거야?"

"악마의 사도도 뼈와 살이 있지 않겠어? 애초에 우리를 기다리는 문제는 두 가지야. 하나는 범죄라는 게 과연 일어나기는 했는가 하는 점. 그리고 다른 하나는 그 범죄는 무엇이며 어떻게 일어났는가 하는 점. 물론 모티머 박사의 추측이 맞는다면 우린 자연의 법칙에 위배되는 어떤 힘과 싸우게 되는 거야. 뭐 그렇다면 이 일에서 손 떼지. 하지만 그러기 전에 가능한 모든 가정들을 철저하게 따져봐야 해. 괜찮다면 일단 창문 좀 닫자. 단순한 일이지만, 생각을 집중하기 위해선 공기의 흐름도 차단하는 게 도움이 되더라고. 아직 생각을 말끔히 정리하진 못했지만 이게 내 논리적 결론이야. 이 사건에 대해 뭐 좀 생각해 봤어?"

"응, 하루 종일 생각해봤지."

"어때?"

"좀처럼 갈피를 못 잡겠어."

"이 사건엔 분명한 특징이 있긴 해. 몇 가지 눈에 띄는 지점이 있어. 발자국이 변했다거나 하는 점. 그 점은 어떻게 생각해?"

"산책로 어느 지점에서는 찰스 경이 까치발을 들고 걸었다고 했지."

"모티머 박사는 그냥 조사서에 적힌 한심한 말을 반복했을 뿐이야. 왜 까치발을 들고 걸었겠어?"

"그럼?"

"뛴 거지, 왓슨. 필사적으로 살기 위해서. 심장이 터져 바닥에 얼굴을 묻고 쓰러질 때까지 뛴 거야."

"왜 뛰어?"

"그게 바로 문제야. 찰스 경은 뛰기 전부터 공포에 질려 있었던 것 같아."

"어떻게 알아?"

"공포의 원인이 되는 그 무언가는 황야를 가로질러서 찰스 경에게 접근했을 거야. 그렇게 가정했을 때, 정신 나갈 정도로 놀라 뭔가에 쫓기는 사람이라면 자기 집 쪽을 향해 뛰어 도망가지 반대편으로 가진 않을 거야. 그 집시의 증언이 사실이라면, 찰스 경은 아무도 없는 곳을 향해 도와달라고 소리치며 뛰어간 게 된다고. 자, 그렇다면 찰스 경은 그날 밤 주목나무 길에서 누구를 기다리고 있었던 걸까? 자기 집에서 만나기로 한 것도 아니고 주목나무 길에서 말이야."

"그러니까 누군가를 기다리고 있었다고 보는 거구나?"

"찰스 경은 늙고 병약한 양반이었어. 저녁에 가볍게 산책을 하는 거라면 이해할 수 있지만 축축하고 궂은 밤이었잖아. 모티머 박사 말대로 5분에서 10분 정도 서 있었던 거라면 누군가를 기다렸다고 보는 게 자연스럽게 않아? 담뱃재에서 그런 걸 추론하다니 칭찬할 만해."

"하지만 매일 저녁에 나갔다며."

"매일 저녁 황야의 문에서 누군가를 기다렸을 것 같진 않아. 반대로 찰스 경은 황야에 가까이 가기를 피했었지. 그런데 그날 밤엔 거기에서 기다렸단 말이야. 런던으로 떠나기 전날 밤이었고. 슬슬 사건의 형체가 드러나는군, 왓슨. 앞뒤가 맞아가고 있어. 바이올린 좀 건네줄래? 이 문제는 내일 아침 모티머 박사와 헨리 바스커빌 경을 만날 때까지 미뤄놔도 되겠어."

4장

헨리 바스커빌 경

우리는 일찌감치 아침 식사를 끝냈고, 홈즈는 가운을 걸친 채 약속된 만남을 기다렸다. 우리의 의뢰인들은 약속 시간에 딱 맞춰 왔다. 10시 정각에 모티머 박사가 들어왔고 그 뒤로 젊은 준남작이 모습을 드러냈다. 30대 정도로 보였는데 검고 두꺼운 눈썹 아래 짙은 눈동자가 빛났고, 다혈질로 보이는 강인한 얼굴을 하고 있었다. 체격은 작지만 다부져서 기민해 보였다. 붉은 트위드 정장을 입고 있었고 밖에서 주로 활동하는 사람답게 피부는 그을려 있었다. 하지만 신중한 눈빛과 차분하면서도 자신감 있는 태도에서 신사 티가 났다.

"이쪽은 헨리 바스커빌 경입니다."◆

모티머 박사가 말했다.

"네, 그렇습니다. 그런데 신기한 일입니다, 셜록 홈즈 씨. 모티머 박사가 오늘 아침 저를 데려오지 않았다면 저 혼자서라도 여기에 왔을 테니까요. 수수께끼 같은 일들을 잘 해결하신다고 들었는데요. 저도 오늘 아침에 이상한 일을 하나 당했거든요."

헨리 바스커빌 경이 말했다.

"일단 편히 앉으세요, 헨리 경. 런던에 와서 이상한 일이 일어났단 말씀이신가요?"

"뭐 그렇게 중요한 건 아닙니다, 홈즈 씨. 그냥 장난 같은 것일 수도 있고요. 이걸 편지라고 불러야 할지 어째야 할지 모르겠지만, 아무튼 이걸 오늘 아침에 받았어요."

우리 모두는 헨리 바스커빌 경이 탁자 위에 놓은 봉투에 주목했다. 평범한 회색 종이봉투였다. 흘려 쓴 필체로 "노섬벌랜드 호텔, 헨리 바스커빌 경"이라고 적혀 있었고, 어제 오후 자로 채링크로스 소인이 찍혀 있었다.

"헨리 경께서 노섬벌랜드 호텔로 갈 거라는 걸 누가 알고 있었나요?"

홈즈가 물었다.

"알 만한 사람은 없습니다. 모티머 박사님과 만나고서 결정한 숙소인걸요."

♦ BBC 《셜록》 〈바스커빌의 개〉에서는 헨리가 직접 찾아와 사건을 의뢰한다. 드라마에서 바스커빌은 헨리의 성姓이 아니라 군사기지를 가리키는 이름이 되었는데, 대신 주인공 헨리의 성을 '나이트(knight)'로 설정함으로써 헨리 '경'을 자연스럽게 환기시킨다.

"하지만 모티머 박사님은 그동안 그 호텔에 묵고 계시지 않았나요?"

"아닙니다. 저는 친구 집에 있었어요. 저희가 그 호텔로 갈 거라고 짐작할 만한 건 없었습니다."

모티머 박사가 대답했다.

"흠! 누군가 여러분의 행동 하나하나에 굉장한 관심을 기울이고 있단 얘기군요."

홈즈는 봉투를 열어봤다. 규격용지를 네 번 접은 종이가 나왔다. 홈즈는 그 종이를 탁자 위에 펼쳤다. 한가운데에 인쇄된 단어를 오려 붙여 만든 문장이 있었다.

자신의 삶과 이성의 가치를 생각한다면 황야에서 멀어지게♦♦

'황야'라는 단어만 잉크로 적혀 있었다.

"그럼 이제 홈즈 씨, 이게 대체 무슨 뜻인지, 대체 누가 저한테 이렇게 관심을 쏟고 있는지 말씀 좀 해주세요."

헨리 바스커빌 경이 말했다.

"모티머 박사님 생각은 어떠십니까? 초자연적인 현상이라고

♦♦ BBC 《셜록》〈바스커빌의 개〉에서도 이 대사가 등장한다. 드라마에서 '황야의 괴물'은 관광상품이 되었는데 셜록과 존이 바스커빌 지역에 막 도착했을 때 한 가이드가 관광객들에게 투어 프로그램을 설명하면서 이 대사를 한다.

말씀하실 수는 없겠지요?"

"그럼요, 선생님. 하지만 이 편지는 그 사건이 초자연적이라고 믿는 사람이 보낸 것 같습니다."

"그 사건이라니요? 여기 계신 여러분 모두가 저보다 제 일을 더 많이 알고 계신 모양이군요."

헨리 경이 날카롭게 물었다.

"헨리 경께서도 이 방을 떠나기 전 모든 것을 알게 되실 겁니다. 약속드리죠. 일단은 지금 현재에 집중하자고요. 어제 저녁에 부친 게 틀림없는 이 편지에 말입니다. 왓슨, 어제 자 「타임스」 있어?"

홈즈가 말했다.

"여기 구석에."

"번거롭겠지만 사설이 있는 안쪽 부분 좀 건네줄래?"

홈즈는 사설을 재빨리 눈으로 훑었다.

"자유무역에 대한 사설이군요. 한 부분을 읽어드리죠."

보호관세가 자신의 무역과 사업을 일으켜줄 것이라고 생각한다면 그건 착각이다. 장기적으로 규제는 국가를 부강함에서 멀어지게 하고 수입품의 가치를 하락시킨다. 그로 인해 국내의 일반적인 삶의 조건이 열악해질 수밖에 없다고 보는 것이 이성적이다.

"어때, 왓슨? 놀라운 감각이지 않아?"

홈즈가 신이 나서 만족감에 두 손을 비비며 외쳤다.

모티머 박사는 전문가다운 흥미를 보이며 홈즈를 쳐다봤고, 헨리 바스커빌 경은 혼란스럽다는 표정으로 나를 바라봤다.

"관세나 뭐 그런 쪽은 잘 모르지만, 우리 주제와는 좀 동떨어진 얘기 같은데요."

헨리 경이 말했다.

"동떨어지긴요. 정확하게 그 얘기입니다, 헨리 경. 여기 왓슨 선생은 저의 추론 방법을 누구보다 잘 아는 친구인데 안타깝게도 아직 이 문장들의 의미를 알아채지 못한 것 같군요."

"응. 실은 무슨 상관이 있는지 전혀 모르겠어."

"하지만 왓슨, 봐봐. 여기에서 따온 단어들이잖아. '자신의', '삶', '이성', '가치를', '생각한다면', '에서 멀어지게' 같은 단어들이 어디에서 나왔는지 모르겠어?"

"세상에, 그렇군요! 정말 영악해요!"

헨리 경이 외쳤다.

"특히 '에서 멀어지게'라는 부분이 하나로 잘린 것을 보면 더욱 분명하지요."

"정말 그렇군요!"

"홈즈 씨, 정말로 상상을 초월하시는군요. 누구든 이 글자를 신문에서 오린 거라고 말할 수야 있겠지만, 어떤 신문에서 오린 것인지, 게다가 어떤 사설인지까지 알아내시다니 정말 놀랍습니다. 어떻게 아셨습니까?"

모티머 박사가 놀라움을 감추지 못하며 물었다.

"아마도 박사님께서는 흑인과 이누이트의 두개골이 어떻게 다른지 설명하실 수 있으시겠죠?"

"물론이죠."

"어떻게 가능합니까?"

"그건 제 특별한 취미니까요. 그 둘의 차이는 명백합니다. 안와라든가 얼굴 각도, 상악골의 각도도 다르고, 또……."

"마찬가지로 이건 제 특별한 취미예요. 저 역시 차이점들이 명확히 보입니다. 제 눈에는 「타임스」의 버조이스 활자와 별 볼일 없는 석간신문의 싸구려 활자 사이의 차이가, 흑인과 이누이트의 차이만큼 크게 보이는 거죠. 활자 차이를 간파해내는 건 범죄 전문가의 기본 소양입니다. 저도 처음엔 「웨스턴 모닝 뉴스」와 「리즈 머큐리」를 구분하는 게 힘든 적도 있었지만요. 하지만 「타임스」 사설이라면 정확히 구분할 수 있어요. 그리고 이런 단어들을 달리 어디서 가져오겠습니까? 이 편지는 어제 만들었을 가능성이 큰 만큼 어제 발행된 신문에서 단어를 골랐을 확률이 높습니다."

"그러니까 홈즈 씨, 말씀하신 대로라면 누군가 이 글자를 가위로 오려서……."

"손톱 깎는 가위예요. 여길 보시면 아시겠지만 날이 짧은 가위입니다. '멀어지게'라는 글자를 자를 때 두 번에 나눠 자른 걸 보세요."

"그렇군요. 그러니까 누군가가 이 메시지를 손톱 가위로 오려내고 풀로 붙여서……."

"고무풀입니다."

홈즈가 덧붙였다.

"고무풀로 종이에 붙였군요. 하지만 '황야'라는 글자는 왜 직접 썼을까요?"

"그 글자를 신문에서 찾지 못했던 거죠. 다른 단어들은 다 간단해서 어떤 신문에서라도 찾을 수 있었겠지만 '황야'는 잘 쓰는 단어가 아니니까요."

"그렇게 설명할 수 있겠군요. 이 편지에서 또 알아내신 점이 있나요, 홈즈 씨?"

"한두 가지 더 보입니다. 단서가 될 만한 걸 남기지 않으려고 노력한 점이 역력하네요. 보시다시피 주소를 휘갈겨 썼어요. 하지만 「타임스」는 아무나 보는 신문이 아니라 많이 배운 사람들이 보는 신문입니다. 그러니까 실제로는 교육을 제법 받았지만 무식한 사람처럼 보이고 싶어 한 자가 썼다는 걸 알 수 있죠. 그리고 헨리 경께서 아는 필체거나 앞으로 알게 될 가능성이 있기 때문에 자신의 필체를 숨기려 한 것 같습니다. 또 여기 보시다시피 단어들을 줄 맞춰 붙이지 않고 어떤 단어는 좀 높게 붙였어요. 여기 '삶' 같은 단어는 완전히 비뚤어져 있죠. 부주의했다는 뜻이기도 하지만 불안하고 서둘렀다는 뜻일 수도 있습니다. 전반적으로 보아 전 후자 쪽일 것 같습니다. 중요한 사안이었고 이런 편지까지 만든 사람이 부주의할 것 같지는 않아서요. 만약 그 사람이 서둘렀다면 왜 서둘렀을지가 궁금해지는데, 이른 아침에 부쳐야 경께서 호텔을 떠나기 전에 받아볼 수 있으니 그랬겠죠. 일이 틀어질까 봐 두려워했던 걸까요? 누가 방해라도 했던 걸까요?"

"이제 이런저런 짐작을 해보는 수밖에 없겠군요."

모티머 박사가 말했다.

"짐작이라기보다는 가능성들을 가늠해보고 가장 그럴듯한 것을 고르는 단계죠. 상상력을 과학적으로 사용하는 건데, 짐작을 할 때에도 물리적 기반에서 출발하는 겁니다. 자, 박사님께서는 짐작이라고 단언하시겠지만, 전 이 편지를 호텔에서 썼다고 확신할 수 있습니다."

"어떻게 그렇게 말씀하실 수 있죠?"

"이 편지를 자세히 관찰해보시면 펜과 잉크가 모두 품질이 썩 좋지 않다는 걸 알 수 있어요. 한 단어를 쓰면서도 펜은 두 번이나 종이에 걸렸고, 또 이 짧은 주소를 쓰는 데 잉크가 세 번이나 말랐다는 건 잉크가 거의 바닥나 있었다는 뜻입니다. 개인용 펜이나 잉크가 이런 상태일 리는 없겠지요. 게다가 둘 다 동시에 이 지경일 리는 더욱더 없을 테고요. 하지만 아시다시피 호텔에 비치된 펜과 잉크란 항상 이렇잖아요. 제가 장담하죠. 잘려진 「타임스」 사설 조각을 찾을 때까지 채링크로스 근처 호텔들의 쓰레기통을 뒤져보자고요. 그렇다면 이 기괴한 메시지를 누가 보낸 건지 알아낼 수 있을 겁니다. 아니 잠깐, 이건 뭐지?"

홈즈는 단어들이 붙어 있는 종이를 눈앞에 바싹 붙여 자세히 관찰했다.

"왜?"

"아냐. 이건 아무런 워터마크가 없는 반절 흰 종이군. 이 요상한 편지에서 알아낼 만한 건 다 알아낸 것 같아. 자 헨리 경, 런던에 오신 이후로 또 이상한 일을 겪진 않으셨고요?"

홈즈는 종이를 휙 내려놓으며 말했다.

"음, 없었어요, 홈즈 씨. 없었던 것 같습니다."

"누가 미행하거나 감시하는 것 같진 않았습니까?"

"삼류 소설의 주인공이 된 기분이군요. 대체 절 미행할 만한 이유가 뭐가 있단 말입니까?"

헨리 경이 말했다.

"그건 곧 아시게 될 겁니다. 본론으로 들어가기에 앞서 저희한테 더 알려주실 사항은 없나요?"

"음, 들을 가치가 있는 얘기라고 생각하실지는 모르겠습니다.

전 평생을 미국과 캐나다에서 보내서 영국 생활을 잘 모르긴 합니다. 하지만 그렇다 하더라도 구두 한 짝을 잃어버리는 게 영국에서 평범한 일은 아닐 것 같은데요."

헨리 경은 미소를 지었다.

"구두 한 짝을 잃어버리셨다고요?"

"헨리 경, 그냥 못 찾으신 거 아닙니까? 호텔에 돌아가면 찾을 수 있을 겁니다. 그런 하찮은 일로 홈즈 씨를 귀찮게 해서야 되겠습니까."

모티머 박사가 외쳤다.

"뭐, 홈즈 씨께서 특이 사항이 없었느냐고 물으셔서요."

"맞습니다. 황당한 일이긴 하지만요. 그러니까 신발 한 짝이 없어졌다는 거죠?"

홈즈가 되물었다.

"네, 어디에 두고 잊어버렸는지는 모르지만…… 어젯밤에 구두를 문밖에 내놓았는데 아침에 보니 한 짝밖에 없더라고요. 구두닦이 녀석 말도 뒤죽박죽이고요. 운도 없지, 어젯밤에 스트랜드에서 새로 산 신발이라 한 번도 안 신은 새 구두인데."

"한 번도 안 신은 구두를 뭐 하러 닦아달라고 내놓으셨죠?"

"부드럽게 무두질한 구두인데 광택을 내지는 않아서요. 그래서 내놓았습니다."

"그러니까 어제 런던에 도착해서 바로 밖으로 나가 신발을 사셨다는 말씀이시죠?"

"이것저것 쇼핑을 좀 했습니다. 모티머 박사님과 함께 다녔고요. 아시다시피 마을에 가면 대지주가 되는 거라 구색을 갖추느라고요. 서부에 있을 때는 옷차림에 거의 신경을 안 썼습니다. 이것저것 사면서 그 갈색 구두도 산 거죠. 6달러를 주고요. 그런데 신어보기도 전에 잃어버리다니, 원."

"훔쳐 가서 특별히 쓸 데도 없을 텐데요. 모티머 박사님 말씀대로 신발 한 짝은 곧 찾을 수 있을 겁니다."

홈즈가 말했다.

이어 준남작이 결의에 차서 말을 꺼냈다.

"자, 이제 그럼 여러분. 제가 아는 것들은 충분히 말씀드린 것 같습니다. 이제 약속해주신 대로 우리가 휘말려 있는 이 일이 대체 무엇인지 모두 설명해주시지요."

"당연히 그렇게 해야지요. 모티머 박사님, 지난번에 저희한테 해주셨듯이 설명을 해주시는 것이 가장 빠른 방법 같은데요."

홈즈가 말했다.

한껏 흥분한 우리의 과학도 친구는 주머니에서 문서를 꺼내 지난번처럼 설명을 시작했다. 헨리 바스커빌 경은 귀 기울여 들었고 이따금 탄성을 내지르기도 했다.

긴 이야기가 끝나자 헨리 경이 입을 열었다.

"음, 유산과 함께 복수를 상속받은 것 같네요. 물론 어릴 때부터 사냥개 이야기를 들어왔어요. 저희 집안에서 즐겨 하는 얘기지만 진지하게 생각해본 적은 없어요. 하지만 삼촌께서 그렇게 돌아가셨다니……. 머릿속이 복잡해 뭐가 뭔지 모르겠네요. 경찰서를 찾아갈 일인지 목사님을 찾아갈 일인지, 홈즈 씨께서도 결정 못 하신 것처럼 보이는군요."

"맞습니다."

"거기에다가 호텔에서 저한테 편지까지 온 거군요. 올 것이 온 건가."

"황야에서 벌어지는 일을 우리보다 더 잘 아는 사람이 있는 것 같습니다."

모티머 박사가 말했다.

"하지만 그 사람은 헨리 경께 악의를 품은 것 같진 않습니다. 위험할 거라고 경고해준 걸 보면 말이죠."

홈즈가 덧붙였다.

"혹은 겁줘서 쫓아내는 게 목적일지도 모르죠."

"물론 그럴지도 모릅니다. 가능한 얘기예요. 무엇보다 이렇게 흥미로운 사건을 소개해주신 모티머 박사님께 감사드려야겠습니다. 그런데 일단 지금 현실적으로 중요한 건 헨리 경께서 바스커빌 저택으로 가셔야 할지 말지를 정하는 문제겠군요."

"가면 안 되는 이유라도 있나요?"

"위험할 것 같아서요."

"우리 가문의 악마 때문에 위험하다는 겁니까, 어떤 사람 때문에 위험하다는 겁니까?"

"이제 저희가 그걸 알아내야죠."

"그게 뭐든 제 대답은 정해졌습니다. 홈즈 씨, 지옥의 악마 같은 건 없어요. 그리고 제가 가문의 저택으로 돌아가는 것을 막을 수 있는 사람도 없습니다. 이게 저의 최종 결정입니다."

헨리 경은 짙은 눈썹을 찌푸리고 얼굴을 붉히며 말했다. 바스커빌 가문의 불같은 성미가 이 마지막 후손에까지 이어지고 있음이 분명했다. 헨리 경은 다시 말을 이었다.

"하지만 여러분께서 들려주신 이야기에 대해 생각해볼 시간이 거의 없었어요. 한 사람이 이해하고 결정을 내리기엔 좀 큰 문제니까요. 마음을 정하기까지 혼자 조용히 생각할 시간이 좀 필요합니다. 벌써 11시 반이네요, 홈즈 씨. 저는 호텔로 바로 돌아가겠습니다. 홈즈 씨와 왓슨 박사님께서는 2시쯤 오셔서 같이 점심이나 드시면 어떨까요? 그때 이 문제에 대해 좀 더 확실히 제 입장을 말씀드릴 수 있을 것 같습니다."

"괜찮겠어, 왓슨?"

"응, 좋아."

"그럼 이따가 뵙겠습니다. 마차를 불러드릴까요?"

"생각이 복잡해서 걸어가려고요."

"그럼 저도 같이 걸어가겠습니다."

그의 일행이 말했다.

"그럼 2시에 다시 뵙죠. 안녕히 가세요."

우리는 손님이 계단을 내려가 현관문을 닫는 소리를 들었다.
홈즈는 순식간에 나른한 몽상가에서 행동가로 바뀌었다.

"왓슨, 내 모자랑 신발 좀 챙겨줘. 빨리! 시간 없어!"

홈즈는 실내복 차림으로 방에 들어가더니 얼른 프록코트를
걸치고 나왔다. 우리는 재빨리 계단을 내려가 거리로 나갔다.
옥스퍼드 스트리트 쪽으로 200미터 정도 앞에 모티머 박사와
바스커빌이 보였다.

"내가 뛰어가서 부를까?"

"가만히 있어, 왓슨. 지금 이대로가 좋아. 저 친구들 현명한
데? 정말 걷기 좋은 아침이야."

홈즈는 속도를 높여 그들과의 거리를 반으로 줄였다. 그러고
는 100미터 정도의 거리를 유지하며 옥스퍼드 스트리트에서 리
젠트 스트리트까지 미행했다. 그들이 멈춰 서서 상점 쇼윈도를
구경하면 홈즈도 똑같이 따라 했다. 잠시 후 홈즈는 만족한 듯
감탄사를 내질렀다. 홈즈의 이글거리는 시선을 따라가 보니 잠
깐 멈춰 서 있던 이륜마차가 슬슬 출발하고 있었다. 마차 안에
는 한 남자가 있었다.

"저 사람이야, 왓슨! 얼른 와! 가능한 한 가까이서 보자고."

바로 그때 마차 창문에서 덥수룩한 턱수염과 번뜩이는 두 눈

이 우리 쪽을 향했다. 곧장 마차 쪽문이 열리더니 마부에게 뭐라고 소리치는 게 들렸고, 마차는 재빨리 리젠트 스트리트로 질주했다. 홈즈는 얼른 마차를 잡아타려고 했지만 빈 마차가 없었다. 급한 대로 도로로 뛰어들어 보았지만 마차가 워낙 빨리 출발해버려서 금방 우리 시야에서 사라지고 말았다.

"놓치다니! 일이 이렇게 어긋나 버리다니! 왓슨, 네가 정직한 사람이라면 이 실패담도 함께 기록해두라고!"

홈즈는 숨을 헐떡이며 마차들 사이에서 나오더니 화가 나서 창백해진 얼굴로 소리쳤다.

"누구였어?"

"모르겠어."

"미행인가?"

"글쎄. 아까 들은 얘기에 따르면 바스커빌이 런던에 온 이후 누군가 가까이에서 따라붙었던 건 확실해. 아니면 그가 노섬벌랜드 호텔에서 묵기로 한 걸 어떻게 그렇게 빨리 알았겠어? 첫날부터 미행이 있었다면 둘째 날도 따라붙겠구나 싶었지. 모티머 박사가 바스커빌 전설을 얘기하는 동안 내가 두 번이나 창가를 서성거린 거 봤지?"

"응, 기억나."

"길에서 얼쩡대는 자가 있나 봤던 건데, 아무도 없더라고. 우리 상대는 꽤 영리한 사람이야, 왓슨. 이건 심상치 않은 일이야.

아직 그자가 호의적인 사람인지 악의적인 사람인지 모르겠지
만, 능력과 계획은 있는 것 같아. 미행하는 사람을 볼 수 있을까
싶어서 아까 우리 친구들이 나갈 때 급히 따라 나온 거였어. 하
지만 역시 교활한 자야. 자기 발을 안 믿고 마차를 선택했잖아.
앞서거니 뒤서거니 하며 그들을 몰래 따라붙을 수 있었던 거지.
게다가 그렇게 하면 중간에 그들이 마차를 잡아타더라도 금방
따라갈 수 있으니까. 하지만 분명한 약점이 하나 있지."

"마부가 있으니까."

"맞아."

"아, 마차 번호를 봐두는 건데!"

"이봐 왓슨, 내가 오늘 좀 서툴긴 했지만 번호를 안 봐뒀겠어?
2704번 마부야. 하지만 당장은 알아봐도 소용없어."

"그래도 할 만큼은 했어."

"마차를 발견하자마자 반대 방향으로 돌아갔어야 했어. 그리
고 느긋하게 다른 마차를 잡아타고 적당한 거리를 두고 따라갔
어야 했어. 아니면 노섬벌랜드 호텔로 바로 가서 기다리는 편이
더 좋았을 거야. 그 미행자가 바스커빌을 따라갔다면 우리는 그
자의 방법을 역이용해서 그를 따라갈 수 있었을 거야. 우린 조
심성 없이 행동했고 그자는 순발력 있게 그걸 활용했어. 그러는
통에 우리도 노출되고 미행자도 놓쳤지, 뭐."

우리는 이런 대화를 나누며 리젠트 스트리트를 천천히 걸어

내려갔다. 그사이 모티머 박사 일행은 저 앞에서 사라지고 안 보였다.

"이제 따라갈 필요도 없어. 미행자는 떠났고 돌아오진 않을 거야. 우리 손에 남은 패가 뭔지 생각해보고 결정을 내려야겠 어. 마차 안에 있던 남자 얼굴 기억나?"

홈즈가 말했다.

"턱수염밖에 기억 안 나."

"나도 그래. 분명 가짜 턱수염일 거야. 일 처리가 그렇게 섬세 하고 영악한 사람이 변장 아니고선 턱수염을 달고 있을 이유가 없지. 이리 와, 왓슨!"

홈즈는 디스트릭트 메신저_{당시 영국에서 우체국과 경쟁했던 사기업} 사무실 로 들어갔다. 점장이 따뜻한 인사를 건넸다.

"아, 윌슨, 그때 내가 도와준 일 잊지 않았죠?"

"그럼요, 선생님. 기억하다마다요. 제 명예를, 아니 목숨을 지 켜주셨는걸요."

"과장하긴요, 윌슨. 내 기억으론 여기 카트라이트라는 친구가 있었는데……. 조사할 때 도움 줬던 친구 말이에요."

"네, 선생님. 아직도 여기서 일하고 있습니다."

"좀 불러줄 수 있겠어요? 고마워요! 아 그리고 이 5파운드 지 폐 좀 바꿔주세요."

밝고 영리해 보이는 열네 살짜리 소년이 점장의 호출을 받고 나왔다. 소년은 이 유명한 탐정에게 존경의 눈빛을 보내며 서 있었다.

"호텔 명부 좀 갖다 줄래? 고마워! 아, 카트라이트, 여기 스물세 개의 호텔 이름이 있지. 채링크로스 근처에 있는 호텔들이야. 보이지?"

홈즈가 말했다.

"네, 선생님."

"여기를 한 군데씩 좀 돌아봐줘."

"네, 선생님."

"먼저 호텔 앞에서 문지기에게 1실링을 주고 시작해. 여기 23 실링."

"네, 선생님."

"문지기에게 어제 나온 폐지들을 좀 뒤져보겠다고 말해. 중요한 전보를 잘못 전달해서 그걸 좀 찾아보겠다고 하면서 말이야. 알겠지?"

"네, 선생님."

"하지만 진짜 찾아야 할 것은 「타임스」의 한 페이지야. 가위로 오려내서 몇 군데 구멍이 뚫린 페이지. 「타임스」는 이렇게 생겼어. 바로 이 페이지를 찾는 거고. 기억할 수 있겠어?"

"네, 선생님."

"그러면 호텔 문지기는 너를 호텔 안 짐꾼에게 보낼 거야. 그럼 그 사람에게도 1실링을 줘. 여기 23실링을 더 줄게. 스물세 곳 중 스무 곳에선 아마 폐지를 태우거나 버렸다고 말할 거야. 세 군데쯤은 아직 폐지를 갖고 있을 테니 폐지 더미에서 그 「타임스」 페이지를 찾도록 해. 찾을 확률은 거의 없지만. 만약을 대비해서 10실링을 더 줄게. 어떻게 됐는지 저녁이 되기 전에 베이커 스트리트로 전보를 보내줘. 자, 왓슨, 이제 전보를 보내서 2704번 마부가 누군지만 알아내면 돼. 그리고 호텔에 가기 전까지는 본드 스트리트에 있는 미술관이나 둘러보자고."

5장

놓쳐버린 세 개의 단서

셜록 홈즈는 마음먹은 대로 정신을 집중하는 놀라운 능력이 있었다. 두 시간 동안 그는 이 요상한 사건을 완전히 잊은 것처럼 보였다. 홈즈는 벨기에 거장들의 근대 미술에 완전히 취한 채, 미술관을 나와 노섬벌랜드 호텔로 가는 내내 예술에 대한 생각들을 늘어놓았다.

"헨리 바스커빌 경께서 위에서 기다리고 계십니다. 오시는 대로 위로 모셔 오라 하셨습니다."

호텔 직원이 안내했다.

"투숙 명부를 좀 볼 수 있을까요?"

홈즈가 물었다.

"물론입니다."

바스커빌 이름 아래에 두 이름이 더 있었다. 먼저 뉴캐슬에서 온 티오필러스 존슨 가족이 적혀 있었고, 또 다른 객실엔 얼턴의 하이로지에서 온 올드모어 부인과 하녀가 투숙한다고 적혀있었다.

"제가 아는 존슨 씨가 와 계시군요. 백발에 다리가 좀 불편한 그 변호사죠?"

홈즈가 물었다.

"아닙니다, 선생님. 존슨 씨는 탄광주예요. 굉장히 활동적인 분이신데, 선생님보다 연배가 아래일 겁니다."

"그분 하시는 일을 착각하신 거 아니고요?"

"아닙니다, 선생님. 존슨 씨께서는 매년 저희 호텔을 찾으십니다. 저희는 잘 알죠."

"아, 그렇군요. 올드모어 부인도 아는 분이 아닌가 싶은데요. 이름이 낯익어요. 자꾸 이것저것 물어 죄송합니다만 한 친구를 만나려다 보면 다른 친구들도 만나기 마련이니까요."

"올드모어 부인은 투병 중이십니다, 선생님. 부군께선 글로스터 시장이셨고요. 런던에 오시면 꼭 저희 호텔을 찾아주시죠."

"감사합니다. 제가 아는 분은 아니었네요. 왓슨, 이제 중요한 것들은 확인했어."

2층으로 올라가며 홈즈는 나직이 말을 이었다.

"우리 친구들에게 각별한 관심을 쏟고 있는 자들은 같은 호텔에 묵고 있진 않아. 아까 봤듯이 바스커빌을 관찰하려고 애쓰는 동시에 그에게 들킬까 봐 전전긍긍하고 있단 얘기지. 이건 굉장히 중요한 걸 말해주는 대목이야."

"뭘 말해주는데?"

"그러니까…… 아, 헨리 경, 무슨 일이시죠?"

계단을 거의 다 올라왔을 때 우린 헨리 바스커빌 경과 마주쳤다. 화가 나서 얼굴을 붉힌 채 한 손에는 오래되어 낡은 구두 한 짝을 들고 있었다. 그는 말을 제대로 잇지 못할 정도로 굉장히 화가 나 있었다. 아침에 들었던 것보다 훨씬 강한 서부 사투리가 튀어나왔다.

"이 호텔, 사람을 아주 물로 보는 모양인데. 사람 단단히 잘못 봤다는 걸 보여줘야겠어. 젠장! 못 찾아오기만 해봐라, 작살을 내야지. 홈즈 씨, 저도 장난은 받아줄 줄 아는 사람입니다. 하지만 이건 장난이라기엔 지나치다고요."

"아직 신발을 못 찾았나요?"

"네. 꼭 찾을 겁니다."

"하지만 아까는 분명 새로 산 갈색 구두를 잃어버렸다고 했잖아요?"

"그랬죠. 그런데 이번엔 낡은 검정 구두예요."

"뭐라고요? 그러니까 지금 하신 말씀은……?"

"맞아요, 바로 그겁니다. 구두라곤 세 켤레뿐인데, 새로 산 갈색 구두와 낡은 검정 구두, 그리고 지금 신고 있는 이 에나멜 구두요. 글쎄 어젯밤에 갈색 구두 한 짝을 가져가더니 오늘은 검정 구두 한 짝을 몰래 가져간 겁니다. 뭐야, 못 찾았어? 이봐, 대답해봐, 가만히 서 있지만 말고!"

놀란 독일인 직원이 어느새 와 있었다.

"아직 못 찾았습니다, 선생님. 호텔 전체를 뒤졌는데 아무 데도 없었습니다."

"나 원, 해 지기 전까지 찾아오라고. 안 그러면 지배인을 찾아가 당장 이 호텔을 나가겠네."

"찾을 수 있을 겁니다, 선생님. 조금만 더 기다려주시면 감사하겠습니다."

"그게 이 도둑놈 소굴에서 놀아난 마지막 물건인 줄 아시오. 아, 홈즈 씨, 이런 하찮은 일로 신경 쓰게 해드려 죄송합니다."

"신경 쓸 만한 일인 것 같은데요."

"아니, 진지하게 생각하고 계시군요?"

"이 사태를 어떻게 생각하십니까?"

"설명이 안 되죠, 뭐. 진짜 괴상한 일이에요."

"진짜 괴상하죠."

홈즈가 생각에 잠겨 대답했다.

"이 일을 어떻게 보시는데요?"

"글쎄요, 아직은 공언할 단계는 아닙니다. 아주 복잡한 사건이에요, 헨리 경. 백부님의 사망 사건도 함께 놓고 본다면, 제가 맡았던 500여 개 중요한 사건 중에서도 이렇게 복잡한 건 없었을 정도예요. 하지만 우린 몇 가지 실마리를 잡았고, 그중 한두 가지는 진상을 밝히는 데 도움이 될 겁니다. 잘못된 실마리를 좇느라 시간을 낭비할 수도 있겠지만 머지않아 진실에 가 닿을 거예요."

우리는 사건 이야기는 거의 하지 않고 오찬을 즐겼다. 식사를 마치고 응접실에 모이자 홈즈는 바스커빌에게 향후 계획을 물었다.

"바스커빌 저택으로 가야죠."

"그렇다면 언제?"

"이번 주말에요."

"전반적으로 봤을 때 훌륭한 결정이라고 생각합니다. 런던에서 누군가 따라붙었던 건 분명한데, 수백만 명이 사는 대도시에서 그들이 누구며 왜 그랬는지를 밝히긴 어렵습니다. 사악한 의도가 있다면 더 심한 짓도 할 텐데, 그걸 우리가 막는다는 것도 어려운 얘기고요. 모티머 박사님도 오늘 아침에 저희 집에서부터 미행이 따라붙은 걸 모르셨죠?"

홈즈의 말에 모티머 박사는 격하게 반응했다.

"미행요? 아니 누가요?"

"그건 저도 대답해드릴 수가 없네요. 혹시 다트무어 이웃이나 지인 중에 까만 턱수염을 잔뜩 기른 사람이 있습니까?"

"아뇨. 아, 가만 보자⋯⋯. 있어요. 찰스 경의 집사인 배리모어 씨가 검은 턱수염을 기르고 있어요."

"아, 배리모어는 어디 있죠?"

"바스커빌 저택에서 관리를 맡고 있어요."

"우선 그 사람이 정말 저택에 있는지, 런던에 온 건 아닌지 확인해봐야겠군요."

"어떻게 알아보시려고요?"

"전보 용지 좀 주세요. '헨리 경을 맞이할 준비는 다 됐나요?' 이렇게 보내보면 알죠. 바스커빌 저택의 배리모어 씨 앞으로 해서요. 가장 가까운 전신국이 어디죠? 그림펜. 좋아요, 그림펜 전신국장에게도 전보를 보냅시다. '배리모어 씨에게 보내는 전보는 본인에게 직접 전할 것. 부재 시 노섬벌랜드 호텔의 헨리 바스커빌 경에게 회신 요망.' 이렇게 보내면 오늘 저녁 안에 배리모어가 데번셔를 지키고 있는지 아닌지 알 수 있을 겁니다."

"그렇군요. 그나저나 모티머 박사님, 배리모어♦는 어떤 사람입니까?"

바스커빌이 물었다.

"그 아버지도 집사였죠. 지금은 죽었지만. 그 집안에서 4대째 저택을 관리하고 있어요. 제가 아는 한 배리모어 씨 부부는 그

♦ BBC 《셜록》〈바스커빌의 개〉에서 배리모어 집사는 바스커빌 군사기지의 배리모어 소령으로 변주되어 등장한다.

시골에서 존경받을 만한 사람들입니다."

"하지만 동시에 우리 가문 사람들만 없어진다면 그 넓은 바스커빌 저택은 그들 차지가 될 게 뻔하군요."

바스커빌이 말했다.

"맞습니다."

"찰스 경의 유서에 배리모어 앞으로 남긴 것이 있나요?"

홈즈가 물었다.

"부부가 각각 500파운드를 받았습니다."

"오, 받을 걸 알고 있었나요?"

"그렇죠. 찰스 경은 유서에 대해 미리 말하곤 했으니까요."

"재밌는 일이네요."

"하지만 찰스 경의 유산을 받은 사람 모두를 의심스럽게 보지는 마세요. 저도 1,000파운드를 받았거든요."

모티머 박사가 말했다.

"그렇군요! 또 누가 받았죠?"

"소소한 금액을 받은 사람은 여럿이고, 공익 자선단체에 큰돈을 기부하셨지요. 나머지는 모두 헨리 바스커빌 경께 갔고요."

"나머지 금액이라면 어느 정도?"

"74만 파운드입니다."

"이렇게나 막대한 금액이 걸린 문제인 줄은 몰랐네요."

홈즈는 놀라서 눈썹을 씰룩이며 말했다.

"찰스 경께서 재력가인 줄은 알았지만 저희도 증권을 정리해 보기 전까진 그 정도일 줄 몰랐습니다. 총 자산 가치가 100만 파운드에 육박했으니까요."

"세상에! 일생을 건 도박을 할 만하군요. 모티머 박사님, 하나 더 여쭤보겠습니다. 무례한 가정을 해서 죄송합니다만, 만약 이 젊은 신사분께 변고가 생긴다면 다음 상속은 어떻게 됩니까?"

"찰스 경의 동생인 로저 바스커빌은 독신으로 사망해서 후손 이 없기 때문에 먼 사촌인 데즈먼드 집안 차지가 될 겁니다. 제 임스 데즈먼드라고 웨스트모얼랜드에서 일하는 나이 드신 성직 자가 있어요."

"감사합니다. 세세한 사항들이 굉장히 재미있네요. 제임스 데 즈먼드 씨를 만나본 적은 있으십니까?"

"네, 언젠가 찰스 경을 한번 찾아오셨더랬죠. 덕망 있는 인사 처럼 보였고 고고하게 사시는 분이었어요. 찰스 경의 유산을 거 절하시는 통에 억지로 안겨드렸던 걸로 기억합니다."

"이 소박한 양반이 바로 막대한 상속인이 되는 거군요?"

"영지를 상속받게 될 겁니다. 그렇게 돼 있어요. 현재의 소유 자가 따로 적시하지 않는다면 현금 자산 역시 그가 상속받게 됩 니다. 지금은 물론 현 소유자가 맘대로 할 수 있고요."

"그럼 유언장을 미리 만들어두셨습니까, 헨리 경?"

"아뇨, 홈즈 씨. 아직 작성하지 않았습니다. 그럴 시간도 없었고요. 돌아가는 사정을 어제 알았으니까요. 하지만 어떤 경우에도 돈은 작위와 영지에 따라가야 한다고 생각합니다. 그게 불행히 가신 삼촌의 뜻이니까요. 영지를 지킬 돈이 없다면 어떻게 바스커빌의 영광을 되찾아 올 수 있겠습니까? 저택, 땅, 현금은 반드시 같이 상속돼야 한다고 봅니다."

"그렇군요. 그럼 헨리 경, 서둘러 데번셔로 가시는 것에 저도 찬성합니다. 제가 해드릴 수 있는 조언은 하나뿐이군요. 절대로 혼자 가셔서는 안 됩니다."

"모티머 박사님과 함께 가려고 합니다."

"하지만 모티머 박사님은 하시는 일도 있고 댁도 저택에서 멀리 떨어져 있잖아요. 아무리 도우려 해도 헨리 경을 돕지 못할 상황이 있을 수 있습니다. 안 돼요, 헨리 경, 항상 곁에 있고 믿을 수 있는 사람과 함께 가셔야 합니다."

"홈즈 씨께서 직접 가주실 수는 없습니까?"

"사태가 심각해지면 아무래도 제가 직접 가봐야겠지요. 그런데 여기서 처리할 일들도 산더미인 데다가 각 방면에서 저를 찾아오는 사람들이 많아서 런던을 당장 비우기는 힘들 것 같습니다. 이해 좀 해주세요. 당장만 해도 영국에서 존경받는 분이 협박 편지로 인해 명예가 실추되고 있는데, 이 끔찍한 스캔들을 막을 사람도 저밖에 없는 상황입니다. 다트무어로 함께 갈 수 없는 제 사정도 이해해주시면 좋겠습니다."

"그럼 어느 분과 가야 하죠?"

그러자 홈즈가 내 팔을 잡으며 말했다.

"제 친구가 맡아만 준다면 궁지에 빠지시더라도 큰 힘이 될 겁니다. 이 친구보다 믿을 만한 사람도 없지요."

생각지도 못한 제안이었다. 하지만 내가 대답할 겨를도 없이 바스커빌이 진심을 담아 악수를 청해왔다.

"정말 감사합니다. 박사님께선 돌아가는 상황도 아시고 제가 아는 것들을 모두 알고 계시니까요. 바스커빌 저택으로 와주신다면야 더 바랄 것 없이 감사한 일이지요. 은혜 잊지 않겠습니다."

모험이 시작된다는 건 항상 설레는 일이다. 홈즈에게 칭찬을 들은 데다가 준남작까지 이렇게 간곡히 동행을 요청하니 좀 으쓱해져서 말했다.

"기꺼이 가지요. 이보다 보람 있는 일도 없을 것 같은데요."

홈즈는 내게 당부했다.

"가서 상황을 좀 자세히 알려줘. 위험해지거든 내가 대처 방법을 일러줄게. 아마 위험한 일이 생길 거야. 토요일까지는 준비되겠지?"

"왓슨 박사님, 괜찮으실까요?"

"네, 좋습니다."

"그럼 무슨 일이 나지 않는 한 토요일에 패딩턴 역에서 10시

30분 기차를 타기로 하지요."

우리가 자리에서 일어나려 할 때였다. 바스커빌이 환호하며 방구석으로 달려가더니 서랍장 아래에서 갈색 구두 한 짝을 꺼냈다.

"여기 있었네!"

"다른 일들도 이렇게 쉽게 풀리면 좋겠네요!"

홈즈가 말했다.

"그런데 신기하네요. 점심을 먹기 전에 제가 이 방을 샅샅이 둘러봤거든요."

모티머 박사가 말했다.

"저도 그랬습니다. 꼼꼼히 찾아봤어요."

바스커빌도 덧붙였다.

"아까는 거기에 구두가 없었어요."

"그렇다면 우리가 식사하는 동안 그 직원이 갖다 둔 게 틀림없겠군요."

독일인 직원을 다시 불러 물어봤지만 그는 전혀 모르는 일이라고 했다. 아무리 조사해도 사실을 밝혀낼 수가 없었다. 꼬리를 물고 이어지는 이유를 알 수 없는 작은 수수께끼의 사슬에 또 하나가 추가된 셈이었다. 찰스 경의 애석한 죽음을 둘러싼 사건은 차치하더라도, 이틀 동안 설명할 수 없는 사건들이 계속 이어졌다. 글자를 오려 붙인 편지, 마차를 타고 그들을 미행했던 검은 턱수염의 남자, 없어진 새로 산 갈색 구두 한 짝과 낡은 검정 구두 한 짝, 다시 돌아온 갈색 구두까지. 홈즈는 베이커 스트리트로 돌아오는 길 내내 침묵했다. 찡그린 눈썹과 날카로운 표정에서 그가 나처럼 이 이상하고 조각난 사건들을 하나의 틀에 끼워 맞추려고 애쓴다는 걸 알았다. 오후 내내 홈즈는 담배 연기에 파묻혀 생각에 잠겨 있었다.

저녁 식사를 하기 전에 전보 두 통이 왔다. 첫 번째는 다음과 같았다.

배리모어가 바스커빌 저택에 있다는 소식을 방금 받았음.

바스커빌

두 번째 전보는 이랬다.

호텔 스물세 곳에 다 가봤으나 죄송하게도 「타임스」 조각은 못 찾았음.

카트라이트

"두 개의 실마리 모두 놓쳤어, 왓슨. 자꾸 예상을 빗나가는 사건처럼 흥미로운 것도 없지. 다른 흔적을 찾아봐야겠어."

"미행자를 태웠던 마부가 남아 있잖아."

"맞았어. 마부 이름과 주소를 알아보려고 마차 등록소에 전보를 보내놨어. 대답이 온 것 같은데?"

초인종이 울렸고 기대했던 대답보다 더 만족할 만한 것이 왔다. 문이 열리고 거칠어 보이는 남자가 들어왔는데 마부가 틀림없었다.

"여기 사시는 분이 2704번을 찾는다고 사무실에서 전해주더군요. 마차를 몬 지 7년이 넘었지만 손님에게 어떤 불만도 들어본 적이 없습니다. 대체 불만 사항이 뭔지 직접 들어보려고 이렇게 찾아왔습니다."

그 남자가 말했다.

"불만이라뇨. 그런 건 없습니다. 오히려 제 질문에 답해주신다면 반 파운드를 사례하지요."

홈즈가 말했다.

"음, 운수 좋은 날이네. 뭘 물어보시려고요?"

마부는 씩 웃으며 말했다.

"우선 이름과 주소를 좀 불러주세요. 다시 연락하게 될지도 모르니까요."

"존 클레이턴, 버러의 터피 스트리트 3번지요. 마차는 워털루역 근처 시플리 야드 소속이고요."

홈즈가 받아 적었다.

"그럼 클레이턴 씨, 오늘 아침 10시에 이 집을 관찰하고 두 신사를 리젠트 스트리트까지 미행했던 사람에 대해 좀 말씀해주세요."

마부는 적잖이 놀라 당황한 기색이었다.

"별로 드릴 말씀이 없어요. 저보다 많이 알고 계신 것 같은데요. 사실 그 남자는 자기가 탐정이라면서 누구에게도 아무 말하지 말라고 하셨어요."

"이봐요, 이건 중요한 문제예요. 뭔가 숨긴다면 곤란한 입장에 처하게 될 겁니다. 탐정이라고 했단 말이죠?"

"네, 그러더라고요."

"언제 그렇게 말하던가요?"

"내리면서요."

"다른 말은 더 없었고요?"

"이름을 말해줬어요."

홈즈는 나에게 성공했다는 눈빛을 보냈다.

"오, 이름을 말했단 말이죠? 조심성 없는 사람이었군. 그래, 이름이 뭐라던가요?"

"자기 이름이 셜록 홈즈라고 했어요."

마부가 답했다.

이렇게까지 당황한 홈즈의 얼굴은 이때 처음 봤다. 홈즈는 놀란 나머지 잠시 말을 잃고 앉아 있었다. 그러고는 갑자기 껄껄 웃어젖혔다.

"당했어, 왓슨. 제대로 한 방 먹었어! 그자는 나만큼이나 재빠르고 유연한 사람이야. 그 순간 나를 앞질러 점수를 냈군. 자기 이름이 셜록 홈즈라고 했단 말이죠?"

"네, 선생님. 그게 그분 이름이었어요."

"대단해! 그 사람을 어디에서 태웠나요?"

"아침 9시 반에 트래펄가 광장에서 마차를 불렀어요. 자기가 탐정이라면서 아무것도 묻지 않고 자기 말대로 하면 2기니를 주겠다고 하더라고요. 좋다고 했죠. 먼저 노섬벌랜드 호텔로 가서 두 신사분이 나와 마차를 잡을 때까지 기다렸어요. 그 사람들이 탄 마차를 따라서 이 근방까지 왔고요."

"바로 이 집 앞이었죠."

홈즈가 말했다.

"글쎄요, 그건 잘 모르겠는데, 제 손님은 다 알고 있었던 것 같아요. 이 길 중간쯤에서 한 시간 반쯤 기다렸어요. 그리고 두 신사분이 걸어서 우리를 지나가자 뒤를 따라 베이커 스트리트를 지났고……."

"그건 알고 있어요."

"리젠트 스트리트 4분의 3 정도를 지났을 때였는데, 갑자기 그분이 쪽문을 열어젖히더니 당장 워털루 역으로 빨리 가야 한다고 소리쳤어요. 채찍을 휘두르며 달렸더니 10분도 안 돼 도착했고요. 그러자 그분이 2기니를 주셨어요. 운도 좋았죠. 그러고는 그분은 역으로 들어갔어요. 내리면서 이렇게 말하더군요. '자네가 오늘 셜록 홈즈를 태우고 다녔다는 걸 알면 재밌을 거야.' 그래서 그분 성함을 알게 된 겁니다."

"그렇군요. 그 뒤엔 다시 못 만났고요?"

"네. 역으로 들어가셨어요."

"셜록 홈즈 씨는 어떤 인상이었나요?"

마부는 머리를 긁적이며 말했다.

"글쎄요, 뭐라 설명하기가 쉽지 않아요. 40대로 보였고 키는 보통, 선생님보다 10센티미터쯤 작았어요. 차림새가 상류층 같았고 끝이 잘 다듬어진 검은 턱수염을 기르고 있었고, 안색은 창백했어요. 더는 모르겠네요."

"눈은 무슨 색이던가요?"

"그건 모르겠어요."

"더 기억나는 건 없어요?"

"네, 선생님. 없어요."

"음, 그럼 여기 반 파운드 받으세요. 뭔가 더 기억나서 알려주신다면 반 파운드를 더 드리겠습니다. 안녕히 가세요!"

"안녕히 계세요, 선생님. 감사합니다!"

존 클레이턴은 싱글거리며 나갔고, 홈즈는 나를 돌아보며 어깨를 으쓱하고는 허탈한 미소를 지었다.

"세 번째 실마리도 완전히 끊어졌고 다시 제자리야. 교활한

자식! 우리 주소를 알았고 헨리 바스커빌 경이 나에게 자문을
구한 것도 알아냈어. 리젠트 스트리트에서 나를 알아보고, 내가
마차 번호를 외웠다가 마부를 찾을 거라는 것도 내다본 거야.
그리고 이렇게나 대담한 메시지를 준비해둔 거지. 왓슨, 이번엔
제대로 된 적수를 만났어. 런던에서는 내가 당했어. 데번셔에서
는 네 운이 좋길 바랄 수밖에. 하지만 마음이 놓이진 않아."

"뭐가?"

"널 보내는 일 말이야. 이건 지독한 사건이야, 왓슨. 지독하고
위험한 사건. 알면 알수록 맘에 안 들어. 그래, 웃을지 모르겠지
만, 진심으로 네가 베이커 스트리트로 무사히 돌아오기만 한다
면 좋겠단 심정이야."

6장

바스커빌 저택

헨리 바스커빌 경과 모티머 박사는 준비를 마쳤고 약속된 날 우리는 데번셔로 출발했다. 미스터 셜록 홈즈는 나를 역까지 데려다주며 마지막 경고와 조언을 덧붙였다.

"왓슨, 편견이 생길 수도 있으니 내가 짐작하고 있는 가설이나 정황은 말하지 않을래. 그냥 사실 자체를 최대한 상세하게 나한테 알려주면 좋겠어. 가설은 내가 세울게."

"어떤 사실들?"

"필요해 보이는 거라면 뭐든지. 이 사건에 간접적인 거라도. 특히 젊은 바스커빌과 이웃들 간의 관계라든가 찰스 경의 죽음을 둘러싼 새로운 점들이 나오면 꼭 알려줘. 나도 지난 며칠간 조사를 해봤지만 안타깝게도 별로 건진 게 없어. 하나 분명해 보이는 건, 다음 상속자라는 제임스 데즈먼드 씨는 아주 상냥한 노신사여서 이런 계략을 꾸밀 사람은 아니라는 점이야. 그 사람은 우리 계산에서 아예 제외해도 될 것 같아. 결국 남는 것은 황야에서 헨리 바스커빌 경 주위에 있는 사람들뿐이지."

"배리모어 부부를 일단 어디로 보내는 게 좋지 않겠어?"

"절대 그건 안 돼. 그렇게 한다면 큰 실수야. 만약 그 부부가 무고하다면 그건 너무 잔인하고 불공평한 처사이고, 설사 그들이 범인이라 하더라도 그걸 밝혀낼 기회를 잃는 것이니까. 안 돼, 안 돼. 그들은 계속 용의선상에 남겨둬야 해. 그리고 내 기억이 맞는다면 저택에 마부가 한 사람 있을 거고, 또 황야에는 농부가 둘 있을 거야. 그리고 모티머 박사는 우리가 전적으로 믿고 있지만 박사의 아내에 대해선 전혀 아는 바가 없지. 박물학자라는 스테이플턴이 있고, 그 여동생이 있어. 젊고 매력적이라고 하더라. 래프터 저택의 프랭클랜드 씨 역시 아직 알 수 없는 인물이고.♦ 그리고 이웃이 한둘 더 있을 거야. 이 사람들을 특히 잘 보라고."

"최선을 다할게."

"총도 챙겼지?"

"응. 가져가려고."

♦ BBC 《셜록》 〈바스커빌의 개〉에도 프랭클랜드와 스테이플턴이 모두 등장한다. 둘 다 바스커빌 군사기지 연구소에서 일하는 박사로 등장하는데, 원작처럼 바스커빌 주변에서 존재감을 드러내며 사건의 용의자 중 한 명으로 의심받는다. 또한 모티머 박사는 드라마에서도 헨리의 치료사로 등장한다.

"그래야지. 권총은 밤낮으로 곁에 두고 긴장을 늦추지 마."

우리 친구들은 벌써 일등칸에 자리를 잡아놓고 승강장에서 우릴 기다리고 있었다.

무슨 일 없었느냐는 내 친구의 질문에 모티머 박사가 대답했다.

"아뇨, 새로운 일은 없었어요. 한 가지 확실한 것은 지난 이틀간 우리 뒤를 밟은 사람은 없다는 거예요. 밖에 나갈 때 항상 주위를 경계하며 다녔거든요. 누구라도 저희 눈을 피해 따라다니진 못했을 겁니다."

"항상 두 분이 같이 다니셨던 거죠?"

"어제 오후만 빼고요. 시내에 나올 때면 항상 하루쯤은 순수하게 즐기거든요. 외과대학 박물관을 둘러봤어요."

"저는 공원에 사람 구경하러 나갔었습니다. 하지만 아무 일도 없었어요."

바스커빌이 말했다.

"두 분 모두 경솔하셨군요. 헨리 경, 제발 부탁인데 혼자 다니지 마세요. 그랬다간 엄청난 불행이 올 거라고요. 신발은 찾으셨어요?"

홈즈가 심상찮은 표정으로 고개를 저으며 말했다.

"아뇨, 선생님. 결국 못 찾았지 뭡니까."

"그렇군요. 재밌는데요. 그럼, 안녕히 가세요. 헨리 경, 모티머 박사님께서 읽어주셨던 그 기괴한 전설의 한 구절을 꼭 명심하세요. '악의 기운이 솟아나는 어둠이 깔리거든 황야에 나가지 마라.' 절대 잊지 마세요."

기차가 승강장을 막 떠날 때 홈즈가 당부했다.

기차가 역에서 멀어지자 나는 뒤를 돌아봤다. 훤칠하고 근엄한 홈즈가 미동도 없이 우리를 응시하고 있었다.

여행은 시간 가는 줄도 모르게 즐거웠다. 나는 일행 둘은 물론이고 모티머 박사의 스패니얼과도 친해졌다. 불과 몇 시간 만에 갈색 흙 대신 붉은 토양이 나타났고 벽돌 건물 대신 화강암 지대가 나타났다. 튼튼한 울타리 안에서 붉은 소들이 풀을 뜯었다. 무성한 풀과 풍성한 농작물들은 기후가 습한 만큼 토양도 비옥하다는 걸 보여주고 있었다. 젊은 바스커빌은 창밖을 열심히 내다보다가 익숙한 데번셔 풍경을 알아보고는 환호성을 질렀다.

"왓슨 박사님, 전 여길 떠나고 나서 근사한 나라에서 지냈습니다. 하지만 이곳만 한 곳은 없군요."

"데번셔 사람들은 항상 자기 고향을 걸고 맹세한다니까요."

내가 맞장구쳤다. 그 말에 모티머 박사가 입을 열었다.

"고향 때문이기도 하지만 혈통 때문이기도 합니다. 여기 헨리 경도 척 봐도 켈트인의 둥근 두상을 갖고 있어요. 켈트인 특유의 열정과 소속감을 내면에 갖고 있단 뜻이죠. 애석하게 세상을 떠난 찰스 경께서도 특이한 두상을 갖고 있었는데, 게일인 두상 과 아일랜드인 두상의 특징이 반반씩 있었어요. 그런데 헨리 경 은 바스커빌 저택을 아주 어릴 때 보지 않았나요?"

"아버지가 돌아가실 때 전 겨우 10대 소년이었어요. 아버지께 선 남쪽 해안의 작은 오두막에 사셔서, 전 저택을 본 적은 없어 요. 그 뒤로 전 미국에 있는 친구에게로 건너갔고요. 왓슨 박사 님처럼 저도 여기가 다 새롭습니다. 황야도 빨리 보고 싶네요."

"그렇습니까? 그렇다면 그 소원은 쉽게 이뤄지겠군요. 바로 여기서부터 황야예요."

모티머 박사가 창밖을 가리키며 말했다.

낮게 굽이진 숲과 푸른 들판 너머로 멀리 잿빛의 우중충한 언 덕이 보였다. 어둡고 희미한 꼭대기는 꿈에나 나올 법한 환상적 인 풍경처럼 이상하게 뾰족 솟아 있었다. 바스커빌은 한참 동안 풍경을 바라보았는데, 나는 그 열중한 표정에서 이 희한한 장 소를 처음 본다는 게 그에게 어떤 의미인지 알 수 있었다. 이곳 은 바스커빌의 혈통이 오랫동안 지배해 그 자취가 깊이 새겨진 곳이었다. 트위드 정장을 입고 미국 억양을 쓰는 바스커빌은 여 기 평범한 열차 객실 구석에 앉아 있었지만, 어둡지만 살아 있 는 그의 표정에서 그가 불같고 남자다운 기질을 지닌 고귀한 혈 통의 후손임을 여실히 느낄 수 있었다. 짙은 눈썹과 예민한 코, 커다란 적갈색 눈동자에는 자부심과 용기, 강인함이 있었다. 저

으스스한 황야에서 우리 앞에 험난하고 위험한 일이 닥쳐온다
해도, 그는 분명 용감하게 함께 나서 위험을 무릅쓰고 맞서 싸
울 것이다.

기차가 길가의 작은 역에 멈춰 서자 우리는 내렸다. 야트막
한 하얀 울타리 너머로 사륜마차와 말 두 필이 기다리고 있었
다. 우리의 방문이 굉장한 사건인지 역장과 짐꾼들이 우르르 오
더니 짐을 날라주었다. 아담하고 소박한 시골이었지만 검은 제
복을 입은 군인 같은 남자 둘이 문가에 서 있는 걸 보고 좀 놀랐
다. 남자들은 짧은 소총에 기대고 있다가 우리가 지나가자 날카
롭게 힐끗 쳐다봤다. 무뚝뚝한 인상에 쭈글쭈글하고 자그마한
마부가 헨리 바스커빌 경에게 인사를 했다. 몇 분 후 우리는 하
얗게 탁 트인 도로 위를 나는 듯 달리고 있었다. 완만하게 경사
진 초원이 길 양쪽으로 펼쳐졌고 오래된 삼각지붕 집들이 짙은
녹음 사이로 살짝 모습을 드러냈다. 하지만 햇살이 쏟아지는 이
평화로운 시골 뒤편으로는 저녁 하늘보다 더 어두운 황야가 펼
쳐져 있었다. 길고 음울하게 굽이진 황야에는 불길하게 삐죽삐
죽 솟은 언덕들이 여기저기 보였다.

마차는 옆길로 방향을 틀어 수백 년간의 바큇자국으로 깊은
골이 파인 길을 따라 굽이진 오르막길로 들어섰다. 양옆의 높은
비탈은 이끼와 고사리로 빽빽이 덮여 있었다. 갈색으로 물든 고
사리와 여기저기 익어가는 검은딸기나무가 지는 햇살에 어슴푸

레 빛났다. 마차는 계속해서 오르막을 달렸고 우리는 좁은 돌다
리를 건너 회색 바위들 사이로 거품을 내며 물살이 굽이치는 개
울을 에둘러 갔다. 참나무와 전나무로 빽빽한 골짜기를 따라 길
과 개울이 이어졌다. 마차가 모퉁이를 돌 때마다 바스커빌은 즐
거워하며 탄성을 질렀고, 연달아 질문을 던지며 주위를 열심히
둘러보았다. 모든 것이 바스커빌의 눈엔 아름다워 보였겠지만,
나에겐 한 해가 저무는 것이 그대로 보이는 시골 풍경이 괜스레
우울하게 느껴졌다. 길에는 노랗게 물든 잎이 양탄자처럼 깔려
있었고 마차가 지나자 나부끼며 떨어져 내렸다. 생명을 다해가
는 초목들 사이를 지날 때는 마차 바퀴가 덜컹대는 소리도 잦아
들었다. 내 눈엔 이것들이 돌아온 바스커빌 상속자의 마차 앞에
대자연이 던져주는 슬픈 선물처럼 보였다.

"아니! 저게 뭐지?"

모티머 박사가 외쳤다.

관목으로 뒤덮인 가파른 언덕이 황야에 외따로 솟아 있었다.
그 꼭대기에는 마치 받침대 위에 놓인 기마병 동상처럼 말 탄
군인이 또렷하고 굳건하게 서 있었다. 그는 근엄하게 소총을 차
고 우리가 지나는 길을 주시하고 있었다.

"무슨 일이지, 퍼킨스?"

모티머 박사가 물었다. 마부는 앉은 자리에서 반쯤 몸을 돌려
대답했다.

"프린스타운 교도소에서 죄수 하나가 탈옥했다고 합니다, 선생님. 탈옥한 지 3일째인데요, 교도관들이 모든 도로며 역마다 지키고 있지만 아직 못 잡은 모양이에요. 이 근방 농부들이 아주 질색을 하고 있습니다, 선생님. 그래서 이런 겁니다."◆

"흠, 신고하면 5파운드를 받는다고 알고 있는데."

"맞습니다, 선생님. 하지만 언제 목에 칼이 들어올지 모르는데 5파운드가 대순가요. 아시다시피 그놈은 보통 죄수가 아닙니다. 무슨 일이든 마구잡이로 저지를 놈이에요."

"탈옥수가 누군데?"

"셀던이라고, 노팅힐 살인자예요."

난 그 사건을 잘 알고 있었다. 살인 사건에 나타나는 특유의 흉포함과 악의적인 잔인성이 총동원된 사건이어서 홈즈가 관심을 가졌었기 때문이다. 사형을 면했던 것은 정신 상태에 문제가 있는 것 같다는 의심 때문이었다. 그 정도로 끔찍한 범죄였다. 마차가 오르막 정상에 다다르자 너른 황야가 눈앞에 펼쳐졌다. 황야에는 울퉁불퉁하고 험준한 돌무덤과 바위산들이 군데군데 솟아 있었다. 거기에서 불어오는 싸늘한 바람에 우린 오싹해졌다. 저기 어딘가 황량한 평원에 그 사악한 자가 야생 짐승처럼 굴을 파고 숨어 있을 것이다. 자신을 쫓아냈던 모든 사람들에

◆ BBC 《셜록》 〈바스커빌의 개〉에서는 탈옥수 에피소드가 빠져 있지만, 바스커빌을 군사 지역으로 설정함으로써 경계 태세를 갖춘 군인들의 모습을 자연스럽게 등장시킨다.

대한 악의에 불타서 말이다. 으스스한 바람과 어두워진 하늘은 이 척박한 불모지에 음울한 느낌을 더했다. 심지어 바스커빌까지도 숨죽이며 외투를 여몄다.

비옥한 전원은 이제 우리 뒤 저 아래로 사라졌다. 뒤를 돌아보니 저물어가는 석양은 냇물을 금빛 물결로 바꿔놓고는 막 쟁기질한 붉은 토양과 얽혀 있는 넓은 숲 위로 빛나고 있었다. 우리 앞에 놓인 길은 더욱 음산하고 사나워졌다. 군데군데 커다란 바위가 솟아 있는 적갈색과 황록색의 광대한 비탈길이 펼쳐졌다. 간간이 황야의 오두막을 지났는데, 담쟁이덩굴 하나 없어 황량한 돌담과 돌 지붕이 그대로 드러나 있었다. 갑자기 컵처럼 움푹 파인 곳이 나타났는데, 수년간의 비바람에 뒤틀리고 꺾인 참나무와 전나무 들이 여기저기 솟아 있었다. 이 나무들 사이로 좁고 긴 탑 두 개가 보였다. 마부는 채찍으로 그 탑을 가리키며 말했다.

"바스커빌 저택입니다."

저택의 주인은 두 뺨이 상기된 채 눈을 반짝이며 일어났다. 몇 분 후 우리는 저택 관리실에 도착했다. 연철로 만들어진 대문은 미로처럼 얽힌 환상적인 무늬로 장식되어 있었고 궂은 날씨를 견뎌왔을 기둥은 이끼로 뒤덮인 채 바스커빌의 상징인 수퇘지 머리를 받치고 있었다. 관리인 주택의 검은 화강암 벽은 무너질 듯 보였고 서까래도 드러나 있었지만 그 너머에는 아직

공사가 반쯤 남은 새 건물이 보였다. 찰스 경의 남아프리카 사업이 가져온 첫 번째 결실이었다.

입구로 들어서자 낙엽 때문에 마차 바퀴 소리가 잠잠해졌고 오래된 나무들이 가지를 뻗어 음침한 터널처럼 우리 머리 위를 덮었다. 바스커빌은 저 멀리 길 끝에 유령처럼 깜박이는 집을 올려다보고는 몸을 부르르 떨었다.

"여긴가요?"

바스커빌은 낮은 목소리로 물었다.

"아뇨, 아닙니다. 주목나무 길은 반대편이에요."

젊은 상속자는 침울한 표정으로 주위를 둘러봤다.

"이런 곳이었다니, 삼촌이 불행이 다가올 거라고 예감했을 만도 하네요. 누구라도 겁을 먹었을 겁니다. 반년 안에 이 길에 전등을 쭉 달고 여기 현관 앞에 1,000촉광짜리 스완 전구와 에디슨 전구를 달아야겠습니다. 놀라실 겁니다."◆

길은 광대하게 넓은 잔디밭으로 이어져 있었고 그 앞에 저택이 있었다. 희미한 불빛 속에서 육중한 건물 중앙에 돌출되어

◆ BBC 《셜록》〈바스커빌의 개〉에서는 이 부분을 아주 인상적으로 변형시킨다. 소설 속 바스커빌 저택은 드라마에서 바스커빌 군사기지로 바뀌었으므로 주인공 헨리의 거주 공간을 새롭게 설정해야 했는데, 원작에서 묘사된 어둡고 웅장한 고택이 아니라 통유리창과 흰 벽이 돋보이는 밝고 개방적인 저택으로 그려진다. 이렇게 보면 저택을 밝게 개조하겠다는 젊은 준남작의 소원이 시간을 뛰어넘어 드라마에서 실현된 것처럼도 보인다. 그러나 전구 불빛은 드라마에서 강력한 섬광으로 변주되어 헨리의 환각을 불러오는 기제로 작용한다. 결국 이 대사는 드라마 속에서 자기 파괴적으로 실현된 셈이다.

있는 현관이 보였다. 건물 정면은 담쟁이덩굴로 잔뜩 뒤덮여 있었는데, 여기저기 덩굴이 손질되어 있어 창문이나 가문의 문장이 어두운 장막 사이로 드러나 보였다. 이 중앙 건물에는 탑 두 개가 솟아 있었다. 아주 오래된 총안이 여기저기 뚫려 있는 탑이었다. 탑의 양쪽 옆으로 검은 화강암 건물이 있었는데 좀 더 현대적으로 보였다. 두툼한 창문 기둥 사이로 희미한 불빛이 새어 나왔고 가파르게 치솟아 있는 지붕의 높은 굴뚝에서는 검은 연기 한 줄기가 피어오르고 있었다.

"어서 오십시오, 헨리 경! 바스커빌 저택에서 모시게 되어 영광입니다!"

키가 큰 남자가 현관의 어둠 속에서 걸어 나와 마차 문을 열어주었다. 저택의 노란 불빛 앞에 서 있는 여자의 형상도 보였다. 여자가 다가와 남자를 도와 짐을 내렸다.

"헨리 경, 저는 집으로 곧장 가봐도 될까요? 아내가 기다리고 있어서요."

모티머 박사가 물었다.

"저녁이라도 드시고 가시면 좋을 텐데요."

"아닙니다. 가봐야겠습니다. 처리할 일들도 밀려 있을 테고요. 집 안을 안내해드려야 하는데, 여기 배리모어가 저보다 훨씬 나을 겁니다. 그럼 안녕히 계세요. 제가 필요하시다면 낮이고 밤이고 지체 없이 사람을 보내시고요."

바퀴 소리가 멀리 사라지고 나는 헨리 경과 저택 안으로 들어 갔다. 현관문이 무겁게 닫히는 소리가 등 뒤에서 들렸다. 내부 는 우리 맘에 쏙 드는 훌륭한 공간이었다. 넓은 방에는 육중한 오크 나무 서까래가 높이 올려 있었는데 오래되어 검게 변한 채 였다. 높은 철체 삼발이 뒤로 보이는 웅장한 옛날식 벽난로에서 는 장작이 타닥타닥 타고 있었다. 마차를 오래 타서 몸이 얼어 있던 헨리 경과 나는 난로로 손을 뻗었다. 그러고는 주위를 둘 러봤다. 오래된 스테인드글라스로 장식된 높고 좁은 창문, 오크 나무로 덧댄 벽과 천장, 사슴 머리 박제, 벽에 걸린 문장. 방 중 앙에 있는 램프의 은은한 불빛에 모든 것들은 희미하고 흐릿하 게만 보였다.

"상상했던 그대롭니다. 그림에 나올 법한 오래된 저택 아닙니 까. 이곳에서 우리 가문 사람들이 500년 동안이나 살았다니, 생 각만 해도 숙연해집니다."

소년 같은 열정으로 주위를 둘러보는 헨리 경의 검은 얼굴이 빛났다. 헨리 경의 자리에도 불빛이 비쳤지만 긴 그림자가 벽을 타고 드리워져 있어 마치 검은 휘장을 두른 것처럼 보였다. 배 리모어는 우리의 짐 가방을 각각 방에 옮겨놓고는 우리에게 왔 다. 그에게서는 잘 교육받은 집사다운 차분한 분위기가 물씬 풍 겼다. 키도 크고 잘생긴 외모였는데 잘 다듬은 검은 턱수염 위 로 이목구비가 창백하게 도드라졌다.

"바로 저녁 식사를 하시겠습니까?"

"준비가 다 됐나요?"

"몇 분이면 끝납니다. 방에 가시면 따뜻한 물이 준비돼 있습니다. 경께서 새 사람을 고용할 때까지 저와 집사람은 기꺼이 여기 남아 일을 계속하려고 합니다. 하지만 새로운 환경에서는 더 유능한 일꾼들이 필요하실 겁니다."

"새로운 환경이라니요?"

"제 말씀은, 찰스 경께서는 완전히 은퇴하신 상태였기 때문에 저희 둘만으로도 충분히 일을 해나갈 수 있었습니다. 하지만 경께서는 당연히 더 많은 손님을 초대하실 텐데 그렇다면 집 안에서 일할 사람이 더 필요하실 겁니다."

"그러니까 아내와 함께 떠나겠다는 말이군요?"

"경께서 편하실 때가 되면 말입니다."

"하지만 당신 가족은 대를 이어 우리 집안에서 일하지 않았나요? 이 오랜 관계를 깨면서 바스커빌 생활을 시작한다고 생각하니 애석하네요."

순간 집사의 창백한 얼굴에 어떤 감정이 드러나는 것 같았다.

"저와 집사람도 그렇게 생각합니다. 하지만 솔직히 말씀드리자면, 저희는 찰스 경께 정이 많이 들었습니다. 찰스 경께서 돌아가시고 저희도 큰 충격을 받아 여기에 더 머문다는 것이 참 고통스럽습니다. 바스커빌 저택에서는 저희 마음이 계속 괴로울 것 같아 두렵습니다."

"하지만 다음 계획이라도 있나요?"

"뭐가 됐든 잘 해낼 수 있을 것 같습니다. 찰스 경께서 감사하게도 남겨주신 것도 있고요. 그럼 이제 방으로 안내해드리겠습니다."

오래된 홀 위쪽에는 난간이 죽 이어진 복도가 있었는데 양쪽 계단으로 올라갈 수 있었다. 이 중앙부부터 양쪽으로 건물 끝까지 긴 복도가 이어져 있었고 모든 침실 문은 이 복도 쪽으로 나 있었다. 내 방과 바스커빌의 방은 같은 쪽 복도에 있었는데 거의 옆방이었다. 이 방들은 저택의 중앙부보다는 훨씬 현대적으로 보였다. 밝은 벽지와 수많은 촛불들은 저택에 처음 도착했을 때 받은 음울한 인상을 다소 지워주었다.

하지만 홀과 붙어 있는 식당은 우울한 그림자가 드리워진 곳이었다. 길쭉한 방이었는데 바닥의 높낮이가 달라서 높은 쪽에는 바스커빌 사람들이 앉고 낮은 쪽에는 식솔들의 자리가 있었다. 한쪽 끝 식당이 내려다보이는 곳에는 악단이 앉을 수 있는 자리가 마련돼 있었다. 우리 머리 위로 검은 들보가 얹혀 있었고 그 위로 연기에 그을린 천장이 보였다. 횃불을 줄지어 밝히고 화려하고 왁자지껄한 연회를 열었던 지난날에는 아늑한 분위기였을 것이다. 하지만 까만 정장을 입은 두 남자만이 작은 갓등 앞에 앉아 있자니 목소리도 작아지고 기분도 가라앉았다.

엘리자베스 시대부터 섭정 시대에 이르기까지 다양한 복색을
갖춘 선조들의 초상화가 쭉 늘어서서 우리를 내려다보고 있었
다. 말없는 이들과 함께 자리에 앉아 있다는 느낌에 우리는 주
눅이 들었다. 우리는 식사 내내 거의 대화를 나누지 않았고, 식
사가 끝나자 난 그저 감사할 따름이었다. 우리는 현대식 당구대
가 있는 방으로 자리를 옮겨서야 담배를 피울 수 있었다.

헨리 경이 입을 열었다.

"아이고, 어딘지 모르게 주눅 드는 곳이네요. 돌려 말할 수도
있겠지만, 지금으로선 뭔가 잘못 짚은 듯한 느낌이에요. 이런
집에 삼촌 혼자 사셨다니, 마음 졸이며 사신 것도 놀랄 일이 아
니었군요. 괜찮으시다면 오늘 밤은 일찍 잠자리에 들지요. 내일
아침에는 좀 더 의욕이 생기겠지요."

잠자리에 들기 전에 커튼을 열고 창밖을 바라봤다. 현관 앞부
터 잔디밭이 펼쳐져 있었고 그 너머로 나무 두 그루가 거센 바
람에 흔들리며 우우 소리를 내고 있었다. 움직이는 구름 떼 사
이로 반달이 보였다. 차가운 달빛 아래 나무들 너머로는 가장자
리가 깨진 돌들이 굴러다녔고 멀리 낮게 굽이진 음울한 황야가
보였다. 나는 오늘 마지막으로 눈에 담은 이 풍경이야말로 다른
모든 것들을 대변해준다고 느끼며 커튼을 닫았다.

하지만 그게 마지막이 아니었다. 몸은 피곤했지만 이리저리
뒤척이며 잠을 청해봐도 쉽게 잠들지 못했다. 15분마다 멀리서

들려오는 괘종시계 소리 말고는 고택 전체가 죽은 듯 조용했다. 그런데 갑자기, 이 깊은 밤에, 선명하고 낭랑한 소리가 내 귀를 파고들었다. 한 여자가 흐느끼는 소리였다. 소리를 내지 않으려 숨죽였지만 참을 수 없는 슬픔 때문에 터져 나오는 소리였다. 난 일어나 앉아 유심히 들어봤다. 그리 멀리에서 나는 소리가 아니라 집 안에서 나는 소리가 분명했다. 30분쯤 신경을 곤두세우고 있었지만 괘종시계 소리와 외벽 담쟁이덩굴이 바람에 바스락대는 소리 말고 다른 소리는 더 들리지 않았다.

7장

메리핏 하우스의
스테이플턴 남매

다음 날 아침의 상쾌한 아름다움은 우리 마음속에 남아 있던 잿빛의 음울한 첫인상을 날려주었다. 헨리 경과 내가 식탁에 앉자 높은 창에서는 햇살이 쏟아졌고 창에 새겨진 가문의 문장은 반짝이며 그 색을 드러냈다. 어두웠던 벽면마저도 금빛 햇살에 청동처럼 반짝였다. 지난 저녁 우리의 영혼까지 음울하게 만들었던 바로 그 방이라는 게 믿기지 않을 정도였다.

"아무래도 이 집 때문이 아니라 우리 자신 탓이었나 봐요! 여행이 힘들었고 오는 내내 추웠잖습니까. 그래서 여기가 음울해 보였던 모양입니다. 이렇게 재충전을 하고 나니 모든 것이 활기차 보이는군요."

준남작이 말했다.

"하지만 모든 것이 마음가짐의 문제는 아니었던 것 같습니다.

어젯밤에 누군가가 흐느끼는 소리 못 들으셨습니까? 아무래도 어떤 여자 같았는데요."

내가 물었다.

"그것참 희한하네요. 저도 반쯤 잠들었을 때 그런 소리를 들었거든요. 하지만 한참 기다려봐도 더 들리지 않기에 꿈인가 생각했죠."

"전 똑똑히 들었습니다. 분명히 여자가 우는 소리였어요."

"당장 확인해봐야겠군요."

헨리 경은 종을 울려 배리모어를 부르더니 우리가 겪은 일들을 전부 설명했다. 집사의 창백한 얼굴이 주인의 이야기를 들으며 더욱 창백해지는 것처럼 보였다.

"헨리 경, 이 집에 여자라곤 둘뿐입니다. 한 명은 부엌일하는 하녀인데 다른 동에 침실이 있습니다. 다른 한 명은 제 아내인데 제 아내가 낸 소리는 분명 아닙니다."

그가 대답했다.

하지만 그건 거짓말이었다. 내가 아침 식사를 마치고 긴 복도를 걸어오는 배리모어 부인을 만났을 때, 햇살을 받은 그녀의 얼굴을 보았기 때문이다. 배리모어 부인은 큰 체구에 아무 표정없이 입매를 단호하게 다물고 있었지만, 붉게 충혈된 눈을 감출 수는 없었다. 나를 힐끔 보는 눈꺼풀은 부어 있었다. 그렇다면 어젯밤 울었던 건 배리모어 부인이 틀림없고, 그걸 남편이 몰랐을 리 없다. 하지만 집사는 명백한 위험을 안으면서까지 단호하게 거짓말을 했다. 왜 그랬던 걸까? 그 부인은 왜 그렇게 비통하게 울었을까? 창백한 안색에 턱수염을 기른 이 잘생긴 사내 주위엔 이미 수수께끼 같은 음울한 분위기가 감돌고 있었다. 찰스 경의 시신을 가장 먼저 발견한 사람이 바로 이 집사였고, 우리는 고인의 죽음을 둘러싼 모든 정황들을 그의 입을 통해서만 알고 있는 상황이었다. 리젠트 스트리트에서 봤던 마차 속 인물이 배리모어였던 것은 아닐까? 수염은 지금 그대로였을 수 있다. 마부의 증언에 따르면 체구가 좀 더 작아야 맞지만, 그런 인상은 좀 틀릴 수도 있다. 그렇다면 난 이 상황을 어떻게 해결해야 할까? 우선 확실히 해야 할 일은 그림펜 우체국장을 만나 우리의 전보가 배리모어의 손에 직접 전달된 것이 맞는지를 확인하는 일이었다. 그렇다면 결론이 어떻게 나든 홈즈에게 보고할 만한 것이 생길 것이다.

헨리 경은 아침 식사 후 산더미 같은 서류들을 검토해야 했기 때문에 난 순조롭게 나들이를 갈 수 있었다. 황야 가장자리를 따라 6킬로미터쯤 상쾌하게 걸었더니 회색빛의 작은 마을이 나왔다. 다른 건물들과 달리 높이 솟은 큰 건물 두 개가 보였는데, 여관과 모티머 박사의 집이었다. 이 마을의 잡화상 주인을 겸하고 있는 우체국장은 그 전보를 똑똑히 기억하고 있었다.

"확실합니다. 선생님. 지시하신 대로 배리모어 씨에게 전보를 정확히 전달했습니다."

우체국장이 말했다.

"누가 배달했죠?"

"여기 제 아들요. 제임스, 지난주에 바스커빌 저택 배리모어 씨에게 전보 전달했었지?"

"네, 아버지. 전달했어요."

"배리모어 씨 손에 직접 전달했니?"

내가 물었다.

"음, 그때 다락에 올라가 있다고 해서 직접 드릴 수는 없었지만, 부인께서 받아서 곧장 전해주시겠다고 했어요."

"배리모어 씨를 보긴 봤니?"

"아뇨, 선생님. 그분은 다락에 계셨어요."

"못 봤다면서 다락에 있다는 건 어떻게 알았니?"

그러자 우체국장이 퉁명스럽게 끼어들어 대꾸했다.

"아니 뭐, 부인이니까 남편이 어디에 있는지 정확히 알았겠죠. 전보를 못 받았답니까? 그렇다면 배리모어 씨가 직접 와서 항의할 일이죠."

더 추궁하는 건 힘들 것 같았다. 어쨌든 홈즈의 책략에도 불구하고 배리모어가 그때 런던에 없었다고 단언할 증거는 사라진 셈이다. 그가 런던에 있었다고 가정해보자. 찰스 경이 살아 있는 모습을 마지막으로 본 이 사람이 영국으로 돌아온 새로운 상속자를 미행했던 사람일까? 그럼 어떻게 되는 건가? 누군가의 지시를 받고 움직였을까? 아니면 혼자서 사악한 의도를 품고 행한 일일까? 바스커빌 가문을 해침으로써 얻는 이득은 무엇일까? 「타임스」 사설에서 오려 만든 기묘한 경고 편지가 생각났다. 배리모어의 짓이었을까? 아니면 그의 계획을 수포로 돌리려는 누군가가 보낸 것이었을까? 생각할 수 있는 범행 동기라곤 헨리 경이 말했던 대로, 바스커빌 가문 사람들이 사라지면 배리모어 부부가 안락하고 영구적인 거처를 차지할 수 있다는 사실밖에 없다. 하지만 이런 식의 설명은 이 젊은 준남작 주변에 보이지 않는 그물처럼 드리운 깊고 치밀한 계획을 설명하기에 충분치 않다. 굉장한 사건들을 줄줄이 조사해왔던 홈즈도 이보다 복잡한 사건은 없었다고 말하지 않았던가. 쓸쓸한 잿빛 길을 걸어 돌아오면서 내 친구가 어서 다른 일들을 마치길, 그래서 내 어깨의 이 무거운 짐을 덜어주길 기도했다.

그러다 갑자기 뒤쪽에서 누군가 뛰어오는 소리와 내 이름을 부르는 소리에 생각의 흐름이 깨졌다. 모티머 박사일 거라고 생각하며 뒤돌아보니 놀랍게도 전혀 모르는 사람이 나를 쫓아오고 있었다. 작고 마른 체구에 깔끔하게 면도한 단정한 얼굴의 남자였는데, 금발에 턱이 뾰족했고 30대 중반 정도로 보였다. 남자는 회색 정장에 밀짚모자를 쓰고 있었다. 어깨에는 식물 채집을 위한 철제 상자를 메고, 한 손에는 초록색 잠자리채를 들고 있었다.

남자는 내가 서 있는 곳으로 헐떡이며 와서는 말했다.

"실례합니다만, 왓슨 박사님이죠? 정식으로 소개받을 때까지 기다릴 것도 없겠죠 뭐. 여기 황야 사람들은 다 한 가족이나 마찬가지니까요. 아마 제 친구 모티머 박사한테서 제 이름은 들었을 겁니다. 제가 메리핏 하우스의 스테이플턴입니다."

"잠자리채와 채집통을 보고 저도 그렇게 짐작하고 있었습니다. 스테이플턴 씨가 박물학자라고 들은 적이 있어서요. 그런데 어떻게 절 알아보셨습니까?"

내가 물었다.

"모티머 박사가 말해줬죠. 모티머 박사 집에 갔다가 진료실 창밖으로 선생님이 지나가는 걸 봤거든요. 저도 같은 방향으로 가야 하니 이참에 인사나 드리려고 뒤따라 나왔습니다. 여정이 길었을 텐데 헨리 경도 무탈하시지요?"

"네, 잘 계십니다."

"찰스 경의 비극적인 죽음 때문에 새로운 준남작이 바스커빌 저택에서 살지 않겠다고 할까 봐 우리 모두 걱정했습니다. 풍족하게 살아오셨을 분께 이런 곳에 내려와 뼈를 묻으라는 거니까요. 하지만 이곳으로선 참으로 의미 있는 일이란 건 두말할 필요도 없죠. 헨리 경께서 미신 같은 걸 두려워하시진 않으시죠?"

"아마 그럴 것 같아요."

"박사님도 바스커빌 가문을 괴롭힌 지옥의 개 전설을 들어보셨겠지요?"

"네, 들어봤습니다."

"농부들이 어찌나 숙맥들인지! 하나같이 황야에서 그런 괴물을 봤다고 맹세라도 할 태셉니다."

그는 웃으며 말했지만 눈빛을 보아하니 이 문제를 심각하게 생각하는 것 같았다. 스테이플턴은 다시 말을 이었다.

"그 얘기가 찰스 경의 상상력을 자극한 거죠. 그래서 이런 비극적 결말을 맞은 거라고 봅니다."

"하지만 어떻게요?"

"찰스 경은 신경이 아주 쇠약해져 있었기 때문에 어떤 개가 나타나더라도 놀라 심장에 치명적인 무리가 갔을 겁니다. 전 그분이 그날 밤 주목나무 길에서 뭔가를 보긴 봤을 거라고 생각합니다. 전 그 어르신을 좋아했는데, 심장이 약하다는 걸 알았기 때문에 무슨 재앙이라도 일어날까 봐 걱정했었지요."

"그건 어떻게 알고 계셨어요?"

"제 친구 모티머가 얘기해줬거든요."

"그러니까 스테이플턴 씨께서는 어떤 개가 찰스 경을 쫓아왔고 거기에 놀라 그 일이 일어났다고 보시는 거군요?"

"더 나은 생각이 있으십니까?"

"전 어떤 결론도 못 내리겠네요."

"셜록 홈즈 씨께선 뭐라고 하시던가요?"

그 말에 나는 잠깐 숨을 멈출 수밖에 없었다. 하지만 스테이플턴의 차분한 얼굴과 흔들림 없는 눈빛을 보니 일부러 날 놀라게 하려고 한 말 같지는 않았다. 그가 말을 이었다.

"아무리 왓슨 박사님에 대해 모르는 척해봤자 소용없겠죠. 박사님께서 기록하시는 탐정 이야기는 이곳에까지 알려져 있답니다. 홈즈 씨의 업적을 기리는 만큼 박사님 명성도 높아졌는걸요. 모티머가 박사님 성함을 말해준 이상 박사님이 누군지는 감출 수가 없죠. 박사님께서 여기 계시다는 건 셜록 홈즈 씨도 이 사건에 관심을 기울이고 있다는 뜻일 테고요. 그러니 자연스럽게 셜록 홈즈 씨의 의견도 궁금해져서요."

"그 질문엔 답해드릴 말이 없어 죄송하네요."

"그렇다면 홈즈 씨께서 직접 여기에 방문하시는 영광이 있을지 여쭤볼 수 있을까요?"

"현재로서는 런던을 떠날 수 없는 상황이에요. 한창 해결하고 있는 사건들이 있어서요."

"이런, 안타깝네요! 그분이라면 앞이 캄캄한 상황에서 한 줄기 빛을 비춰줄 수 있었을 텐데 말입니다. 하지만 박사님께서도 조사하시면서 제 도움이 필요하시다면 언제든 요청해주세요. 박사님께서 의심쩍게 생각하고 있는 게 뭔지, 사건을 어떻게 조사할 생각이신지 말씀해주신다면 지금이라도 도움을 드릴 수 있고요."

"전 단지 제 친구 헨리 경의 집을 방문한 것뿐이라 어떤 도움도 필요하지 않습니다."

"대단하십니다! 신중하게 경계하시는 게 당연하지요. 주제넘게 나선 제 잘못입니다. 다시는 이 문제를 거론하지 않겠다고 약속드리지요."

우리는 도로 옆쪽으로 황야를 가로질러 난 좁은 풀밭 길에 도착했다. 오른편으로는 바위가 여기저기 흩어져 있는 비탈진 언덕이 펼쳐져 있었는데 지난날 화강암 채석장이었던 곳이었다. 정면으로 보이는 어두운 절벽에는 틈새마다 양치식물과 검은딸기나무가 자라고 있었다. 저 멀리에서는 회색 연기가 피어오르고 있었다.

"이 황야 길을 따라 어느 정도 걷다 보면 메리핏 하우스가 나오지요. 한 시간 정도 여유가 있으시다면 제 여동생을 소개해드리고 싶은데요."

스테이플턴이 말했다.

처음 든 생각은 헨리 경 옆을 지켜야 한다는 것이었다. 하지만 그의 책상에 어지럽게 쌓여 있던 영수증이며 서류 다발들이 생각났다. 그걸 처리하는 데 분명 내가 도울 수 있는 일은 없다. 그리고 홈즈도 황야의 이웃들을 조사해야 한다고 분명히 말했다. 난 스테이플턴의 초대에 응했고 함께 길을 따라 내려갔다.

"황야란 멋진 곳입니다. 황야가 지겨워질 순 없을 거예요. 이 안에 담긴 놀라운 비밀들은 끝이 없으니까요. 어마어마하면서도 황량하고 또 신비로워요."

스테이플턴은 넘실대는 구릉지와 길게 자란 풀의 푸른 파도, 여기저기 화강암이 환상적으로 솟아 있는 산마루를 바라보며 말했다.

"황야에 대해 잘 아시나 보네요."

"전 고작 여기 2년 살았을 뿐이죠. 여기 사람들은 저보고 신참이라고 해요. 찰스 경이 여기 오시고 얼마 안 돼서 저희도 왔어요. 하지만 시골 구석구석을 누비고 다니는 게 제 취미니까요. 아마 이곳을 저보다 잘 아는 사람은 거의 없을걸요."

"알기 쉽지 않은 곳이죠?"

"아무래도 그렇죠. 예를 들면 여기 북쪽으로 기묘하게 솟은 언덕들 사이로 펼쳐진 대평원을 보세요. 뭔가 눈에 띄는 것이 있으신가요?"

"이 주변에선 드물게 말 달리기 좋은 곳 같은데요."

"그렇게 생각하시는 게 자연스럽겠죠. 하지만 지금까지 그렇게 생각한 사람들은 목숨을 바쳐야만 했습니다. 대평원 위로 밝은 녹색 지대가 두껍게 앉은 것이 보이실 겁니다."

"네, 다른 곳보다 비옥한 땅처럼 보이는군요."

스테이플턴은 웃었다.

"저기가 바로 그 엄청난 그림펜 늪이에요. 발 한번 잘못 디디면 사람이고 짐승이고 다 죽어나가죠. 바로 어제도 황야에 사는 조랑말 하나가 빠지는 걸 봤다니까요. 절대 못 나옵니다. 늪위로 한참 동안 머리만 겨우 쳐들고 있는 걸 봤는데, 결국 빨려들어갔어요. 건기에도 지나가기 위험한 곳인데 이렇게 가을비가 내린 후라면 정말 무시무시한 곳이 되죠. 하지만 전 늪 한가운데까지 갔다가 무사히 돌아올 수 있는 저만의 길을 알고 있지요. 세상에, 저기 불쌍한 조랑말이 또 있네요!"

푸른 풀 사이에서 버둥버둥 움직이는 갈색의 뭔가가 보였다. 조랑말은 괴로워 몸부림치며 긴 목을 빼 들더니 고통스러운 비명을 내질렀다. 황야에 메아리치는 섬뜩한 소리에 소름이 돋았지만, 나와 함께 있는 사람은 나보다 담력이 강한 것 같았다.

"죽었군요! 늪이 삼켰어요. 이틀 새 두 마리라……. 하긴 더 많을지도 모르죠. 건기에만 지나다니다 보니 늪에 빠지기 전까지는 그곳이 어떻게 변했는지 절대 모르는 겁니다. 그림펜 늪은 좋지 않은 곳이에요."

"그런데 저길 건너가실 수 있다고 하셨죠?"

"네, 날쌘 사람이라면 갈 수 있는 길이 한두 개 정도 있습니다. 제가 찾아냈어요."

"하지만 저렇게 끔찍한 곳을 왜 건너가려 하시는 겁니까?"

"음, 저 너머 언덕 보이시죠? 몇 해 동안이나 온 사방이 건널

수 없는 늪으로 둘러싸여 있어 정말이지 고립된 섬이나 마찬가
지예요. 저기에선 희귀 식물들과 나비들을 볼 수 있답니다. 건
너갈 수만 있다면 말이죠."

"언젠가 저도 행운을 시험해봐야겠군요."

스테이플턴은 놀란 얼굴로 나를 바라보며 말했다.

"제발 그런 생각일랑 버리세요. 박사님이 잘못되시기라도 하
면 제가 다 뒤집어씁니다. 장담하건대 박사님이 저길 건넜다가
살아올 확률은 없어요. 저는 복잡한 지형들을 확실히 기억하고
있기 때문에 가능한 거라고요."

"어이쿠! 이건 뭔가요?"

내가 외쳤다.

길고 낮은 울음소리가 말할 수 없이 슬프게 황야를 뒤덮었다.
그 소리가 공기를 가득 채워서 어디서부터 들려오는 소리인지
알 수가 없었다. 소리는 낮은 웅얼거림으로 시작해 크고 깊게
으르렁대더니 다시 음울하게 울리는 소리로 가라앉았다. 스테
이플턴은 호기심 가득한 표정으로 나를 바라보며 말했다.

"황야란 참으로 기묘한 곳이지요!"

"그런데 대체 무슨 소린가요?"

"농부들이 말하기론 바스커빌 사냥개가 먹이를 찾는 소리라
고 하더군요. 전에 한두 번 들어봤는데, 그때는 이렇게 크게 들
리진 않았어요."

간담이 서늘해진 나는 주위를 둘러보았다. 거대하게 솟은 평원 여기저기에 푸른 골풀들이 얼룩덜룩하게 보였다. 광대한 평원 위에는 아무런 움직임도 없었고, 뒤편 바위산에서 갈까마귀 한 쌍의 울음소리만이 울려 퍼졌다.

"스테이플턴 씨는 배우신 분인데 그런 말도 안 되는 이야기를 믿으신다고요? 이 이상한 소리가 왜 난다고 생각하세요?"

내가 물었다.

"때론 늪지가 괴이한 소리를 내기도 합니다. 진흙들이 가라앉거나 물이 올라오거나 하면서 말이죠."

"아니에요, 아니에요. 분명 살아 있는 생명체의 소리였어요."

"글쎄요, 어쩌면 그럴지도 모르죠. 혹시 알락해오라기가 우는 소리 들어보셨어요?"

"아뇨. 못 들어봤습니다."

"아주 희귀한 새죠. 현재 영국에서는 거의 멸종된 새입니다. 하지만 황야에서라면 뭐든 가능하니까요. 그래요, 아까 그 소리가 알락해오라기의 울음소리라고 해도 저는 그럴 법하다고 생각할 겁니다."

"살면서 들어본 소리 중 가장 이상하고 괴이한 소리였어요."

"네. 여긴 정말이지 요상한 곳이에요. 저기 언덕을 한번 보세요. 저게 뭐라고 생각하십니까?"

가파른 언덕 전체가 돌로 만들어진 회색의 둥근 고리들로 뒤덮여 있었다. 못해도 스무 개는 돼 보였다.

"저게 뭐죠? 양 울타린가요?"

"아닙니다. 우리 선조들이 살았던 집터예요. 선사시대 사람들은 황야에 모여 살았는데, 그 후론 거기에 아무도 살지 않았어요. 그래서 여태 선사시대 유적이 남아 있는 거지요. 지붕은 날아갔지만 저것들은 원형 움막의 흔적입니다. 안에 들어가 보면 그 당시 쓰던 난로며 의자까지 여전히 볼 수 있어요."

"저 정도면 한 부락이 살았던 것 같네요. 언제 살았던 건가요?"

"연도는 알 수 없지만 신석기시대입니다."

"뭘 하고 살았던 걸까요?"

"이 비탈에서 가축도 키웠을 거고, 돌도끼에서 청동 검으로 바뀌던 시대에는 주석을 찾으려고 땅 파는 법도 배웠을 겁니다. 반대편 비탈에 큰 도랑을 보세요. 저게 경계였을 겁니다. 보세요, 왓슨 박사님, 황야 주변엔 특이한 곳들이 정말 많아요. 아, 잠깐만요. 저건 분명 사이클로피데스인데."

나비인지 나방인지 작은 곤충이 우리 앞을 팔랑이며 지나가자, 순간 스테이플턴은 엄청난 열정으로 돌진하며 그걸 잡으려 했다. 당황스럽게도 그 곤충은 그림펜 늪으로 곧장 날아갔지만, 이 친구는 잠시도 멈칫하지 않고 이쪽 풀밭에서 저쪽 풀밭으로 뛰며 녹색 잠자리채를 허공에 휘둘러댔다. 회색 옷차림을 하고 이리저리 불쑥불쑥 뛰어다니는 그의 모습은 그 자체로 거대한 나방처럼 보였다. 서서 지켜보자니 그의 비상한 열정에 존경심이 생기는 한편 저 위험한 늪에 발이 빠지진 않을까 싶어 걱정되기도 했다. 그때 웬 발소리가 나서 돌아보니 한 여인이 내게로 오고 있었다. 이 여인은 연기가 한 줄기 피어오르던 메리핏 하우스 쪽에서 온 것이었다. 하지만 황야가 푹 꺼져 있어서 가까이 오기 전까지는 보이지 않았던 것이다.

아까 들었던 스테이플턴 양이 확실했다. 황야에 이런 아가씨가 더 있을 리도 없고, 그녀가 미인이라는 말을 누군가에게 들었던 기억이 났기 때문이다. 내게 다가온 여자는 확실히 미인이었다. 그것도 굉장히 보기 드문 미인이었다. 남매가 이렇게 다르게 생기기도 힘들 텐데, 회색 눈동자에 밝은 머리칼인 스테이플턴 씨와 달리 여동생은 내가 영국에서 만났던 그 누구보다도 짙은 흑갈색 머리칼에 날씬했고 우아하게 키가 컸다. 아름답게 조각된 얼굴에는 자신감이 넘쳤다. 균형이 너무 잘 잡혀 있는 바람에, 섬세한 입매와 열정이 담긴 아름답고 짙은 눈동자가 없었다면 감정 없는 마네킹처럼 보였을 것이다. 완벽한 몸매에 우아한 드레스를 입고 있으니 실로 황야의 길에 홀로 서 있는 신비로운 유령처럼 보였다. 오빠를 바라보던 그녀는 내가 돌아보자 내 쪽으로 재빨리 다가왔다. 내가 모자를 벗고 인사를 하려는 순간, 그녀의 입에서 생각지도 못한 말이 튀어나왔다.

"돌아가세요! 지금 당장 런던으로 돌아가세요."

난 놀라서 멍청히 바라볼 수밖에 없었다. 그녀는 이글거리는 눈빛으로 날 보면서 못 참겠다는 듯이 발을 구르기까지 했다.

"왜 돌아가야 하죠?"

내가 물었다.

"설명할 순 없어요. 하지만 제발 제 말대로 하세요. 돌아가서 다시는 황야에 발을 들이지 마세요."

그녀는 이상하게 혀 짧은 소리로 말했지만 목소리는 낮고 진지했다.

"하지만 이제 막 여기에 왔는데요."

"이봐요! 당신을 위해서 하는 경고라는 걸 모르시겠어요? 런던으로 돌아가세요! 오늘 밤에 당장 출발하세요! 무슨 수를 써서라도 여길 떠나시라고요! 쉿, 오빠가 오고 있어요. 오빠에겐 말하지 마세요. 저기 쇠뜨기말 사이에 나 있는 난초를 좀 뽑아 주실래요? 황야에는 난초가 많답니다. 물론 이곳의 아름다움을 보기엔 좀 늦게 오셨지만 말이에요."

스테이플턴은 곤충 쫓기를 포기하고 우리 쪽으로 돌아왔다. 뛰어다니느라 얼굴이 붉어진 채 숨을 몰아쉬고 있었다.

"어, 베릴!"

인사를 건네는 말투가 어딘가 다정하지 않게 느껴졌다.

"잭, 더워 보이네."

"응, 사이클로피데스를 쫓아갔다가. 진짜 희귀종이야. 늦가을 엔 좀처럼 안 보였는데. 그걸 놓쳐버렸어!"

스테이플턴은 태연하게 말을 이어갔지만 그의 작은 눈은 나와 스테이플턴 양 사이를 바쁘게 오갔다.

"서로 인사를 나누셨군요?"

"응. 헨리 경께 황야의 진정한 아름다움을 느끼기엔 좀 늦었다고 말씀드리고 있었어."

"뭐? 이분을 누구라고 생각한 거야?"

"헨리 바스커빌 경 아니셔?"

"아닙니다, 아녜요. 저는 평범한 서민이에요. 헨리 경의 친구 왓슨이라고 합니다."

내가 말했다.

그녀의 얼굴에 짜증 섞인 표정이 지나갔다.

"서로 딴소리를 하고 있었네요."

"뭐, 별로 대화 나눌 시간도 없었잖아."

그녀의 오빠가 여전히 캐묻는 듯한 눈빛으로 대꾸했다.

"왓슨 박사님을 그냥 손님이 아니라 여기 주민이라고 생각하고 이야기를 했거든. 알았다면 왓슨 박사님께 난초를 보기에 언제가 좋은 때인지를 말씀드릴 필요는 없었는데. 그렇지만 어쨌든 메리핏 하우스는 둘러보실 거죠?"

그녀가 물었다.

조금 걸으니 황야에 서 있는 적막한 집이 나타났다. 잘나가던 한때는 목축업자가 사용하던 농장이었지만 지금은 현대식 주택으로 수리한 집이었다. 집 주위는 과수원으로 둘러싸여 있었는데 역시나 황야답게 나무들은 비틀리고 꺾여 있어 전반적으로 음울한 분위기를 풍기고 있었다. 나이 많은 남자 하인이 우리를 맞아주었다. 쭈글쭈글하고 고약한 인상의 사람으로, 그 집과 딱 어울리는 분위기의 하인이었다. 하지만 안으로 들어가니 숙녀분의 취향에 맞춘 것처럼 보이는 우아한 가구들이 놓인 넓은 방이 나왔다. 창밖을 바라보니 군데군데 화강암이 드러난 황야가 지평선까지 끝없이 펼쳐져 있었다. 학식 있는 남자와 아름다운 여자가 대체 왜 이런 곳에서 살고 있는지 놀라울 따름이었다.

"기묘한 곳을 골랐죠? 하지만 즐겁게 지내고 있어요. 그렇지, 베릴?"

스테이플턴이 내 생각을 읽었다는 듯이 말했다.

"그럼요."

하지만 그녀의 대답엔 어떤 신념도 없었다.

스테이플턴이 다시 입을 열었다.

"전 학교를 경영했었어요. 북쪽 시골에 있는 학교였지요. 하지만 제 성격상 기계적으로 느껴지고 재미가 없더라고요. 그래도 아이들과 함께 지내며 성장을 돕고 아이들의 성격과 이상에 영향을 미치는 일은 제겐 아주 특별한 경험이었어요. 그런데 운이 없었지요. 학교에 심각한 전염병이 돌아 학생이 세 명이나 죽은 거예요. 너무나 치명적인 일이라 회복이 안 됐고 자금도 회수하지 못했어요. 그렇지만 아이들과의 멋진 관계를 잃어버렸다는 게 안타까울 뿐, 운이 없었던 건 웃어넘길 수 있는 일이죠. 전 식물학, 동물학에 워낙 빠져 있었기에 여기에 오니 연구거리가 넘쳐났어요. 제 동생도 저처럼 자연을 좋아했고요. 왓슨 박사님, 창밖 황야를 바라보는 박사님의 표정에 이런 생각들이 모두 묻어나더군요."

"안 그래도 좀 따분할 것 같다는 생각을 했어요. 스테이플턴 씨는 몰라도 여동생분께는 말이에요."

"아녜요, 그렇지 않아요. 따분한 적은 없었어요."

스테이플턴 양이 재빨리 대답했다.

"책도 있고 연구거리도 있고, 또 재미있는 이웃들도 있고요. 모티머 박사님은 자기 분야에서 아주 박식한 분이시죠. 그리고 고인이 되신 찰스 경도 존경스러운 벗이었어요. 잘 알고 지냈었는데 말할 수 없이 그립네요. 오늘 오후에 헨리 경을 찾아뵙고 인사를 드린다면 방해가 되려나요?"

"분명 기뻐할 겁니다."

"그렇다면 제가 찾아뵙겠다고 좀 전해주세요. 새로운 곳에 적응하실 때까진 변변찮지만 저희가 뭐라도 도움이 될 수 있을 테니까요. 위층도 둘러보시겠어요, 왓슨 박사님? 제가 수집한 나비 표본들을 보실래요? 영국 남서부 수집본 중 가장 완벽할 겁니다. 보시는 동안 점심 준비도 다 될 거예요."

하지만 난 얼른 돌아가 나의 임무를 다하고 싶었다. 황야의 음울함, 불쌍한 조랑말의 죽음, 바스커빌의 암울한 전설과 연관된 괴이한 소리, 이 모든 것들이 나의 사고에 슬픔을 더했다. 이런 느낌들은 다소 모호했지만 그 위에 스테이플턴 양의 확실하고 단호한 경고가 더해졌다. 진심 어린 진지한 경고였기 때문에 그 뒤에 뭔가 심각한 이유가 있을 거라는 생각이 들었다. 나는 점심을 먹고 가라는 권유를 사양하고 바로 돌아 나와 아까 걸었던 무성한 풀밭 길을 걸었다.

하지만 도로에 다다르기도 전에 스테이플턴 양이 길가 바위에 앉아 있는 걸 보고 화들짝 놀랐다. 이 동네 사람들만 아는 지름길이 있는 모양이었다. 스테이플턴 양은 서둘러 온 탓에 얼굴을 아름다운 붉은빛으로 물들인 채 손을 허리에 얹고 있었다.

"앞질러 오려고 뛰어왔어요, 왓슨 박사님. 시간이 없어 모자도 못 쓰고 나왔네요. 오빠가 찾기 전에 얼른 다시 가봐야 해요. 아까 박사님을 헨리 경으로 오해했던 거 사과드려요. 제가 했던 말은 잊어주세요. 박사님께 하는 말이 아니었어요."

"하지만 스테이플턴 양, 전 잊을 수가 없네요. 저는 헨리 경의 친굽니다. 헨리 경의 안전이야말로 저에겐 초미의 관심사고요. 왜 헨리 경이 런던으로 돌아가야만 한다고 생각하셨는지 이유를 말해주세요."

내가 말했다.

"그냥 여자의 변덕이에요, 왓슨 박사님. 아직 잘 모르시겠지만 전 특별한 이유 없이 말하거나 행동할 때가 있답니다."

"아니었잖아요. 아까 떨리던 목소리와 그 눈빛을 기억하고 있다고요. 제발, 제발 부탁입니다. 솔직하게 말해주세요, 스테이플턴 양. 여기에 오고 나서 쭉 뭔가가 저를 어두운 그림자처럼 뒤덮고 있는 기분이 들었어요. 군데군데 녹색이 드리워 있어 어디서 빠져버릴지, 어디가 길인지 도통 알 수 없는 저 그림펜 늪처럼, 제 삶도 그렇게 변하는 것 같았다고요. 그러니 아까 하신 말의 의미를 얘기해주세요. 헨리 경께 반드시 전하겠습니다."

스테이플턴 양은 잠깐 망설이는 표정을 지었지만 다시 눈빛을 다잡고는 대답했다.

"너무 깊이 생각하고 계시네요, 왓슨 박사님. 저희 오빠와 저는 찰스 경의 죽음으로 큰 충격을 받았어요. 정말 가까운 사이였고 황야를 건너 저희 집으로 오는 이 길을 좋아하셨거든요. 찰스 경은 바스커빌 가문에 드리운 저주에 너무 깊이 빠져 있었어요. 전 그런 비극이 일어났을 때 찰스 경의 공포가 어떤 원인이 되었을 거라고 자연스럽게 생각했었고요. 그래서 그 가문 사람이 여기에 내려와 사신다고 하니 괴로운 생각이 들었어요. 그래서 그분이 마주할 위험에 대해 경고해야 한다고 느꼈던 거예요. 제가 전하려던 것은 이게 답니다."

"하지만 뭐가 위험하다는 거죠?"

"사냥개 이야기를 아시나요?"

"그런 터무니없는 이야기는 안 믿습니다."

"하지만 전 믿어요. 헨리 경을 움직이실 수 있다면 그의 가문을 죽음으로 몰아간 이곳에서 그를 데리고 나가주세요. 세상은 넓잖아요. 왜 이렇게 위험한 곳에 살려는 거죠?"

"여기가 위험한 장소라는 바로 그 이유 때문에요. 그게 헨리 경의 성격인걸요. 뭔가 더 확실한 정보를 주지 않으신다면 헨리 경을 움직이기는 힘들 것 같군요."

"확실하게 알고 있는 게 없어서 분명히 말씀드릴 수 있는 것도 없어요."

"그렇다면 하나만 여쭙죠, 스테이플턴 양. 처음에 제게 했던 말이 이 이상 큰 의미가 없는 말이었다면 왜 오빠에게 말하지 말라고 하셨던 겁니까? 오빠든 누구든 반대할 리가 없는 얘기잖아요."

"오빠는 바스커빌 저택에 누군가 들어오길 바라고 있어요. 그게 황야의 가난한 사람들에게도 좋은 일이라고 생각하거든요. 만약 제가 헨리 경을 쫓아내려고 했단 걸 오빠가 안다면 화를 낼 거예요. 전 가봐야겠어요. 안 그러면 박사님을 만났다고 의심받을 거예요. 안녕히 가세요!"

그녀는 발길을 돌렸고 몇 분도 안 돼서 흩어진 바위들 사이로
자취를 감췄다. 난 막연한 두려움을 가득 안은 채 바스커빌 저
택으로 발걸음을 옮겼다.

8장
왓슨 박사의
첫 번째 보고서

여기서부터는 셜록 홈즈에게 보냈던 편지들을 옮겨 오는 방식으로 사건을 따라가겠다. 편지들은 내 책상 앞에 놓여 있다. 한 장이 없어졌지만 다른 것들은 모두 그대로다. 기억에 의존하는 것보다는 편지를 따라가는 것이 당시 이 비극적 사건에 대해 내가 느꼈던 감정들과 의구심을 정확히 보여줄 것이다.

10월 13일, 바스커빌 저택에서

홈즈에게

지난번에 보낸 편지와 전보로 이 버림받은 세계에서 일어난 최근 일들은 잘 알고 있겠지. 여기에 머물수록 황야의 기운이 영혼 깊숙이 파고 들어와. 그 막막함과 음울한 매력도 함께 말이야. 황야의 깊은 곳에 들어와 보면 오늘날 영국의 흔적 같은 건 잊게 되고 도처에 있는 선사시대 사람들의 집터와 흔적들에만 눈이 갈 거야. 산책이라도 할 때면 어디에 가나 고대 인류의 집터를 만나게 돼. 무덤이며 거대한 돌기둥들이 보여. 아마 신전의 기둥이었겠지. 험한 산비탈에 서 있는 잿빛 돌 움막들을 본다면 지금이 대체 무슨 시대인지도 잊게 될 거야. 만약 털이 북슬북슬한 원시인이 기어 나와 화살에 돌촉을 끼우고 있는 걸 보게 되더라도 그 사람이 너보다 여기에 더 자연스럽게 어울린다고 생각할걸? 이상한 건 말이야, 항상 불모의 땅이었을 이곳에도 사람들이 모여 살았었다는 점이야. 내가 고고학자는 아니지만 그들은 전쟁을 하기보다는 핍박당하는 민족이었던 것 같아. 아무도 정착하지 않은 빈 땅에 자리 잡을 수밖에 없었던 걸 보면.

하지만 뭐 이런 것들은 내가 여기 온 목적과는 다른 얘기들이지. 아마 엄격한 실용주의자인 네가 읽기엔 재미없게 들릴지도 모르겠어. 태양이 지구 주위를 도는 건지 지구가 태양 주위를 도는 건지에 대해서도 아무 관심 없었던 네가 기억나는군. 그래, 헨리 바스커빌 경 얘기로 돌아갈게.

최근 며칠 동안 나한테 아무 연락도 받지 못했을 텐데, 그건 오늘까지 별로 중요한 일들이 없었기 때문이야. 그러다 아주 놀라운 일이 벌어졌어. 그래서 편지를 쓰는 거야. 하지만 우선 이와 관련된 사실들을 먼저 전해야겠어. 먼저 황야로 달아난 탈옥수 이야기를 할게. 지금은 그 탈옥수가 멀리 달아난 게 확실해. 외따로 떨어져 있는 이 동네 사람들에겐 다행스러운 소식이지. 그가 탈옥한 지 2주가 지났는데, 그동안 그 탈옥수를 본 사람도 얘기를 들은 사람도 없어. 그동안 내내 황야에 숨어 있다는 건 믿기 힘든 일이지. 물론 은신하기엔 전혀 어려움이 없었을 거야. 돌 움막 중 하나에 들어가 숨기만 하면 되었을 테니까. 하지만 황야의 양들을 잡아먹지 않는 이상 먹을 걸 구할 데가 없었을 거야. 그래서 우린 탈옥수가 여길 빠져나갔을 거라 생각했어. 결론적으로 외딴곳의 농부들은 이제 두 다리 펴고 잠들 수 있게 되었지.

이 집에는 건장한 남자가 넷이나 버티고 있으니 안전하지만, 사실 스테이플턴 남매를 생각하면 걱정이 돼. 다른 집들하고 몇 킬로미터나 떨어져 있거든. 가정부 한 명에 늙은 하인 그리고 스테이플턴 남매뿐인데, 그 오빠라는 사람이 그렇게 강인한 남자는 아니거든. 노팅힐 사건을 보면 알겠지만 탈옥수는 극단적인 놈이라 일단 침입하고 나면 손쓰기 어려울 거야. 헨리 경과 나는 그들이 염려되어서 마부 퍼킨스를 보내서 함께 밤을 보내게 했지만 스테이플턴 씨가 말을 듣지 않았어.

실은 우리의 준남작이 이 어여쁜 이웃에게 상당한 관심을 보이기 시작했어. 헨리처럼 활동적인 사람에게 이 외로운 동네에서 보내는 시간은 정말 무료할 테고, 스테이플턴 양은 굉장히 예쁘고 매력적인 여인이니 뭐 놀랄 일도 아니지. 스테이플턴 양은 열대지방 같은 이국적인 느낌을 풍기는 여성이라, 감정을 잘 드러내지 않는 냉정한 그 오빠와 묘하게 대비돼. 하지만 스테이플턴 씨도 보이지 않는 불길 같은 성미를 갖고 있는 사람이야. 확실히 여동생을 장악하고 있어. 스테이플턴 양은 말할 때마다 뭔가를 허락받는 것처럼 계속 오빠의 눈치를 보더라고. 스테이플턴 씨는 여동생에게 다정한 건 확실하지만, 감정이 드러나지 않는 반짝이는 눈빛과 단호하고 얇은 입술을 보면 확신에 찬 사람 같기도 하고 어쩌면 냉혹한 사람 같기도 해. 직접 만나본다면 흥미로운 연구 대상이라고 생각할걸?

스테이플턴은 첫날에 바스커빌을 찾아왔었고, 다음 날 아침에는 잔인한 휴고 바스커빌 전설이 탄생한 장소로 우릴 데려가 줬어. 거기에 가려면 황야를 몇 킬로미터나 지나가야 했는데, 너무 음울한 곳이어서 그런 전설이 나올 법도 하다는 생각이 들더군. 우리는 험준한 바위산 사이에 있는 짧은 골짜기로 갔어. 하얀 황새풀이 군데군데 덮인 넓은 초지가 나왔고 그 가운데엔 거대한 돌 두 개가 솟아 있었어. 거대한 괴물의 오래된 송곳니처럼 끝이 뾰족하게 깎여 있었지. 모든 것이 그 비극적인 전설과 맞아떨어지더군. 헨리 경은 굉장한 관심을 보이며 스테이플턴에게 초자연적인 힘이 인간사에 개입할 수 있다는 것을 정말 믿느냐고 몇 차례나 묻더라고. 가벼운 말투였지만 진지하게 묻고 있다는 게 보였어. 스테이플턴은 대답에 신중을 기했지만 준 남작의 감정을 고려해서 자기의 생각을 다 털어놓지는 않았다는 걸 알 수 있었지. 그는 바스커빌 가문 사람들이 어떤 악마적 기운에 의해 고통 받았던 것과 비슷한 사례들을 몇 가지 들려주더라. 스테이플턴도 이 문제에 대해 다른 사람들이랑 비슷하게 생각하고 있다는 인상을 받았어.

돌아오는 길에 점심을 먹으려고 메리핏 하우스에 들렀어. 그때 헨리 경과 스테이플턴 양이 인사를 나누게 됐지. 처음 만났을 때부터 헨리 경은 스테이플턴 양에게 사로잡힌 모양이야. 양쪽 다 그랬던 것 같아. 헨리 경은 집으로 가는 내내 스테이플턴 양 얘기를 하고 또 했어. 그 후로 스테이플턴 남매를 안 만나고 넘어간 날이 거의 없을 정도야. 오늘 밤 남매가 여기서 저녁을 먹는다면 다음 주에는 우리가 거기로 가자는 말을 하는 식이었거든. 누구라도 이 둘의 만남이 스테이플턴에게 반가운 일이라고 생각할 거야. 하지만 난 헨리 경이 자기 여동생에게 관심을 보일 때마다 스테이플턴이 못마땅한 표정을 짓는 걸 몇 번 봤어. 여동생에게 굉장히 집착하고 있는 게 분명해. 여동생이 없으면 홀로 외롭게 살아야 하니 그럴 수도 있겠지. 하지만 그 둘의 결혼을 막기라도 한다면 진짜 이기적인 거야. 난 스테이플턴이 둘의 사랑이 무르익기를 바라지 않는다고 확신해. 그 둘이 마주 앉는 걸 막으려고 애쓰는 걸 몇 번이나 봤거든. 어쨌든 헨리 경을 절대 혼자 나가게 두지 말라고 했던 네 말을 따르기가 점점 부담스러워지고 있어. 가뜩이나 힘든데 그 둘 연애에 불이라도 붙는다고 쳐봐. 네 말대로 하다간 난 찬밥 신세가 되기 십상이라고.

지난번에, 그러니까 목요일에 말이야, 모티머 박사가 우리와 함께 점심을 들었어. 롱다운에 있는 고분을 발굴하고 있다는데, 선사시대 두개골을 발굴하고는 아주 들떠 있더라고. 이렇게 한결같은 열정을 가진 사람도 없을 거야! 뒤이어 스테이플턴 남매도 와서 모티머 박사의 안내로 다 같이 주목나무 길에 갔어. 헨리 경이 사건이 있던 날 정확히 무슨 일이 있었던 건지 보고 싶어 했거든. 주목나무 길은 길고 음울한 산책로더라. 높은 울타리가 쳐 있고 양옆으로 좁은 풀밭이 나 있는 길이었어. 반대편 끝에는 오래돼서 무너져 내릴 듯한 여름 별장이 있었고. 반쯤 내려가다 보면 찰스 경이 담뱃재를 떨어뜨렸던 황야의 문이 나와. 나무로 된 흰색 문인데 자물쇠가 걸려 있어. 그 너머는 광활한 황야야. 사건을 대하는 네 이론이 생각나서 일어난 모든 일들을 그려보려고 노력했어. 노신사가 저기 서 있었는데, 뭔가가 황야를 가로질러 오는 것을 보았고, 그것 때문에 공포에 사로잡혀 남자는 분별력을 잃게 되었어. 그리고 달리고 달리다가 공포에 기진맥진해 죽었다고 말이야. 찰스 경은 음울하고 긴 터널을 달렸던 거야. 하지만 뭘 보고 도망쳤을까? 황야의 양치기 개?

아니면 유령같이 조용하고 시꺼먼 괴물 사냥개? 사람이 개입된 사건일까? 창백한 얼굴로 예의주시하고 있는 배리모어는 털어놓은 것 외에 뭔가를 더 알고 있을까? 모든 게 희미하고 흐릿할 뿐이지만 이런 일 뒤에는 언제나 어두운 범죄의 그림자가 드리워 있는 법이지.

지난번 편지를 보낸 후에 난 또 다른 이웃을 한 명 만났어. 래프터 저택의 프랭클랜드 씨라고, 바스커빌 저택에서 남쪽으로 6킬로미터쯤 떨어진 곳에 사는 양반이야. 백발에 붉은 얼굴을 한 노인인데 성미가 고약해 걸핏하면 화를 내. 영국 법에 엄청난 열정이 있어서 소송하는 데에 어마어마한 재산을 날린 사람이야. 순전히 싸움하는 재미 때문에 싸우는 양반이라 자기가 어느 편에 서든 상관도 안 해. 그러니 그렇게 기꺼이 돈을 쓰고 있지. 한번은 자기가 길을 막아놓고는 교구 주민들이 자신을 상대로 소송을 걸게 하기도 했어. 또 한번은 다른 사람 대문을 부숴놓고 옛날부터 길이 있었던 곳이라고 주장해서 자신을 무단 침입으로 고발하게 만들기도 했지. 프랭클랜드는 영주권과 공유지권에 대해서는 모르는 게 없는데, 그 지식을 언제는 핀워디 주민들을 위해 쓰기도 하고 또 언제는 그들과 싸우기 위해 쓰기도 하는 사람이야. 그래서 최근의 입장이 어땠는지에 따라 의기양양하게 마을을 돌아다닐 때도 있고, 그를 본떠 만든 인형이 불태워질 때도 있다고 하더라고. 현재도 소송 일곱 개를 진행

중이라 남은 재산도 곧 날릴 것 같다고 하더라. 그렇게 되면 더
는 악쓰고 살지 않겠지. 법적인 문제만 빼면 친절하고 좋은 사
람인 것 같아. 네가 주변 인물들에 대해 알아봐 달라고 했기 때
문에 이런 얘기까지 하는 거야. 요즘 프랭클랜드는 흥미롭게도
아마추어 천문학자 놀이에 빠져 있어. 그는 굉장한 망원경을 갖
고 있는데, 하루 종일 황야를 훑어보며 그 탈옥수를 찾는 데 혈
안이 돼 있어. 이 일에만 몰두하고 있다면 다행인데, 모티머 박
사를 고발할 거라는 소문이 있어. 친인척의 동의 없이 고분을
파헤쳤다고 말이야. 모티머 박사가 롱다운의 고분에서 신석기
시대 두개골을 발굴했거든. 프랭클랜드 씨 덕분에 이곳 생활이
단조롭지는 않아. 이곳에 정말 필요한, 작지만 재미있는 위안을
주거든.

그럼 이제 탈옥수, 스테이플턴 남매, 모티머 박사, 래프터 저
택의 프랭클랜드 얘기까지 했으니, 중요한 얘긴 끝이야. 이젠
배리모어 부부에 대한 얘기를 더 할게. 특히나 어젯밤에 놀라운
일이 있었거든.

일단 배리모어가 어디에 있는지 확인하려고 런던에서 보냈었
던 전보 말인데, 우체국장의 증언 얘기는 이미 했었지. 그의 말
로 우리의 검증은 수포로 돌아가고 말았잖아. 헨리 경에게 그
문제에 대해 말했더니, 역시 철저한 걸 좋아하는 사람인지라 당
장 배리모어를 불러 그 전보를 직접 받았었는지 묻더라고. 배리

모어는 받았다고 말했어.

"배달부가 직접 당신 손에 전달해주던가요?"

헨리 경이 물었어.

배리모어는 놀란 표정으로 잠시 생각하더니 이렇게 답했어.

"아뇨. 전 그때 다락에 올라가 있어서 제 아내가 갖다 주었습니다."

"그럼 답변은 직접 보냈나요?"

"아닙니다. 아내한데 부탁해서 아내가 전보를 쳤습니다."

그날 저녁 배리모어는 자진해서 그 주제를 다시 꺼냈어.

"아침에는 제게 질문하신 의도를 잘 몰랐습니다, 헨리 경. 제가 신의를 저버리는 행동을 한 건 아니겠지요?"

헨리 경은 그런 게 아니라고 그를 달랬어. 런던에서 샀던 옷들도 모두 도착했겠다, 전에 입던 옷가지들을 제법 많이 줘서 그의 마음을 풀어줬지.

내가 보기에 배리모어 부인은 흥미로운 인물이야. 신중하고 믿음직한 데다가 절제력도 있고 점잖아서 금욕주의자에 가까운 사람이거든. 이렇게 감정을 절제하는 사람도 찾기 힘들 거야. 그런데 여기 온 첫날에 배리모어 부인이 비통하게 우는 소리를 들었다고 말했었잖아. 그날 이후로 몇 번 더 배리모어 부인 얼굴에서 울었던 흔적을 봤어. 뭔가 깊은 슬픔이 가슴을 쥐어뜯고 있는 모양이야. 뇌리에서 떠나지 않는 죄책감이 있나 싶기도 하고, 아니면 남편이 폭력을 휘두르는 건 아닌가 싶기도 해. 계속 배리모어라는 인물에 대해 어떤 의구심 같은 게 있었는데 어젯밤의 모험으로 이런 의혹은 절정에 달했어.

이 사건 자체만 놓고 보면 사소한 일일 수도 있어. 너도 알다시피 내가 원래 개운하게 자고 일어나는 사람이 아니잖아. 그런데 이 집에 온 이후로는 더욱 숙면을 취할 수가 없었어. 어젯밤 2시쯤이었는데 살금살금 걷는 발소리가 내 방문 앞을 지나길래 깼거든. 일어나서 문을 열고 엿봤지. 검고 긴 그림자가 복도 끝에 걸려 있었어. 손에 촛불을 들고 살금살금 걸어가는 남자의 그림자였어. 셔츠에 바지 차림이었고 맨발로 말이야. 모습은 거의 보이지 않았지만 대충 키를 봤을 때 배리모어였어. 아주 천천히 조심조심 걸어가고 있었는데, 뭔가 설명할 수는 없지만 왠지 남몰래 죄를 지은 듯한 모습이었어.

여기 복도가 중앙 홀을 둘러싼 발코니를 사이에 두고 양쪽으로 이어져 있다고 말했잖아. 난 그림자가 시야에서 사라질 때까지 기다렸다가 그를 따라가 봤어. 내가 발코니를 돌아 나왔을 때 그 남자는 저 멀리 복도 끝에 있었어. 그러다 어떤 방의 틈새로 가느다란 불빛이 새어 나오는 걸 보고 그자가 그 방으로 들어갔다는 걸 알았지. 그런데 거기 있는 방들은 모두 가구 하나 없이 비어 있는 방이거든. 거기로 들어갔다니 정말 이상하다는 생각이 들었어. 안에서 별다른 움직임 없이 서 있는지 빛이 혼들리지 않고 일정하게 새어 나오더라. 난 숨죽이고 다가가서 그 방을 슬쩍 엿봤어.

배리모어는 창가에 쭈그리고 앉아서 유리창에 촛불을 비추고 있었어. 옆얼굴이 반쯤 보였는데 뭔가를 기다리는 듯 굳은 표정으로 황야의 칠흑 같은 어둠을 응시하고 있더라. 몇 분 동안 꼼짝 않고 지켜보더라고. 그러더니 못 견디겠다는 듯한 몸짓으로 불을 끄면서 깊은 신음을 내뱉었어. 난 바로 내 방으로 돌아왔고 곧이어 살금살금 되돌아가는 발소리가 다시 들렸어. 한참 있다가 난 잠깐 잠이 들었는데 자물쇠를 여는 열쇠 소리 같은 게 들렸어. 어디에서 나는 소린지는 알 수가 없었어. 이게 다 무슨 일인지는 도통 모르겠지만 이 음울한 집에선 뭔가 비밀스러운 일이 벌어지고 있어. 머지않아 진상을 규명할 수 있겠지. 사실만을 알려달라고 했으니까 내 가설 같은 건 보태지 않을게. 오늘 아침에 헨리 경과 어젯밤에 본 것들에 대해 길게 상의를 하면서 작전을 좀 세워봤어. 아직은 말해주지 않겠어. 하지만 다음번 내 보고서는 분명 재미있을 거야.

9장

왓슨 박사의
두 번째 보고서

황야의 불빛

10월 15일, 바스커빌 저택에서

홈즈에게

임무 초반에는 별다른 소식들을 전해주지 못했지만 그걸 만회하려 하고 있다는 걸 알아줬음 좋겠어. 그리고 이제 여러 복잡한 사건들이 정신없이 터지고 있어. 지난번 편지에선 창가에 숨어 있던 배리모어 이야기를 하며 끝냈었잖아. 내가 틀린 게 아니라면, 지금부터 정말 놀랄 만한 이야기를 하려고 해. 예상치 못한 일들이 줄줄이 일어나고 있어. 어떤 면에선 지난 48시간 동안 상황이 분명해진 점도 있고, 또 어떤 면에선 더 복잡해졌다고 할 수도 있어. 하지만 판단은 너한테 맡기고 일단 모든 걸 적어볼게.

　모험을 결심한 날 아침, 난 식사를 하기 전에 복도를 따라가 그 방을 조사해봤어. 간밤에 배리모어가 있던 방 말이야. 배리모어가 붙어 서서 뭔가를 골똘히 응시하던 그 서쪽 창문을 보니, 그 집에 있는 다른 창문들과 다른 점이 하나 있더라고. 황야를 가장 가까이서 볼 수 있는 위치였어. 다른 창문에서는 언뜻 멀리 보이는 정도로만 황야를 볼 수 있는데, 그 창문에서는 나무 두 그루 사이로 황야를 바로 내다볼 수 있었어. 그러니까 배리모어는 황야에 있는 누군가 혹은 무언가를 보고 있었던 게 틀림없어. 그러기 위해서 이 창문 앞에 올 수밖에 없었던 거고. 하지만 그날 밤은 정말 칠흑같이 어두웠으니 배리모어가 누군가를 보기 위해 거기 있었다고 생각하긴 힘들어. 뭔가 치정 문제 같은 건 아닐까 하는 생각도 뇌리를 스쳤어. 그렇다면 배리모어가 살금살금 움직였던 점이나 아내에게 까탈스럽게 굴었던 점들이 모두 설명되니까. 그 정도로 눈에 띄게 잘생긴 사람이라면 시골 처녀의 마음을 훔칠 만도 하니, 이런 가설도 세워봄 직하다고 생각했어. 내가 방에 돌아와서 들었던 문 여는 소리는 비밀스러운 약속을 지키려고 나가는 소리였을지도 모르지. 아침에 나 혼자 생각해본 거야. 터무니없는 얘기일지도 모르겠지만 난 이런 쪽으로 의심하고 있었어.

　하지만 배리모어가 왜 그랬는지 설명할 수 있기 전까지 입 다

물고 꾹 참아야 한다는 건 너무 무거운 짐이었어. 난 아침을 먹고 나서 준남작을 서재로 불러 그날 본 걸 털어놓았지. 그런데 헨리 경은 내가 생각했던 것만큼 놀라지 않더라고.

준남작은 이렇게 말했어.

"배리모어가 밤중에 돌아다니는 건 알고 있었어요. 그래서 한번 얘길 할까 하고 있었죠. 두세 번쯤 복도에서 나는 발소리를 들었거든요. 박사님이 말한 바로 그 시간에 왔다 갔다 하는 소리였어요."

"그럼 밤마다 그 창문에 갔다 오는 모양이군요."

"아마도요. 만약 그렇다면 뒤를 밟아서 그가 찾는 게 뭔지 알아볼 수도 있겠군요. 홈즈 씨가 여기 있다면 어떻게 했을지 궁금한데요?"

"분명 홈즈도 그렇게 했을 겁니다. 배리모어를 따라가서 뭘 하는지 봤을 거예요."

"그럼 우리도 그렇게 해봅시다."

"하지만 분명 인기척을 느낄 텐데요."

"그 사람은 귀가 상당히 어두워요. 무슨 일이 있어도 이 기회를 잡아야 합니다. 오늘 밤엔 제 방에 함께 있다가 배리모어가 지나가길 기다려봅시다."

헨리 경은 들떠서 두 손을 비비더군. 이런 모험이 황야에서의 고요한 삶에 기분 전환이 되는 듯 신이 난 것 같았어.

준남작은 찰스 경의 유지를 받들기 위해 재건축 담당자하고 런던의 도급업자와 연락을 하고 있어. 곧 큰 변화가 시작될 것 같아 기대가 돼. 플리머스에서 인테리어 담당자와 가구업자도 왔어. 우리의 친구가 원대한 계획을 품고 있는 게 분명해. 다시 가문의 영광을 일으키기 위해 아낌없이 나서려는 모양이야. 저택 새 단장도 곧 끝나겠다, 이제 아내만 있으면 완벽해질 거야. 우리끼리 하는 얘기지만, 그 숙녀분이 원하기만 한다면 더 기다릴 필요도 없을 것 같아. 한 남자가 이렇게까지 여자한테 빠지는 건 본 적이 없거든. 우리의 아름다운 이웃 스테이플턴 양에게 말이야. 하지만 진정한 사랑의 과정이 반드시 예상대로 부드럽게 흘러가는 건 아니지. 오늘만 해도 예상치도 못한 파문이 이는 바람에 우리 친구는 당황해서 버럭 성을 냈어.

아침에 배리모어 이야기를 한 뒤에 헨리 경이 외출하려고 모자를 챙겨 쓰더라고. 물론 당연히 나도 따라 나갈 채비를 했지.

"아니, 따라오시려고요?"

준남작이 당황스럽다는 듯이 날 보며 물었어.

"그거야 황야에 가시는지 아닌지에 달렸습니다."

내가 답했지.

"황야에 갑니다."

"그럼, 제 임무를 아시잖아요. 방해하게 되어 죄송하지만 홈즈가 경을 혼자 두지 말라고 얼마나 신신당부했었는지 들으셨잖아요. 특히 황야에는 절대 혼자 가게 두면 안 된다고요."

헨리 경은 환하게 웃으며 내 어깨에 손을 올렸어.

"이봐요, 친구. 지혜로운 홈즈 씨도 이런 일은 예상하지 못했던 거죠. 황야에 오고서 제게 일어난 일 말입니다. 무슨 뜻인지 아시죠? 더는 분위기 깨지 않으시리라 믿습니다. 혼자 가야 한다고요."

난 곤란한 처지가 됐어. 뭐라 해야 할지, 어떻게 해야 할지 모르겠더라고. 내가 당황하는 틈에 헨리 경은 지팡이를 들고 나가 버렸어.

하지만 다시 곱씹어보니 어떤 이유에서건 헨리 경을 시야에서 놓쳤다는 사실에 자책이 들더라. 난 상상해봤어. 네 지침을 어기는 바람에 만에 하나 나쁜 일이 벌어졌다고 너한테 말해야 한다면 내 기분이 어떨지 말이야. 그 생각에 정말로 얼굴이 화끈거리더라. 난 헨리 경을 따라잡기에 아직 늦지 않았다고 생각해서 곧바로 메리핏 하우스로 향했어.

전속력으로 따라갔지만 황야의 갈림길에 도착할 때까지 헨리 경 그림자도 못 봤어. 이쪽 길이 아니었나 싶은 마음에 불안해서 음울한 채석장이 있던 언덕배기에 올라가 쭉 둘러봤어. 거기서 바로 헨리 경을 발견했지. 500미터쯤 떨어진 황야로 가는 길에 있었는데 옆에는 숙녀분이 있더라고. 스테이플턴 양일 수밖에. 둘이 벌써 약속을 해놓았던 게 틀림없었어. 둘은 얘기하느라 천천히 걸었는데, 스테이플턴 양이 정말 간절한 얘기를 하는 듯이 손을 바삐 움직이는 걸 봤어. 신중히 듣던 헨리 경은 강하게 반대한다는 뜻으로 고개를 한두 번 저었어. 난 바위틈에서 둘을 관찰하고 있었는데 이제 어떻게 해야 할지 혼란스러웠어. 둘을 따라가서 그들의 은밀한 대화를 깨버리는 건 도리가 아닐 테고, 하지만 내 임무는 잠시라도 헨리 경을 시야에서 놓치면 안 된다는 거였으니까. 친구의 스파이 노릇을 해야 한다니 끔찍한 일이었어. 그래도 관찰하기 위해선 언덕 위만 한 곳이 없었지. 일단 관찰을 하고 나중에 헨리 경에게 사실대로 고백해서 양심의 가책을 덜기로 했어. 헨리 경에게 무슨 위험이 닥쳤을 때를 생각해보면 내가 너무 멀리 떨어져 있었던 건 사실이야. 하지만 너도 이해할 거라 믿어. 곤란한 입장에 처해 있어서 더 어떻게 해볼 수가 없었다고.

우리의 친구 헨리 경과 숙녀는 가던 길을 멈추고 선 채로 대화에 열중했어. 그때 갑자기 이들을 훔쳐보고 있는 게 나 혼자가 아니란 걸 알았지. 허공에 초록색 희끄무레한 것이 떠다니는 게 보였어. 가만 보니 어떤 남자가 들고 있는 막대기에 걸려 있는 거더라고. 스테이플턴이 잠자리채를 들고 움직이는 거였어. 그는 나보다 더 가까이서 그 둘을 보고 있었는데, 그쪽으로 다가가더라고. 그 순간 헨리 경이 갑자기 스테이플턴 양을 자기 쪽으로 당겼어. 팔로 안으려고 하자 스테이플턴 양이 얼굴을 돌리며 뿌리치는 것처럼 보였어. 헨리 경이 얼굴을 맞대려 하자 스테이플턴 양은 거부하며 한 손을 올렸고. 그런데 다음 순간 갑자기 둘이 휙 떨어지더니 황급히 돌아보는 걸 봤어. 스테이플턴이 끼어든 거야. 스테이플턴은 그 우스꽝스러운 잠자리채를 뒤에 매달고 둘 사이로 거칠게 달려왔어. 그러고는 연인 앞에 서서는 흥분해서 춤이라도 추는 것처럼 손짓 발짓을 하더라. 내가 보기에는 스테이플턴이 헨리 경에게 욕하는 것처럼 보였어. 헨리 경이 뭔가 설명하려고 했지만 들으려고도 하지 않고 더 펄펄 뛰더라고. 스테이플턴 양은 도도하게 침묵을 지키고 서 있었어. 결국 스테이플턴은 화가 나서 발길을 휙 돌리며 여동생을 향해 위압적인 손짓을 했어. 스테이플턴 양은 잠깐 머뭇거리며 헨리 경을 바라보다가 오빠를 따라가 버렸어. 박물학자의 몸짓을 보니 여동생에게도 화가 난 것 같더군. 준남작은 잠시 동안 남매가 가는 것을 지켜보고 서 있다가 실의에 가득 차 고개를 떨구고 천천히 왔던 길을 되돌아갔어.

이게 다 무슨 일인지 알 수 없었지만 친구 몰래 이런 개인적인 장면을 훔쳐본 것이 정말 부끄럽게 느껴졌어. 그래서 언덕을 달려 내려가 준남작을 만났지. 그는 화가 나 상기된 얼굴로 어찌할 바를 모르는 사람처럼 눈썹을 찌푸리고 있었어.

"어, 왓슨 박사님! 어디서 내려온 거예요? 설마 제 뒤를 밟았던 건 아니겠죠?"

그가 물었어.

난 모든 걸 털어놨어. 도저히 혼자 저택에 남아 있을 수 없어서 따라와 봤다고, 그래서 아까 그 상황들을 전부 보고 말았다고 말이야. 헨리 경은 잠시 날 쏘아봤지만 내가 솔직하게 말한 덕분인지 화가 누그러지는 것 같았어. 그러다가 결국 유감스럽다는 듯이 웃음을 터뜨렸지.

"박사님이었더라도 비밀스러운 얘기를 나누기엔 초원 한가운데가 안전하다고 생각하셨을 겁니다. 하지만 빌어먹을, 시골 전체가 저의 구애 장면을 보고 있었던 것 같군요. 그 처참한 구애 장면을 말입니다! 어디에 자리를 잡고 보셨나요?"

"저 언덕 위에서요."

"꽤 뒷자리에서 감상하셨군요? 스테이플턴은 바로 앞자리에서 보고 있었다고요. 우리한테 오는 거 보셨어요?"

"네, 봤어요."

"그 오빠라는 작자가 그렇게 흥분하는 거 보신 적 있으세요?"

"없어요."

"저도 그래요. 오늘까지만 해도 분별 있는 사람이라고 생각했는데, 저랑 그 사람 둘 중 하나는 정상이 아닌 모양이에요. 저한테 대체 무슨 문제가 있습니까? 몇 주간 저를 보셨잖아요, 왓슨. 솔직히 말해주세요! 제가 사랑하는 여인에게 좋은 남편이 못 될 이유라도 있습니까?"

"없어요."

"제 사회적 지위 때문에 반대할 리는 없을 테니 저라는 사람 자체가 마음에 안 차는 거겠지요. 대체 뭐가 마음에 안 드는 걸까요? 저는 살면서 누구에게도 나쁜 짓 한 적 없는 사람이라고요. 그런데 그 양반은 자기 여동생 손끝 하나도 건드리지 못하게 하겠대요."

"그렇게 말하던가요?"

"그것 말고도 다른 말도 많이 했어요. 들어봐요, 왓슨. 스테이플턴 양을 안 지 몇 주밖에 안 됐지만 전 처음부터 그녀가 제 짝이라는 걸 알았어요. 스테이플턴 양도 그랬고요. 장담할 수 있는데, 그녀는 저랑 있을 때 행복해했다고요. 여인의 눈빛에는 말보다 확실한 게 있잖아요. 그렇지만 스테이플턴이 우릴 절대로 못 만나게 해서 오늘에서야 겨우 처음으로 단둘이 대화를 나눌 기회를 잡은 거예요. 스테이플턴 양은 선뜻 절 만나줬지만 사랑에 대한 얘기를 하려고 나온 게 아니더군요. 나한테도 그런 얘길 못 꺼내게 하고 말을 막았어요. 계속해서 여긴 위험한 곳이라는 말만 했고, 제가 여기 있는 한 자기는 절대로 행복할 수 없다고 말했죠. 전 그녀를 만난 이상 여기를 급히 떠날 이유가 없다고 말했어요. 내가 정말로 여길 떠나길 원한다면 나와 함께 가는 것밖에 없다고도 했고요. 그러면서 전 그녀에게 결혼하자는 말을 했습니다. 그런데 스테이플턴 양의 대답도 듣기 전에 그 오빠라는 작자가 미치광이 같은 얼굴을 하고는 덤벼든 거예요. 분노에 차서 얼굴이 하얗게 질린 채로 절 죽일 듯이 쏘아보더군요. 제가 그 숙녀분에게 뭘 잘못했습니까? 제가 무슨 불쾌한 행동이라도 했습니까? 제가 준남작이랍시고 아무 행동이나 하는 그런 사람처럼 보이십니까? 그 사람이 스테이플턴 양의 오빠만 아니었으면 받아쳤을 겁니다. 여동생을 향한 제 마음은 전혀 부끄러움이 없다고, 그리고 진심으로 그녀를 아내로 맞고 싶다고 스테이플턴 씨에게 말했지요. 하지만 상황은 달라지지 않았어요. 그래서 저도 흥분해서 좀 격하게 대꾸했습니다. 스테이플턴 양이 옆에 있다는 걸 의식했어야 했는데……. 그러자 보신 대로 스테이플턴이 자기 동생을 데리고 가버리면서 상황이 종료됐어요. 이 동네에서 지금 저만큼 황당한 사람도 없을 겁니다. 이게 다 무슨 일이랍니까, 왓슨. 설명 좀 해줘봐요."

한두 가지 설명을 시도해봤지만 사실 나도 영문을 모르겠더라. 우리 친구는 작위며 재산, 나이, 성격, 외모까지 나무랄 데가 없잖아. 그 집안에 드리운 음울한 운명을 빼고는 흠이랄 게 없지. 스테이플턴 양의 생각은 전혀 고려하지 않고 준남작이 접근하지 못하게 무자비하게 밀어내 버리는 게 놀라워. 스테이플턴 양이 저항 없이 이 상황을 받아들이고 있는 것도 놀랍고. 하지만 그날 오후 스테이플턴이 저택을 방문해서 우리는 이런저런 추측들을 좀 미뤄둘 수 있었어. 아침의 무례한 일을 사과하

러 온 거였어. 서재에서 헨리 경과 한참 대화를 나누고는 관계
가 좀 나아졌지. 다음 금요일에 메리핏 하우스에서 저녁을 들기
로 약속한 걸 보면 말이야.

"스테이플턴이 미치광이가 아니라고는 말 못 하겠습니다. 오
늘 아침 저에게 달려들 때의 그 눈빛을 잊을 수는 없으니까요.
하지만 그보다 더할 수 없을 정도로 간곡하게 사과를 한 것은
사실입니다."

헨리 경이 말했어.

"왜 그랬는지 설명을 좀 하던가요?"

"그 사람 말로는 여동생이 자기 인생의 전부랍니다. 자연스러
운 얘기죠. 여동생의 소중함을 알고 있다니 기쁜 일이기도 하고
요. 스테이플턴 말에 따르면 남매는 항상 함께 지냈고 자긴 외
톨이라서 친구라곤 여동생밖에 없다는 겁니다. 그래서 여동생
을 잃을 생각을 하니 끔찍했대요. 제가 여동생과 가까워지고 있
는 걸 몰랐다는데 직접 눈으로 그 모습을 보고 여동생을 뺏길
것 같은 생각에 너무 충격을 받았다고 하더라고요. 이성을 잃어
서 아까 무슨 말을 하고 무슨 행동을 했는지도 모르겠다고 했어
요. 정말 미안하다고 사과하면서 여동생처럼 아름다운 여인을
평생 옆에 붙잡아 두려고 했던 게 얼마나 이기적이고 어리석은
생각이었는지 깨달았다고 말했어요. 만약 여동생을 보내줘야
한다면 다른 사람보다는 이웃에 있는 내가 좋을 것 같다고 하더

군요. 하지만 어찌 됐든 마음의 준비를 할 시간을 좀 달라고 했어요. 그러면서 동생에게 사랑을 요구하지 말고 우정을 키우는 것에 만족하며 석 달을 참아줄 수 있다면 자기도 더는 반대하지 않겠다고 하더라고요. 저는 그러겠다고 약속했고 그렇게 정리됐어요."

이제 작은 수수께끼 중 하나는 풀렸어. 늪에서 버둥대다 드디어 땅에 발이 닿은 셈이랄까. 이제 왜 스테이플턴이 여동생의 구혼자를, 심지어 헨리 경 같은 근사한 구혼자를 안 좋게 봤는지 알게 됐어. 그럼 이제 내가 풀고 있는 다른 실타래로 넘어가 볼게. 한밤중의 울음소리와 배리모어 부인의 눈물 자국, 서쪽 창문을 찾아가는 집사의 비밀에 대한 수수께끼 말이야. 축하해줘, 홈즈. 너의 수사관으로서 내가 널 실망시키지 않았다는 것도 인정해줬음 좋겠어. 날 여기로 내려보낼 때 보여준 믿음을 후회하지 않을 거야. 모든 게 하룻밤 작전으로 깨끗이 풀렸거든.

'하룻밤 작전'이라고 했지만 사실 이틀 밤이었어. 첫날은 허탕 쳤거든. 헨리 경 방에서 3시가 다 될 때까지 기다렸지만 계단에 있는 괘종시계 소리 말고는 아무 소리도 들리지 않았어. 실로 우울했던 이 불침번 작전은 우리 둘 다 의자에 앉아 잠들어 버리면서 끝났어. 다행히 우린 실망하지 않고 다시 시도해 보기로 했지. 다음 날 밤에도 우린 불을 희미하게 켠 채 아무 말 없이 담배를 피우며 앉아 있었어. 시간이 정말 느릿느릿 가더군. 하지만 이리저리 헤매던 사냥감이 결국 덫에 걸리기를 기대하는 사냥꾼의 마음으로 버텼어. 괘종시계가 1시, 2시를 쳤고, 우린 거의 포기한 상태로 기다렸어. 그러다 갑자기 우리 둘 다 의자에서 허리를 세우고 모든 감각을 동원해 신경을 집중했어. 복도를 지나는 발소리가 들렸거든.

우리는 숨죽인 채 발소리가 멀어져 가는 것을 들었어. 그러고는 준남작이 방문을 열었고 우린 추적을 시작했지. 놈은 벌써 모퉁이를 돌았고 복도엔 어둠뿐이었어. 우린 조심스럽게 슬금슬금 반대편 복도로 넘어갔어. 다행히도 턱수염 난 키 큰 사내가 어깨를 움츠린 채 까치발로 걷고 있는 것을 발견했어. 그는 지난번에 들어갔던 그 방으로 들어갔어. 어둠 속에서 문틈을 따라 촛불 빛이 새어 나와 어두운 복도에 한 줄기 노란빛을 드리웠지. 우린 마루가 삐걱대지 않게 조심하면서 살그머니 다가갔어. 조심하느라 신발을 벗고 왔는데도 오래된 마루는 우리가 걸음을 옮길 때마다 삐걱댔어. 몇 번은 우리 소리를 못 들으려야 못 들을 수 없겠다 싶은 때도 있었지. 하지만 다행히도 그는 귀가 어두웠고 자기 일에 완전히 몰두해 있었어. 마침내 방문 앞까지 가서 안을 엿보니, 그자는 손에 촛불을 든 채 창가에 웅크리고 있었어. 이틀 전날 밤 봤을 때랑 마찬가지로 창백한 얼굴로 집중하며 유리창에 붙어 있었지.

우린 계획을 짜놓지는 않았어. 하지만 준남작은 언제나 가장

직설적인 방식이 가장 자연스러운 사람이지. 그는 방으로 들어갔어. 그러자 배리모어는 놀라서 펄쩍 뛰며 창문에서 물러서더군. 날카롭게 숨을 식식대며 시퍼렇게 질려서 우리 앞에 서 있었어. 그는 나와 헨리 경을 차례로 쳐다보았는데 하얀 얼굴에서 검은 눈이 빛났지. 그의 눈은 공포와 경악으로 가득 차 있었어.

"여기서 뭐 하고 있는 거예요, 배리모어?"

"아무것도 아닙니다. 창문을 보려고 온 겁니다, 헨리 경. 밤이면 창이 잘 닫혀 있는지 보러 돌아다니거든요."

그는 매우 동요된 상태여서인지 말을 잘 하지 못하더군. 촛불을 든 손이 덜덜 떨려서 그림자가 요동쳤어.

"2층에서 말이에요?"

"네, 모든 창문들을 점검합니다."

"이봐요, 배리모어. 우리는 진실을 듣기로 작정하고 온 거예요. 당장 털어놔요, 당장! 거짓말 말고! 그 창문에서 대체 뭘 한 거죠?"

헨리 경이 엄한 말투로 말했어.

배리모어는 속수무책으로 우릴 바라보며 극도의 고통과 회의에 빠진 사람처럼 양손을 비벼댔어.

"나쁜 짓을 했던 건 아닙니다, 헨리 경. 창가에서 촛불을 들고 있었어요."

"그러니까 왜 창가에서 촛불을 들고 서 있었죠?"

"묻지 말아주세요, 헨리 경. 묻지 마세요! 맹세하건대 이건 저 혼자만의 일이 아니라서 말씀드릴 수가 없습니다. 저 말고 다른 사람이 관계되지만 않았어도 털어놓았을 겁니다."

난 문득 어떤 생각이 떠올라서 집사가 창턱에 놓아둔 촛불을 가져왔어.

"분명 어떤 신호를 보내고 있었던 겁니다. 뭔가 응답이 오는 지 지켜보자고요."

나는 배리모어처럼 촛불을 들고 칠흑 같은 어둠을 응시했어. 달이 구름 뒤에 숨어서 검은 나무숲과 탁 트인 황야가 희미하게 보일 뿐이었지. 그러다가 난 기뻐서 탄성을 질렀어. 어둠을 뚫고 갑자기 작고 노란 불빛이 나타났거든. 그 빛은 창문으로 보이는 껌껌하고 네모난 풍경 한가운데에서 계속 반짝였어.

"저기예요!"

난 외쳤어.

"아닙니다, 아니에요, 선생님. 아무것도 없어요. 없습니다. 정말이지……."

"촛불을 흔들어봐요, 왓슨! 봐요, 저쪽도 흔드는군! 이 나쁜 놈, 이래도 신호가 아니라고 할 참인가? 당장 말해! 저쪽에 있는 공범자는 누구지? 무슨 음모를 꾸미고 있는 거야?"

준남작이 외쳤어.

집사는 대놓고 반항하는 낯빛으로 변했어.

"이건 제 문젭니다. 헨리 경의 일이 아니에요. 말 못 합니다."

"그렇다면 당장 일을 그만둬요."

"좋아요, 헨리 경. 그래야 한다면 그렇게 하겠습니다."

"불명예를 안게 될 거예요. 맙소사, 부끄러운 줄 알아요. 가족 대대로 100년이 넘게 이 지붕 아래에서 살았으면서 여기서 이렇게 날 향한 추악한 음모를 꾸미고 있었다니."

"아니에요, 아닙니다. 헨리 경에게 나쁜 짓을 하려던 게 아니에요!"

여자 목소리, 배리모어 부인의 목소리였어. 남편보다 더 놀라 하얗게 질린 얼굴로 문가에 서 있더군. 얼굴에 드러난 강렬한 표정이 아니었다면 치마 차림에 숄을 걸친 배리모어 부인의 육중한 덩치는 꽤 웃겼을 거야.

"가야 해, 엘리자. 다 끝났어. 짐을 챙겨요."

집사가 말했어.

"존, 존, 내가 이렇게 망치다니. 제 탓이에요, 헨리 경. 모두 제 탓이에요. 저 사람은 제 부탁으로 절 위해서 그런 거예요."

"그럼 말해봐요! 무슨 일이죠?"

"제 불쌍한 동생이 황야에서 굶고 있어요. 문 앞에 두고 굶어 죽게 놔둘 수는 없었어요. 촛불은 음식이 준비됐다는 신호예요. 저쪽에서 오는 빛은 갖다 달라는 제 동생의 신호고요."

"그렇다면 동생이……."

"탈출한 죄수 셀던이에요."

"맞습니다. 제 비밀이 아니라 털어놓을 수 없다고 말씀드렸잖아요. 이제 들으셨으니 경에 대한 음모 같은 건 없다는 걸 아시겠지요."

배리모어가 말했어.

이걸로 배리모어가 한밤중에 왜 몰래 돌아다녔는지, 그리고 창가의 불빛은 무엇이었는지 밝혀졌어. 헨리 경과 나는 놀라서 배리모어 부인을 쳐다볼 수밖에 없었어. 이 투박하고 점잖은 사람이 전국에서 가장 악명 높은 죄수와 한 핏줄이라는 게 가능한 일이야?

"그렇습니다. 제 성은 셀던이었고, 그 탈옥수는 제 동생입니다. 그 애가 어렸을 때 저희가 너무 오냐오냐 키웠어요. 세상이 자기 구미에 맞게 돌아갈 때까지 모든 걸 제 뜻대로만 하려 했지요. 하고 싶은 대로 하고 살았어요. 그러다 나이가 들면서 못된 친구들만 사귀더니 아주 마귀가 들어앉았어요. 저희 엄마 가슴을 찢어놓고 집안에 먹칠을 했지요. 죄를 짓고 또 지으면서 더욱더 나락으로 떨어졌지만, 신의 은총으로 교수형은 간신히 면한 처지가 됐습니다. 그렇지만 헨리 경, 저에게 그 애는 제가 항상 누나로서 돌봐주고 놀아주던 곱슬머리 소년이에요. 걔가 탈옥한 이유도 저 때문이에요. 그 애는 제가 여기 있는 걸 알고 있었고, 제가 자기 부탁을 거절 못 한다는 것도 알았거든요. 어

느 날 밤에 절 찾아왔는데, 교도관들의 추적을 따돌리느라 잔뜩
지치고 굶주린 상태였어요. 저희가 어찌할 수 있겠어요? 집 안
에 들여서 먹이고 돌봐주었지요. 그런데 경께서 돌아오셨고, 제
동생은 일단 추적이 잠잠해질 때까지는 다른 데보다 황야가 안
전할 거라고 생각해서 황야로 숨어들었지요. 이틀마다 저희는
그 애가 잘 있는지 불빛으로 확인했고 대답이 있으면 제 남편이
빵과 고기를 갖다 줬습니다. 매일매일 그 애가 가버리길 바랐지
만 아직 거기 있는 한 그 애를 버릴 수는 없었어요. 이게 독실한
기독교 신자로서 말씀드리는 사건의 전말입니다. 벌을 받아야
한다면 그건 남편이 아니라 제가 받아야 한다는 걸 아실 거예
요. 남편은 그저 제가 부탁해서 한 일이니까요."

배리모어 부인의 말에는 간절함과 어떤 신념이 담겨 있었어.

"사실인가요, 배리모어?"

"네, 헨리 경. 모든 게 사실입니다."

"음, 그렇다면 아내 편에 섰던 걸 문책할 수는 없겠군. 내가
한 말은 잊어요. 둘 다 방으로 돌아가요. 이 문제는 내일 아침에
더 얘기합시다."

집사 부부가 돌아가고 우리는 창밖을 다시 봤어. 헨리 경이
창을 열어젖히자 차가운 밤바람이 얼굴을 때렸어. 저 멀리 어둠
속에선 계속해서 노란빛이 반짝이고 있었어.

"대단한 놈이구먼."

헨리 경이 말했어.

"이쪽에서만 불빛을 볼 수 있게 해놓았을 겁니다."

"그렇겠죠. 거리가 얼마나 돼 보입니까?"

"갈라진 바위산 언저리일 것 같아요."

"2, 3킬로미터 이내겠죠."

"그래 보여요."

"음, 배리모어가 음식을 갖다 줘야 했으니 아주 먼 거리는 아닐 겁니다. 저 악당이 불을 켜고 계속 기다리고 있군요. 젠장, 왓슨, 저자를 잡으러 가야겠어요!"

같은 생각이 내 뇌리를 스쳤어. 배리모어 부부는 우리를 믿고 비밀을 털어놓은 게 아니라 비밀이 그냥 탄로 나버린 거잖아. 셀던은 마을을 위협하는 위험인물이고, 지독한 악당을 동정하거나 용서하는 건 말이 안 되지. 더는 나쁜 짓을 하지 못하도록 그를 감옥으로 돌려보내는 게 우리가 해야 하는 의무였어. 우리가 손쓰지 않는다면 그 난폭하고 잔인한 성격에 누군가 당할지도 모르니까. 어쩌면 우리 이웃인 스테이플턴 씨네 집이 공격을 받을 수도 있는 거잖아. 아마 그래서 헨리 경이 이 문제를 예민하게 생각했는지도 모르지.

"저도 갈게요."

내가 말했어.

"그럼 총을 갖고 채비를 하세요. 빨리 출발할수록 좋을 겁니다. 그놈이 불을 끄고 사라질 수도 있으니까요."

5분 후에 우린 문밖을 나서서 추격을 시작했어. 윙윙대는 가을바람 소리와 낙엽이 바스락대는 소리를 들으며 서둘러 시꺼먼 관목 숲을 지나갔지. 밤공기는 무거웠고 축축하고 썩는 냄새가 났어. 달이 잠깐 나왔다가 하늘을 잔뜩 덮은 구름 속으로 숨기를 반복했어. 그러더니 결국 황야로 나온 지 얼마 되지도 않아 비가 오기 시작했지. 불빛은 아직도 앞쪽에서 계속 반짝이고 있었고.

"총은 챙기셨어요?"

내가 물었어.

"사냥용 채찍을 갖고 왔어요."

"순식간에 덮쳐야 합니다. 갈 데까지 간 놈이니까요. 저항하지 못하도록 급습해서 잡아야 해요."

"그런데 왓슨, 홈즈 씨가 지금 여기 있다면 뭐라고 할까요? 악마가 기승을 부리는 어둠의 시간에 황야에 나가지 말라고 말했었잖아요."

그때 준남작의 말에 대답이라도 하듯 갑자기 광활하고 음울한 황야에서 기괴한 울음소리가 들렸어. 저번에 그림펜 늪에서 들었던 그 소리였지. 암흑 속 정적을 깨며 바람을 타고 들려오는 소리였어. 길고 낮은 웅얼거림 뒤에 울부짖는 소리가 들렸고, 서서히 잦아들며 구슬픈 신음을 냈어. 또 한 번, 다시 또 한

번 반복됐지. 거칠고 위협적인 그 소리에 공기 전체가 술렁였어. 준남작은 내 옷소매를 잡았어. 어둠 속에서 얼굴이 하얗게 빛났어.

"세상에, 대체 무슨 소리죠, 왓슨?"

"모르겠어요. 황야에서 나는 소립니다. 저번에 한 번 들어본 적이 있어요."

그 소리는 사라지고 정적만이 흘렀어. 우리는 귀 기울이며 서 있었지만 아무것도 나타나지 않았어.

"왓슨, 이건 사냥개의 울음소리예요."

준남작이 말했어.

난 순간 얼어붙었어. 갑작스러운 공포에 사로잡힌 듯 헨리 경의 목소리가 갈라졌거든.

"이 소리를 뭐라고들 하던가요?"

그가 물었어.

"누가요?"

"여기 마을 사람들이요."

"여기 사람들은 뭘 모르는 사람들이잖아요. 그들이 뭐라고 하든 왜 신경을 쓰세요?"

"말해주세요, 왓슨. 뭐라고 하던가요?"

난 망설였지만 질문을 회피할 수는 없었어.

"사람들은 바스커빌의 사냥개 울음소리라고 하더군요."

준남작은 신음을 흘리더니 한동안 침묵을 지키더군.

"사냥개예요. 하지만 제가 듣기엔 저쪽으로 몇 킬로미터 떨어진 곳에서 난 소리 같았어요."

마침내 그가 말했어.

"어디서 난 소리인지는 모르겠어요."

"바람을 타고 소리가 오르내리니까요. 저쪽이 그림펜 늪 방향 아닌가요?"

"맞습니다."

"음, 저 위쪽이었어요. 자, 말해보세요. 박사님께서도 사냥개 울음소리라고 생각하셨죠? 전 어린애가 아닙니다. 있는 그대로 말씀하셔도 돼요."

"저번에 이 소리를 들었을 때는 스테이플턴과 함께 있었는데, 그 사람 말로는 무슨 새소리일 것 같다고 하더라고요."

"아녜요, 아닙니다. 사냥개예요. 이런, 이 모든 이야기의 진실은 대체 뭘까요? 저도 알 수 없는 이유로 위험에 빠지게 되는 걸까요? 믿지 않으시죠, 그렇죠, 왓슨?"

"안 믿어요."

"런던에서는 웃으면서 말했었는데, 컴컴한 황야에 서서 저런 울음소리를 듣는 건 또 다른 일이군요. 우리 삼촌! 그분 옆에도 사냥개 발자국이 있었다고 했지요. 모든 게 맞아떨어집니다. 전 겁쟁이가 아니라고 자부하는 사람이지만, 왓슨, 저 소리에는 핏줄이 다 얼어붙는 것 같아요. 제 손 좀 만져보세요!"

헨리 경의 손은 대리석 조각처럼 차가웠어.

"내일이면 괜찮아질 겁니다."

"저 소리를 머릿속에서 지울 수 없을 것 같아요. 이제 어떻게 해야 하죠?"

"돌아갈까요?"

"제길, 아닙니다. 그놈을 잡으러 나온 거니 잡아야지요. 죄수를 쫓아갑시다. 우리를 쫓는 것이 틀림없는 그 악마 같은 사냥개도요. 갑시다. 온 황야에 악마가 득시글거린대도 우린 잡을 겁니다."

우리는 어둠 속을 천천히 헤치고 나아갔어. 바위산이 희미하게 보였고 앞쪽에선 계속해서 노란빛이 빛났어. 칠흑 같은 어둠 속에서 불빛의 거리를 가늠하는 일만큼 헷갈리는 것도 없더라. 불빛은 지평선 저 멀리 있는 것처럼 보이다가도 몇 미터 앞에 있는 것 같기도 했어. 하지만 결국 우리는 빛이 어디서 오는지 찾을 수 있었어. 굉장히 가까운 곳에, 흔들리는 촛불 하나가 바위틈에 꽂혀 있었어. 사방의 바위가 바람도 막아주고 불빛이 바스커빌 저택 쪽과 다른 방향으로 새어 나가는 것도 막아주고 있었지. 우리는 화강암 바위 뒤에 숨어 다가갔어. 바위 뒤에 웅크리고 저만치 있는 촛불을 바라봤지. 아무런 생명의 흔적이 없는 황야 한가운데에서 촛불 하나만 타고 있는 걸 보자니 기분이 이

상하더라. 오직 꼿꼿한 노란 불빛 한 점과 양쪽 바위에 반사된
빛만 보였어.♦

"이제 어쩌죠?"

헨리 경이 속삭였어.

"기다립시다. 놈은 촛불 근처에 있을 거예요. 그를 찾을 수 있
을지 몰라요."

그 말이 끝나기도 전에 우리는 놈을 발견했어. 바위 너머 촛
불이 타고 있는 틈새에서 악마 같은 누런 얼굴을 내밀더군. 사
악한 열정이 가득한 흉악한 짐승 같은 표정이었어. 진창에서 구
른 듯한 악취와 덥수룩한 수염, 헝클어진 머리까지, 산비탈에
움을 파고 살았던 원시시대 야만인이라 해도 좋을 정도였지. 아
래쪽에서 비추는 불빛에 작고 교활한 눈이 반짝였어. 어둠 속을
이리저리 매섭게 쏘아보는 눈빛이었는데 흡사 사냥꾼의 발소리
를 들은 교활하고 사나운 짐승처럼 보였어.

뭔가가 그의 의심을 자극한 것처럼 보였어. 배리모어가 우리
에게 알려주지 않은 자기들만의 신호가 있었던 건지, 아니면 그
놈이 뭔가 다른 이유로 일이 틀어졌다는 걸 직감했던 건지는 모

♦ BBC 《셜록》 〈바스커빌의 개〉에서는 이 부분을 다소 코믹하게 변주한다. 존은 한밤중에
황야에서 노란 불빛이 반짝이는 것을 보고 군사기지에서 발신하는 모스부호라고
생각하지만, 언덕을 따라 올라가 보니 자동차극장이었다. 점멸하던 불빛은 카섹스를 하는
차에서 나오는 불규칙한 전조등 불빛이었다. 차 앞으로 다가오는 존을 발견한 여자는 "셀던
씨, 라이트가 또 켜졌나 봐요."라고 말한다.

르겠지만, 놈의 사악한 얼굴에 공포가 드리우는 걸 봤어. 어느 순간 놈은 황급히 불을 끄고는 어둠 속으로 사라졌어. 난 앞쪽으로 뛰어나갔고 헨리 경도 따라왔지. 그 순간 탈옥수는 욕설을 퍼부으며 우리에게 돌을 집어 던졌고, 돌은 우리가 몸을 감추고 있던 바위에 부딪혀 쪼개졌어. 그자가 일어나 휙 돌아설 때 언뜻 보니 작고 땅딸막하지만 다부져 보이는 체구였어. 그리고 바로 그때 운 좋게도 구름 사이로 달이 나왔지. 우린 언덕을 따라 그를 쫓았어. 그자는 마치 산양처럼 바위들을 뛰어넘으면서 엄청난 속도로 반대편 비탈을 달음질쳐 내려갔어. 잘만 한다면 내 리볼버가 그를 불구로 만들어버릴 수도 있는 거리였지만, 총은 공격받았을 때 방어할 목적으로 가지고 나온 것이었어. 무기도 없이 도망치고 있는 사람을 쏠 수는 없는 노릇이잖아.

우린 운동도 꽤 했고 잘 달리는 편이었지만 그놈을 따라잡기는 힘들었어. 그놈은 언덕 저편에서 바위들 사이를 빠르게 내달렸어. 달빛 덕분에 그놈이 작은 점처럼 보일 때까지 한동안 눈으로 쫓을 수 있었지. 기진맥진할 때까지 달리고 또 달렸지만 거리는 점점 벌어졌어. 결국 우린 숨을 헐떡이며 바위에 앉아 그놈이 사라지는 걸 바라볼 수밖에 없었지.

바로 그때 정말 예상치 못한 기이한 일이 벌어졌어. 승산 없는 추격전을 포기하고 바위에서 일어나 집으로 돌아가려 할 때였어. 달은 오른편에 낮게 떠서 삐죽한 화강암 바위산의 아랫자락에 걸려 있었지. 그런데 거기 바위산 위에 달빛을 받으며 서 있는 남자 형체가 보이는 거야. 마치 흑단으로 만든 조각상처럼 보였어. 내 망상이라고 생각하지 마, 홈즈. 정말이지 똑똑히 봤으니까. 내가 보기엔 마르고 키 큰 남자의 형상이었어. 다리를 좀 벌린 채 팔짱을 끼고 고개를 숙인 모습이었는데, 마치 자기 앞에 놓인 광활한 토탄과 화강암 대지에 대해 곰곰이 생각하고 있는 것 같은 자세였어. 무시무시한 대지의 정령 같기도 했어. 하지만 그 탈옥수는 아니었어. 그자가 사라진 곳과는 멀리 떨어진 방향이었거든. 게다가 그 탈옥수보다는 훨씬 키가 컸고. 난 놀라서 소리를 지르며 준남작에게 저길 보라고 했어. 그런데 준남작의 팔을 잡아끌려고 돌아서는 순간 그 남자는 사라졌어. 달은 여전히 바위산 꼭대기에 걸려 있었지만 움직이지 않고 조용히 서 있던 그 형상은 흔적도 없이 사라져버렸어.

그쪽으로 가서 바위산을 살펴보고 싶었지만 꽤 멀었어. 준남작은 가문의 어두운 운명을 떠올리게 하는 그 울음소리 때문에 신경이 계속 예민한 상태여서 새로운 모험을 시작할 기분이 아니었지. 준남작은 바위산에 서 있는 그 고독한 남자를 보지 못했어. 그러니 그 위엄 있는 자세와 존재감에서 받은 나의 전율에 공감할 수 없었지.

"분명 간수일 거예요. 탈옥수를 쫓는다고 황야에 간수들이 쫙 깔려 있으니까요."

그가 말했어. 뭐, 준남작의 말이 맞을지도 모르겠어. 하지만 난 좀 더 밝혀보고 싶었어. 오늘 우린 프린스타운 교도소에 연락해서 탈옥수를 찾고 있는 사람들에게 말할 생각이야. 하지만 실제로 탈옥수를 잡아 감옥으로 돌려보내지 못한 건 애석한 일이지. 이게 어젯밤의 모험이었어. 내가 제대로 보고하려고 얼마나 노력하고 있는지 알겠지, 홈즈? 대부분은 상관없는 얘기들이었지만 일단 모든 걸 알려주는 게 옳다고 생각해서 적었어. 결론을 내기 위해 필요한 판단은 네가 하도록 남겨두고 말이야. 상황은 분명 진전되고 있어. 배리모어 부부가 왜 그랬는지도 알게 됐고 상황도 많이 정리되었지. 하지만 이상한 주민들과 비밀을 안고 있는 황야는 여전히 풀리지 않는 수수께끼야. 아마 다음 편지에선 이런 것들을 좀 더 풀어볼 수 있겠지. 네가 여기에 직접 와준다면 더없이 좋겠지만 말이야. 어쨌든 며칠 안에 다시 연락하도록 할게.

10장

왓슨 박사의 일기

　지금까지는 사건 초기에 셜록 홈즈에게 보냈던 편지들을 인용할 수 있었다. 하지만 이제부터는 이 방법을 버리고 당시에 쓴 일기를 참조하여 다시 한 번 내 기억에 의존해 서술해야겠다. 일기를 조금만 들춰 봐도 기억 속에 새겨진 장면들이 하나하나 다시 떠오를 것이다. 그럼 이제 탈옥수 추격에 실패하고 황야에서 또 다른 기이한 경험을 했던 그날 아침 이야기부터 시작해보겠다.

　10월 16일. 보슬비에 안개. 저택은 구름으로 둘러싸여 있다. 움직이는 구름 사이로 황야의 음울한 능선이 모습을 드러냈고, 산비탈의 가느다란 은빛 물줄기와 물기를 머금고 반짝이는 바위들이 보였다. 집 안팎이 죄다 우울했다. 준남작은 그날 밤 이후로 계속 암울해 보이고, 나도 곧 위험이 다가올 것 같은 느낌에 가슴이 답답하다. 위험은 항상 있다지만, 그게 뭔지 알 수 없다는 사실 때문에 더 두렵다.

왜 이런 느낌을 받게 된 걸까? 우리에게 일어난 일련의 불길한 사건들을 전부 생각해보자. 가문 대대로 내려오는 전설과 똑같이 저택의 주인이 죽었고, 농부들은 황야에 이상한 괴물이 나타나는 걸 봤다고 여러 차례 말했다. 멀리서 사냥개가 짖는 소리를 내 귀로 두 번이나 들었다. 이 믿을 수 없고 불가능한 일은 분명 보통의 자연법칙을 넘어서는 일이다. 물리적인 발자국을 남기고 온 사방을 울음소리로 채우는 유령 같은 사냥개라니, 그런 건 생각할 수 없다. 스테이플턴이라면 그런 미신에 혹할지도 모르겠다. 모티머도 마찬가지고. 하지만 이 세상에서 내가 믿는 단 하나는 바로 상식이다. 이런 얘기 따위는 믿을 수 없다. 만약 믿는다면 무식한 농부들 수준으로 내려가는 것이다. 단순한 악마의 개라는 표현도 성에 차지 않아 눈과 입에서 지옥 불을 내뿜는 개라고 묘사해야만 직성이 풀리는 그런 농부들 말이다. 홈즈라면 이런 공상을 들으려고도 안 할 것이고, 난 그런 홈즈의 수사관으로 임무를 다하고 있다. 그렇지만 사실은 사실이다. 난 두 번이나 황야에서 그 울음소리를 들었다. 황야에 정말로 거대한 사냥개 같은 게 살고 있다고 가정해보자. 그렇다면 모든 것을 충분히 설명할 수 있다. 하지만 그런 사냥개가 대체 어디 숨어 있겠는가? 뭘 먹으면서? 어디서 출현하는 것인가? 어떻게 낮에는 한 번도 눈에 띄지 않았는가? 설명이 안 되는 부분이 너무 많다. 그리고 사냥개 얘기와는 별도로, 런던에서 봤던 그 하수인, 마차에 타고 있던 남자, 헨리 경에게 보낸 황야의 경고장도 항상 고려해야만 한다. 최소한 이것들은 진짜 있었던 일이다. 하지만 그것은 적이 벌인 일이었을 수도 있지만 우리 편이 한 일일지도 모른다. 그 친구, 혹은 적은 지금 어디에 있을까? 런던에 남아 있을까, 아니면 우리와 같이 내려왔을까? 바위산에서 봤던 이상한 남자가 그 사람일까?

그 남자를 고작 한 번 흘깃 본 게 다지만, 몇 가지 사실은 확신할 수 있다. 여기 내려와서 만난 사람 중 한 명은 아니라는 것이다. 난 여기 이웃들을 모두 만나봤다. 그 남자는 스테이플턴보다는 컸고 프랭클랜드보다는 날씬했다. 배리모어일 수도 있겠지만 우린 분명 배리모어를 두고 나왔고 그가 우릴 따라올 수는 없었을 것이다. 그렇다면 런던에서처럼 이 의문의 인물이 여전히 우리 뒤를 밟고 있다는 결론에 이른다. 꼬리를 자르지 못했던 것이다. 이 남자를 잡을 수만 있다면 마침내 이 곤경에서 벗어날 수 있을 것이다. 이제 이것이 내가 몸 바쳐 이뤄야 할 목표다.

첫 번째 든 생각은 헨리 경에게 내 모든 계획을 말하는 것이었다. 다음으로 든 보다 현명한 생각은 가능한 한 아무에게도 말하지 말고 나만의 게임을 하는 게 좋겠다는 생각이었다. 헨리 경은 넋이 나가 말수를 잃었다. 황야에서 들었던 소리에 이상하리만치 동요하고 있다. 헨리 경의 불안을 더할 만한 얘기는 하지 않고 나만의 목표를 향해 한 걸음씩 전진할 것이다.

아침 식사를 마치고서 작은 사건이 있었다. 배리모어가 헨리 경에게 이야기 좀 나눌 수 있겠느냐고 하더니 서재에 한참 동안 둘이 있었다. 당구실에 있자니 몇 차례 언성이 높아지는 소리가 들리기도 했다. 무슨 얘기를 하고 있는지 알 것 같았다. 잠시 후 준남작이 서재에서 나와 나를 불렀다.

"배리모어가 불만이 있다고 하네요. 자기는 자발적으로 비밀을 털어놓았는데 우리가 자기 처남을 잡으려 했던 건 부당한 처사라고요."

집사는 창백하지만 침착한 표정으로 우리 앞에 서 있다가 입을 열었다.

"제가 너무 흥분해서 말씀드린 건 아닌지 모르겠습니다, 헨리 경. 그렇게 들리셨다면 사과드립니다. 하지만 셀던을 잡으러 나가셨었다는 얘기를 아침에 듣고는 너무 놀랐습니다. 그 불쌍한 녀석은 지금도 이미 쫓길 대로 쫓기고 있는 형편이거든요."

"만약 당신이 정말 자발적으로 우리에게 말해준 거라면 상황은 좀 달랐을 거예요. 하지만 당신은, 아니 당신 아내는 당신이 들켜서 어쩔 수 없는 상황에 몰리니까 고백한 거잖아요."

준남작이 말했다.

"그걸 이용하실 줄은 몰랐습니다, 헨리 경. 정말 생각지도 못했습니다."

"그 탈옥수는 공공의 적이에요. 황야에는 외딴집이 여럿 있고, 그자는 누구라도 찌르고 볼 사람이죠. 모르겠으면 그자의 얼굴을 한번 봐요. 예를 들어 스테이플턴 남매의 집만 봐도 그자를 막을 수 있는 건 스테이플턴 씨 한 사람밖에 없잖아요. 그자가 감옥으로 돌아갈 때까지는 아무도 안전하지 않아요."

"처남은 절대로 어떤 집에도 쳐들어가지 않을 겁니다, 헨리경. 제가 장담할 수 있습니다. 이 동네에서 말썽을 일으키지도 않을 겁니다. 헨리 경, 제가 장담하는데 그 애는 며칠 안에 필요한 것들을 마련해서 남미로 도망갈 거예요. 제발, 헨리 경, 그애가 아직 황야에 있다는 걸 경찰에 알리지 말아주세요. 경찰들도 이제 추적을 포기했고, 배편이 마련될 때까지만 조용히 버티면 되는 상황입니다. 만약 경찰에게 알리신다면 저와 아내도 곤경에 빠집니다. 헨리 경, 제발 경찰에 알리지 말아주세요."

"뭐라고 대답해야 하나요, 왓슨?"

난 어깨를 으쓱해 보이며 대답했다.

"만약 안전하게 국경을 넘어간다면 납세자들의 짐을 덜어주는 셈이죠."

"하지만 떠나기 전에 누군가를 괴롭힐 가능성에 대해선요?"

"처남이 그렇게까지 미친 짓은 하지 않을 겁니다, 헨리 경. 원하는 것은 저희 부부가 다 전달해주고 있거든요. 다시 범죄를 저질렀다간 자기가 어디 숨어 있는지를 알리는 꼴인걸요."

배리모어가 얼른 대답했다.

"그건 그렇군. 그럼, 배리모어……."

"세상에, 헨리 경. 정말 진심으로 감사드립니다. 처남이 다시 잡히면 제 아내는 제 명에 못 살 겁니다."

"아무래도 우리가 범행을 방조하는 것 같죠, 왓슨? 하지만 배리모어의 말을 듣고 나니 그자를 포기해야 할 것 같은 생각이 드는군요. 자 그럼 됐어요. 좋아요, 배리모어. 가봐요."

집사는 버벅거리며 감사의 뜻을 표하고 돌아섰다. 하지만 우물쭈물하더니 금방 다시 돌아와 말했다.

"친절을 베풀어주셔서 정말로 감사드립니다, 헨리 경. 보답으로 저 역시 경께 최선을 다하고 싶습니다. 헨리 경, 제가 알고 있는 무언가를 말씀드려야겠습니다. 전에 말했어야 하는 얘기지만, 저도 사건 조사 한참 후에야 발견한 사실이라서요. 누구한테도 발설한 적 없는 얘기입니다. 돌아가신 찰스 경의 죽음에 관한 건데요."

준남작과 나는 자리에서 벌떡 일어났다.

"어떻게 돌아가셨는지 알고 있어요?"

"아뇨, 헨리 경. 그건 모릅니다."

"그렇다면 뭐죠?"

"그 시각에 왜 문가에 계셨는지를 압니다. 어떤 여자분을 만나러 나가셨던 겁니다."

"여자를? 그분이?"

"네, 헨리 경."

"그 여자의 이름이 뭔가요?"

"이름은 모르지만 이니셜은 알고 있습니다. L. L.이에요."

"어떻게 알게 된 거죠, 배리모어?"

"그게, 헨리 경, 찰스 경께서는 그날 아침에 편지를 한 통 받으셨습니다. 공인이셨고 워낙 품성이 좋으셔서 곤경에 처한 사람들이 도움을 많이 청해왔어요. 그래서 항상 우편물이 넘쳐났었죠. 하지만 그날 아침에는 우연찮게도 그 편지 한 통뿐이었어요. 그래서 제가 똑똑히 기억하는 겁니다. 쿰 트레이시에서 온 편지였는데 여성의 필체였어요."

"그래서요?"

"사실, 제 아내가 아니었다면 전 그 편지에 대해 까맣게 잊고 있었을 겁니다. 몇 주 전에 아내가 찰스 경의 서재를 청소했습니다. 찰스 경께서 돌아가시고 나서 아무도 손댄 적 없는 방이죠. 아내는 청소하다가 벽난로 창살 뒤에서 타버린 편지 조각을 발견했어요. 대부분은 타버렸지만 다행히도 편지의 귀퉁이 부분은 까만 바탕에 회색으로 뭔가 읽을 수 있는 글씨가 남아 있었어요. 끝부분의 추신 같아 보였습니다. '당신이 신사라면 제

발, 제발 이 편지를 태워버리고 10시에 그 문으로 나와주세요.'
라고 써 있었어요. 그리고 그 아래 L. L.이라는 이니셜로 서명이
되어 있었습니다."

"그 조각을 갖고 있습니까?"

"아뇨, 손대자마자 재가 되어 부서져버렸어요."

"찰스 경이 같은 필체의 편지를 또 받았던 적이 있나요?"

"글쎄요, 우편물들을 특별히 관찰한 적이 없어서요. 그 편지
도 그날 한 통만 왔기에 기억할 수 있었던 겁니다."

"L. L.이라는 사람이 누군지 짐작 가는 데가 있나요?"

"저 역시 모르겠습니다, 헨리 경. 하지만 이 여자분이 누군지
만 알게 된다면 찰스 경의 죽음에 대해 더 많은 것을 알 수 있을
것 같습니다."

"이해를 못 하겠군요, 배리모어. 이렇게 중요한 정보를 감추
고 있었다니."

"음, 헨리 경, 저희가 곤경에 빠진 직후에 생긴 일이었어요.
그리고 다시 말씀드리지만 저희는 찰스 경을 매우 존경해왔습
니다. 저희에게 많은 걸 베풀어주셨으니까요. 이 일을 발설한다
고 돌아가신 찰스 경을 도울 수 있는 것도 아니고, 여자분과 관
련된 일이니 더 신중해야 할 것 같았어요. 아무리 좋게 해석해
봐도……."

"찰스 경의 명성에 오점을 남길 수도 있다고 생각했군요?"

"좋을 게 없는 일이라고 생각했습니다. 하지만 이제 경께서 저희에게 친절을 베풀어주신 만큼 제가 알고 있는 것들을 말씀 드리지 않을 수 없다고 생각했습니다."

"좋아요, 배리모어. 이제 가봐요."

집사가 나가자 헨리 경은 나를 돌아봤다.

"음, 왓슨, 새로운 부분이 드러났네요. 어떻게 보십니까?"

"전보다 더 미궁에 빠진 것 같은데요."

"저도 그래요. 하지만 L. L.을 추적할 수 있다면 모든 게 풀리겠지요. 우린 이미 많은 걸 얻었어요. 그 여성을 찾아내면 그분이 뭔가를 말해줄 겁니다. 어떻게 해야 한다고 보십니까?"

"곧장 홈즈에게 모든 걸 알려야겠어요. 홈즈가 찾고 있던 단서일지도 모릅니다. 아마 이 소식을 들으면 내려올 거예요."

나는 바로 방으로 돌아와 아침에 있었던 대화 내용을 홈즈에게 보낼 보고서로 정리했다. 최근에 홈즈는 많이 바쁜 것 같았다. 베이커 스트리트에서 오는 답장은 짤막하거나 그마저도 없는 경우가 많았다. 그리고 내가 보낸 정보에 대한 언급도 거의 없고 내 임무에 대해서도 별말이 없었다. 협박 편지 사건에 몰두해 있는 모양이었다. 하지만 오늘의 이 새로운 소식은 그의 관심을 잡아끌 것이고 다시 흥미를 불러올 것이다. 홈즈가 여기로 왔으면 좋겠다.

10월 17일. 종일 비. 담쟁이는 바스락거리고 처마 끝에선 빗물이 흘렀다. 난 암울하고 춥고 쉴 곳 없는 황야에 있는 그 탈옥수를 생각했다. 불쌍한 사람! 무슨 죄를 지었든 간에 그만하면 뉘우칠 만큼 충분히 고통을 받았을 것이다. 그리고 또 한 사람, 마차 속의 얼굴, 황야에 서 있던 그림자의 주인공을 생각했다. 보이지 않는 감시자, 어둠의 남자도 이 빗속에 있을까? 저녁엔 우비를 입고 흠뻑 젖은 황야에 나가봤다. 한참 걷는 내내 음울한 생각들만 자꾸 떠올랐다. 빗물이 얼굴로 들이쳤고 바람 소리가 귓전에 맴돌았다. 단단했던 지대도 늪으로 변해가고 있었다. 지금 이 거대한 늪을 헤매는 자가 있다면 신이 돕기를. 난 그 외로운 감시자가 서 있었던 검은 바위산에 도착했다. 나도 울퉁불퉁한 정상에 올라가서 음울한 아래 세상을 내려다보았다. 거센 비바람이 적갈색 대지를 휩쓸고 있었고 무거운 청회색 구름들이 낮게 깔린 채 언덕 아래를 잿빛 화환처럼 감싸며 돌고 있었다. 저 멀리 왼쪽으로 움푹 꺼진 지대는 안개 때문에 반밖에 안 보였다. 바스커빌 저택의 탑 두 개만이 나무들 사이로 보일 뿐이었다. 그게 내 눈에 띄는 유일한 문명의 흔적이었다. 산비탈에 빼곡히 들어찬 선사시대 움막을 제외하면 말이다. 이틀 전 밤에 보았던 그 고독한 남자의 흔적은 전혀 찾을 수가 없었다.

돌아오는 길에 이륜마차를 타고 거친 황야의 길을 달리던 모티머 박사를 만났다. 외따로 있는 파울미어의 농장에서 오는 길이라고 했다. 모티머 박사는 늘 우리를 염려했다. 어떻게 지내는지 보러 저택에 매일같이 들를 정도였다. 모티머 박사는 나에게 마차에 타라고 끈질기게 권하고는 집까지 날 태워다 주었다. 모티머 박사의 작은 스패니얼이 사라지는 바람에 상심이 큰 상태였다. 황야로 나가서는 돌아오지 않은 것이다. 난 위로의 말을 건넸지만 그림펜 늪에 빠져 죽던 그 조랑말이 생각났다. 모티머 박사가 스패니얼을 다시 볼 수 있을 것 같지는 않았다.

"그나저나 모티머 박사님, 마차로 오갈 수 있는 반경 안에 사는 사람 중에 박사님께서 모르시는 분은 없죠?"

마차가 험한 길 위에서 덜컹대던 중 내가 말했다.

"거의 없겠지요."

"그렇다면 혹시 이니셜이 L. L.인 여자분이 있을까요?"

그는 잠깐 생각해보더니 답했다.

"없어요. 집시들이랑 몇몇 일꾼들은 제가 모릅니다만, 상류층 사람들이나 농부 중에는 그런 이니셜을 쓰는 사람은 없어요. 아, 잠깐만요."

모티머 박사는 잠깐 멈췄다가 덧붙였다.

"로라 라이언스♦라고 이니셜이 L. L.인 여자분이 있긴 합니다. 그런데 쿰 트레이시에 사는 사람이에요."

♦ 로라 라이언스는 BBC 《셜록》 〈바스커빌의 개〉에서 셜록과 존이 바스커빌 군사기지에 들어갔을 때 그들을 안내해주는 라이언스 상병으로 대체된다.

"누구죠?"

"프랭클랜드 씨의 딸입니다."

"네? 그 괴짜 프랭클랜드 영감 말인가요?"

"맞아요. 딸이 황야에 그림을 그리러 오던 라이언스라는 화가와 결혼했었죠. 그런데 그자는 불한당이었고 결국 그 딸은 버림받았어요. 들리는 말로는 전적으로 한쪽의 잘못만은 아니었다고 하더라고요. 프랭클랜드 영감은 딸과의 관계를 끊어버렸어요. 허락 없이 했던 결혼이었던 데다, 또 한두 가지 이유가 더 있었나 봐요. 어쨌든 늙은 악당과 젊은 악당 사이에서 마음고생깨나 한 처잡니다."

"어떻게 살고 있나요?"

"프랭클랜드가 쥐꼬리만큼은 도와주고 있을 테지만 더는 안 될 거예요. 그 영감 자신의 책임도 상당히 있을 테니 도와줬던 거겠죠. 아무리 자기가 자초한 불행이라 해도 솟아날 구멍도 없는 나락에 그냥 내버려 둘 수만은 없잖아요. 그래서 몇몇 사람들이 속사정을 듣고는 자립해서 살아갈 수 있도록 도와줬어요. 스테이플턴 씨나 찰스 경도 도움을 줬죠. 저 역시 작은 힘을 보탰고요. 그래서 지금은 타자 치는 일을 하며 지내요."

모티머 박사는 왜 이런 질문을 하는지 알고 싶어 했지만 난 적당히 숨기면서 대충 둘러대며 넘어갔다. 비밀을 여기저기 발설할 이유가 없기 때문이다. 내일 아침에는 쿰 트레이시에 가려고 한다. 평판이 모호한 로라 라이언스 부인을 볼 수 있다면 이 수수께끼의 고리 중 하나는 풀릴 것이다. 난 뱀처럼 지혜롭게 머리를 굴리고 있는 게 확실하다. 모티머 박사가 곤란한 질문을 할 때면 난 자연스럽게 프랭클랜드의 두개골은 어떤 유형인지 물어보며 말을 돌렸다. 덕분에 마차를 타고 오는 내내 골상학 얘기만 들었다. 셜록 홈즈와 함께한 몇 년 덕분에 풍월을 읊은 셈이다.

폭풍우에 우울하기만 했던 오늘, 하나 더 기록해둘 것이 있다. 나는 방금 배리모어와 대화를 나누었는데, 머지않아 써먹을 수 있는 강력한 카드 한 장을 손에 쥐게 됐다.

모티머는 저녁 식사를 함께 들고는 준남작과 카드놀이를 했다. 마침 집사가 서재로 와서 나에게 커피를 주길래 몇 가지 질문을 할 기회를 잡게 됐다.

"저기, 그 귀하신 처남분은 떠났나요, 아니면 아직 저기 밖에 숨어 있나요?"

내가 말을 꺼냈다.

"모르겠습니다, 박사님. 제발 갔기를 바랄 뿐입니다. 문제만 일으키는 놈인걸요! 마지막으로 음식을 갖다 준 후로는 들은 바가 없어요. 그게 사흘 전입니다."

"그날은 만났었나요?"

"아닙니다, 박사님. 하지만 나중에 지나가다가 보니 음식을 가져갔더군요."

"그렇다면 분명 거기 있었다는 거네요?"

"다른 사람이 가져간 게 아니라면 그렇다고 봐야겠지요."

나는 커피 잔을 입에 갖다 대려다 말고 다시 배리모어를 바라
봤다.

"그렇다면 황야에 또 다른 사람이라도 있다는 뜻인가요?"

"그렇습니다, 박사님. 황야에 또 다른 남자가 한 명 있어요."

"그를 봤나요?"

"아닙니다."

"그렇다면 어떻게 알죠?"

"한 일주일 전쯤에 셀던이 말해줬어요. 그 사람도 숨어 지낸
다고 하던데 제가 아는 한 탈옥수는 아닙니다. 왓슨 박사님, 뭔
가 찜찜합니다. 솔직히 말해서 마음이 놓이질 않아요."

배리모어는 갑자기 격정적으로 말했다.

"자, 배리모어, 내 말 잘 들어요! 난 당신 주인과 관련된 일이
아니면 이 문제에 끼어들 생각이 없어요. 내가 여기 와 있는 목
적은 헨리 경을 돕는 것뿐이니까요. 그러니 솔직히 말해봐요,
뭐가 찜찜하다는 건지."

배리모어는 잠깐 망설였다. 말을 꺼낸 걸 후회하는 것 같기도
했고 감정을 말로 표현하기가 힘든 것처럼도 보였다.

"모든 일들이 다 마음에 걸려요, 박사님. 어디선가 나쁜 일이

벌어지고 있어요. 어두운 악행의 전조예요. 장담할 수 있다고요! 어서 헨리 경을 모시고 런던으로 다시 돌아가세요, 당장요!"

그는 폭우가 쏟아지는 창밖 황야를 가리키며 외쳤다.

"하지만 뭐가 그렇게 불안하세요?"

"찰스 경의 죽음을 보세요! 검시관이 한 말들도 그렇고, 이 사건만 봐도 충분히 좋지 않아요. 그리고 밤마다 황야에서 들려오는 소리를 들어보세요. 해가 지고 나서 황야를 지나려는 사람은 아무도 없어요. 저 밖에 숨어서 기다리며 지켜보고 있는 이방인도 보세요! 뭘 기다리는 걸까요? 그게 무슨 의미일까요? 바스커빌 가문의 사람에게 좋은 일일 리가 없어요. 헨리 경께서 얼른 새 식솔을 꾸리셔서 하루빨리 바스커빌 저택을 떠나셨으면 좋겠어요."

"그런데 그 이방인 말인데요, 뭔가 더 알고 계시는 거 없나요? 셀던은 뭐라고 하던가요? 그자가 어디 숨어 있는지, 뭘 하는지 알고 있던가요?"

내가 물었다.

"한두 차례 봤다고 했어요. 하지만 신중한 자라서 알게 된 건 없다고 해요. 처음엔 경찰이라고 생각했다는데 나중에 보니 뭔가 자기만의 일이 있는 사람이더랍니다. 신사처럼은 보이는데 대체 뭘 하는 사람인지는 모르겠다더군요."

"어디에 산다고 하던가요?"

"산비탈에 있는 오래된 움막에 산대요. 옛날 사람들이 지어놓은 돌 움막 말입니다."

"그러면 음식은 어떻게 구한대요?"

"셸던이 봤다는데, 필요한 걸 가져다주는 꼬마 애를 데리고 있다고 합니다. 제가 보기엔 그 꼬마가 쿰 트레이시에 나가서 필요한 걸 가져다주는 것 같아요."

"그렇군요, 배리모어. 이 얘기는 다음에 더 합시다."

집사가 나가고 난 뿌연 유리창 너머 시꺼먼 풍경을 내다봤다. 구름이 지나가고 나무들은 바람에 누워 엉클어져 있었다. 집 안에 있어도 이렇게 사나운 밤인데, 황야의 돌 움막에서는 대체 어떨까? 어떤 증오감에 불타고 있기에 이런 날씨에도 그런 곳에 숨어 있는 것일까? 그리고 얼마나 절실한 이유가 있기에 이런 시도를 하는 것일까? 날 괴롭히는 이 문제들의 핵심은 바로 황야의 움막 안에 있을 것이다. 날이 밝으면 이 미스터리의 핵심에 가 닿기 위해 할 수 있는 모든 걸 해볼 요량이다.

11장

바위산 위의 남자

　내 일기에서 추려낸 앞 장의 내용은 이 이상한 사건들이 끔찍한 결론을 향해 치닫기 시작하던 무렵인 10월 18일까지의 이야기이다. 그 후 며칠 동안 벌어진 일들은 내 기억 속에 생생하게 남아 있어서 그때 당시의 기록을 들춰 보지 않아도 써 내려갈 수 있다. 아주 중요한 두 가지 사실을 알게 된 그날부터 시작해 보자. 쿰 트레이시의 로라 라이언스 부인은 찰스 바스커빌 경에게 편지를 써서 그가 죽음을 맞이한 바로 그 시간, 그 장소에서 만나기로 약속했다. 또 황야에 숨어 있는 사람은 산허리 어딘가의 돌 움막에서 찾아낼 수 있을 것이다. 이 두 사실을 알고도 사건의 진상을 좀 더 밝혀내지 못한다면 난 머리가 나쁘거나 용기가 부족한 사람일 것이다.

　전날 저녁에는 모티머 박사가 늦게까지 준남작과 카드놀이를

했기 때문에, 라이언스 부인에 관한 얘기를 준남작에게 말해줄
틈이 없었다. 아침 식사를 할 때에야 내가 알게 된 사실들을 말
해주고 쿰 트레이시에 함께 가겠느냐고 물어보았다. 처음에 그
는 기꺼이 가려고 했으나, 곧 우리 둘 다 나 혼자 가는 것이 더
낫겠다는 판단을 내렸다. 정식 방문처럼 보이지 않아야 더 많은
정보를 얻어낼 수 있을 것이기 때문이다. 나는 헨리 경을 남겨
놓고 가는 것이 마음에 좀 걸리긴 했지만, 새로운 임무를 위해
마차에 올랐다.

쿰 트레이시에 도착하자 퍼킨스에게 마차를 세워두라고 하
고 조사해야 할 여자를 수소문했다. 집을 찾기는 어렵지 않았
다. 시내 중심가에 있는 잘 꾸며진 집이었다. 하녀가 별다른 형
식 없이 들여보내 주었고, 거실에 들어서자 레밍턴 타자기 앞에
앉아 있던 한 여성이 밝게 웃으며 환영하듯 자리에서 일어났다.
하지만 낯선 사람이라는 것을 알고는 실망했는지 다시 자리에
앉아 방문한 이유를 물었다.

라이언스 부인은 한눈에 봐도 굉장한 미인이었다. 눈과 머리
칼은 모두 짙은 적갈색이었고, 주근깨가 약간 있긴 했지만 노란
장미 가운데 숨어 있는 분홍 장미처럼 화사한 분홍빛을 띤 뺨은
이 갈색 머리 미녀의 아름다움을 돋보이게 했다. 첫인상은 분명
히 그랬다. 하지만 되짚어보면 완벽하진 않았다. 얼굴에는 미묘
한 결점들이 있었다. 표정이 약간 천박했고, 눈은 매정해 보였

으며, 입술이 단정치 못해서 완벽한 아름다움을 망쳐놓고 있었
다. 하지만 물론 이건 나중에야 떠오른 생각이었다. 당시에는
아주 예쁜 여자와 마주하고 있다는 것과, 그 여자가 내가 왜 왔
는지 묻고 있다는 것밖에는 다른 생각이 들지 않았다. 그 순간
까지 내가 해야 하는 일이 얼마나 민감한 것인지 충분히 깨닫지
못했던 것이다.

"저는 부인의 아버님과 친분이 있습니다."

어설픈 소개였다. 여자의 반응에서도 그걸 느낄 수가 있었다.

"아버지와 저 사이에는 아무 관계가 없는데요. 아버지에게 신
세 진 것도 없고, 아버지의 친구를 제 친구라고 생각하지도 않
아요. 돌아가신 찰스 바스커빌 경처럼 친절한 마음씨를 지닌 분
들이 없었더라면 아버지 덕분에 굶어 죽었겠죠."

그녀가 말했다.

"여기 찾아온 건 돌아가신 찰스 바스커빌 경에 관한 일 때문
입니다."

그녀의 주근깨가 튀어나오는 듯했다.

"제가 그분에 대해 뭘 말씀드려야 하죠?"

그녀는 이렇게 묻고는 타자기 자판에 올려놓은 손가락을 신
경질적으로 까닥거렸다.

"그분을 아시죠, 그렇죠?"

"그분이 친절하게도 많은 도움을 주셨다는 말은 방금 했는데

요. 제가 먹고살 만하게 된다면 그건 상당 부분 그분이 제 불행한 처지에 관심을 가져주신 덕분이에요."

"편지를 주고받으셨죠?"

부인은 나를 얼른 쳐다봤다. 적갈색 눈에 언뜻 분노가 비쳤다.

"왜 그런 질문을 하시죠?"

그녀가 날카롭게 되물었다.

"사람들 입에 공공연하게 오르내리는 걸 피하려는 거지요. 우리가 손댈 수 없는 상황이 되는 것보다는 제가 여쭤보는 게 나을 겁니다."

그녀는 아무 말도 하지 않았고 얼굴은 창백해졌다. 그러다가 결국엔 대놓고 도전하는 듯한 태도로 고개를 쳐들고 말했다.

"그래요, 대답하죠. 뭐가 궁금한가요?"

"찰스 경과 편지를 주고받았나요?"

"그분의 배려와 관용에 감사드리려고 한두 통 쓰긴 했어요."

"편지를 쓴 날짜를 기억하십니까?"

"아뇨."

"찰스 경을 만난 적이 있으신지요?"

"네, 한두 번, 쿰 트레이시에 들르셨을 때요. 은퇴하신 분이라 남몰래 선행을 하는 걸 좋아하셨죠."

"그분을 몇 번 보지도 않았고 편지도 한두 차례만 오갔다면, 어떻게 그분은 그렇게 부인 사정을 잘 알아서 그런 도움을 줄 수 있었을까요?"

그녀는 침착한 태도로 곤란한 질문에 답해나갔다.

"제 슬픈 사연을 듣고 저를 도우려고 함께 힘을 써주신 신사분들이 몇 분 계셨어요. 찰스 경의 이웃이자 친한 친구인 스테이플턴 씨도 그분들 중의 한 분이죠. 너무나 친절한 분이라서 찰스 경에게 제 얘기를 해주신 거예요."

나는 찰스 경이 스테이플턴을 내세워서 자선 활동을 했다는 사실을 알고 있었으므로, 이 말은 믿음직하게 들렸다.

"찰스 경에게 만나달라고 편지를 쓴 적이 있죠?"

나는 계속 질문을 이어갔다.

라이언스 부인은 다시 화가 나 얼굴이 붉어졌다.

"정말, 이것 보세요. 이건 정말 말도 안 되는 질문이군요."

"죄송합니다만, 부인, 저는 꼭 대답을 들어야겠습니다."

"그럼 말씀드리죠. 전혀 아니에요."

"찰스 경이 돌아가신 그날도요?"

갑자기 얼굴에서 핏기가 가시더니 시체처럼 창백해졌다. 그녀는 입술이 말라붙어 "아뇨."라고 말하지도 못했다. 대답을 들었다기보다는 목격한 셈이었다.

"기억이 헷갈리시는 게 분명하네요. 전 부인이 쓴 편지의 일부를 말씀드릴 수도 있습니다. '당신이 신사라면 제발, 제발 이편지를 태워버리고 10시에 그 문으로 나와주세요.'"

난 그녀가 기절하는 줄 알았다. 하지만 그녀는 정신을 차리려
고 애를 쓰며 힘겹게 말을 내뱉었다.

"이 세상에 신사란 없나 보네요."

"찰스 경을 나쁘게 보지 마세요. 그는 편지를 확실히 태웠습
니다. 하지만 편지란 건 불태워도 글자가 보일 때가 있죠. 이제
편지를 쓰신 건 기억이 나셨습니까?"

"네, 내가 썼어요. 내가 썼다고요. 아니라고 할 필요가 있겠어
요? 부끄러울 이유도 전혀 없으니까! 도움을 받고 싶었어요. 직
접 만나서 얘기하면 도와줄 것 같더라고요. 그래서 만나자고 한
거예요."

그녀는 정신없이 말을 쏟아냈다.

"하지만 왜 그 시간에?"

"찰스 경이 바로 다음 날 런던에 가서 몇 달이나 머무를 거라
는 걸 알았으니까요. 더 일찍 만나는 건 제 사정상 힘들었고요."

"집이 아니라 정원에서 만나자고 한 이유는요?"

"그 시간에 홀몸인 남자의 집을 여자 혼자서 방문한다는 게
말이 된다고 생각하세요?"

"거기에서 무슨 일이 있었습니까?"

"전 거기 가지 않았어요."

"라이언스 부인!"

"정말이에요. 뭐든 걸고 맹세할 수 있어요. 갑자기 일이 생겨

서 못 갔다고요."

"그 일이 뭔데요?"

"제 사적인 일이에요. 그건 말 못 해요."

"찰스 경이 사망한 그 시간에, 그 장소에서 만나기로 한 건 인정하시는 거군요. 그렇지만 약속대로 만나지는 않았다?"

"사실이 그렇다니까요."

여러 가지로 질문을 바꿔 계속 물어보았지만, 이 문제는 여기에서 막혔다.

"라이언스 부인, 부인께서는 큰 책임을 안게 됐어요. 자기 자신을 곤란한 처지로 밀어 넣고 있단 말입니다. 사실을 솔직하게 털어놓질 않으시니까요. 제가 경찰에 찾아가면 부인의 명예는 땅에 떨어질 겁니다. 부인이 정말 결백하다면, 찰스 경에게 만나자는 편지를 쓴 걸 처음에는 왜 인정하지 않았습니까?"

이 길고 성과 없는 만남이 끝나갈 때쯤 내가 물었다.

"왜냐하면 오해들을 할까 봐 걱정이 됐으니까요. 사람들 입에 오르내릴까 봐요."

"편지를 없애버리라고 그렇게 강하게 말씀하신 이유는요?"

"편지를 봤으니 아실 거 아니에요?"

"편지를 다 읽어봤다고는 하지 않았습니다."

"아까 몇 구절을 읊으셨잖아요?"

"추신 부분을 말씀드렸죠. 말씀드렸다시피 편지는 불에 타서 전체를 다 읽을 수는 없었어요. 다시 물어보죠. 찰스 경에게 그 편지를 불태워버리라고 그렇게 강조한 이유가 대체 뭡니까? 그가 사망한 바로 그날에요."

"정말 사적인 문제라니까요."

"그럼 공적인 조사를 받기는 더 싫으시겠네요."

"말씀드리죠. 제가 과거에 어떤 불행한 일들을 겪었는지 조금이라도 들은 적이 있다면, 제가 저의 경솔한 결혼을 후회할 이유가 충분하다는 건 이해하실 거예요."

"잘 알고 있습니다."

"끔찍한 제 남편은 계속 저를 학대했어요. 법은 남편 편이었고, 전 언제라도 남편과 강제로 합쳐야 할 수도 있었어요. 전 어느 정도 돈을 들이면 자유를 얻을 길이 열린다는 걸 알게 됐어요. 그래서 찰스 경에게 편지를 쓴 거예요. 그렇게 되면 전 모든 걸 되찾을 수 있었어요. 마음의 평화, 행복, 자존심, 이 모든 것을요. 찰스 경은 너그러우시니까 직접 만나서 제 입으로 이야기를 하면 도와주실 거라고 생각했어요."

"그럼 무슨 일 때문에 못 간 건가요?"

"그사이에 다른 쪽에서 도움을 받았거든요."

"그렇다면 왜 찰스 경에게 다시 편지를 써서 상황이 변했다고 알리지 않은 거죠?"

"다음 날 아침 신문에서 찰스 경의 부고를 읽지 않았더라면 틀림없이 그렇게 했을 거예요."

이 여자의 이야기는 앞뒤가 잘 들어맞았고, 어떤 질문을 던져도 빈틈을 찾을 수 없었다. 그 비극이 일어난 무렵에 실제로 남편과 이혼 절차를 밟기 시작했는지 확인해보는 것 말고는 방법이 없어 보였다.

바스커빌 저택에 갔는데도 가지 않았다고 우기는 것 같지는 않았다. 저택에 가려면 마차가 필요했을 거고, 또 그 시간에 갔다면 마차 없이는 다음 날 아침이 되기 전까지는 쿰 트레이시로 돌아오기 힘들었을 것이다. 그런 식의 방문이 비밀로 남아 있기는 힘들다. 따라서 그녀는 진실을, 적어도 어느 정도의 진실을 이야기했을 가능성이 높다. 난 혼란에 빠져 낙심한 채로 돌아왔다. 또다시 창문이 없는 벽을 마주한 느낌이었다. 그 벽은 내가 실마리를 잡으려고 할 때마다 앞을 가로막았다. 그녀의 표정과 태도를 곱씹어볼수록 무엇인가가 나를 방해하고 있다는 느낌이 더욱 강해졌다. 왜 갑자기 그렇게 창백해졌을까? 왜 따져 묻지 않으면 하나도 인정하지 않으려고 하는 것일까? 비극이 일어났을 때 입을 다물고 있었던 이유는 뭘까? 이 의문들을 그녀의 말처럼 아무 문제 없다고 치부해버릴 수는 없는 노릇이었다. 하지만 이제 이쪽으로는 더 나아갈 수가 없었다. 그래서 난 황야의 돌 움막 어딘가에 있을 다른 단서를 추적하기로 했다.

하지만 이 단서도 명확하진 않았다. 돌아오는 길에 생각해보니 고대인들의 흔적은 이 언덕 저 언덕 곳곳에 남아 있었다. 배리모어는 그 낯선 자가 황야 전체에 흩어져 있는 수백 개의 옛 주거지들 어딘가에 있다는 것만 말해주었을 뿐이다. 하지만 나는 길잡이가 되어줄 만한 사실을 알고 있다. 그자가 검은 바위산 꼭대기에 서 있는 모습을 보았기 때문이다. 여기를 중심으로 수색해나가면 된다. 찾을 때까지 황야의 모든 돌 움막들을 뒤져나가리라. 거기서 놈을 발견하면 내 리볼버를 들이대서라도 정체가 뭔지, 이리도 오랫동안 우리 눈을 피해 다니면서 무슨 일을 꾸미는지 털어놓게 해야 한다. 리젠트 스트리트에서는 사람들 사이로 몸을 감출 수 있었을지 몰라도 사람 하나 없는 이 황야에서는 불가능하다. 움막 안에 놈이 없으면 올 때까지 잠복이라도 해야만 한다. 홈즈는 런던에서 그를 놓쳤다. 내가 붙잡으면, 우리 탐정 선생을 제치고 짜릿한 승리를 거두는 셈이다.

이번 사건에서는 매번 운이 따르질 않았지만 결국 행운이 찾아왔다. 행운을 가져다준 건 다름 아닌 프랭클랜드 씨였다. 붉은 얼굴에 회색 구레나룻을 기른 그가 정원 바깥에 나와 서 있다가 마차를 타고 돌아가려는 나를 본 것이다.

"좋은 날이오, 왓슨 선생! 말들이 지쳐 보이는구먼. 좀 쉬게 하고, 여기 들어와서 와인이라도 한잔하며 날 축하해주셔야겠는데."

웬일인지 유쾌한 태도로 그가 외쳤다.

자기 딸을 어떻게 대했는지 들은 뒤라 그가 그다지 곱게 보이진 않았다. 하지만 마침 황야를 수색하기 위해 퍼킨스와 마차를 먼저 돌려보낼 핑계를 찾던 참이라 그의 초대를 받아들이기로 했다. 나는 마차에서 내려서는 저녁 시간에 맞춰 돌아가겠다고 헨리 경에게 전하도록 했다. 그러고는 프랭클랜드 씨를 따라 식당으로 들어갔다.

"정말 멋진 날이오, 선생! 내 인생 최고의 날이다, 이 말이오!"

그는 계속 킬킬거리면서 큰 소리로 말했다.

"두 가지 좋은 일이 있었소. 그러니까 내가 그놈들한테 법은 법이란 걸 알려준 거요! 여기 서 있는 이 사람은 그런 깨달음을 주는 데 전혀 두려움이 없거든! 난 미들턴 영감탱이의 사유지 한가운데를 가로질러 갈 수 있는 권리를 확보했어요. 그 저택 현관에서 100미터도 채 떨어지지 않은 곳에 길을 내게 됐다는 말씀이야. 어떻소? 그런 거물급들도 우리 보통 사람들의 권리를 짓밟을 수 없다는 걸 똑똑히 알려준 거요. 망할 놈들! 또 난 펀워디 사람들이 놀러 가던 숲을 폐쇄시켰소. 이 지긋지긋한 인간들은 사유재산권이라는 것을 좀 알아야 할 거요. 그냥 아무 데나 떼 지어 다니면서 종이를 깔고 병들을 늘어놓아도 되는 줄 안다니까. 두 사건 다 내가 승소한 겁니다, 왓슨 박사. 존 몰랜드 경을 무단 침입으로 걸려들게 한 이후로 가장 기쁜 날이지. 그 사람은 자기가 수렵 특허권을 갖고 있는 땅에서 사냥을 했는데도 말이야."

"아니, 도대체 어떻게 하셨길래요?"

"이 판례집을 봐요, 선생. 읽을 만할 겁니다. '프랭클랜드 대 몰랜드 사건'. 고등법원 판결이오. 200파운드가 들긴 했지만 내가 승소했지."

"그래서 무슨 이득을 보셨습니까?"

"전혀, 전혀 없어요, 선생. 자랑스럽게 말씀드리는데 그 사건으로 뭘 챙긴 건 전혀 없어요. 공적인 의무감의 발로였을 뿐이지. 펀워디 사람들은 오늘 밤도 날 닮은 인형을 만들어 태울 겝니다. 전에 그런 짓을 벌였을 때에도 경찰한테 말했지만, 그런 형편없는 짓은 당장 때려치워야 해요. 여기 경찰은 경찰도 아니라니까. 내가 당연히 받아야 하는 보호를 제대로 받지도 못해. '프랭클랜드 대 국가' 소송이라도 벌여야겠어요. 그럼 사람들의 이목이 집중될 거 아뇨. 날 이딴 식으로 홀대하면 후회하게 될 거라고 경찰들한테 말해줬는데, 벌써 내 말대로 되고 있지 않소."

"뭐가 말입니까?"

내 물음에 노인은 으스대는 표정으로 대답했다.

"경찰 놈들이 알고 싶어 죽겠다고 하는 일을 내가 알고 있거든. 하지만 누가 뭐라 해도 놈들을 도와주진 않을 거요!"

무슨 핑계를 대서 이 사람의 수다를 피해야 하나 궁리하던 참이었지만, 이제는 귀가 솔깃해졌다. 이런 늙은 악당은 상대가 관심을 드러내면 절대로 입을 열지 않는 법이다.

"누가 또 밀렵을 했나 보죠?"

난 무심하게 대꾸했다.

"하, 하! 이 사람아, 그것보다 훨씬 중요한 일이라고! 황야에 있는 탈옥수 얘기는 들어봤소?"

난 흠칫 놀라 물었다.

"어디 있는지 안다는 말씀은 아니시겠죠?"

"어디 있는지 확실히 아는 건 아니지요. 그래도 경찰이 체포하게 해줄 수는 있지. 그놈을 잡으려면 음식을 어떻게 조달하는지 살펴서 그 뒤를 밟으면 된다는 생각은 못 해봤소?"

그가 진실에 불편하리만치 가깝게 다가와 있다는 것이 분명했다.

"정말 그렇군요. 그런데 황야 어딘가에 그자가 숨어 있다는 건 어떻게 아셨습니까?"

"음식을 가져다주는 심부름꾼을 내 두 눈으로 똑똑히 봤으니까요, 선생."

배리모어를 떠올리자 내 심장이 오그라들었다. 아무 데나 악의를 품고 끼어드는 이 노인네의 손에 걸려든다는 건 심각한 문제였다.

"이걸 들으면 놀랄 거요. 어떤 어린애 하나가 놈에게 음식을 갖다 주더라고요. 지붕에서 망원경으로 보면 매일 그 애가 보입 디다. 같은 시간에 같은 길을 따라가는데, 그 탈옥수 놈에게 가는 게 아니면 뭐겠소?"

이런 행운이 있다니! 하지만 난 애써 관심 없는 척했다. 어린애! 배리모어는 내가 찾는 낯선 자에게 어떤 남자애가 음식을 갖다 준다고 하지 않았던가! 엉뚱하게도 프랭클랜드는 탈옥수가 아니라 그자의 행방을 쫓고 있었다. 노인네를 잘 구슬리면 길고 힘든 추적을 단축할 수 있을 것 같았다. 하지만 별 관심 없고 못 믿겠다는 태도를 유지해야만 원하는 걸 얻어낼 수 있다.

"에이, 황야 어딘가에 사는 양치기에게 아들이 밥을 갖다 준다고 보는 게 더 그럴듯하지 않겠어요?"

이 독선적인 늙은이는 자기 의견에 누가 약간만 반대해도 참기가 어려운 모양이었다. 화가 나서 나를 노려보더니 회색 구레나룻을 성난 고양이처럼 발끈 곤두세우며 소리쳤다.

"이봐요, 의사 양반! 저기, 검은 바위산이 보이쇼? 그 너머에 가시덤불로 덮인 야트막한 언덕도? 황야 전체에서 가장 돌이 많은 곳이라고. 저기에 양치기가 있다니 원 말이 되는 소리를 하셔야지."

그는 너른 황야 쪽을 손가락으로 가리키며 말했다.

난 뭘 잘 몰라서 그랬다고 얌전하게 대답했다. 상대가 수그러들자 영감은 신이 나서 떠들었다.

"의사 선생, 난 확실한 근거가 없으면 함부로 말을 하지 않는 사람이오! 이제 잘 알게 됐겠지. 난 꾸러미를 들고 가는 소년을 몇 번이나 봤어요. 매일매일, 어떤 때는 하루에 두 번씩……. 잠깐, 왓슨 선생, 내가 헛것을 봤나? 아니면 지금 저 언덕에서 뭔가 움직이는 건가?"

수 킬로미터 떨어진 거리였지만 내 눈에도 분명히 보였다. 칙칙한 녹색과 회색의 황야 속에 작고 검은 점이 움직이고 있었다.

"이리 와요, 의사 선생, 이리로! 선생 눈으로 보고 스스로 판단해보시오!"

프랭클랜드는 소리를 지르며 위층으로 달려갔다.

평평한 지붕 위에는 삼각대로 고정된 어마어마한 망원경이 놓여 있었다. 프랭클랜드는 망원경에 눈을 대고 몇 차례 깜빡이더니 만족스러운 탄성을 내뱉었다.

"얼른, 왓슨 선생, 얼른 봐요. 언덕을 지나가 버리기 전에!"

어깨에 꾸러미를 짊어진 소년이 언덕을 힘겹게 올라가는 모습이 분명하게 보였다. 산꼭대기에 이르자 초라한 차림을 한 인물의 윤곽이 차갑고 푸른 하늘을 배경으로 잠깐 드러났다. 그자는 추적을 피하려는 것처럼 조심조심 주위를 둘러보더니 곧 언덕 너머로 모습을 감췄다.

"거보쇼! 내가 맞지!"

"몰래 심부름을 하는 소년이 분명히 있네요."

"무능한 경찰 놈들도 그 심부름이 뭔지는 추측할 수 있을 거요. 하지만 나는 한 마디도 안 해줄 겁니다. 왓슨 박사, 박사도 비밀을 지켜주셔야겠어요. 한 마디도 하면 안 돼요! 알겠죠?"

"말씀대로 하죠."

"그 경찰 놈들은 날 모욕했다니까. 내게 모욕을 줬어. '프랭클랜드 대 국가' 소송에서 사실이 드러나면 나라 전체가 분노로 들끓을 거요. 어찌 되든 경찰한테는 절대로 정보를 줄 수 없지. 그놈들은 말뚝에 묶여 불탄 인형이 나였으면 하고 생각하는 놈들이야. 의사 선생, 오늘 여기 계시면 안 되겠소? 이 영광의 날에 와인 병을 다 비우도록 도와주셔야겠는데!"

나는 그가 계속 간청하는 걸 거절했고, 헨리 경의 집까지 함께 걸어가겠다고 하는 것도 잘 받아넘겼다. 나는 프랭클랜드의 시야에서 벗어날 때까지 길을 따라갔다. 그러다 황야를 가로질러 그 소년이 사라진 돌투성이 언덕으로 향했다. 모처럼의 행운으로 얻은 이 기회를 끈기가 부족하거나 힘이 떨어지는 바람에 놓치는 일은 없어야 했다.

내가 언덕 위에 올랐을 때는 벌써 해가 지고 있었다. 아래쪽에 길게 뻗은 푸른 비탈은 금빛으로 물들었고 다른 편에는 회색 그림자가 졌다. 먼 지평선께에 아지랑이가 낮게 피어올랐고 그 뒤로 빌리버 바위산과 빅슨 바위산이 기괴한 모습으로 솟아 있었다. 넓게 펼쳐진 이곳 전체에는 아무런 소리도, 아무런 움직임도 없었다. 갈매기나 도요새 같은 큰 회색빛 새가 푸른 하늘로 치솟았다. 아래쪽의 황야와 끝없는 하늘 사이에 새와 나만이 존재하는 것 같았다. 풍경은 황량했고, 고독함이 밀려왔으며, 내가 맡은 사건은 긴박한 데다 수수께끼투성이였다. 이 모든 생각들이 내 가슴을 서늘하게 만들었다. 소년의 모습은 어디에도 없었다. 그런데 아래쪽 언덕들 틈에 오래된 돌 움막들이 보였다. 그 가운데에는 비바람을 충분히 막아줄 만한 지붕이 남아 있는 것도 있었다. 심장이 쿵쾅거렸다. 그 낯선 자가 숨어 있는 곳이 틀림없다. 얼마 후 난 그 앞에 다다랐다. 그자의 비밀은 이제 내 손아귀에 있는 것이다.

스테이플턴이 내려앉은 나비를 잡으려고 잠자리채를 들고 살금살금 접근하듯이 나는 돌 움막으로 조심스럽게 다가갔다. 누가 살았던 흔적이 분명히 보였다. 바위들 사이로 난 희미한 길이 움막의 문으로 보이는 허물어진 입구로 이어져 있었던 것이다. 안에서는 아무 소리도 나지 않았다. 정체 모를 그놈은 저기에 숨어 있을 것이다. 아니, 황야를 돌아다니고 있을지도 모른다. 나는 피우던 담배를 던져버리고 손을 바지 뒤의 권총에 갖다 댔다. 그러고는 재빨리 입구로 다가가 안을 들여다보았다. 아무도 없었다.

하지만 잘못 짚은 건 아니었다. 여러 흔적을 보아하니 그자가 살았던 곳이 확실했다. 한때 신석기인들이 잠을 청했을 돌판 위에 방수포로 감싼 담요들이 둘둘 말려 놓여 있었다. 조잡한 난로 안에는 불을 피우고 남은 재들이 쌓여 있었고, 그 옆에는 조리 도구 몇 개와 물이 반쯤 찬 양동이가 보였다. 빈 깡통이 여러 개 있는 걸로 보아 꽤 오랫동안 여기서 먹고 자고 한 것 같았다. 돌들 사이로 새어 들어오는 빛에 익숙해지자 구석에 놓인 작은 금속 잔과 반쯤 남은 술병 하나가 눈에 들어왔다. 탁자 역할을 했을 움막 중앙의 평평한 돌 위에는 작은 천 꾸러미가 있었는데, 망원경으로 본 소년이 어깨에 메고 있던 바로 그 꾸러미였다. 들춰 보니 빵 하나, 고기 통조림 하나, 복숭아 통조림 두 개가 나왔다. 살펴본 물건들을 다시 꾸러미 안에 넣다가 그 아래에서 무슨 글자가 쓰여 있는 종이를 발견했다. 심장이 두근거렸다. 집어 들어보니 연필로 휘갈겨 쓴 쪽지였다.

왓슨 박사는 쿰 트레이시에 갔음.

나는 쪽지를 손에 든 채 이 짧은 문장이 뭘 의미하는지 한동안 고민해보았다. 헨리 경이 아니라 나? 그자가 은밀히 뒤쫓아 다닌 사람이 나란 말인가? 그렇다면 직접 나를 따라다니지 않고 누군가를 시켜서, 아마도 그 어린애를 시켜서 내 뒤를 밟게 했을 것이다. 이 쪽지가 보고서일 테고.

내가 황야에 들어선 이래 항상 누군가 나를 지켜보고 뭘 했는지 보고했던 것이다. 항상 눈에 보이지 않는 어떤 힘이 내 주위에 있는 것 같은 느낌이 들긴 했다. 우리는 놀라운 솜씨로 짠 제대로 된 그물망에 걸려든 것이다. 살짝 우리를 감싸고 있다가 마지막 순간에야 단단히 걸려들었다는 것을 알아채게 되는 그물이었다.

쪽지가 더 있을지도 몰라서 움막을 뒤졌지만 찾지 못했다. 게다가 이 좁은 곳에서 며칠이나 살았던 자의 성격이나 의도를 파악할 만한 어떤 흔적들도 찾을 수가 없었다. 내가 보기에 이 남자는 편안한 생활 따위는 신경 쓰지 않고 철저하게 자기를 통제할 줄 알았다. 내가 알 수 있는 건 이것뿐이었다. 벌어진 지붕 사이로 쏟아졌을 비를 생각해보면 뭔가를 이루기 위해 이 불편한 곳에서 얼마나 강하고 흔들리지 않는 의지로 생활했는지 쉽게 알 수 있었다. 나쁜 짓을 하려는 우리의 적일까? 아니면 우리의 수호천사일까? 답을 얻어낼 때까지 이곳을 떠나지 않기로 마음먹었다.

바깥에서는 해가 더 낮게 가라앉았고, 서쪽 편은 주홍빛과 금빛으로 타올랐다. 저 멀리 거대한 그림펜 늪의 물웅덩이에 붉게 물든 석양빛이 반사되어 비쳤다. 바스커빌 저택의 탑 두 개가 보였다. 멀리 아스라한 연기가 올라오는 곳은 그림펜 마을이었다. 그 둘 사이, 언덕 너머가 스테이플턴의 집이었다. 금빛의 저녁노을 속에서 모든 것이 달콤하고 그윽하고 평화로웠다. 그러나 이 모두를 지켜보고 있는 내 영혼은 자연이 주는 평안함을 함께 나눌 수가 없었다. 매 순간이 그자와의 맞대면을 향해 다가가고 있었고, 나는 불안과 두려움으로 몸을 떨었다. 신경이 곤두섰지만 뚜렷한 목표가 있었기에, 나는 움막의 어두운 구석에 앉아 두려움을 꾹꾹 눌러 참으며 여기 사는 자가 돌아오기만을 기다렸다.

마침내 그자의 기척이 들렸다. 먼 곳에서 돌을 밟는 구두 소리가 날카롭게 울렸다. 또, 그리고 또 한 번, 더 가깝게 가깝게 다가왔다. 나는 더 어두운 구석으로 몸을 숨기고 주머니 속의 권총을 더듬어 공이를 뒤로 젖혔다. 낯선 자의 모습이 드러날 때까지는 내가 숨어 있다는 것을 들키지 말아야 한다. 그자가 멈췄는지, 아무 소리도 들리지 않았다. 그러고 나서 다시 발소리가 다가오더니 움막 입구 쪽으로 그림자가 나타났다.

"이봐, 정말 멋진 저녁인걸, 왓슨. 거기보다는 바깥이 더 편안할 것 같은데?"

익숙한 목소리였다.

12장
황야에서의 죽음

잠깐 동안 난 숨도 못 쉰 채 내 귀를 의심했다. 이내 긴장감의 무게가 순간 산산조각 나며 내 영혼을 풀어주었고, 내 목소리며 감각도 다시 돌아왔다. 이 냉정하고 예리하고 비꼬는 듯한 목소리라면 이 세상에 딱 한 사람밖에 없다.

"홈즈, 홈즈!"

내가 외쳤다.

"나와. 그 권총 좀 조심하고."

홈즈가 말했다.

허리를 굽히고 허름한 움막을 나와 보니 홈즈가 돌 위에 앉아 있었다. 그의 회색 눈빛을 보아하니 깜짝 놀란 내 모습을 아주 재미있어하는 것 같았다. 홈즈는 마르고 지쳐 보였지만 냉철하고 기민해 보였다. 홈즈의 날렵한 얼굴은 햇볕에 그을었고 바람을 맞아 거칠어져 있었다. 트위드 정장에 등산 모자를 쓴 홈즈는 황야를 둘러보는 여느 관광객처럼 보였다. 고양이처럼 깔끔한 것을 좋아하는 성격도 여전해 보였다. 베이커 스트리트에 있을 때처럼 턱도 매끈했고 옷도 다림질이 잘 되어 있었다.

"살면서 누굴 만나 이렇게 반가운 적은 없었어."

나는 홈즈의 손을 움켜잡으며 말했다.

"이렇게 놀란 적도 없었고, 응?"

"음, 실은 맞아."

"고백하건대 그쪽만 놀란 게 아냐. 네가 이 은신처를 찾아낼 줄은 꿈에도 몰랐어. 더구나 안에 들어와 있을 줄이야. 입구가 스무 걸음쯤 남았을 때에야 눈치챘어."

"내 발자국을 보고?"

"아냐, 왓슨. 세상의 수많은 발자국 중에 네 발자국을 구분할 수는 없어. 네가 정말로 나를 속이고 싶다면 담배 가게부터 바꿔야 할 거야. 옥스퍼드 스트리트의 브래들리 가게 상표가 찍힌 담배꽁초를 보고 내 친구 왓슨이 근처에 와 있다는 걸 알아챘으니까. 저 길 옆에 있더라. 당연히 네가 버린 거겠지. 비어 있는 움막에 들어서기 직전에 말이야."

"정확해."

"네 대단한 끈기를 아니까, 무기를 준비하고 움막 주인이 돌아오길 기다리며 매복해 있겠구나 싶었지. 내가 진짜 그 범죄자일 거라고 생각한 거야?"

"누굴지는 몰랐지만, 꼭 알아내겠다는 마음으로 왔지."

"대단해, 왓슨! 여기는 어떻게 알고 찾아온 거야? 아마 탈옥수를 쫓던 날 밤에 나를 봤겠지? 내가 경솔했지. 달이 뜬 것도 모르고 서 있었어."

"응, 봤어."

"그럼 찾을 때까지 여기 움막을 다 뒤진 거로군?"

"아냐, 널 돕고 있는 그 소년을 보고는 대충 어딘지 알았어."

"분명 그 망원경을 가진 노인♦ 때문이군. 렌즈에 빛이 반사되어 번쩍하기 전까지는 몰랐어."

홈즈는 일어서서 움막 안을 슬쩍 들여다봤다.

"하, 카트라이트가 물건들을 주고 갔네. 이 종이는 뭐야? 쿰 트레이시에 갔다 왔구나?"

"응."

"로라 라이언스 부인을 만나러?"

"맞아."

"잘했어! 우리의 조사가 같은 방향을 향하고 있었어. 결과를 수합하면 사건에 대해 아주 많은 부분을 알 수 있겠어."

♦ 프랭클랜드는 BBC 《셜록》 〈바스커빌의 개〉에서 핵심적인 인물로 등장한다. 원작에서 망원경으로 소년을 봤으면서도 경찰에 알리지 않아 본의 아니게 홈즈가 발각되지 않게 도왔던 것처럼, 드라마에서도 프랭클랜드는 셜록의 정체가 탄로 날지 모르는 위험천만한 순간에 도움을 주기도 한다.

"음, 이렇게 여기서 만나니 정말 기뻐. 솔직히 이 수수께끼며 책임감이 나한텐 너무 무거웠다고. 그런데 도대체 어떻게 온 거야? 여기서 뭘 하고 있었던 거고? 베이커 스트리트에서 협박 편지 사건에 매달려 있다고 생각했어."

"그렇게 생각해주길 바랐지."

"날 이용했구나. 날 못 믿고 말이야! 난 그보단 좀 더 나은 대접을 받을 만하지 않아, 홈즈?"

난 씁쓸하게 외쳤다.

"이봐 친구, 다른 사건들에서처럼 이번에도 자넨 정말 가치 있는 역할을 했어. 속은 것 같겠지만 이해해줘. 사실 어느 정도는 다 널 위해서 그랬던 거야. 네가 위험에 빠졌다는 생각이 들어서 직접 내려와 조사하게 된 거라고. 내가 헨리 경과 너와 같이 있었다면 나도 분명 같은 관점에서 사건을 볼 수밖에 없었을 테고, 내가 함께 있음으로 해서 우리의 만만찮은 적들도 우릴 더 경계했겠지. 내가 저택에 있었다면 할 수 없었을 일들을 여기서는 할 수 있었어. 또 이렇게 숨어 있다가 결정적인 순간에 나타날 수도 있었고."

"하지만 왜 나한테까지 숨겼어?"

"네가 알면 도움이 안 됐을 거야. 내가 노출될 가능성도 생기고. 뭔가 나한테 말해주고 싶어 할 수도 있고, 내 편의를 봐주려고 뭔가를 갖다 주려 했을 수도 있고, 그런 불필요한 위험이 생길 수 있잖아. 그래서 카트라이트를 데려왔어. 우체국에서 일하던 작은 친구 기억나지? 그 애가 빵이며 셔츠며 이런저런 것들을 갖다 줬어. 더 필요한 게 뭐 있겠어? 덕분에 눈도 두 개 더 늘었고, 발도 빠른 친구라 쓸모가 많았지."

"그럼 내 보고서들은 다 헛수고였군!"

고생스럽게 편지를 쓰면서 자부심을 느꼈던 내 모습을 떠올리니 목소리가 떨렸다.

홈즈는 주머니에서 종이 뭉치를 꺼내며 말했다.

"그건 여기에 있어, 친구. 손때가 묻도록 읽었다고. 연락책을 잘 구축해놓은 덕분에 하루 만에 나한테 왔어. 정말 보기 드물게 어려운 사건인데도 네가 보여준 열의와 영민함은 칭찬할 수밖에 없을 거야."

여전히 속았다는 생각을 지울 수 없었지만 홈즈의 따뜻한 칭찬에 마음이 좀 풀렸다. 그리고 속으로는 그의 말이 옳다고 생각했다. 황야에 홈즈가 숨어 있는 걸 몰랐던 편이 우리 목표를 위해선 최선이었다.

홈즈는 내 얼굴에서 그늘이 지워진 걸 보며 말했다.

"그러니 한결 낫네. 이제 로라 라이언스 부인을 만나고 온 얘기를 좀 해봐. 난 네가 그 부인을 만나러 갈 줄 알았어. 쿰 트레이시에서 이 사건과 관련해 우리에게 뭔가 도움을 줄 사람은 라이언스 부인뿐이니까. 사실 네가 오늘 안 갔다면 내일이라도 내가 갔을 거야."

해가 지고 황야에 어둠이 깔리고 있었다. 공기가 차가워지자 우리는 온기가 있는 움막 안으로 들어갔다. 땅거미 지는 움막에 앉아 그 부인과 나눈 대화를 홈즈에게 들려줬다. 홈즈가 관심을 보이는 대목들은 그가 만족할 때까지 되풀이해 얘기해야 했다.

내가 얘기를 마치자 홈즈가 말했다.

"정말 중요한 이야기군. 이 복잡한 사건에서 연결하기 힘들었던 공백 부분을 이어주는 얘기야. 아마 너도 부인이 스테이플턴과 아주 가까운 사이란 걸 알고 있겠지?"

"그건 몰랐어."

"의심의 여지가 없어. 둘은 만나며 편지도 주고받았어. 완전히 내통하고 있었다고. 이제 비장의 무기를 손에 쥔 셈이야. 이걸 이용해서 그의 아내를 떼어낼 수 있다면……."

"아내?"

"이제 나도 보답하는 차원에서 정보를 좀 줘야겠군. 스테이플턴 양으로 통하는 그 여자는 사실 스테이플턴의 아내야."

"세상에! 확실한 거야? 그럼 어떻게 헨리 경이 자기 아내와 사랑에 빠지는 걸 허락할 수가 있어?"

"헨리 경이 사랑에 빠져서 손해 보는 건 헨리 경 자신밖에 없어. 헨리 경이 아내와 단둘이 있지 못하게 하려고 스테이플턴이 엄청 신경 쓰는 거, 봐서 알잖아. 다시 말하지만 그 여잔 동생이 아니라 아내야."

"하지만 왜 그렇게까지 공들여 속이고 있는 거야?"

"그 여자가 미혼으로 있어야 훨씬 유용하다는 걸 알고 있는 거지."

입 밖에 내진 않았지만 막연히 품고 있었던 본능적인 의혹들이 갑자기 형체를 갖추고 그 박물학자에게 집중됐다. 무표정하고 창백한 남자, 밀짚모자를 쓰고 잠자리채를 휘두르며 다니는 그 남자에게서 뭔가 무서운 면모가 보이는 것 같았다. 웃는 얼굴 뒤에 살인자의 심장을 가진, 끝없는 인내심으로 술책을 부리는 괴물.

"그럼 스테이플턴이 우리가 찾던 적이야? 런던에서 우릴 미행했던 그 사람?"

"내가 푼 수수께끼에 따르면."

"그럼 그 경고는 그 여자가 보낸 거구나!"

"맞아."

한동안 날 둘러쌌던 암흑을 뚫고 괴물 같은 악당의 실체가 반쯤 드러났다.

"하지만 정말 확실해, 홈즈? 아내라는 건 어떻게 안 거야?"

"스테이플턴이 자기 자신을 너무 오랫동안 잊고 산 나머지 너를 처음 만났을 때 진짜 자기 얘기를 좀 했던 거야. 그 후로 후회 좀 했을걸. 북아일랜드 교사 출신이긴 하더라고. 자, 그런

데 학교 선생만큼 추적하기 쉬운 것도 없잖아. 교육계에 종사한
적 있는 사람은 기관을 통해 알아볼 수 있으니까. 좀 알아보다
가 끔찍한 일 때문에 폐교한 학교를 찾았어. 이름은 좀 달랐지
만 교장이었던 사람은 아내와 함께 종적을 감췄더군. 딱 맞아떨
어졌지. 사라진 그 교장은 곤충학에 열성적이었다니, 확인 끝난
거지 뭐."

어둠은 걷히고 있었지만 여전히 많은 부분이 가려져 있었다.

"그래, 아내라고 쳐. 그럼 로라 라이언스 부인은 뭐야?"

"그게 바로 네 조사가 빛을 발한 지점 중 하나야. 라이언스 부
인과 나눈 대화에서 많은 게 정리됐어. 그 부인이 남편과 이혼
준비 중이었다는 건 몰랐거든. 라이언스 부인은 스테이플턴이
독신이라고 생각하고 그의 아내가 되려고 생각했던 거야."

"속았다는 걸 알게 되면?"

"그럼 우리 편이 되는 거지. 일단 가장 먼저 할 일은 그녀를
만나는 일이야. 내일 같이 가자. 그런데 왓슨, 너무 오래 나와
있는 거 아냐? 바스커빌 저택에 있어야 하잖아."

마지막 석양도 서쪽으로 사라지고 황야에는 어둠이 깔려 있
었다. 끔찍하리만치 컴컴한 하늘엔 별 몇 개만이 어슴푸레 빛나
고 있었다.

나는 일어서며 한 마디 더 했다.

"홈즈, 하나 더. 우리 사이에 숨길 건 없잖아. 그러니까 이게

다 뭔지 말해줘. 스테이플턴이 하려는 게 뭐야?"

홈즈는 목소리를 낮추고 대답했다.

"살인이야, 왓슨. 정교하고 냉혹하게 계산된 살인. 구체적인 건 묻지 마. 그물망을 조이는 중이야. 그는 헨리 경을 향해 그물 망을 조이고 있지만, 네가 도와준다면 스테이플턴은 거의 내 손에 잡힌 셈이야. 하지만 한 가지 위험이 남았어. 우리가 준비되기 전에 그자가 먼저 덮칠지 모른단 건데, 길어야 하루 이틀이야. 그때까진 아픈 아이를 돌보는 엄마처럼 헨리 경 옆에 꼭 붙어 있으라고. 오늘 너의 임무는 그 자체로 훌륭했지만, 헨리 경옆에 있었다면 더 좋았을 것도 같아. 잠깐, 들어봐!"

끔찍한 비명, 공포와 괴로움에 터져 나온 외침이 황야의 적막을 뚫고 들렸다. 그 으스스한 비명에 핏줄이 모조리 얼어붙는 것만 같았다.

"맙소사 뭐야? 대체 무슨 소리야?"

말도 잘 안 나왔다.

홈즈도 벌떡 일어났다. 움막 입구에 홈즈의 탄탄한 그림자가 드러났다. 홈즈는 어깨를 웅크린 채 머리를 내밀고 어둠을 응시하고 있었다.

"쉿, 쉿!"

그가 속삭였다.

비명은 격렬한 만큼 크게 들렸지만, 저 멀리 어두운 평원 어

딘가에서 울려 퍼지는 것 같았다. 이제 그 소리는 점점 가까워
졌고 더 급박하게 들렸다.

"어디서 나는 거지? 어디야, 왓슨?"

홈즈가 속삭였다. 목소리가 떨리는 걸 보니 강철 같은 이 남
자도 속으론 두려워하는구나 싶었다.

"저쪽 같아."

난 어둠 속을 가리키며 말했다.

"아냐, 저쪽이야!"

다시 한 번 적막을 깨고 고통에 찬 비명이 지나갔다. 더 크고
가깝게 들렸다. 이번에는 다른 소리가 뒤섞여 들렸는데, 낮게
웅얼대는 소리였다. 마치 바다의 낮은 속삭임처럼, 음악처럼도
들리지만 위협적으로 오르내리는 소리였다.

"사냥개야! 어서, 왓슨, 어서 와! 빌어먹을, 늦은 것 같아!"

홈즈가 외쳤다.

홈즈는 황야를 재빨리 달려가기 시작했고 나도 뒤따랐다. 하
지만 우리 바로 앞 험준한 지대 어딘가에서 절망에 빠진 듯한
마지막 외침이 들리더니 둔탁하고 무겁게 쿵 하는 소리가 났다.
우린 멈춰서 귀 기울였다. 바람 한 점 없는 밤은 조용했고 다른
소리는 들리지 않았다.

홈즈는 혼란스럽다는 듯이 한 손을 이마에 갖다 대고 있었다.
그러고는 발을 구르며 말했다.

"한 방 먹었어, 왓슨. 우리가 늦었다고."

"아냐, 아닐 거야!"

"손쓰지 못한 내가 바보지. 그리고 너도 마찬가지야, 왓슨. 임무를 소홀히 한 결과라고! 하지만 최악의 사태가 벌어진 거라면 맹세코 고스란히 돌려줄 거야!"

우린 어둠 속에서 바위에 부딪히고 가시덤불을 헤쳐가며 달렸다. 숨을 몰아쉬며 비탈을 오르고 내리막을 내달려 그 끔찍한 비명이 났던 곳으로 달려갔다. 오르막에 오를 때마다 홈즈가 주위를 둘러봤지만 짙은 어둠이 깔린 황야의 음울한 대지 위엔 아무 움직임도 보이지 않았다.

"뭐가 보여?"

"아니."

"하지만 들어봐, 뭐지?"

낮은 신음이 귓가에 울렸다. 왼편에서 다시 한 번 또 들려왔다. 그쪽은 돌투성이 비탈로 끝에는 깎아지른 바위 절벽에 맞닿아 있었다. 그 울퉁불퉁한 돌 틈에 뭔가 시꺼먼 물체가 이상한 모양으로 널브러져 있었다. 가까이 다가서자 희미한 윤곽이 하나의 형체로 보이기 시작했다. 한 남자가 얼굴을 땅에 묻고 엎어져 있었다. 머리는 끔찍한 각도로 꺾여 있었고 어깨는 웅크린 채 몸을 구부리고 있어서 마치 공중제비를 넘는 것처럼 보였다. 그 기괴한 자세에 놀라 아까 들었던 소리가 그의 마지막 절규였음을 한동안 생각지도 못했다. 내려다보니 그 어두운 형체에서는 숨소리도 부스럭대는 소리도 전혀 나지 않았다. 홈즈가 손을 뻗었다가 공포에 질린 듯 다시 거뒀다. 홈즈가 성냥불을 켜자 희미한 불빛에 피범벅이 된 그의 손가락이 보였다. 그리고 그 뒤로 깨진 머리에서부터 천천히 넓어지고 있는 무시무시한 피 웅덩이가 드러났다. 성냥불로 그쪽을 비추자 우린 심장이 멎어 졸도할 뻔했다. 헨리 바스커빌 경의 시신이었다!

그 특이한 붉은색 트위드 정장을 잊을 수 없었다. 베이커 스트리트에서 우리가 처음 만났을 때 헨리 경이 입고 있었던 바로 그 옷이었다. 그라는 걸 확인하는 순간 성냥불은 흔들리다 꺼져버렸는데, 우리 영혼에서도 희망이 꺼져버리는 것만 같았다. 신음을 내뱉는 홈즈의 하얀 얼굴이 희미하게 보였다.

난 주먹을 불끈 쥐며 소리쳤다.

"짐승! 짐승만도 못한 놈! 홈즈, 헨리 경을 두고 나온 나 자신을 절대 용서 못 할 것 같아."

"내 잘못이 더 커, 왓슨. 사건을 잘 정리한 뒤에 끝장내려다가 의뢰인을 잃게 되다니. 이렇게 큰 오점을 남기다니. 하지만 어떻게 알 수 있었겠어, 어떻게. 그렇게 경고했음에도 위험을 무릅쓰고 황야에 혼자 나올 줄이야."

"우린 그의 마지막 비명을 들은 거야. 세상에나, 그 비명을! 하지만 구하지 못했다니! 준남작의 목숨을 가져간 이 망할 사냥개는 어디 있지? 지금도 바위틈에 숨어 있을지 몰라. 아, 스테이플턴, 이 작자는 어디 있는 거야? 이 일에 책임져야 할 거야."

"그래야지. 그렇게 만들 거야. 삼촌과 조카가 살해당했어. 한 사람은 짐승의 모습을 보고 초자연적인 무언가라고 생각하곤 놀라서 죽었고, 또 한 사람은 벗어나려고 발버둥 치다 이렇게 당하고 말았어. 자, 이제 스테이플턴과 짐승 사이의 관계를 증명해야 해. 우리는 소리만 들었을 뿐 그 사냥개가 여기에 있었다는 걸 단언할 수는 없어. 헨리 경은 추락사한 게 분명하니까. 하지만 아무리 교활한 놈이라도 맹세코 하루 안에 내 손으로 잡을 거야!"

그렇게 오랜 시간 공들여 노력했음에도 불구하고 이 사건은 결국 비극적인 최후로 이어졌다. 이 갑작스럽고 돌이킬 수 없는 재앙에 우린 할 말을 잃고 비통한 심정으로 시신 곁에 서 있었다. 그리고 달이 떠올랐다. 우리는 헨리 경이 추락했던 바위 위에 올라가 절반쯤 은빛으로 보이는 어두컴컴한 황야를 내려다봤다. 저 멀리 그림펜 방향으로 몇 킬로미터 떨어진 곳에 꺼지지 않는 노란 불빛이 보였다. 외따로 있는 스테이플턴의 집이었다. 난 저주하며 주먹을 흔들었다.

"당장 잡으러 가면 왜 안 되지?"

"아직 사건이 완전하지 않아. 극도로 교활하고 조심스러운 놈이야. 우리가 알고 있는 게 중요한 게 아니라 증명할 수 있느냐가 중요해. 실수라도 했다간 빠져나가고 말 거야."

"그럼 어떻게 하지?"

"내일 할 일이 많을 거야. 일단 오늘은 이 불쌍한 친구를 수습하는 게 먼저야."

우린 가파른 비탈을 내려가 시신에게 다가갔다. 은빛 돌 위에 놓인 시신은 시꺼멓게 보였다. 사지가 뒤틀린 모습이 너무나 고통스러워 보여 눈앞이 눈물로 흐려졌다.

"사람들을 좀 불러야겠어, 홈즈! 우리 힘으로는 저택까지 운반할 순 없겠어. 맙소사, 뭐야, 미쳤어?"

홈즈가 탄성을 지르며 시신을 향해 몸을 숙이더니 춤을 추고 웃으며 내 손을 꽉 잡았다. 이 사람이 그 단호하고 냉정한 내 친구 맞나? 이런 광기가 있었다니!

"수염이야! 턱수염! 턱수염이 있다고!"

"턱수염?"

"준남작이 아냐. 이건, 세상에, 내 이웃이었던 탈옥수라고!"

잔뜩 흥분해서 시신을 뒤집어보자 차갑고 맑은 달빛에 피에 젖은 턱수염이 보였다. 튀어나온 이마며 짐승같이 푹 꺼진 눈이 절대로 준남작일 리 없었다. 이 사람은 정말로 바위 뒤에 숨어 노란 촛불 뒤에서 노려보던 그 얼굴, 탈옥수 셀던이었다. 이제 모든 게 이해가 갔다. 준남작이 자기 헌 옷들을 배리모어에게 줬다고 했던 말이 기억났다. 배리모어는 셀던의 탈출을 돕기 위해 그 옷을 줬던 것이다. 구두며 셔츠, 모자까지 모두 헨리 경의 것이었다. 물론 비극적인 죽음인 것은 맞지만 셀던은 사형을 받아도 마땅한 사람이었다. 난 홈즈에게 어떻게 된 일인지 설명했다. 기쁘고 감사한 생각에 가슴이 벅차올랐다.

"그렇다면 옷 때문에 이 친구가 죽은 거군. 사냥개에게 헨리 경 소지품 냄새를 맡게 한 게 틀림없어. 분명 호텔에서 훔쳐 간 그 구두를 주었겠지. 그래서 이자가 습격을 당한 거야. 하지만 한 가지 이상해. 어떻게 셀던이 이 어둠 속에서 사냥개가 쫓아오는 걸 알았을까?"

홈즈가 말했다.

"소리를 들은 거지."

"탈옥도 할 만큼 강심장인 사람이 황야에서 사냥개 소리를 들었다고 그렇게까지 공포에 떨며 살려달라고 소리를 쳤을까? 그러다 다시 잡힐 수도 있는데 말이야. 아까 들은 비명을 생각해 보면 사냥개가 따라온다는 걸 알고도 꽤 오랫동안 도망친 건데. 어떻게 알았지?"

"우리의 추측이 다 맞는다고 가정했을 때 더 이상한 점은, 왜 사냥개가……."

"난 아무것도 가정하지 않아."

"음, 그럼, 왜 사냥개를 오늘 밤에 풀어놓았지? 항상 황야에 풀어놓는 건 아닐 것 같은데. 헨리 경이 황야에 나오지 않는다면 굳이 풀어놓지 않았을 거야."

"내 의문이 더 풀기 어려워. 내 생각에 그 부분은 금방 설명할 수 있을 것 같지만, 내 의문은 영영 미스터리로 남을지도 몰라. 일단 지금 문제는 이 불쌍한 놈의 시신을 어떻게 하느냐야. 여우와 까마귀 소굴에 그냥 둘 수는 없잖아."

"일단 경찰이 올 때까지 움막에 넣어두는 게 좋겠어."

"그래. 우리 둘이 거기까진 옮길 수 있겠지. 이런, 왓슨, 저게 누구야? 직접 왔잖아! 대담하고 굉장한 놈이군. 절대 의심하는 티를 내지 마. 한 마디라도 실수한다면 계획이 모두 수포로 돌아가니까."

황야를 가로지르며 누군가가 다가오고 있었다. 그의 시가 불빛이 흐릿하게 보였다. 달빛이 비추자 말쑥한 차림새에 의기양양하게 걸음을 옮기는 박물학자를 알아볼 수 있었다. 그는 우릴 보곤 걸음을 멈추더니 다시 걸어왔다.

"세상에, 왓슨 박사님 아니십니까? 한밤중에 이렇게 황야에서 뵙게 되리라곤 생각도 못 했습니다. 그런데 세상에, 이게 뭡니까? 누가 다쳤나요? 설마 헨리 경은 아니겠죠?"

스테이플턴은 급히 날 지나치며 시신을 확인했다. 날카롭게 숨을 들이쉬는 소리가 들리더니, 스테이플턴이 들고 있던 시가를 떨어뜨렸다.

"이게…… 누군가요?"

스테이플턴이 더듬더듬 말했다.

"셀던이에요. 프린스타운에서 탈옥한 죄수요."

스테이플턴은 창백한 얼굴로 우릴 돌아봤다. 놀라움과 실망감을 애써 감추고 있었다. 그는 날카로운 눈초리로 홈즈를 보더니 다시 날 봤다.

"세상에, 이런 충격적인 일이! 어떻게 죽은 겁니까?"

"저 바위에서 떨어져 목이 부러져 죽은 모양입니다. 제 친구와 황야를 거닐다 비명을 들었어요."

"저도 들었습니다. 그래서 나왔어요. 헨리 경이 걱정돼서요."

"왜 특별히 헨리 경이 걱정되셨어요?"

난 묻지 않을 수 없었다.

"우리 집에 오기로 했는데 오지 않아서 이상하다고 생각하고 있었거든요. 황야에서 무슨 소리가 나자 자연스레 헨리 경이 무사한지 걱정이 되더군요. 그나저나……."

스테이플턴의 시선은 날 지나쳐 홈즈에게로 향했다.

"비명 말고 다른 소리는 못 들으셨어요?"

"못 들었어요. 무슨 소리를 들으셨나요?"

홈즈가 되물었다.

"아닙니다."

"그럼 왜 물으셨어요?"

"아, 왜 농부들이 유령 같은 사냥개니 뭐니 하는 얘기를 하는

걸 들어보셨겠지요. 밤이면 황야에서 사냥개 우는 소리가 난다
고들 합니다. 혹시 오늘 밤에도 그런 소리가 났나 궁금해서요."

"그런 건 전혀 못 들었어요."

내가 말했다.

"그럼 이 불쌍한 사람은 어쩌다 이렇게 된 건가요?"

"누군가에게 들킬까 마음을 졸이던 불안감이 결국 이렇게 죽
음으로 몰고 간 것 같아요. 정신이 나가 황야를 달리다가 결국
이렇게 떨어져 목이 부러진 겁니다."

"그럴 수도 있겠군요."

스테이플턴은 안도의 한숨을 내쉬었다. 그러고는 다시 말을
이었다.

"그런데 셜록 홈즈 씨께선 어떻게 생각하십니까?"

내 친구는 제법이라는 듯이 가볍게 목례하며 말했다.

"사람을 잘 알아보시는군요."

"왓슨 박사님이 내려오신 후로 언제 오시려나 기다리고만 있
었어요. 바로 이때 오셔서 이런 비극을 보시는군요."

"그렇게 되었네요. 제 친구 설명이 정확히 맞는 것 같습니다.
이 찝찝한 기억을 안고 내일 런던으로 돌아가게 생겼네요."

"아, 내일 가시나요?"

"그러려고요."

"오신 김에 저희를 혼란에 빠뜨린 이 사건들을 좀 밝혀내 주

시길 바랐는데요."

홈즈는 어깨를 으쓱해 보였다.

"항상 원하는 대로 할 수만 있나요. 수사관에게 필요한 것은 사실들이지 소문이나 전설 같은 게 아니니까요. 만족스러운 사건은 아니네요."

내 친구 홈즈는 아주 무신경한 태도로 솔직하게 말했다. 스테이플턴은 홈즈를 유심히 보더니 나에게 돌아섰다.

"이 불쌍한 친구를 저희 집에 데려가고 싶지만 그랬다간 제 동생이 펄쩍 뛸 것 같아 힘들겠습니다. 얼굴만 뭘로 좀 덮어두면 아침까지는 안전하지 않을까 싶은데요."

그렇게 정리가 됐다. 자기 집으로 모시겠다는 스테이플턴의 권유를 마다하고 홈즈와 나는 바스커빌 저택으로 돌아왔고, 박물학자는 혼자 집으로 돌아갔다. 뒤돌아보니 그는 황량한 황야를 천천히 건너가고 있었고, 그 뒤로 은빛 산비탈에 검은 자국이 보였다. 탈옥수 셀던이 무시무시한 최후를 맞이하고 누워 있는 곳이었다.

"거의 다 잡았어. 그 사람 배짱 좀 봐! 계획과 달리 엉뚱한 사람이 희생된 걸 봤으면 까무러칠 만큼 충격 받았을 텐데 표정 관리를 그렇게 하다니. 왓슨, 런던에서도 말했었지만 다시 한 번 말할게. 이렇게 마음 단단히 먹어야 하는 적수는 이제까지 결코 없었어."

황야를 함께 걸으며 홈즈가 말했다.

"네가 발각된 게 유감이군."

"처음엔 나도 그렇게 생각했지만 어쩔 수 없지 뭐."

"네가 여기 와 있다는 걸 알게 된 게 스테이플턴의 계획에 영향을 미칠까?"

"좀 더 몸을 사리거나 아니면 곧바로 최후의 칼을 꺼내 들지도 모르지. 대체로 머리가 잘 돌아가는 범죄자들이 그렇듯이, 스테이플턴도 자기가 똑똑하다고 자만하면서 완전히 우릴 속였다고 생각할지도 몰라."

"왜 바로 스테이플턴을 체포하면 안 돼?"

"왓슨, 역시 넌 태생이 행동파야. 언제나 활동적인 뭔가를 하고 싶어 하잖아. 하지만 자, 일단 논의를 위해서 가정해보자. 오늘 밤 우리가 그자를 잡았다고 쳐. 그럼 우리한테는 대체 뭐가 더 좋지? 죄를 입증할 만한 것이 아무것도 없잖아. 그놈은 교활하고 사악한 놈이야! 사람을 부려서 일을 저질렀다면 뭐라도 증거가 남아 있을 거야. 하지만 그 무시무시한 개를 밝은 곳으로 끌어내 봤자 개 주인을 옭아매는 데에는 도움이 안 될 거라고."

"분명한 사건이 있잖아."

"사건의 그림자만으론 안 돼. 그것도 추측뿐이잖아. 이 정도 얘기와 증거로는 법정에서 웃음거리만 돼."

"찰스 경의 죽음도 있잖아."

"시신에 흔적이 있었던 것도 아니었어. 우린 찰스 경이 순전히 공포로 인해 죽었고 무엇 때문에 겁을 먹은 건지도 알지만, 이걸 어떻게 배심원 열두 명에게 설명할 수 있겠어? 사냥개라는 증거가 뭐 있어? 송곳니 자국이라도 있어야지. 물론 우리도 알다시피 찰스 경은 사냥개에게 물리지도 않았고 그 짐승이 덮치기 전에 사망했지. 하지만 이걸 **증명**해야만 해. 아직 그럴 입장은 아니잖아."

"그럼, 오늘 밤 일은?"

"오늘 밤도 사정은 비슷해. 역시나 사냥개와 그 남자의 죽음에는 직접적인 연결 고리가 없잖아. 사냥개도 못 봤고. 소리를 듣긴 했지만 그게 남자를 쫓는 개의 소리였는지는 증명할 수가 없어. 동기도 찾을 수 없고. 안 돼, 현재로서는 승산이 없어. 우린 위험을 무릅쓰고 이걸 밝혀내기 위해 한 발짝 나아가야 해."

"그럼 이제 어떻게 할 작정이야?"

"로라 라이언스 부인에게 기대를 걸고 있어. 지금 상황들을 알려주면 우리에게 뭔가 도움이 돼줄 거야. 나만의 계획도 있고. 내일의 괴로움은 내일로 족하리니.성서의 한 구절을 변용한 대사다. "한 날의 괴로움은 그날로 족하니라."(마태복음 6:34) 어쨌든 하루가 더 가기 전에 그자 위에 서고 싶어."

홈즈는 더 말하지 않고 생각에 빠져 바스커빌 저택 정문까지 잠자코 걷기만 했다.

"들어갈 거지?"

"응. 더 숨을 이유가 없지. 하지만 마지막으로 말할게, 왓슨. 헨리 경에게 그 사냥개 얘긴 절대 하지 마. 셸던의 죽음에 대해 선 스테이플턴이 조종하는 대로 생각하게끔 놔둬. 그 편이 내일 휘말리게 될 상황을 견디는 데에 더 나을 거야. 내 기억엔, 내일 이 사람들이 함께 저녁을 먹는다고 보고서에 썼었지?"

"맞아. 나도 같이."

"그럼 넌 뭐든 핑계를 대고 헨리 경만 보내. 일정 조정하는 건 어렵지 않을 거야. 자, 지금 저녁 식사를 하기에 너무 늦은 시간 이라면 우리 둘이 야참이라도 들자."

13장
그물 치기

헨리 경은 놀라기보다는 기뻐하며 홈즈를 맞았다. 최근에 벌어진 사건들 때문에 홈즈가 런던에서 오지는 않을까 하고 며칠째 기다렸기 때문이다. 하지만 내 친구가 아무런 짐도 없이 온데다 그에 대한 설명도 하지 않자 눈썹을 치켜뜨고 올려다보았다. 우리는 홈즈에게 필요한 것들을 얼른 준비했다. 그러고는 늦은 저녁을 들며 준남작이 알아둘 만한 것들만 추려 오늘 있었던 일을 들려줬다. 하지만 우선 난 곤욕스럽게도, 셀던이 죽었다는 충격적인 소식을 배리모어 부부에게 전해야 했다. 배리모어는 크게 안도하는 듯 보였지만 배리모어 부인은 앞치마에 얼굴을 묻고 비통하게 흐느꼈다. 세상 사람들이 보기에는 반은 짐승이나 다름없는 극악무도한 놈이었지만, 배리모어 부인에게는 어린 시절 항상 함께 손잡고 다니던 고집쟁이 어린 동생일 뿐이었다.

진짜 악마라면 자신을 위해 울어주는 여자는 없을 것이다.

"왓슨 박사님이 아침에 나가신 후로 줄곧 맥 빠지게 집에만 있었어요. 그나저나 제가 약속을 잘 지켰으니 좀 으쓱해도 되겠지요. 혼자 돌아다니지 않겠다고 맹세하지만 않았다면 보다 활기찬 오후를 보낼 수 있었을 겁니다. 스테이플턴이 집에 와달라고 했거든요."

준남작이 말했다.

"분명 보다 활기찬 저녁을 보내셨겠지요. 그나저나 저희는 헨리 경의 목이 부러진 줄 알고 애도를 했었습니다. 그렇다고 저희에게 고마워하진 않으시겠죠?"

홈즈가 건조하게 말했다.

헨리 경은 눈을 크게 뜨며 외쳤다.

"무슨 소립니까?"

"죽은 사내가 헨리 경의 옷을 입고 있었어요. 그 옷을 갖다 준 배리모어가 경찰에게 곤혹을 치르진 않을까 걱정이네요."

"그럴 것 같진 않습니다. 제가 아는 한 옷에 별다른 표시는 없거든요."

"배리모어에겐 다행스러운 일이네요. 사실 여러분 모두에게 다행스러운 일입니다. 이 사안과 관련해서는 여러분 모두가 불리한 입장에 있으니까요. 양심적인 탐정으로서의 제 첫 번째 임무는 이 집에 있는 모든 사람들을 체포하는 일이 아닐까 하는 생각도 들어요. 왓슨의 보고서야말로 유죄를 입증할 수 있는 문서니까요."

"그런데 사건은 좀 어떻습니까? 엉킨 매듭이 좀 풀렸나요? 왓슨 박사님과 저는 여기 온 이후 뭘 더 알아낸 건 없는 것 같습니다."

준남작이 말했다.

"머지않아 보다 분명하게 설명해드릴 수 있을 겁니다. 지독히도 난해하고 복잡한 사건이었어요. 아직 밝혀내야 하는 부분들이 좀 있지만 곧 다 알아낼 수 있을 겁니다."

"왓슨 박사님께서 저희가 겪은 일을 이미 전했겠지요. 저흰 황야에서 사냥개 소리를 들었어요. 그래서 모든 게 공허한 미신만은 아니라고 맹세할 수 있습니다. 전 서부에 있을 때 개와 관련된 일을 한 적이 있어서 개 짖는 소리를 잘 알거든요. 홈즈 씨가 그 짐승의 목줄을 채우고 입을 틀어막아 잡기만 한다면 저는 홈즈 씨야말로 이 시대 최고의 탐정이라고 생각할 겁니다."

"저를 좀 도와주신다면 가능할 거 같은데요."

"뭐든 말씀만 하세요. 돕겠습니다."

"좋아요. 그럼 이유는 묻지 마시고 무조건 해주시길 부탁드립니다."

"좋으실 대로 하십시오."

"이 일을 해주시기만 한다면 우리의 작은 문제가 곧 해결될 거라 생각합니다. 확실합니다."

홈즈는 갑자기 말을 멈추고 내 머리 위쪽 허공에 시선을 고정했다. 램프 불빛이 홈즈의 얼굴을 비췄다. 홈즈는 완전히 몰두한 채 꼼짝하지 않고 있어서 마치 매끈하게 깎아놓은 고전시대 조각상처럼 보였다. 얼굴에는 긴장감과 기대감이 한껏 드러나 있었다.

"뭔데 그래?"

"무슨 일이죠?"

우린 동시에 외쳤다.

난 시선을 거두는 홈즈의 얼굴을 보고 홈즈가 속내를 감추고 있다는 걸 알아챘다. 홈즈는 여전히 침착했지만 그의 눈은 몹시 기뻐하는 듯 흥분으로 빛났다.

"예술적 감식안에 감탄했습니다. 왓슨은 제가 예술을 잘 모른다고 하지만, 괜히 질투해서 하는 말이죠. 대상을 보는 관점이 달라서 그래요. 이렇게나 멋진 초상화들이라니요."

홈즈는 건너편 벽에 줄지어 걸린 초상화들을 가리켰다.

"음, 그렇게 말씀하시니 영광이네요. 저 그림들에 대해 아는 척하진 않겠습니다. 전 그림보다는 말이나 소를 더 잘 아니까요. 이런 쪽에도 조예가 깊으신 줄 몰랐습니다."

헨리 경이 좀 놀란 듯 내 친구를 흘깃 보며 말했다.

"좋은 작품은 대번에 알아볼 수 있는데, 바로 지금 여기 있군요. 장담하는데, 저기 푸른색 실크 옷을 입은 여자분 그림은 넬러의 작품이고, 가발을 쓴 체격 좋은 저 신사분 그림은 레이놀즈 작품이군요. 다 가족 초상화인 모양이죠?"

"네, 그렇습니다."

"이름들을 아시나요?"

"배리모어가 가르쳐주고 있는데, 배운 것은 꽤 기억하고 있는 것 같습니다."

"저기 망원경을 든 신사분은 누구시죠?"

"바스커빌 해군 소장인데, 서인도의 로드니 장군 아래에 계셨답니다. 푸른 외투에 두루마리 종이를 든 사람은 피트 하원에서 위원장을 역임했던 윌리엄 바스커빌 경이고요."

"그럼 제 맞은편에 검은 벨벳과 레이스를 두르고 있는 이 왕당파는요?

"아, 홈즈 씨도 아실 만한 분입니다. 이 모든 고통의 화근이 된 사악한 휴고예요. 바스커빌 사냥개 전설이 여기서 시작됐죠. 이분을 잊긴 힘들 겁니다."

난 약간 놀라면서도 흥미롭게 그 초상화를 바라봤다.

"세상에! 저렇게 조용하고 온화해 보이는 사람이. 하지만 눈에는 악마가 들어차 있군요. 더 혈기 왕성하고 악당 같은 모습일 줄 알았어요."

홈즈가 말했다.

"진짜 휴고의 초상화예요. 캔버스 뒤에 1647년이라는 연도와 이름이 써 있거든요."

홈즈는 이런저런 얘기를 더 했지만 그 악당의 오래된 초상화에 마음을 빼앗긴 것 같았다. 식사를 하는 동안 홈즈의 눈길은 그 그림에 고정돼 있었다. 난 나중에 헨리 경이 자기 방으로 돌아간 뒤에야 홈즈가 생각하는 흐름을 따라갈 수 있었다. 홈즈는 침실에서 가져온 촛불을 한 손에 들고는 나를 다시 식당으로 데려가 그 벽의 오래된 초상화를 비췄다.

"뭔가 안 보여?"

나는 깃털 달린 넓은 모자며 곱슬곱슬 땋아 내린 17세기 풍 머리칼, 하얀 레이스 칼라 사이로 드러난 엄격한 표정을 바라봤다. 잔인해 보이는 얼굴은 아니었지만, 꼭 다문 얇은 입술에 너그럽지 않고 차가운 눈매는 고지식하고 냉정하고 단호해 보였다.

"누구 아는 사람 같지 않아?"

"헨리 경과 턱이 비슷한 것 같아."

"그렇게도 보이네. 하지만 잠깐 기다려봐!"

홈즈는 의자를 밟고 올라가서는 촛불을 왼손에 들고 오른팔을 구부려 모자와 긴 곱슬머리 부분을 가렸다.

"세상에!"

난 놀라서 외쳤다.

캔버스에서 스테이플턴의 얼굴이 튀어나오는 게 아닌가.

"하, 이제 알아봤군. 난 다른 치장들에 신경 안 쓰고 얼굴만을 관찰하는 데 단련돼 있어. 변장한 놈들을 알아봐야 하는 범죄 수사관의 첫 번째 덕목이지."

"하지만 정말 놀랍다. 스테이플턴의 초상화 같아."

"맞아. 격세유전의 흥미로운 사례야. 신체적인 부분만이 아니라 정신까지도 닮은 모양이지. 가문의 초상화를 연구하다 보면 환생 이론에 솔깃해질 정도라니까. 그자도 바스커빌 사람이야. 틀림없어."

"상속을 노리고 있군."

"맞아. 이 그림으로 이렇게 가장 중요한 연결 고리가 발견되다니. 잡았어, 왓슨, 잡았다고. 스테이플턴은 내일 밤이 오기 전에 우리의 그물에 걸려 파닥이게 될 테니 두고 봐. 그가 잠자리 채로 잡아들였던 나비들처럼. 핀과 코르크, 종이를 준비해서 베이커 스트리트 채집 목록에 넣어버리자!"

홈즈는 그림에서 물러서며 웬일로 웃음을 터뜨렸다. 홈즈가 웃는 건 거의 못 봤는데, 그가 웃는다는 건 항상 누군가에겐 불운이란 뜻이다.

다음 날 나도 아침 일찍 일어났다. 홈즈는 더 일찍 깨서 나간 모양이었다. 옷을 입는데 홈즈가 올라오는 게 보였다.

"자, 바쁜 하루가 될 거야. 그물은 모두 제대로 쳐두었고 끌어 당기기만 하면 돼. 오늘 안에 턱이 뾰족한 그 대어를 낚았는지 놓쳤는지 판가름이 날 거야."

즐겁다는 듯이 손을 비비며 홈즈가 말했다.

"벌써 황야에 갔다 왔어?"

"그림펜에 가서 셀던의 죽음에 대해 프린스타운으로 보고서 를 보냈어. 여기서 이 일로 엮이게 될 사람은 아무도 없을 거야. 그리고 우리의 믿음직한 카트라이트한테도 연락했고. 안전하다 고 연락해주지 않으면 주인의 무덤 앞에서 개들이 그러는 것처 럼 내 움막 앞에서 통곡을 할 녀석이라."

"이제 다음 행보는?"

"헨리 경을 만나야지. 아, 저기 오는군!"

"안녕히 주무셨어요, 홈즈 씨. 부관을 이끌고 전쟁에 나가는 장군처럼 보이는걸요?"

준남작이 말했다.

"바로 그렇습니다. 왓슨도 명령만 기다리고 있었지요."

"저도 그랬습니다."

"좋습니다. 제가 듣기론 오늘 저녁에 우리 친구 스테이플턴의 집에서 저녁을 드시기로 하셨다고 알고 있는데요."

"홈즈 씨도 함께 가시면 좋겠어요. 손님맞이를 좋아하는 사람 들이라 함께 가면 기뻐할 겁니다."

"애석하게도 전 왓슨과 런던에 돌아가 봐야 합니다."

"런던에요?"

"네, 이 시점에서는 저희가 런던에 있는 게 훨씬 유익할 것 같습니다."

준남작 얼굴에 언짢은 기색이 드러났다.

"이 일이 끝날 때까지 함께할 거라고 기대했습니다. 이 저택도 황야도, 혼자 있기에 썩 좋은 곳은 아니잖아요."

"친애하는 헨리 경, 절 무조건 믿으시고 제 말대로 해주세요. 친구분에게는 저희도 참석하고 싶었지만 피치 못할 업무 때문에 급히 런던에 갔다고 전해주시고요. 우린 데번셔로 금방 돌아올 겁니다. 잊지 않고 이렇게 전하실 수 있겠어요?"

"정 그렇게 하라고 하시면요."

"다른 대안이 절대 없습니다."

준남작의 표정은 침울했다. 우리가 자신을 버렸다고 생각해 깊이 상처 받은 것 같았다.

"언제 가실 작정이세요?"

준남작이 차갑게 물었다.

"아침 먹고 바로요. 마차를 달려 쿰 트레이시로 갈 겁니다. 하지만 곧 돌아온다는 약속의 의미로 왓슨 짐은 두고 갈게요. 왓슨, 오늘 못 가게 되어 유감이라고 스테이플턴에게 기별을 해두라고."

"저도 함께 런던에 갈 용의가 있습니다. 왜 저 혼자 남아야 하나요?"

준남작이 말했다.

"그게 경의 역할이기 때문입니다. 제 말을 그대로 따르겠다고 하셨잖습니까. 그래서 남아 있으시라고 말씀드리는 겁니다."

"그렇다면 좋습니다. 남지요."

"하나 더 당부할 사항이 있습니다. 메리핏 하우스에 마차를 타고 가세요. 하지만 이륜마차는 바로 돌려보내세요. 그들에게는 이따가 걸어서 집에 갈 거라는 언질을 주세요."

"황야를 가로질러 걸어서요?"

"네."

"하지만 그건 절대 해서는 안 되는 일이라고 제게 경고했던 사항이잖아요?"

"이번엔 안전할 겁니다. 경의 대담함과 용기에 대한 확신이 없었다면 저도 제안하지 않았을 겁니다. 반드시 해내셔야만 하는 일입니다."

"그럼 그렇게 하겠습니다."

"그리고 목숨을 지키고 싶다면 다른 길로는 가지 마시고, 메리핏 하우스에서 그림펜 로드로 이어지는 그 길로 가세요. 원래 다니던 그 길로요."

"말씀하신 대로 하지요."

"좋습니다. 아침 식사를 마치는 대로 전 바로 출발할게요. 그래야 오후에 런던에 도착할 테니까요."

어젯밤에 홈즈가 다음 날 런던으로 돌아간다고 스테이플턴에게 말했던 건 기억하고 있었지만, 이런 계획이라니 좀 놀랐다. 나더러 함께 가자고 하리라곤 생각지도 못했거니와, 홈즈 자신도 중요한 시기라고 했던 이때에 우리 둘 다 자리를 비운다는 게 잘 이해되지도 않았다. 하지만 따르는 수밖에 다른 길이 없었다. 우리는 아쉬워하는 우리 친구에게 작별 인사를 하고 몇 시간 뒤 쿰 트레이시 역에 도착해 마차를 돌려보냈다. 작은 소년이 승강장에서 우릴 기다리고 있었다.

"시키실 일은요, 선생님?"

"이 기차를 타고 런던으로 가, 카트라이트. 도착하는 대로 헨리 바스커빌 경에게 내 이름으로 전보를 쳐. 내가 두고 온 책이 있는데 찾으시거든 베이커 스트리트 우편함으로 보내달라고."

"알겠습니다, 선생님."

"그리고 역에 가서 나한테 온 전갈이 있는지 좀 물어봐."

소년은 전보를 들고 돌아왔다. 홈즈가 보여준 전보는 다음과 같았다.

전보 받았음. 서명 안 한 영장 들고 가겠음. 5시 40분 도착.

레스트레이드

"아침에 보낸 전보에 답장이 왔네. 내가 보기엔 레스트레이드가 이 분야에서 최고야. 그의 도움이 필요할지도 몰라. 자, 왓슨, 이제 저번에 만났던 로라 라이언스 부인을 만나기에 최적의 시간 같은데."

홈즈의 작전이 분명하게 드러나기 시작했다. 나중에 다시 돌아오겠지만 지금은 우리가 정말 가버렸다고 스테이플턴이 믿도록 준남작을 이용한 것이다. 헨리 경이 스테이플턴에게 런던에서 전보가 왔다는 얘기를 한다면 더는 의심할 여지가 없을 것이다. 우리의 그물망은 이미 저 턱 뾰족한 작자 주위를 둘러싸고 있는 것 같았다.

로라 라이언스 부인은 사무실에 있었다. 홈즈가 단도직입적으로 말문을 열자 부인은 놀란 눈치였다.

"찰스 바스커빌 경 사망 사건을 조사하고 있습니다. 여기 제 친구 왓슨 박사에게 부인 얘기를 들었고요. 그 문제와 관련해 말하지 않은 부분이 있다는 것도 알고 있습니다."

"제가 뭘 숨겼다는 건가요?"

부인은 도전적으로 받아쳤다.

"찰스 경에게 10시에 문 앞으로 와달라고 요청했다고 고백하셨지요. 모두 알다시피 찰스 경은 그 시각 거기에서 사망했습니다. 이 둘 사이에 어떤 연관이 있는지 말씀하시지 않고 계시잖아요."

"저와 상관 없는 일입니다."

"그렇다면 굉장한 우연의 일치라는 얘긴데요. 하지만 결국 저희가 연결 고리를 밝혀낼 것 같군요. 솔직히 말씀드리죠, 라이언스 부인. 우리는 이 사건을 살인 사건으로 보고 있습니다. 부인의 친구인 스테이플턴 씨와 그의 아내도 연관되어 있다고 보고 있고요."

라이언스 부인은 의자에서 벌떡 일어나 외쳤다.

"아내라뇨?"

"더는 숨길 일도 아니지요. 스테이플턴의 여동생으로 알려진 여성은 사실 그의 아내입니다."

라이언스 부인은 다시 의자에 앉았다. 팔걸이를 움켜쥐고 앉았는데, 분홍빛 손톱이 하얗게 변하는 것을 보니 엄청 힘주어 잡고 있는 듯했다.

"아내라니…… 아내라니요! 그 사람은 독신이라고요."

셜록 홈즈는 어깨를 으쓱해 보일 뿐이었다.

"증명해보세요! 증명해보시라고요! 증명할 수 있다면요!"

핏발 선 라이언스 부인의 눈빛은 그 어떤 말보다 더 많은 걸 말해주고 있었다.

홈즈가 주머니에서 종이 몇 장을 꺼내며 말했다.

"그래서 준비해 왔습니다. 그 부부가 4년 전 요크에서 찍은 사진입니다. '밴들러 부부'라고 써 있지요. 하지만 금방 알아보

실 겁니다. 그 여자의 얼굴을 아신다면요. 여기 이 둘의 관계를
보증하는 세 명의 증언도 받아놓았어요. 이 당시 밴들러 부부는
세인트 올리버 사립학교를 운영하고 있었습니다. 읽어보세요.
그러고도 이들의 정체를 못 믿으시는지 봅시다."

서류를 훑어본 라이언스 부인은 절망으로 굳은 얼굴로 단호
하게 우리를 올려다봤다.

"홈즈 씨, 이 작자는 저더러 남편과 이혼하면 저와 결혼하겠
다고 했어요. 나쁜 놈, 모든 수단을 동원해 절 속였어요. 진실이
라곤 단 한 마디도 없었군요. 대체 왜, 왜 그랬을까요? 다 저를
위하고 있다고만 생각했어요. 그의 손에 놀아났을 뿐이란 걸 이
제 알겠네요. 이런 나쁜 놈의 방패가 돼줄 이유가 없지요. 뭐든
물어보세요. 숨김없이 대답해드릴게요. 한 가지 맹세할 수 있는
건, 그 편지를 쓸 때 그게 찰스 경에게 해가 될 거라는 생각은
꿈에도 하지 못했다는 거예요. 그분은 다정한 친구였는걸요."

"그럴 거라 믿습니다, 부인. 이 사건들을 다시 복기하는 것이
괴로우실 줄 압니다. 무슨 일이 벌어졌는지 제가 말해볼 테니 잘
못된 지점이 있다면 지적해주겠어요? 그 편이 훨씬 쉬울 것 같
은데 어떠신지요. 편지를 보낸 건 스테이플턴이 시킨 일이죠?"

홈즈가 말했다.

"그가 받아 적으라고 했어요."

"아마 편지를 쓰면 찰스 경에게 이혼소송 비용을 보조받을 수

있을 거라는 이유를 댔겠지요?"

"맞아요."

"자 그럼, 편지를 보낸 뒤에는 찰스 경과 만나기로 한 약속을 없었던 일로 하자고 만류했겠죠?"

"그런 일로 다른 사람에게 돈을 융통하는 일이 자존심 상한다고 했어요. 비록 가난하지만 우릴 갈라놓는 장애물을 없애기 위해서라면 마지막 한 푼까지 쓰겠다고요."

"아주 일관된 사람처럼 보였겠군요. 그리고 나서 신문에서 사망 기사를 접할 때까지 아무 얘기도 못 들었던 거죠?"

"네. 못 들었어요."

"그리고 스테이플턴은 찰스 경과의 약속에 대해서 절대 입을 열지 말라고 했겠죠?"

"네. 사망 사건에 이상한 점이 많아서 이 사실이 알려지면 저도 의심을 받게 될 거라고 했어요. 말 못 하도록 겁을 줬죠."

"그렇군요. 하지만 뭔가 미심쩍었지요?"

부인은 망설이며 눈을 내리깔았다.

"그가 어떤 사람인진 알고 있었지만, 저와의 신의만 지킨다면 영원히 그 사람과 함께할 작정이었어요."

"전반적으로 봤을 때 운 좋게 빠져나오신 것 같네요. 스테이플턴이 두려워할 만한 무기를 갖고 있었고 그자도 그걸 알았음에도 아직 살아 계시니 말입니다. 몇 달간 거의 벼랑 끝을 걸어

온 셈이에요. 그럼 라이언스 부인, 저희는 이만 일어서야겠습니다. 곧 다시 소식을 듣게 될 겁니다."

셜록 홈즈가 이야기를 마무리 지었다.

런던발 급행열차를 기다리면서 홈즈가 입을 열었다.

"우리의 사건이 슬슬 마무리되고 있어. 우리 앞에 있던 어려움들도 하나하나 해결되고 있고. 조만간 이야기들을 하나로 엮어서 정리하면, 이 사건은 세상을 놀라게 한 독특한 금세기 범죄 사건 중 하나로 자리매김할 거야. 이제 범죄학도들은 이 사건을 1866년에 일어났던 리틀 러시아의 그로드노 사건이나 노스캐롤라이나의 앤더슨 살인 사건에 비견할 만한 것으로 기억하겠지. 하지만 이 사건은 이 사건만의 뭔가 다른 특징이 있어. 심지어 우린 이 교활한 작자를 유죄로 만들 분명한 논거도 아직 없잖아. 하지만 오늘 밤 침실에 들기 전까지 확실히 밝혀내고 말겠어. 그렇지 못한다면 정말 말도 안 되는 일일 거야."

경적을 울리며 급행열차가 들어왔다. 강단 있는 불도그처럼 생긴 작은 체구의 남자가 일등칸에서 뛰어내렸다. 우리 셋은 인사를 나눴다. 레스트레이드가 내 친구를 존경 어린 눈빛으로 쳐다보는 걸 보아하니, 함께 일하게 된 이후로 그가 많은 걸 배웠다는 게 단번에 보였다. 실리를 추구하는 사람들은 흔히 추론가의 이론을 경멸하기 쉽지만 말이다.

"무슨 재미있는 일이라도 있어요?"

레스트레이드가 물었다.

"몇 년 새 가장 큰 사건이에요. 출발하기 전까지 두 시간쯤 빕니다. 저녁을 좀 먹으면 좋을 것 같아요. 그러고 나서 다트무어의 맑은 밤공기를 마시며 런던의 안개를 목구멍에서 몰아내자고요, 레스트레이드. 그곳에 안 가보셨죠? 음, 그렇다면 잊을 수 없는 첫 번째 방문이 되겠군요."

홈즈가 말했다.

14장

바스커빌의 사냥개

셜록 홈즈에게 흠이 하나 있다면, 그건 계획이 완전히 실현되기 전까지 자신의 계획 전체를 말하는 걸 극도로 꺼린다는 점이다. 만약 이런 걸 정말 흠이라고 부를 수 있다면 말이다. 어떤 면에서 보면 모든 걸 진두지휘하려는 홈즈의 성격 때문이기도 하다. 홈즈는 사람들 위에 서서 그들을 놀라게 만들길 좋아한다. 또 어느 정도는 어떤 가능성도 사전에 차단하려는 직업적인 경계심에서 비롯된 것이기도 하다. 하지만 그로 인한 괴로움은 홈즈의 지시를 받고 실제로 움직이는 요원이나 조수들의 몫이다. 나도 종종 그런 괴로움에 시달리곤 했지만, 마차를 타고 어둠 속을 달리던 그날보다 심한 적은 없었다. 거대한 시련이 우리 앞에 도사리고 있었고, 드디어 우린 마지막 결실을 눈앞에 두고 있었는데, 홈즈는 말이 없었다. 홈즈가 어떻게 할지 난 그저 추측만 할 뿐이었다. 얼굴을 때리는 차가운 바람과 오솔길 양옆에 펼쳐진 어둡고 텅 빈 지대가 마침내 황야에 다시 도착했음을 말해주었다. 난 기대감으로 가슴이 두근거렸다. 말이 성큼성큼 달리며 마차 바퀴가 구를 때마다 우리 생애 최고의 모험이 다가오고 있었다.

빌린 마차였고 마부를 신경 쓰느라 편하게 대화하기가 힘들었다. 온 신경이 바짝 서서 긴장하고 있으면서도 사소한 얘기들이나 주고받을 수밖에 없었다. 어색하게 말을 아끼고 있다가 프랭클랜드의 집을 지나자 비로소 안도감이 찾아왔다. 우리의 행동 무대인 바스커빌 저택이 가까워지고 있다는 뜻이었기 때문이다. 우리는 건물 현관 앞까지 들어가지 않고 진입로의 대문 앞에서 내렸다. 마부에게 돈을 주며 곧장 쿰 트레이시로 돌아가라고 지시했고, 우리는 메리핏 하우스로 걸어가기 시작했다.

"무기는 챙겼어요, 레스트레이드?"

홈즈의 물음에 작달막한 형사가 웃으며 답했다.

"제가 바지를 입는 한 거기엔 뒷주머니가 있고, 뒷주머니가 있는 한 전 거기에 뭔가를 넣고 다니죠."

"좋아요! 나와 내 친구도 항상 긴급 상황에 대비해놓죠."

"사건에 대해선 철저히 입 다물고 계시군요, 홈즈 씨. 자, 그럼 이제 어떡할까요?"

"기다리는 겁니다."

"아이고, 기다리기에는 썩 좋은 장소가 아닌 것 같은데요."

레스트레이드는 안개에 둘러싸인 채 그림펜 늪 위로 펼쳐진 거대한 호수와 음울한 산비탈을 둘러보며 부르르 떨었다.

"저 앞쪽 집에서 불빛이 보이는군요."

레스트레이드의 말에 홈즈가 대답했다.

"저기가 우리 모험의 종착지, 메리핏 하우스예요. 조심조심 소리 안 나게 걸어야 해요. 말소리도 낮추고요."

우린 조심스럽게 걸어 나갔다. 메리핏 하우스로 곧장 가는 줄 알았는데 180미터 정도를 앞두고 홈즈가 멈춰 섰다.

"여기가 좋겠습니다. 이 바위들이 좋은 가림막이 될 겁니다."

홈즈가 말했다.

"여기서 기다린다고요?"

"네, 잠깐 매복할 겁니다. 레스트레이드, 여기 파인 곳으로 들어가세요. 왓슨, 저 집에 들어가 봤지? 방들이 어떻게 배치돼 있어? 저 끝에 격자무늬 창문은 뭐지?"

"그게 부엌 창문인 것 같아."

"그 너머에 있는 건? 밝게 빛나는 창문 말이야."

"그건 확실히 식당이야."

"블라인드를 올려놨군. 네가 여기 배치를 잘 아니, 소리 나지 않게 살금살금 가서 뭐 하는지 좀 봐봐. 절대로 엿보고 있다는 걸 들키면 안 돼!"

난 까치발로 걸어가서 나지막하게 자란 과수원 나무 주변 낮은 담장 뒤에서 잠시 멈춘 뒤, 담장 그늘에 숨어 다가갔다. 어느 정도 가니 커튼이 없는 창문으로 안이 들여다보였다.

방에는 헨리 경과 스테이플턴 둘뿐이었다. 둥근 탁자 앞에 마주 보고 앉아 있는 옆모습이 보였다. 시가를 피우는 두 사람 앞에는 커피 잔과 와인 잔이 놓여 있었다. 스테이플턴은 활달하게 이야기하고 있었지만 준남작은 넋이 나간 듯 창백해 보였다. 아마 그 불길한 황야를 혼자 건너올 생각에 마음이 무거운 것 같았다.

지켜보는 동안 스테이플턴이 방을 나갔다. 헨리 경은 잔을 채워 의자에 푹 기대앉더니 시가를 피웠다. 문이 삐걱대는 소리가 들렸고 자갈 위를 걷는 부스럭 소리가 났다. 발소리는 내가 숨어 있는 담벼락 반대편을 따라 지나갔다. 쭉 훑어보다가 박물학자가 과수원 모퉁이에 있는 별채 현관 앞에 서 있는 걸 발견했다. 열쇠를 열고 스테이플턴이 안으로 들어갔는데, 안에서 뭔가 수상하게 슥슥 움직이는 소리가 났다. 스테이플턴은 안에 고작 1분 정도만 있다 나왔다. 다시 열쇠 돌리는 소리가 났고 나를 지나쳐 다시 집으로 들어갔다. 그러고는 다시 준남작과 함께 자리에 앉았다. 난 재빨리 동료들이 기다리는 곳으로 돌아와 본 대로 말해줬다.

"그러니까 왓슨, 여자는 안에 없어?"

내 설명을 다 듣고는 홈즈가 물었다.

"없었어."

"그렇다면 어디 간 걸까? 부엌 말고는 불 켜진 방이 없는데."

"나도 모르겠어."

아까 그림펜 늪에 깔려 있던 하얗고 짙은 안개는 이제 우리 쪽으로 천천히 다가오고 있었다. 안개는 우리를 둘러싼 담장처럼 낮고 자욱하게 우리를 감쌌다. 어찌나 짙은 안개인지 그 윤곽이 선명하게 보일 정도였다. 달빛을 받은 안개 바다는 반짝이는 얼음판처럼 보였고 저 멀리 바위산 정상은 얼음판 위에 놓인 돌 같았다. 그쪽을 보고 있던 홈즈는 느릿느릿 움직이는 안개를 보며 조바심을 냈다.

"안개가 우리 쪽으로 오고 있어, 왓슨."

"뭐 문제 될 거 있어?"

"정말 심각한 문제지. 내 계획을 망쳐버릴 수 있는 유일한 장애물이라고. 헨리 경이 오래 머무르진 않겠지. 벌써 10시가 다 됐으니까. 안개가 이 길을 덮기 전에 헨리 경이 나와야 해. 우리의 성공과 헨리 경의 목숨이 거기에 달려 있을지 몰라."♦

밤하늘은 맑고 선명했다. 별들은 차갑고 밝게 빛나고 있었고

♦ BBC 《셜록》 〈바스커빌의 개〉에서도 안개는 중요한 장치로 사용된다. 하지만 안개로 보였던 것은 알고 보니 환각작용을 일으키는 가스였고, 이 가스는 소설 속 안개처럼 헨리의 목숨을 위협하는 역할을 한다.

하얀 반달의 부드러운 빛은 모든 풍경을 감싸고 있었다. 은빛 밤하늘 위로, 우리 앞에 서 있는 이 어둡고 장대한 집의 들쭉날쭉한 지붕이며 웅긋쭝긋한 굴뚝의 윤곽이 보였다. 아래쪽 창문들에서 새어 나오는 불빛은 과수원과 황야를 금빛으로 가로지르며 뻗어 있었다. 이 불빛 중 하나가 갑자기 꺼졌다. 하인들도 부엌을 나섰다. 오로지 식당에만 불이 켜져 있었고 두 남자, 살인자 주인과 아무것도 모르는 손님은 여전히 시가를 피우며 얘기를 나누고 있었다.

황야의 절반을 덮고 있던 양털 같은 안개 무리는 시시각각 메리핏 하우스와 가까워지고 있었다. 이미 안개의 엷은 앞머리는 불 켜진 금빛 창문을 휘감고 있었다. 저 멀리 있는 과수원 담장은 이미 안 보일 정도였고 나무들 앞에도 하얀 수증기의 소용돌이가 일고 있었다. 기다리는 동안 안개는 메리핏 하우스 양쪽 모서리를 굼실굼실 감쌌고 천천히 하나로 합쳐지며 두툼한 제방을 이뤘다. 그 위로 보이는 건물 위층과 지붕이 바다 위 유령선처럼 보였다. 홈즈는 앞에 놓인 바위를 신경질적으로 때리더니 초조해하며 발을 굴렀다.

"15분 내로 안 나온다면 이 길은 안개로 뒤덮일 거야. 30분이면 당장 코앞에 있는 것도 안 보일 거라고."

"좀 더 위로 올라갈까?"

"그래, 그게 좋겠다."

안개가 전진하는 것에 맞춰 우리도 메리핏 하우스에서 800미터쯤 떨어진 곳까지 물러났다. 하지만 달빛에 반짝이는 짙은 안개 바다는 여전히 느리지만 가차 없이 전진하고 있었다.

"너무 멀리 왔어. 헨리 경이 우릴 지나쳐 가면 큰일이야. 무슨 일이 있어도 이 자리를 지키고 있자고. 아, 다행이군! 헨리 경이 오고 있는 것 같아."

홈즈는 무릎을 꿇고는 땅바닥에 귀를 갖다 댔다.

황야의 적막을 깨고 잰걸음 소리가 들려왔다. 바위 사이에 웅크리고 있던 우리는 눈앞을 메운 은빛 테두리의 안개 속을 뚫어지게 바라보았다. 발소리가 점점 커지더니 커튼을 헤치듯 안개를 뚫고 기다리던 남자가 걸어 나왔다. 헨리 경은 별이 빛나는 맑은 지대로 나오자 놀라며 주위를 돌아봤다. 그러고는 신속하게 발걸음을 재촉해, 우리 옆을 지나 뒤쪽의 긴 비탈길로 접어들었다. 그는 어딘가 불편한 사람처럼 자꾸 어깨 너머를 돌아보며 걸었다.

"쉿, 조심해! 오고 있어!"

홈즈가 외쳤다. 재빨리 공이를 젖히는 소리가 들렸다.

굼실대는 안개 한복판에서 희미하게 바스락대며 후드득하는 소리가 계속 들려왔다. 안개는 우리 50미터 앞까지 와 있었고 우리 셋은 그쪽을 쏘아봤다. 안개 속에서 어떤 끔찍한 일이 일어나고 있는지 알 수 없었다. 홈즈 바로 옆에 붙어 있던 나는 순간 그의 얼굴을 힐끗 보았다. 달빛에 눈이 빛나고 있었고 얼굴은 창백했지만 표정은 기대감으로 차 있었다. 그때 갑자기 홈즈의 눈빛이 굳어지며 한곳에 고정됐고 놀라서 입이 벌어졌다. 레스트레이드는 두려움에 고함치며 바닥에 엎드렸다. 난 급히 일어났지만 권총을 잡고 있던 손에 힘이 풀렸고 온 정신이 마비되는 것 같았다. 짙은 안개의 그늘 속에서 무시무시한 형체가 튀어나왔기 때문이다. 사냥개였다. 시꺼멓고 거대한 사냥개, 누구도 본 적 없을 그런 사냥개였다. 입에선 불을 뿜는 것 같았고 두 눈은 활활 타오르는 듯했다. 일렁이는 불빛에 주둥이며 곤추선 털, 늘어진 턱선이 보였다. 아무리 미쳐서 헛소리를 한다 해도 이보다 사납고 끔찍하고 섬뜩한 것은 상상할 수 없을 것이다. 그 어두운 형체는 안개 벽을 뚫고 나와 그 끔찍한 얼굴을 드러냈다.♦

그 거대한 검은 물체는 펄쩍 뛰면서 우리 친구의 발자국을 추적하며 따라 내려갔다. 우리는 몸이 얼어붙은 채 그놈이 지나가는 것을 꼼짝 않고 바라봤다. 그러곤 홈즈와 내가 동시에 방아쇠를 당겼다. 둘 중 한 발은 맞혔는지 그놈은 끔찍한 소리로 울부짖었다. 하지만 그 생명체는 멈추지 않고 앞으로 뛰어나갔다.

♦ 바스커빌 전설 속에서만 존재했던 사냥개가 실제로 그 거대한 모습을 드러내는 것처럼, BBC 《셜록》 〈바스커빌의 개〉에서 헨리의 트라우마로서만 존재하는 줄 알았던 사냥개(hound)는 H.O.U.N.D.라는 거대한 비밀 프로젝트로 실체를 드러낸다.

저 앞에서 헨리 경이 달빛에 하얗게 질린 얼굴로 뒤돌아보는 게 보였다. 공포심에 두 손을 든 채로 자신을 잡으러 오는 무시무시한 물체를 손쓸 수 없이 바라보고만 있었다.

하지만 고통스러워 울부짖는 그놈의 울음소리는 우리의 두려움을 바람처럼 날려주었다. 총에 맞았다는 건 그것이 살아 있는 생명체라는 뜻이고, 그렇다면 우리가 죽일 수도 있다는 뜻이다. 그날 밤의 홈즈처럼 빨리 뛰는 사람은 본 적이 없다. 나도 달리기가 빠르다고 자부하는 편이지만, 홈즈는 내가 레스트레이드를 앞선 만큼이나 나를 앞서 달렸다. 오르막을 다 오르자 앞쪽에서 헨리 경의 비명이 연이어 들렸고 사냥개가 낮게 으르렁대는 소리도 들렸다. 난 그 괴물이 먹잇감을 향해 뛰어오르는 순간을 보았다. 그 괴물은 헨리 경을 쓰러뜨리고는 목을 물어뜯으려고 했다. 하지만 다음 순간 홈즈가 그 괴물의 옆구리를 향해 총알 다섯 발을 퍼부었다. 고통스러운 마지막 비명이 허공에 울려 퍼지며 놈은 뒤집어졌고 필사적으로 발버둥 쳤지만 이내 네 다리가 축 늘어졌다. 나는 숨을 몰아쉬며 웅크리고 앉아 권총으로 그놈 머리를 짓눌러 보았다. 방아쇠를 더 당길 필요까진 없었다. 이 거대한 사냥개는 죽어 있었다.

헨리 경은 쓰러졌던 곳에 정신을 잃고 누워 있었다. 윗옷 옷깃을 찢어 살펴봤지만 다친 흔적은 없었다. 홈즈는 제때 구한 걸 확인하고 감사 기도를 속삭였다. 우리의 친구는 눈꺼풀을 떨더니 움직일 기미를 보였다. 레스트레이드는 준남작의 입안에 브랜디 술병을 밀어 넣었다. 헨리 경은 놀란 눈으로 우릴 올려다보았다.

"세상에! 뭔가요? 아니, 대체 뭐였어요?"

"죽었습니다. 뭐였든 간에요. 우리가 가문의 유령을 완전히 때려눕혔어요."

홈즈가 말했다.

우리 앞에 쓰러져 있는 짐승은 그 크기와 힘만 봐도 무시무시한 놈이었다. 순종 블러드하운드나 마스티프는 아니고 그 둘의 잡종처럼 보였다. 마르고 사나운 그 개는 작은 사자만 한 크기였다. 심지어 죽어서 꼼짝 못 하는 상태에서도 커다란 턱은 푸르스름한 불길로 가득 차 보였고, 작고 푹 파인 잔인한 눈매도 불타오르는 것 같았다. 그 타는 듯한 주둥이에 손을 댔다 떼보니 내 손가락들도 어둠 속에서 이글이글 빛났다.

"인이야."♦

내가 말했다.

"교활하게 준비했군. 냄새도 없으니 놈의 후각에도 영향을 안 미쳤겠고. 헨리 경, 정말이지 이런 일을 당하게 해서 죄송합니

♦ 범인은 개의 주둥이에 인을 발라 파랗게 불타는 듯한 공포를 연출하는데, BBC 《셜록》 《바스커빌의 개》의 야광토끼 블루벨은 그 이름에서부터 드러나듯이 이 사냥개의 파란빛을 계승하고 있다.

다. 사냥개에 대비하고 있었지만 이 정도의 짐승일 줄은 몰랐어요. 그리고 안개 때문에 시간도 촉박했고요."

죽은 짐승에 코를 갖다 대며 홈즈가 말했다.

"절 살려주셨는걸요."

"먼저 위험에 빠뜨렸는걸요. 일어서실 수 있겠습니까?"

"브랜디를 한 모금 더 마셔야 뭐라도 할 수 있을 것 같군요. 자, 이제 절 좀 잡아주세요. 이제 어떻게 하면 되나요?"

"여기 계세요. 저희가 끝내야 할 오늘 밤의 모험이 아직 남았습니다. 잠깐 기다려주신다면 우리 중 한 명이 다시 와서 저택으로 모시고 가겠습니다."

헨리 경은 휘청거리며 일어섰지만 여전히 송장처럼 창백했고 팔다리를 떨고 있었다. 우리는 그를 부축해 바위 위에 앉혔다. 헨리 경은 벌벌 떨며 두 손에 얼굴을 파묻었다.

홈즈가 말했다.

"바로 가야 합니다. 남은 일도 끝내야죠. 매 순간 집중이 필요한 때에요. 이제 놈만 잡으면 이긴 겁니다."

우리가 빠르게 되돌아 달려가는 동안 홈즈가 다시 말했다.

"그놈이 집 안에 있을 확률은 거의 없어. 총소리를 듣고 게임이 끝났다는 걸 알았을 거야."

"우린 꽤 멀리 있었잖아. 안개도 소리를 좀 잡아먹었을 테고."

"개를 다시 불러들이기 위해 분명 따라 나왔을 거야. 안 돼,

안 돼, 지금쯤이면 벌써 가버렸을지도 몰라! 하지만 집을 뒤져서라도 확인해봐야겠어."

우리는 열려 있는 대문으로 뛰어 들어가 재빨리 각 방들을 둘러보았다. 복도에서 마주친 늙은 하인이 놀라 비틀거렸다. 식당 말고는 모두 불이 꺼져 있었지만 홈즈는 램프를 들고 집 안 곳곳을 샅샅이 뒤졌다. 우리가 쫓는 남자의 흔적은 어디에도 없었다. 그러나 위층 침실 문 하나가 잠겨 있었다.

"여기 누군가 있어요! 움직이는 소리 다 들었어. 문 열어!"

레스트레이드가 고함쳤다.

희미한 신음과 부스럭거리는 소리가 안에서 들려왔다. 홈즈가 발로 자물쇠를 걷어차자 문이 열렸다. 우리 셋은 총을 겨누며 방 안으로 들어갔다.

하지만 기대했던 것과 달리 발악하며 저항하는 악당 같은 건 없었다. 대신 생각지도 못한 뜻밖의 대상을 맞닥뜨렸다. 우린 놀라서 잠시 동안 꼼짝없이 바라만 봤다.

작은 박물관 같은 방이었다. 벽에 늘어서 있는 유리 장식장에는 이 복잡하고도 위험한 남자에게 휴식이 되어준 나비며 나방 표본이 가득했다. 방 한가운데에는 기둥이 있었다. 지붕을 가로지르는 낡고 벌레 먹은 대들보를 받치기 위해 세워둔 기둥이었다. 여기에 여잔지 남잔지도 알아볼 수 없을 정도로 침대보로 꽁꽁 싸인 사람이 묶여 있었다. 수건이 목에 둘려 있었고 기둥 뒤에서 단단히 고정돼 있었다. 다른 수건은 얼굴 아랫부분을 덮고 있었는데 그 위로 검은 눈동자가 보였다. 두 눈은 비통함과 수치심, 그리고 무시무시한 의혹에 휩싸인 채 우릴 마주 쏘아보았다. 당장 재갈을 풀고 침대보를 벗겨내자 스테이플턴 부인이 우리 앞에 푹 쓰러졌다. 스테이플턴 부인의 아름다운 얼굴이 가슴으로 푹 떨어지는 순간 목 위에 나 있는 채찍 자국이 보였다.

"잔인한 놈! 레스트레이드, 여기 브랜디 병 좀 주세요! 의자에 앉혀요! 학대를 당하다 탈진해서 기절한 거예요."

홈즈가 외쳤다.

스테이플턴 부인은 다시 눈을 뜨고 물었다.

"그 사람은 무사해요? 달아났나요?"

"그는 도망칠 수 없습니다, 부인."

"아뇨, 아뇨, 제 남편 말고요. 헨리 경은요? 무사한가요?"

"그렇습니다."

"사냥개는요?"

"죽었습니다."

스테이플턴 부인은 안도의 한숨을 내쉬었다.

"하느님 감사합니다! 감사합니다! 악마 같은 놈! 절 어떻게 했는지 보세요!"

그녀는 팔을 걷어붙이고 피멍이 들어 얼룩덜룩한 팔을 보여 줬다. 우린 경악했다.

"이건 아무것도 아녜요. 약과라고요! 그놈은 제 마음과 영혼을 고문하고 더럽혔어요. 절 사랑하고 있다는 희망의 끈을 잡고 있는 동안에는 모두를 속이며 사는 삶도, 외로움도, 학대도, 모두 견딜 수 있었어요. 하지만 이젠 알아요. 전 이 일에서 그저 바람잡이에 꼭두각시였을 뿐이었죠."

스테이플턴 부인은 감정에 북받쳐 흐느끼면서 말했다.

"그자에게 조금의 호의도 없으시군요, 부인. 그렇다면 말씀해보세요. 어디 숨었을까요? 그의 사악한 짓에 뭔가 일조를 하신 게 있다면 이제 속죄의 뜻으로 저희를 도와주세요."

홈즈가 말했다.

"숨을 곳이라곤 딱 한 군데뿐이에요. 늪 한가운데에 있는 섬에 오래된 주석 광산이 있어요. 은신처로 삼으려고 마련해둔 장소죠. 사냥개를 숨겼던 것도 거기고요. 분명 거기로 도망쳤을 거예요."

안개 때문에 창밖이 흰 양털에 뒤덮인 것 같았다. 홈즈는 램프를 들어 올려 창밖을 비춰보았다.

"보세요. 오늘 밤 같은 날 그림펜 늪을 무사히 건너갈 사람이 누가 있을지."♦

♦ BBC 《셜록》 〈바스커빌의 개〉에서 그림펜 늪은 접근이 통제된 지뢰밭으로 바뀌어 등장한다. 헨리의 인생을 망쳐놓았던 범인은 허겁지겁 도망치다 지뢰를 밟아 죄의 대가를 치른다.

홈즈의 말에 스테이플턴 부인은 웃어젖히며 박수까지 쳤다. 두 눈과 이가 격렬한 광기에 휩싸여 번뜩였다.

"길을 잘 찾아 들어갔을지는 몰라도 결코 나올 수는 없을 거예요! 오늘 밤 무슨 수로 그 막대기들을 찾겠어요? 그 사람이랑 제가 늪으로 들어가는 길을 표시하기 위해 막대기를 꽂아뒀거든요. 아, 그 막대기들을 지금 다 뽑아버려야 하는데! 그럼 그 작자는 정말로 죽은 목숨일 텐데."

부인이 외쳤다.

안개가 걷히기 전까지는 쫓아가 봤자 헛수고일 게 분명했다. 홈즈와 나는 메리핏 하우스는 레스트레이드에게 맡겨두고 준남작에게로 돌아가 함께 바스커빌 저택으로 돌아왔다. 이제는 스테이플턴 부부 이야기를 준남작에게 숨길 필요가 없었다. 준남작은 사랑했던 여인의 비밀을 듣고도 크게 동요하지 않았다. 하지만 그날 밤 모험의 충격만큼은 그를 강타했는지, 고열로 정신이 혼미한 상태가 아침까지 계속되어 모티머 박사의 간호를 받아야 했다. 헨리 경이 이 저주받은 재산의 주인이 되기 전처럼 다시 건강을 찾아 혈기 왕성한 남자로 돌아오면, 그 둘은 함께 세계 일주를 떠나기로 했다.

나는 지금까지 이 특이한 이야기의 결론을 향해 숨 가쁘게 달려왔다. 우리 삶을 한동안 사로잡았던 이 사건은 비극적인 방식으로 결말을 맞이했고, 난 독자들도 어두운 공포와 어렴풋한 추정들을 함께 따라와 주길 바라며 이 글을 썼다. 사냥개가 죽고 다음 날 아침, 안개는 걷혀 있었다. 스테이플턴 부인의 안내로 늪지대를 건너는 길을 찾아갔다. 스테이플턴 부인은 즐겁고도 열정적으로 남편의 퇴로를 우리에게 안내했는데, 그 모습을 보니 그간 이 여인의 삶이 얼마나 공포스러웠을까 싶었다. 스테이플턴 부인은 늪의 안쪽에 조그맣게 솟아 있는 단단한 땅 위에 섰다. 그 끝에서부터 작은 막대기들이 여기저기 꽂혀 있었다. 녹색 기포가 올라오는 구덩이들과 진창에서 나는 악취는 낯선 이의 접근을 가로막고 있었다. 구덩이들 사이사이 솟은 잡초 다발을 따라 막대기들이 꽂혀 있어 지그재그로 난 길을 보여주었다. 무성한 갈대와 끈적끈적한 수초에서 불쾌한 열기와 악취가 얼굴로 훅 올라왔다. 한 발만 잘못 디뎠다간 어둡게 출렁이는 늪으로 허벅지까지 빠질 기세였다. 발을 내딛는 주위마다 늪이 파도치듯 느리게 출렁였다. 계속 늪이 우리 뒤꿈치를 잡아당기는 것 같았다. 발을 디딜 때마다 무자비하고 집요한 악마의 손아귀에 딸려 추악한 구렁텅이로 떨어지는 것만 같았다. 우리 앞에 놓인 이 위험천만한 길 위에 누군가 지나간 흔적이 하나 발견됐다. 황새풀 다발 가운데를 뚫고 뭔가 끈끈하고 시꺼먼 물체가 튀어나와 있었다. 그걸 잡으려고 다가가던 홈즈는 허리까지 늪에 빠지고 말았다. 우리가 끌어당기지 않았다면 홈즈는 영영 단단한 땅을 밟지 못했을 것이다. 홈즈가 낡고 검은 구두를 들어 올렸다. '마이어스, 토론토'라는 상표가 가죽 안에 새겨져 있었다.

"진흙 목욕한 보람이 있군. 우리 친구 헨리 경이 잃어버린 구두야."

홈즈가 말했다.

"스테이플턴이 도주하다가 버린 거로군."

"맞아. 사냥개 길들이는 데 사용하고서 계속 갖고 있었던 거지. 게임이 끝났다는 걸 알고 도망치면서도 이걸 손에 쥐고 있었고, 여기까지 도망치다가 던져버린 거야. 적어도 이 지점까지는 무사히 왔다는 뜻이군."

추측은 할 수 있었지만 더 알아낼 수 있는 것은 없었다. 밟는 족족 금세 진흙으로 메워지는 늪지대에서 발자국을 찾아낼 수도 없는 일이었다. 마침내 늪을 지나 좀 더 단단한 지대로 올라오자 우리는 열심히 발자국을 찾았다. 하지만 희미한 흔적 같은 것도 눈에 띄지 않았다. 대지가 우리에게 진실을 말해주는 거라면, 지난밤 안개와 사투하며 도망치던 스테이플턴은 결국 그 섬까지 건너가지 못한 것이다. 이 잔인한 냉혈한은 그림펜 늪의 중심 어딘가, 거대한 늪지대의 이 악취 나는 점액질 속으로 빨려 들어가 영원히 잠든 것이다.

우리는 스테이플턴이 흉악한 동료를 숨겨놨던 섬에 도착했다. 늪으로 둘러싸인 그 섬에는 스테이플턴의 흔적이 여기저기 남아 있었다. 버려진 광산이라는 것을 증명하듯 커다란 수레바퀴며 쓰레기로 반쯤 막힌 갱도가 보였다. 그 옆으로는 주변 늪지에서 올라오는 지독한 악취를 피해 지어놓은 것 같은 광부들 오두막의 잔해가 있었다. 그중 한곳에 물어뜯은 뼈다귀들이 쌓여 있었고 꺾쇠와 쇠사슬도 보였다. 그 짐승을 가뒀던 곳이었다. 어지러운 잔해들 사이에 갈색 털이 엉겨 붙어 있는 두개골이 있었다.

"개야! 맙소사, 그 곱슬곱슬하던 스패니얼! 불쌍한 모티머, 다시는 개를 못 만나게 됐군. 자, 찾을 건 다 찾은 것 같아. 사냥개를 숨길 수는 있었지만 개 짖는 소리까진 감출 수 없었기 때문에 낮에도 그 기괴한 울부짖음이 들려왔던 거야. 급하면 메리핏 하우스 별채에도 숨길 수 있었겠지만 그건 항상 위험을 안고 사는 것과 같았겠지. 그래서 그간의 노력을 끝맺을 수 있다고 생각한 바로 그 결전의 날에 개를 데리고 내려온 거야. 이 깡통에 든 풀은 그 짐승에게 바른 발광물질이 틀림없군. 가문 대대로 내려오던 악마의 개 전설을 이용해 찰스 경을 놀라게 해서 죽인 거야. 그 불쌍한 골칫거리 탈옥수가 놀라 자빠질 듯 도 망친 것도 알만 하지. 헨리 경도 그랬고, 우리였어도 그렇게 도 망쳤을 거야. 황야의 어둠을 뚫고 그런 생명체가 쫓아온다면 말 이지. 희생자를 죽음으로 몰고 갔다는 걸 제외하고도 교활한 방 법이었어. 설사 어떤 농부가 황야에서 이 짐승을 봤다손 치더라 도, 다들 그랬듯 누가 가까이서 들여다보려고 했겠어! 런던에서 내가 말했지, 왓슨. 다시 말해두지. 여태껏 잡은 놈들 중 저기 묻힌 작자가 가장 위험한 놈이었어."

홈즈는 긴 팔을 쭉 뻗었다. 그 앞으로는, 저 멀리 붉은 산비 탈까지 녹색으로 얼룩덜룩 이어진 광대한 늪지대가 펼쳐져 있 었다.

15장

회고

11월의 끝자락, 안개 끼고 몹시 추운 밤이었다. 홈즈와 나는 베이커 스트리트에 있는 우리의 거실에서 벽난로에 불을 지펴 놓고 나란히 앉아 있었다. 데번셔에서 겪었던 비극적 사건 이후, 홈즈는 아주 중요한 두 가지 사건에 매달려 있었다. 하나는 난퍼렐 클럽의 유명한 카드 스캔들과 관련해 업우드 대령이 저지른 끔찍한 짓을 밝혀내는 일이었고, 다른 하나는 의붓딸을 살인했다는 억울한 혐의를 받고 있는 몽팡시에 부인을 변호하는 일이었다. 의붓딸 카레르 양이 뉴욕에서 결혼해 잘 살고 있다는 사실은 6개월 뒤에 밝혀졌다. 어렵고도 중요한 사건들을 연이어 해결해 홈즈의 기분이 좋은 틈을 타 나는 바스커빌 수수께끼의 자세한 사항들을 좀 말해달라고 청했다. 워낙에 홈즈는 현재 당면한 사건에만 몰두할 뿐, 지나간 사건을 곱씹는답시고 맑은 정신을 허비하는 걸 싫어한다. 난 그걸 잘 알고 있었기에 참을성 있게 기다려왔던 참이었다. 하지만 헨리 경과 모티머 박사가 런 던에 와 있었다. 헨리 경의 기력을 회복하고자 긴 여행에 나선 것이다. 마침 그들이 오후에 찾아왔었고, 자연스레 우리의 대화 는 이 주제로 옮아갔다.

"그러니까 이 사건 전체는 말이야, 자신을 스테이플턴이라고 소개한 사람의 관점에서 보자면 간단명료한 사건이었어. 하지 만 우리 입장에선 처음부터 그 사람이 왜 그렇게 행동하는지 알 길이 없었어. 부분적인 사실들밖에 몰랐으니 꽤 까다로운 사건 처럼 보였지. 스테이플턴 부인과 두 차례 얘기 나눴던 게 도움 이 많이 됐어. 이제 사건은 완전히 해결됐고 우리가 모르는 비 밀은 없어. 내 사건 파일 B 항목에 이 사건에 대한 기록을 남겨 뒀으니 봐."

홈즈가 말했다.

"혹시 말이야, 기억나는 대로 사건 전체를 좀 요약해줄 수 있 을까?"

"그럼. 그런데 머릿속에 있는 걸 다 끄집어낼 수 있을진 장담 못 해. 극도로 정신을 집중하다 보면 이상하게도 지나간 일들 은 잊게 되거든. 맡은 사건을 완전히 장악하며 전문가들과 싸우 는 변호사들도 재판 끝나고 몇 주 지나면 그 사건을 다 잊어버 리잖아. 내 경우에도 최근에 맡았던 카레르 양 사건이 바스커빌 사건에 대한 기억을 완전히 덮어씌워 버렸어. 내일이면 또 다른 문제들이 날 덮쳐 와서 그 아름다운 프랑스 아가씨나 악명 높은 업우드 대령을 지워버리겠지. 사냥개 사건도 어느 정도 지워졌 겠지만, 할 수 있는 데까지 사건의 경과를 말해볼게. 내가 빠뜨 리는 게 있거든 말해줘.

조사해보니 가족 초상화는 역시 거짓말하지 않더군. 그 작자 는 정말 바스커빌 가문 사람이었어. 찰스 경 남동생 로저 바스 커빌이라고 남아메리카로 갔다가 독신으로 죽었다고 알려진 사 람이 있었잖아. 그의 아들이었지. 사실 로저 바스커빌은 결혼하 고 아이도 하나 있었는데, 그 아이가 바로 그자였던 거야. 본명 은 제 아버지 이름과 같더군. 베릴 가르시아라는 코스타리카 여 인과 결혼을 했는데 엄청난 공금을 횡령했던 모양이야. 그 바람 에 이름을 밴들러로 바꿔서는 영국으로 도망 와 요크셔 동부에 학교를 세웠고. 특별히 교육 사업에 뛰어든 이유는 영국으로 오 는 길에 폐결핵에 걸린 교사를 알게 되었기 때문이야. 그 교사 의 능력을 이용해서 성공을 거뒀고. 하지만 프레이저라는 그 교 사는 결국 죽어버렸고, 출발이 좋았던 학교도 계속 평판을 잃어 갔어. 밴들러 부부는 스테이플턴으로 이름을 바꾸는 게 좋겠다 고 생각하고는 남은 재산과 계략을 가지고 영국 남부로 온 거 야. 곤충학에 대한 열정도 함께 가져왔지. 대영박물관에 가보니 그 방면으로는 아주 알아주는 권위자더라. '밴들러'라고 이름 붙은 나방도 있는데, 그가 요크셔에 머물 때 처음으로 발견한 나방이래.

이제 우리의 관심을 끄는 대목으로 넘어가 볼까? 그 작자는 사전에 바스커빌 가문에 대해 조사하고 온 게 분명해. 그러곤 딱 두 명만 처리하면 그 막대한 유산이 자기 차지라는 걸 알게된 거지. 처음 데번셔에 내려왔을 때는 막연한 계획이었을 거라고 봐. 하지만 자기 아내를 여동생으로 둔갑시킨 걸 보면 처음부터 악의가 있던 사람이야. 구체적으로 어떻게 해야 할지는 아직 정리되지 않았을지언정 자기 아내를 미끼로 쓸 생각은 이미하고 왔던 거야. 결국 재산을 차지하기 위해 물불 안 가리고 뛰어들게 되었고. 그는 맨 먼저 가능한 한 바스커빌 저택 가까운곳에 터를 잡았고, 그다음으로 찰스 경이나 다른 이웃들과 우정을 쌓으며 돈독한 관계를 만들어나갔지.

찰스 경은 그 작자에게 바스커빌가의 사냥개 전설을 들려줌으로써 스스로 자기 명을 재촉한 꼴이 됐어. 스테이플턴은, 계속 이 이름으로 부르게, 아무튼 그 작자는 그 어르신의 심장이약하다는 걸 알았어. 충격 한 방이면 죽을 걸 안 거지. 모티머 박사한테 들었을 거야. 그리고 미신을 잘 믿는 찰스 경이 이 음울한 전설을 심각하게 받아들인다는 걸 알게 됐고. 그 기발한놈은 그걸 이용해 준남작을 죽여야겠다고 생각했던 거지. 진짜살인자가 누군지 가려내기도 힘든 방법이잖아.

스테이플턴은 이런 계획을 품고서 탁월한 수완으로 일을 진행해나갔어. 평범한 책략가라면 사나운 사냥개 한 마리 준비하는 걸로 만족했겠지. 그런데 그 사냥개를 악마처럼 보이게 만들려고 인공적인 덧칠을 했다는 게 바로 스테이플턴의 천재성이 빛나는 부분이야. 그 개는 로스 앤드 맹글스라고 영국 풀럼 로드에 있는 동물 판매상한테서 산 거야. 개를 데리고 가는 걸 남들에게 들킬까 봐 노스 데번선을 탄 뒤에 엄청난 거리를 걸어 황야를 건넜지. 곤충채집을 하면서 이미 익혀둔 길로 그림펜 늪을 건너가 안전한 곳에 사냥개를 묶어둘 수 있었어. 그렇게 개를 키우며 때를 노려온 거야.

하지만 때가 오기까진 시간이 좀 걸렸어. 밤에 그 어르신을 밖으로 유인하는 건 좀처럼 쉽지 않았거든. 스테이플턴은 몇 차례 사냥개를 데리고 잠복해 있었지만 소용없었어. 스테이플턴이, 아니 스테이플턴의 사냥개가 이렇게 소득 없는 잠복을 하는 새에 몇몇 농부들이 그 개를 본 거고, 덕분에 전설의 악마 개 목격담까지 만들어진 거야. 스테이플턴은 자기 아내가 찰스 경을 유혹하길 바랐지만, 스테이플턴 부인은 예상외로 독자적이었지. 그 노신사와 정서적인 교감을 하는 데 별반 노력을 기울이지 않았어. 그렇게 하면 노신사를 꼬여내 그의 손아귀로 쉽게 데려올 수 있었는데 말이야. 스테이플턴은 부인을 협박하고 심지어 유감스럽게도 손찌검까지 했지만 소용없었어. 스테이플턴 부인은 이 일에 개입하지 않으려고 했고, 한동안 스테이플턴은 일을 진행할 수 없었지.

스테이플턴은 찰스 경의 선의을 이용해 난관을 돌파하겠단 구상을 하게 됐어. 가엾은 여인 로라 라이언스 부인을 돕게끔 해서 기회를 만들려고 한 거야. 스테이플턴은 독신 행세를 하면서 라이언스 부인을 장악했고 남편과 이혼하면 자기와 결혼하자고 했지. 그러다 찰스 경이 모티머 박사의 조언에 따라 곧 바스커빌 저택을 떠날 거란 사실을 듣게 된 거야. 스테이플턴도 모티머 박사의 조언에 동의하는 척하긴 했지만, 계획을 급히 서둘러야 했어. 즉각 행동에 옮기지 않으면 제물이 사라져버릴 위기였으니까. 그래서 라이언스 부인에게 그 편지를 쓰라고 압박했지. 런던으로 떠나기 전날 밤에 자신을 만나러 와달라고 말이야. 그러곤 그럴듯한 말로 찰스 경을 만나지 못하게 라이언스 부인의 발을 묶어두었고, 드디어 기다리던 기회를 잡게 된 거지.

스테이플턴은 저녁때 쿰 트레이시에서 돌아와 때맞춰 사냥개를 데리고 나왔어. 개에게 지옥에서 온 것 같은 분장을 하고는 어르신이 기다리고 있을 바로 그 문으로 사냥개를 끌고 갔지. 개는 주인의 명령대로 쪽문을 뛰어넘어, 비명을 지르며 주목나무 길을 내달리는 가엾은 준남작을 뒤쫓았어. 그런 음침한 길에서, 불을 뿜는 턱에 이글거리는 눈을 가진 거대하고도 시꺼먼 짐승이 자기를 쫓아오고 있다니 정말 끔찍한 광경이었을 거야.

결국 찰스 경은 주목나무 길 끝에서 심장병과 공포로 죽고 말았지. 사냥개는 찰스 경이 산책로를 따라 도망칠 때 잔디가 있는 옆길로 달렸으니 찰스 경 발자국만 남았고 개의 흔적은 안 보였던 거야. 그 사냥개는 아마 쓰러진 찰스 경의 냄새를 맡으러 다가왔을 테지만 죽은 걸 알고 돌아갔겠지. 모티머 박사가 발견한 발자국은 그래서 생긴 거고. 스테이플턴은 다시 사냥개를 불러 서둘러 그림펜 늪의 우리에 넣었어. 이 이상한 사건은 수사 당국도 풀지 못한 채 그 지방을 떠들썩하게 만들었고, 결국 우리한테까지 오게 된 거야.

찰스 바스커빌 경의 죽음에 대해서는 이쯤 해두면 되겠지. 얼마나 사악한 계략이었는지 알 만할 거야. 진짜 살인범을 밝혀내는 일은 정말이지 거의 불가능할 것 같았으니까. 공범이라고 하나 있는 건 스테이플턴을 배신할 일 없는 짐승이었고, 상상하기도 힘든 기괴한 수법을 동원했으니 더욱 효과적으로 일을 처리할 수 있었던 거야. 스테이플턴 부인이나 로라 라이언스 부인은 모두 스테이플턴에게 짙은 의혹을 품고 있었어. 스테이플턴 부인은 자기 남편이 그 어르신을 상대로 뭔가 꾸미고 있다는 것을 눈치챘고 사냥개의 존재도 알고 있었어. 라이언스 부인은 그 두 사실은 몰랐지만 스테이플턴만 알고 있던 그 약속 시간에 사망 사건이 일어났으니 굉장히 놀랐을 거야. 하지만 스테이플턴은 이 둘 다를 쥐락펴락하는 입장이었기 때문에 겁이 없었어. 일의

절반은 수월하게 성공한 거지. 하지만 나머지 절반은 호락호락
하지 않았어.

　스테이플턴은 캐나다에 있는 상속자의 존재를 몰랐을 가능
성이 있어. 어쨌든 모티머 박사를 통해 그 사실을 곧 알게 됐고,
헨리 바스커빌의 도착과 관련한 이런저런 사항들도 다 모티머
박사에게서 들었을 거야. 스테이플턴의 처음 생각은 캐나다에
서 온 이 젊은 이방인이 데번셔에 아예 내려오지도 못하도록 런
던에서 바로 처리해야겠다는 거였어. 그래서 그는 아내를 데리
고 런던으로 왔어. 찰스 경에게 덫을 놓는 일에도 비협조적이었
으니, 이제 아내를 믿을 수 없었던 거지. 게다가 오랫동안 떨어
져 있으면 아내가 무슨 짓을 저지를지도 알 수 없잖아. 그 부부
는 크레이븐 스트리트에 있는 맥스버러 프라이빗 호텔에 묵었
어. 증거를 찾기 위해 심부름꾼을 보냈던 호텔 중 한 곳이었지.
거기서 스테이플턴은 아내를 방에 가둬두고는 턱수염 변장을
하고 모티머 박사를 미행해 베이커 스트리트까지 왔던 거고, 뒤
이어 기차역이며 노섬벌랜드 호텔까지 따라붙은 거야. 부인은
남편의 계획을 눈치채고 있었지만 남편의 야만적인 학대가 두
려워서 쉽사리 헨리 경에게 경고 편지도 쓸 수 없었어. 편지 쓴
걸 스테이플턴이 알았다간 자신도 무사하지 못할 걸 알았으니
까. 그래서 결국 우리가 봤던 그 쪽지를 보낸 거야. 필적을 감추
려고 단어들을 오려내서 만든 그 편지 말이야. 그래서 준남작은

첫 번째 위험하다는 경고를 받게 된 거지.

스테이플턴은 헨리 경의 옷가지 하나를 반드시 손에 넣어야 했어. 그래야 개를 이용할 때 헨리 경을 쫓을 수 있으니까. 스테이플턴은 신속하고 대담한 작자이니 즉각 행동으로 옮겼을 거야. 분명 뒷돈을 주고 호텔 구두닦이나 하녀를 매수했겠지. 하지만 뜻밖에도 처음 가져온 구두가 새 구두였던 거야. 그건 쓸모없잖아. 그래서 그건 돌려주고 다른 신발을 가져오게 했지. 이 대목이 정말 많은 걸 알려줬어. 우리가 진짜 사냥개를 상대로 하고 있다는 걸 결정적으로 확신하게 됐지. 그러니 새 구두는 소용이 없고 낡은 구두가 필요했던 거야. 독특하고 기괴한 사건일수록 더 조심스럽게 살펴봐야 해. 과학적으로 신중하게 곱씹어보면, 사건을 복잡하게 보이게 만드는 그 괴상한 지점이야말로 사건의 비밀을 가장 잘 설명해주는 대목이니까.

그리고 다음 날 아침에 우리 친구들이 여길 방문한 거야. 스테이플턴은 여전히 마차로 미행을 했고. 우리 집이며 내 생김새까지 파악하고 있었던 걸 보면 스테이플턴이 저지른 게 바스커빌 사건 하나뿐일 리는 없어. 최근 3년 새 서부 지역에서 네 건의 큰 강도 사건이 있었지만 범인은 결국 안 잡혔거든. 가장 마지막에 벌어졌던 사건은 포크스턴 코트에서 5월에 있었던 사건인데, 복면을 쓴 강도가 자기를 놀라게 한 호텔 직원 소년에게 무자비하게 총질을 해서 세간의 이목을 끌었던 사건이야. 틀림없이 스테이플턴이야. 이런 식으로 자금을 보충했던 거지. 수년간 스테이플턴은 극단적이고 위험한 인물이었어.

그날 아침 우리를 멋지게 따돌린 일이나 마부에게 내 이름을 대 돌려보낸 걸 봐. 스테이플턴이 얼마나 만반의 준비를 하고 있었는지 보여주는 대목이지. 스테이플턴은 내가 사건을 맡았다는 걸 알고 런던에서는 기회가 없으리라고 생각했어. 그래서 다트무어로 돌아가 준남작이 오기를 기다렸지."

"아, 잠깐, 하나 더! 일어난 순서대로라면 아직 설명 안 한 부분이 있어. 주인이 런던에 와 있는 동안 그 사냥개는 어떻게 된 거야?"

내가 말했다.

"나도 주목했던 부분이고 중요한 대목인데, 공범자가 있었던 건 확실해. 공범자라고 해도 스테이플턴의 계획에 대해 전부 알고 있는 사람은 아니었겠지만. 메리핏 하우스에 안토니라는 늙은 하인이 있었어. 이 둘의 관계는 몇 년 전 스테이플턴이 학교 선생을 하던 시절까지 거슬러 올라가. 그러니 이 하인은 둘이 남매가 아니라 부부인 걸 알고 있었지. 그는 국외로 도피해 종적을 감추고 사는 사람이었어. 안토니라는 이름이 영국에서는 흔하지 않지만 스페인이나 남미 쪽에선 흔하잖아. 게다가 스테이플턴 부인이랑 마찬가지로 영어를 잘하면서도 어딘가 억양이 특이했고. 나는 그 늙은 하인이 스테이플턴이 그림펜 늪에 꽂아놓은 막대기들을 따라 왔다 갔다 하는 걸 본 적이 있어. 주인이 없을 때마다 그 사냥개를 돌봤다는 얘기지. 무슨 목적으로 이 개를 키우지는 몰랐을지언정 말이야.

스테이플턴 부부는 다시 데번셔로 돌아왔고 헨리 경과 너도 곧 따라 내려왔지. 그때 내가 어디에 있었는지 이젠 말해줄게. 기억을 더듬어보면, 내가 글자를 오려 붙여 만든 그 편지의 워터마크를 꼼꼼히 봤던 걸 기억할 거야. 눈앞에 갖다 대고 봤더니 화이트 재스민 향이 희미하게 나더군. 범죄 전문가라면 최소한 75가지 정도의 향은 구별할 수 있어야 해. 내 경험에 따르면 그런 데에서 수사의 성패가 갈린다고. 재스민은 여성이 사용하는 향이었고 난 이미 스테이플턴 부부를 의심하고 있었어. 그래서 서부 지방으로 가기 전부터 사냥개의 존재를 확신하고 범인을 짐작하고 있었던 거야.

난 스테이플턴을 지켜보기로 했어. 하지만 내가 같이 있다면 스테이플턴이 예민하게 경계할 테니 관찰하는 게 불가능할 테지. 그래서 난 너까지 포함한 모두를 속이고 런던에 머무는 척하며 몰래 뒤따라 내려왔어. 숨어 지내는 것이 생각하는 것처럼 힘들진 않았어. 그런 정도의 사소한 일로 수사를 방해받진 않거든. 난 대체로 쿰 트레이시에 머무르다가 현장 가까이 와 있을 필요가 있을 때만 황야의 움막을 활용했어. 함께 내려온 카트라이트가 시골 소년으로 분장하고는 날 많이 도와줬고. 음식이며 깨끗한 옷도 다 그 녀석 덕분이었지. 내가 스테이플턴을 관찰하는 동안 카트라이트는 주로 너를 지켜보았고, 그 덕에 난 일련의 상황들을 통제할 수 있었어.

이미 말했었지만 보내준 보고서들은 바로바로 받아볼 수 있었어. 베이커 스트리트에서 쿰 트레이시로 곧장 전달되게 해놨었거든. 이게 큰 도움이 됐어. 특히나 우연히 드러났던 스테이플턴의 진짜 이력 부분 말이야. 그 남매의 진짜 신분을 확인할 수 있었고 결국 이 상황들을 알 수 있었지. 또 탈옥수와 배리모어 부부의 관계 때문에 사건이 꽤 복잡해졌었는데, 이것도 역시 네가 멋지게 밝혀주었어. 물론 나도 나만의 방법으로 같은 결론을 내고 있었지만 말이야.

네가 황야에서 날 찾아냈을 무렵에 난 이미 사건 전체가 어떻게 돌아가고 있는지 완전히 알고 있었어. 하지만 배심원들 앞에 나설 수준은 아니었지. 스테이플턴이 헨리 경을 죽이려다 탈옥수를 죽인 일도 그의 살인을 입증하기에 충분치 않았어. 현장에서 직접 잡는 게 아니라면 다른 길은 없어 보였어. 그래서 헨리 경을 무방비 상태로 혼자 황야로 내보내 미끼로 사용할 수밖에 없었던 거야. 이러는 통에 우리의 의뢰인을 심각한 충격에 빠뜨리는 대가를 치렀지만, 사건을 마무리 짓고 스테이플턴을 파멸로 이끌 수 있었지. 사건을 이런 식으로 처리한 건 정말이지 내 잘못이야. 하지만 그 짐승이 이렇게나 끔찍하고 무시무시한 광경을 연출할 줄은 정말 몰랐어. 안개 때문에 그렇게 빨리 나타날 줄도 몰랐고. 대가를 톡톡히 치른 성공이었지. 모티머 박사와 전문가들 모두 일시적인 충격이라고 안심해도 괜찮다고 했지만 말이야. 우리 친구도 긴 여행을 하고 나면 신경쇠약에서 회복될 거고 다친 마음도 추스릴 수 있을 거야. 헨리 경은 진심으로 그 여자를 사랑했었어. 헨리 경은 이번 일을 겪으면서 무엇보다 스테이플턴 부인에게 속았다는 게 정말 슬펐을 거야.

그럼 이제 남은 건 스테이플턴 부인이 어떤 역할을 했느냐야. 부인의 감정이 사랑이었든 공포였든 아니면 둘 다였든 간에, 스테이플턴이 그 부인에게 영향력을 행사하고 있었던 건 틀림없어. 양립 불가능한 감정이 아니니까. 어쨌든 스테이플턴 부인은 그의 강력한 영향력 아래 있었어. 명령에 따라 여동생 행세까지 했잖아. 하지만 살인에 직접 가담하게 했을 땐 그의 말을 따르지 않은 거지. 스테이플턴 부인은 남편의 소행임은 숨기는 선에서 헨리 경에게 경고의 뜻을 전하려고 했어. 여러 차례 계속 시도했지. 스테이플턴은 자신이 세운 계획의 일부임에도 질투에 빠졌고, 그래서 준남작이 자기 아내한테 고백하는 걸 보고는 못 참고 펄펄 뛰며 끼어든 거야. 그동안 자제하며 억눌러 왔던 불 같은 성미가 표출되고 만 거지. 스테이플턴은 헨리 경과 친분을 쌓아 메리핏 하우스에 자주 놀러 오게끔 만들었어. 조만간 원하는 기회를 잡게 될 상황이었지. 하지만 결정적인 날 갑자기 아내가 등을 돌린 거야. 탈옥수가 죽은 걸 보고 뭔가를 눈치챘고, 헨리 경이 저녁을 먹으러 오기로 한 날 사냥개가 집에 있다는 것도 알게 된 거지. 범죄를 계획하고 있다는 걸 알고 남편을 몰아붙였고 결국 무서운 일이 터진 거야. 그때 스테이플턴은 처음으로 자신에게도 다른 여자가 있다는 걸 내비쳤어. 부인의 믿음은 순식간에 격렬한 증오로 바뀌었고, 스테이플턴은 아내가 배신할 거란 걸 알았지. 그래서 기둥에 묶어버린 거야. 헨리 경에게 경고하러 가지 못하게 하려고 말이야. 스테이플턴은 마을 사람들 모두가 준남작의 죽음을 그 가문의 전설 때문이라고 여길 거라고 생각했고, 그렇게만 되면 아내도 모든 걸 받아들이고 비밀을 간직한 채 자기한테 돌아올 거라고 믿었던 게 분명해. 잘못 판단한 거지. 우리가 여기 안 왔더라도 스테이플턴의 운명은 정해져 있었던 거나 마찬가지야. 스페인 혈통의 여인은 그런 짓을 가볍게 넘길 수 없었을 테니까. 자 왓슨, 사건 일지를 넘겨보지 않으면서 이보다 더 자세하게 말할 순 없을 것 같아. 핵심적인 것은 다 설명한 듯해."

"스테이플턴은 무시무시한 사냥개를 동원하면 헨리 경이 놀라서 죽을 수 있다고 생각한 거야? 찰스 경에게 했던 것처럼?"

"짐승이 워낙 난폭했고 거의 굶주려 있었으니까. 보는 것만으로 놀라서 죽진 않더라도 최소한 얼어붙어서 저항할 수는 없었겠지."

"맞아. 그런데 어려운 문제가 하나 남았어. 스테이플턴이 상속자가 된다 쳐도, 어떻게 자신이 상속자임을 증명할 수 있었겠어? 신분을 감추고 저택 근처에서 그렇게 살아왔던 걸 어떻게 설명하냐고? 의심과 조사를 피하면서 상속권을 주장할 수 있는 방법이라도 마련해뒀던 건가?"

"그것도 아주 만만찮은 일이지. 그렇지 않아도 물어볼 줄 알고 긴장하고 있었어. 과거와 현재, 내가 조사하는 범위는 거기까지야. 어떤 사람이 앞으로 어떻게 할 것인가는 대답하기 어려운 문제지. 스테이플턴 부인 말로는 남편이 이 문제에 대한 얘기를 여러 차례 꺼냈다고 해. 세 가지 방법이 있었다나 봐. 남미로 가서 소유권을 주장하는 방법. 직접 영국에 오지 않고 대사관에 신원을 증명한 뒤 재산을 손에 넣는 방법. 아니면 런던에 있는 동안만 대역을 쓰는 방법도 있고. 마지막으로는 신원증명서와 서류들을 처리해줄 공모자를 하나 만들어서 재산의 일부를 나눠주는 방법도 있었을 거야. 그간 봐왔던 걸 생각해보면 틀림없이 뭔가 방법을 찾아냈을 작자야. 그럼 이제, 왓슨, 몇 주간 정말 힘들게 보낸 만큼 오늘 저녁은 기분 전환 좀 하자고. 오페라 〈위그노〉 티켓이 있어. 레즈케 노래 들어봤어? 30분 안에 준비할 수 있지? 가는 길에 마르시니에 들러서 저녁도 먹자고."

A Scandal in Bohemia

보헤미아 왕실 스캔들

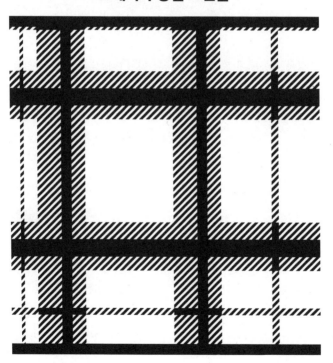

1장

셜록 홈즈에게 그녀는 항상 '그 여자'◆다. 다른 말로 부르는 일은 거의 없다. 홈즈의 눈에는 세상 모든 여자들보다 탁월하고 빛나는 사람이다. 홈즈가 아이린 애들러에게 사랑에 가까운 감정을 느꼈다는 말은 아니다. 냉정하고 치밀하고 놀라우리만큼 흔들림 없는 정신 상태를 유지하는 홈즈는, 세상의 모든 감정, 특히 사랑 같은 감정이라면 질색했으니까. 추리하고 관찰하는 일이라면 그 누구보다 완벽한 홈즈였지만, 한 사람의 연인으로 보자면 낙제점을 받을 수밖에 없을 것이다. 홈즈는 부드러운 감정들에 대해 언급할 때면 항상 비웃음과 조롱을 섞어 말했다. 달콤한 감정이란 사람들의 숨은 의도나 행동을 드러내주기

◆ 소설의 시작을 알리는 이 유명한 대사는 BBC 《셜록》 〈벨그라비아 스캔들〉의 대미를 장식하는 맨 마지막 대사로 등장한다.

마련이니, 물론 관찰자 입장에서는 고마운 요소다. 하지만 논리적 판단만을 갈고닦아온 홈즈에게 있어서, 자신의 섬세하고 정제된 정신세계에 불쑥 들어오는 그런 감정들이란 자신이 추리한 모든 결과들을 뒤흔들어버릴 수 있는 방해물일 뿐이다. 홈즈 같은 성향의 사람에겐 섬세한 실험 기구에 모래가 들어간 것보다, 혹은 고배율 렌즈 위에 실금이 하나 나버린 것보다, 강렬한 감정에 빠지는 게 더 방해가 되는 것이다.♦♦ 그런 홈즈에게도 딱 한 사람의 여자가 있었다. 의문투성이의 수수께끼 같은 기억 속의 한 사람, 바로 고故♦♦♦ 아이린 애들러이다.

　요사이 홈즈를 거의 못 만났다. 내가 결혼하면서 서로 소원해진 것이다. 결혼 생활이 주는 완벽한 행복감과 한 가장으로

♦♦ "강렬한 감정"은 BBC 《셜록》 〈벨그라비아 스캔들〉의 중요한 테마이기도 하다. 셜록이 존에게 미해결 사건을 왜 블로그에 올리느냐고 묻자, 존은 "사람들은 네가 인간인지 궁금해."라고 답한다. 이번 편에서는 셜록의 얼굴을 클로즈업해 그의 감정을 포착하는 장면이 유독 많이 등장한다. 크리스마스 선물상자만 보고 이성과 논리로 추론한 바를 늘어놓다가 몰리에게 상처를 입혔던 셜록이 곧장 진심 어린 사과를 건네는 장면, 죽은 줄 알았던 아이린 애들러가 살아 있는 것을 보고 집으로 돌아올 때의 복잡미묘한 표정, 허드슨 부인이 협박범에게 인질로 잡혔음을 알고 극도의 분노를 드러내는 대목이 대표적이다. 결국 아이린 애들러의 "강렬한 감정"이야말로 이번 편의 비밀을 푸는 열쇠가 된다. 셜록은 아이린 애들러의 맥박을 재봄으로써 그녀가 감정에 휘말렸다는 것을 간파해내고 "I'M $\boxed{\text{S}}\boxed{\text{H}}\boxed{\text{E}}\boxed{\text{R}}$ LOCKED"라는 카메라폰의 암호를 풀기 때문이다.

♦♦♦ 아이린 애들러가 죽었다는 정황은 어디에도 나오지 않기 때문에, 결혼하면서 아이린 노턴으로 성이 바뀐 것을 표현한 말이라고 해석하는 주석가도 있다. BBC 《셜록》 〈벨그라비아 스캔들〉에서는 이 대목을 응용하여 극적 재미를 만들어낸다. 아이린은 이 에피소드에서 두 번의 위장된 죽음을 맞는다. 첫 번째는 아이린이 스스로의 안전을 위해 계획한 위장 죽음으로 셜록도 여기에 속아 넘어가지만, 두 번째는 셜록이 만들어준 위장 죽음이다. 셜록은 피할 수 없는 죽음 앞에 놓인 아이린을 비밀스럽게 구해주고, 이로써 아이린 애들러는 완벽한 위장 죽음을 완성하게 된다.

서 해야 할 여러 집안일들 때문에 딴생각을 할 틈이 없었다. 반면 사교 활동이라면 질색하는 보헤미안 영혼의 소유자 홈즈는 여전히 오래된 책들 속에 파묻힌 채 베이커 스트리트 221B에 세 들어 살고 있었다. 한 주는 코카인으로, 다음 주는 불타는 의욕으로 보내면서 말이다. 마약에 잔뜩 취한 상태와 예리함을 맹렬히 발휘하는 상태를 오갔던 것이다. 홈즈는 변함없이 범죄 연구에 몰두해 있었다. 그만의 놀라운 관찰력과 무한한 능력을 동원해, 경찰에서 단념하고 포기한 수수께끼 같은 사건들의 단서를 추적해 해결했다. 난 이따금 홈즈가 뭘 하고 있는지 어렴풋하게나마 전해 들었다. 트레포프 살인 사건으로 오데사에 출두한 일, 트링코말리에 사는 앳킨슨 형제의 기이한 비극을 해결한 일, 그리고 마지막으로 네덜란드를 지배하고 있는 가문을 위한 임무를 은밀하고 성공적으로 마친 일들에 대해서 말이다. 하지만 이건 그저 신문을 읽는 사람이라면 누구나 알 만한 정도의 얘기일 뿐, 옛 친구이자 동료인 홈즈에 대해 더 알 수 있는 건 없었다.

어느 날 밤, 그러니까 1888년 3월 28일 밤이었다. 왕진(난 다시 개업을 했다.)을 마치고 돌아가다가 베이커 스트리트를 지나게 됐다. 아내에게 청혼을 했던 일이며 '주홍색 연구'와 관련된 어두운 사건들 때문에라도 결코 잊을 수 없는 그 대문 앞을 지나자, 난 정말이지 홈즈를 다시 보고 싶었다. 그의 놀라운 능력들을 어떻게 발휘하고 있는지도 알고 싶었다. 방엔 불이 켜져 있었다. 올려다보니 크고 호리호리한 홈즈의 그림자가 블라인드 사이로 두 번 보였다. 고개를 숙이고 뒷짐을 진 채 꽤 빠른 속도로 방 안을 왔다 갔다 하고 있었다. 홈즈의 성격이나 버릇을 잘 아는 나는 그의 자세나 태도만 봐도 어떻게 돌아가는 사정인지 알 수 있었다. 다시 사건에 매달린 것이다. 마약에 취한 몽환상태에서 벗어나서 새로운 사건의 냄새를 쫓고 있는 것이다. 난 초인종을 울리고, 내 방이기도 했던 그곳에 들어갔다.

나를 격하게 반기는 태도는 아니었다. 홈즈는 그런 사람이 아니니까. 하지만 내 생각에는 반가워하는 것 같았다. 뭐라고 말하진 않았지만 상냥한 눈빛을 보내며 안락의자에 앉으라고 권했고 시가 상자를 건네며 구석에 놓인 술병과 소다수를 가리켰다. 그러곤 벽난로 앞에 서서 그만의 독특한 방식으로 나를 훑어봤다.

"결혼하길 잘했네, 왓슨. 내 생각에는 지난번에 만났을 때보다 3, 4킬로그램은 는 것 같아."

홈즈가 말했다.

"3킬로그램이야!"

"이런, 조금 더 생각할걸. 그럼 맞혔을 텐데. 어디 보자, 왓슨. 다시 개업을 했네? 그런 굴레에 속박되는 게 싫다고 했었잖아."

"어떻게 알았어?"

"보고 추리하는 거지. 최근에 비를 맞은 적 있지? 그리고 엉망진창으로 일하는 하녀를 두고 있고. 이건 또 어떻게 알아냈는지 맞혀봐."

"홈즈, 너무하는군. 넌 몇백 년 전에 태어났으면 분명 화형당했을 거야. 맞아. 목요일에 시골길을 걷다 홀딱 젖었지. 하지만 옷을 갈아입었는데 어떻게 추리한 거야? 도통 모르겠네. 그리고 하녀 메리 제인에 대해서라면, 구제불능이어서 아내가 해고 통지를 한 것도 사실이야. 역시 어떻게 알아낸 건지 알 수가 없군."

홈즈는 만족스러운 미소를 지으며 재미있다는 듯 긴 두 손을 비볐다.

"간단해. 내 눈이 말해주니까. 벽난로 불빛이 비치는 네 왼쪽 구두 안쪽 가죽을 보면 나란히 여섯 번 긁힌 자국이 있잖아. 분명 누군가 구두 밑창에 붙은 진흙을 떼려고 조심성 없게 닦아내다 긁힌 자국이지. 그러니까 네가 비 오는 날 외출했다는 것과 구두를 작살내버리는 요상한 하녀를 데리고 있다는 이중 추리가 가능해.♦ 개업을 한 건 어떻게 알았느냐고? 한 신사가 요오드포름 냄새를 풍기며 들어왔는데, 오른손 검지가 질산은으로 검게 변색돼 있고, 모자 오른쪽이 불룩하니까, 내가 바보가 아닌

♦ 구제불능의 하녀는 BBC 《셜록》 시즌3과 시즌4 사이에 제작된 특별편 〈유령 신부(The Abominable Bride)〉에서 잠깐 등장한다. 왓슨은 제멋대로 서투른 하녀를 불러 신발에 묻은 진흙을 떼다가 신발을 찢을 뻔하지 않았느냐고 다그치며, 아내한테 말해서 한 마디 하라고 하겠다고 한다.

이상 그 신사가 의료계 종사자라는 걸 모를 순 없지. 의사들은 대개 모자 오른편에 청진기를 숨겨두잖아."

너무나 간단한 설명을 듣자니 웃지 않을 수 없었다.

"막상 들어보면 항상 우스울 정도로 너무나 간단해서 나도 할 수 있을 것만 같은데, 설명을 듣기 전까진 늘 어리둥절할 수밖에 없다니까. 나도 너만큼 시력은 좋은데 말이야."

"시력이야 좋지. 넌 보긴 하지만 관찰하지는 않아.♦♦ 이 둘은 전혀 다르다고. 예를 들어볼까? 이 방으로 올라오는 계단을 넌 굉장히 자주 봐왔어."

홈즈는 시가에 불을 붙이고 안락의자에 몸을 기대앉으며 말했다.

"그렇지."

"몇 번쯤 봤을까?"

"글쎄, 수백 번은 되겠지."

"그럼 계단이 몇 개인지 알아?"

"몇 개냐고? 몰라."

"거봐! 넌 관찰하지 않았어. 그저 보기만 했던 거지. 이게 핵심이야. 난 계단이 열일곱 개라는 걸 알아. 보는 동시에 관찰했으니까. 그건 그렇고 말이야, 이것들 좀 봐. 흥미가 생길 거야.

♦♦ BBC 《셜록》 〈벨그라비아 스캔들〉에서도 버킹엄 궁에서 사건을 의뢰받고 돌아오는 차 안에서 셜록이 존에게 똑같이 말한다.

넌 시시콜콜한 내 경험담 몇 개를 멋지게 기록했던 적도 있고 이런 문제들을 재미있어하잖아."

홈즈는 탁자 위에 놓인 분홍빛의 두꺼운 편지 한 장을 건넸다.

"이게 가장 최근에 온 편지야. 소리 내서 읽어봐."

날짜도 없고 서명이나 주소도 없는 편지였다.

오늘 밤 7시 45분에 지극히 중대한 문제에 대한 자문을 원하는 한 신사가 찾아갈 겁니다. 최근에 당신이 유럽 왕실을 위해 일하는 것을 보고, 바깥으로 새어 나가서는 안 될 중대한 문제도 믿고 맡길 수 있다는 걸 알았습니다. 당신에 대한 이러한 판단의 입수는 모든 소식통으로부터 한 것입니다. 말씀드린 시각에 댁에 계시길 바랍니다. 또한 방문하게 될 신사가 복면을 쓰고 가는 점을 너그럽게 이해해주시기 바랍니다.

"진짜 수수께끼 같은 편지군. 무슨 뜻이라고 생각해?"

내가 말했다.

"아직 정보가 없어. 정보를 얻기 전에 가설을 세우는 건 치명적일 수 있어. 사실들에 맞는 가설을 세우는 게 아니라, 부지불식간에 그 가설에 맞춰 사실을 왜곡하게 되니까. 하지만 일단 우리에겐 이 편지가 있지. 여기에서 뭘 추리할 수 있을까?"

난 편지지와 필체를 주의 깊게 살펴보았다.

"추측해보자면 이걸 쓴 사람은 일단 부자야. 이런 종이라면 한 묶음에 반 크라운 넘게 줘야 살 수 있을걸. 유난히 질기고 빳빳한 종이잖아."

난 내 친구의 추리 과정을 흉내 내려 애쓰면서 말했다.

"독특하지. 바로 그거야. 이건 영국산 종이가 절대 아냐. 불빛에 비춰봐."

그랬더니 'Eg', 'P', 'Gt'라는 글자가 종이에 인쇄돼 있는 게 보였다.

"그게 뭐라고 생각해?"

홈즈가 물었다.

"물론 상표 이름이겠지. 아니 그보다는 앞 글자만 따서 합친 모노그램."

"틀렸어. 'Gt'는 독일어로 '회사'를 뜻하는 '게젤샤프트 (Gesellschaft)'의 약자야. 영어에서 회사를 'Co.'라고 축약해 쓰는 것과 같은 거지. 물론 'P'는 종이를 뜻하는 '파피아(papier)' 에서 왔고. 이제 'Eg'가 남았군. 『대륙지명사전』을 들춰 볼까?"

홈즈는 책장에서 두꺼운 갈색 책을 꺼내 들었다.

"에글로(Eglow), 에글로니츠(Eglonitz), 아, 여깄네, 에그리아 (Egria). 보헤미아 왕국에서 독일어를 사용하는 지방인데 카를 스바트에서 멀지 않은 곳이야. '보헤미아 정치가 발렌슈타인이 암살되었던 곳이며, 유리 공장과 제지 공장이 밀집한 지역으로 유명하다.' 하하, 보라고. 이게 무슨 뜻이겠어?"

홈즈는 눈을 반짝이며 승리를 자축하듯 푸른 담배 연기를 위로 내뿜었다.

"이 종이가 보헤미아산이었구나."

"그렇지. 그리고 이 편지를 쓴 건 독일인이야. 문장구조가 독특하다는 거 눈치 못 챘어? '당신에 대한 이러한 판단의 입수는 모든 소식통으로부터 한 것입니다.' 이 부분 말이야. 프랑스인이나 러시아인이라면 이런 식으로 안 쓰지. '입수하다'라는 동사를 어정쩡하게 쓴 걸 볼 때 독일인이야. 그렇다면 보헤미아산 종이에 편지를 썼고 복면으로 자기 얼굴을 숨기려고 하는 독일인이 원하는 게 뭔지 알아내는 일만 남았어. 그리고 내가 착각한 게 아니라면 이 궁금증을 풀어줄 당사자가 도착했군."

홈즈가 말하는 순간 시끄러운 말발굽 소리와 덜컹대는 마차 바퀴 소리가 나더니 급하게 초인종을 당기는 소리가 들려왔다. 홈즈가 휘파람을 불었다.

"이 소리는 쌍두마차인데."

홈즈는 창밖을 슬쩍 내다보더니 말을 이었다.

"역시 그렇군. 작지만 근사한 브루엄 마차에 늠름한 말 두 필이라. 한 필당 150기니는 돼 보여. 왓슨, 다른 건 몰라도 이번 건은 돈 좀 되겠어."

"그럼 난 이만 가볼게, 홈즈."

"그런 소리 마. 같이 있어, 왓슨. 보즈웰제임스 보즈웰 영국의 전기 작가 이 자릴 뜨면 어떡해. 분명히 흥미로운 사건이야. 놓치면 후회할 거라고."

"하지만 의뢰인이……."

"신경 쓸 거 없어. 나도 네 도움이 필요하고, 의뢰인도 그럴지 몰라. 온다. 왓슨, 저 안락의자에 앉아서 잘 지켜봐."

느리고 무거운 발소리가 계단을 타고 올라와 복도를 울리더니 문 앞에서 멈췄다. 그러곤 크고 묵직한 노크 소리가 났다.

"들어오세요!"

홈즈가 말했다.

2미터 가까운 키에 건장한 체격을 가진 헤라클레스 같은 남자가 들어왔다. 복색이 지나치게 호화로워서 영국에선 눈총깨나 받을 만한 차림새였다. 두툼한 아스트라한 모피 안감이 더블버튼 코트의 소맷자락과 앞자락 사이로 삐져나와 있었고 짙은 남색 망토로 어깨를 감싸고 있었다. 망토 안감은 불타는 듯한 주황색 실크였고 반짝이는 에메랄드 브로치로 목에 고정되어 있었다. 부츠는 종아리 중간까지 올라오는 길이였는데 윗부분에 갈색 고급 모피가 둘러져 있었다. 전체적으로 어딘가 야만적인 화려함을 풍기는 차림새였다. 남자는 챙이 넓은 모자를 손에 들고 있었고 검은 복면으로 얼굴 윗부분부터 광대뼈 아래쪽까지 모두 가린 상태였다. 방으로 들어오면서 복면을 만지작거린 것으로 보아 막 쓴 것처럼 보였다. 얼굴 아래쪽에서 풍기는 인상은 강렬했다. 두툼한 입술, 길고 곧은 턱은 의연한 인상을 넘어 고집스러워 보이기까지 했다.

"제 편지 받으셨습니까? 방문하겠다고 말씀드렸지요."

낮고 거친 목소리에 독일어 악센트가 묻어났다.

이 남자는 누구에게 말해야 할지 모르겠다는 듯 나와 홈즈를 번갈아 보았다.

"우선 앉으세요. 이쪽은 제 친구이자 동료인 왓슨 박사입니다. 때에 따라 사건을 해결하는 데에 많은 도움을 주고 있지요. 성함이 어떻게 되시는지요?"

홈즈가 물었다.

"보헤미아의 폰 크람 백작입니다. 선생의 친구이신 여기 이 신사분께서도 신의와 분별력이 있는 분이시겠지요? 그래야 이 중차대한 일에 대해서 제가 믿고 말씀드릴 수 있습니다. 만약 그렇지 않다면 단둘이 이야기하는 것이 좋겠습니다."

난 나가려고 일어섰지만 홈즈가 내 손목을 쥐고는 다시 의자에 앉혔다.

"같이 듣는 게 아니면 저도 안 듣습니다. 저한테 하실 말씀이라면 뭐든 이분에게 해도 괜찮습니다."

백작은 넓은 어깨를 으쓱해 보이며 말했다.

"그럼 일단 두 분께 앞으로 2년간 이 일에 대해 함구하겠다는

약속부터 받아야겠습니다. 2년 뒤에는 발설해도 좋습니다만 현
재로서는 전 유럽의 역사에 영향을 미칠 만한 중차대한 일이라
서 그렇습니다."

"약속하지요."

홈즈가 말했다.

"저도 약속합니다."

우리의 낯선 의뢰인은 다시 말을 이어갔다.

"복면을 쓴 것도 널리 이해해주시기 바랍니다.♦ 제게 일을 맡
기신 높은 분께서 제 얼굴이 드러나는 걸 원치 않으십니다. 사
실 제가 아까 소개한 이름도 가명입니다."

"알고 있었습니다."

홈즈가 담담하게 말했다.

"상황들이 굉장히 미묘합니다. 거대한 스캔들로 번져 유럽의
한 왕실의 명예가 심각하게 실추되지 않도록 만반의 대비를 해
야 하는 일입니다. 솔직하게 말하자면 이 문제는 보헤미아의 세
습 왕가인 대 오름슈타인 가문이 연루된 일입니다."

"그것도 알고 있었습니다."

안락의자 깊숙이 몸을 기댄 홈즈가 지긋이 눈을 감으며 중얼

♦ 사건 의뢰 장면에 등장하는 이 복면은 BBC 《셜록》 〈벨그라비아 스캔들〉에서 우스꽝스러운
흰 천으로 변형된다. 드라마에서는 의뢰인이 직접 찾아오지 않고 셜록과 존을 버킹엄
궁으로 불러 사건을 의뢰하는데, 불려 가는 상황이 못마땅한 셜록은 옷을 갖춰 입지 않고 흰
침대보를 뒤집어쓴 채로 버킹엄 궁에 간다.

대듯 말했다.

우리의 의뢰인은 홈즈의 모습을 보고 분명 놀란 눈치였다. 홈즈야말로 유럽에서 가장 날카로운 추론가이자 막강한 탐정이라는 말을 듣고 찾아왔는데 이렇게 별 의욕도 없는 태도로 앉아 있으니 말이다. 홈즈는 천천히 눈을 뜨더니 못 참겠다는 듯 거구의 의뢰인을 향해 말했다.

"전하께서 이 사건에 대해 친히 말씀을 해주셔야 제가 조언을 더 해드릴 수 있습니다."

의뢰인은 깜짝 놀라 의자에서 벌떡 일어나더니 당황하며 방안을 왔다 갔다 했다. 그러더니 다 내려놓겠다는 듯 복면을 벗어 바닥에 던져버리고는 말했다.

"맞소. 내가 왕이오. 대체 내가 왜 숨기려 했단 말인가."

"그러게요."

홈즈가 말을 이었다.

"전하께서 말씀하시기 전에 이미 전 전하께서 카셀펠슈타인의 대공이신 빌헬름 고츠라이히 지기스몬트 폰 오름슈타인이시며, 보헤미아의 왕이시라는 걸 알고 있었습니다."

"이해해주길 바라오."

우리의 낯선 의뢰인은 다시 자리에 앉아서는 자신의 하얀 이마를 쓰다듬으며 말을 이어갔다.

"이런 일에 직접 나서본 경험이 없어서 말이오. 이해해주시오. 하지만 이 문제가 워낙 예민한 사안이라 나를 드러낸 채 탐정이 전부 장악하게 둘 수는 없었소. 그래서 프라하에서부터 신분을 숨긴 채 당신을 만나러 왔다오."

"그럼 이제 말씀해보시지요."

홈즈가 다시 두 눈을 감았다.

"사건의 진상을 간략히 말하자면 이렇다오. 5년 전쯤 바르샤바에 한동안 머물렀는데, 그때 '아슬아슬한 상황을 즐기는 여자'♦로 잘 알려진 아이린 애들러를 알게 됐다오. 두 분께서도 이름을 들어본 적 있을 겁니다."

"왓슨 선생, 내 자료철에서 좀 찾아주겠어?"

홈즈는 눈을 감은 채 나직이 말했다. 홈즈는 몇 해 동안 인물이며 사건들에 대한 모든 기사들을 체계적으로 정리해 철해놓았기에 그에 관한 정보를 금방 찾을 수 있었다. 아이린 애들러에 대한 정보는 유대인 랍비 사건과 심해어 분류에 대해 쓴 어느 부함장의 기사 사이에 껴 있었다.

"보자고! 홈! 1858년 뉴저지 출생. 콘트랄토여성 알토, 오호! 라 스칼라이탈리아 밀라노에 있는 오페라하우스, 홈! 바르샤바 황실 오페라단의 프리마돈나, 그래! 오페라 무대에서 은퇴, 하! 런던 거주, 그렇

♦ 원작의 'adventuress'는 여성 모험가라는 뜻이지만 나아가 여자 투기꾼, 첩, 매춘부를 가리키는 말로도 해석된다. 원작에서 신분 차라는 사회적 금기를 뛰어넘었던 아이린은, BBC 《셜록》 〈벨그라비아 스캔들〉로 오면 성적 금기를 뛰어넘어 아슬아슬한 상황을 즐기는 'dominatrix'로 변주된다.

겠지! 전하, 제 생각에 이 젊은 아가씨와 엮여서 체통에 맞지 않는 편지 몇 통을 보내신 모양이시죠? 그리고 이제 그 편지들을 회수하고 싶으신 거고요?"

홈즈가 말했다.

"정확히 그렇다네. 하지만 이걸 대체 어떻게 다……."

"비밀 결혼식이라도 올리셨나요?"

"아니오."

"법적인 문서나 증명서는요?"

"없소."

"그런 거라면 별일 아닙니다, 전하. 이 아가씨가 협박이나 뭐 다른 목적으로 편지를 갖고 올지언정 어떻게 진본이라는 걸 입증할 수 있겠어요?"

"필체가 있잖소."

"에이, 에이, 위조라고 하면 되죠."

"내 전용 편지지."

"훔쳤다고 하고요."

"봉투에 찍힌 내 인장."

"모조품인 거죠."

"내 사진."

"산 거죠."

"둘이 함께 찍은 사진이오."

"이런! 그건 문제로군요! 경솔하셨습니다."

"푹 빠져서 정신이 나갔었지."

"명예훼손을 자처하신 겁니다."

"당시 난 왕세자였고 어렸다오. 이제 서른이니 말이오."

"반드시 되찾으셔야 합니다."

"시도는 해봤지만 실패했소."

"전하, 돈을 쥐여주셔야죠. 사 와야 합니다."

"팔 의사가 없소."

"그럼 훔쳐라도 와야죠."

"다섯 번이나 시도했다오. 도둑을 고용해 두 번이나 집 안을
싹 뒤졌지요. 한번은 여행 가방을 가로채 보기도 했고, 두 번은
길에서 습격했고. 하지만 허탕이었소."

"흔적도 못 찾았나요?"

"전혀 없었소."

"정말 단순한 문제인데……."

홈즈가 웃으며 중얼거렸다.

"하지만 나한텐 중요한 일이오."

왕은 꾸짖듯 받아쳤다.

"실로 그렇지요. 그런데 대체 그 사진으로 무슨 짓을 벌이려
는 걸까요?"

"날 망치려 들겠지."

"하지만 어떻게 말입니까?"

"난 곧 결혼을 합니다."

"네, 들었습니다."

"클로틸데 로트만 폰 작세메닝겐. 스칸디나비아 왕의 둘째 딸이지요. 그곳 왕실의 엄격한 가풍에 대해서는 선생도 익히 알고 있을 겁니다. 고상함으로 가득한 여인이오. 내 처신에 무슨 흠이라도 발견된다면 당장 파혼으로 이어질 테지."

"그럼 아이린 애들러가……."

"그 집안에 사진을 보내겠다고 협박하고 있소. 정말로 그럴 수 있는 사람이오. 그 여자는 분명 그럴 수 있어요. 선생께선 잘 모르시겠지만 강인한 영혼을 가진 여성이라오. 어떤 여성보다 아름다운 얼굴에 어떤 남성보다 강인한 의지를 가진 사람이니까. 내가 다른 여인과 결혼하는 것을 막기 위해서라면 뭐든 거칠 것 없이 밀어붙일 사람이오."

"아직 사진을 보내기 전이라고 확신하십니까?"

"그렇소."

"어떻게 확신하십니까?"

"약혼 사실이 공표되는 날 보내겠다고 말했다오. 그게 다음 월요일이지."

"오, 그럼 아직 사흘이나 남았군요."

홈즈는 하품을 하더니 말을 이어갔다.

"현시점에서 한두 가지 조사해볼 중요한 문제들이 있는데 참 다행입니다. 전하께서는 물론 당분간 런던에 묶으시겠지요?"

"그렇소. 랭엄 호텔에서 폰 크람 백작을 찾으시오."

"그럼 어떻게 진행되고 있는지 전보로 보고드리겠습니다."

"그렇게 해주시오. 불안해 죽을 맛이니 말이야."

"그럼, 보수는 어떻게 되나요?"

"백지수표를 주겠소."

"정말입니까?"

"사진만 되찾아준다면 내 왕국의 한 지방을 하사할 수도 있소."

"그럼 계약금은요?"

왕은 망토 안에서 섀미 가죽 주머니를 꺼내더니 탁자 위에 놓았다.

"여기 금화 300파운드와 지폐 700파운드요."

홈즈는 공책 한 장에 영수증을 써서 왕에게 건넸다.

"그 아가씨 주소는 어떻게 되죠?"

홈즈가 물었다.

"세인트 존스 우드, 서펀타인 애버뉴, 브라이어니 로지."

홈즈는 받아 적었다.

"하나 더 여쭙겠습니다. 캐비닛판^{11×17센티미터의 사진 판형} 사진♦인 가요?"

"그렇소."

"그럼 전하, 편안한 밤 보내십시오. 조만간 좋은 소식 전해드리겠습니다."

왕의 브루엄 마차 바퀴 소리가 들리자 홈즈가 말했다.

"너도 잘 들어가, 왓슨. 이 앙큼한 문제에 대해 얘길 좀 나누고 싶으니 내일 오후 3시에 다시 와주면 고맙겠어."

♦ BBC 《셜록》 〈벨그라비아 스캔들〉에서 이 사진은 아이린 애들러의 카메라폰 자체로 바뀐다. 원작에서 사진의 판형이 중요한 정보가 되었듯, 드라마에서도 카메라폰의 물적 특성 자체가 여러모로 활용된다.

2장

정확히 3시에 베이커 스트리트에 도착했지만 홈즈는 집에 없었다. 주인아주머니 말씀으로는 아침 8시부터 나갔다고 했다. 난 홈즈가 얼마나 늦든 기다릴 심산으로 벽난로 옆에 앉았다. 대체 뭘 조사해 올지 벌써부터 궁금했다. 이번 건은 내가 이전에 기록했던 다른 두 사건'주홍색 연구'와 '네 사람의 서명' 사건을 말한다.처럼 섬뜩하고 기괴한 특성은 없지만, 사건의 성격이며 의뢰인의 신분으로 봤을 때 꽤 독특한 사건이었다. 정말이지 홈즈 이 친구는 어떤 성질의 사건이든 능숙하게 상황을 파악해 예리하고 명민하게 추리한다. 난 꼼짝없이 얽혀 있는 것처럼 보이는 사건을 빠르고 명석하게 풀어나가는 홈즈의 작업 체계를 연구하는 게 즐겁다. 그리고 홈즈의 추리는 항상 성공했기 때문에 실패할 가능성은 생각해보지도 않았다.

4시가 거의 다 되었을 때 문이 열리더니 술 취한 것 같은 웬 마부가 들어왔다. 제멋대로 헝클어진 구레나룻, 벌겋게 취한 얼굴에 형편없는 옷차림이었다. 내 친구의 깜짝 놀랄 만한 변장술을 익히 알고 있었지만, 세 번이나 다시 들여다보고서야 이 사람이 정말 홈즈라는 걸 알아챌 수 있었다. 홈즈는 고개를 한 번 끄덕여 보인 뒤 침실로 들어가더니 5분 만에 멀끔한 트위드 정장 차림으로 돌아왔다. 그러곤 양손을 주머니에 넣은 채 벽난로 앞에 서서는 몇 분간 실컷 웃어젖히는 것이 아닌가.

"원, 세상에!"

홈즈는 몸을 못 가눌 정도로 숨넘어가게 웃고 또 웃다가 의자에 앉았다.

"뭔데?"

"진짜 웃겨. 내가 오늘 아침에 뭘 하고 왔는지 넌 상상도 못할걸."

"대체 뭐야? 아이린 애들러의 집에 가서 뭐 하고 있나 살펴보고 온 거 아니겠어?"

"그랬지. 그런데 생각지도 못한 방향으로 전개됐어. 들어봐. 난 해고된 마부 같은 차림새로 아침 8시쯤에 집을 나섰어. 마부들끼리는 서로 엄청 돈독하고 의리가 있거든. 너도 마부가 한번 돼보면 알아. 브라이어니 로지는 금방 찾았어. 뒤뜰이 있는 작고 예쁜 2층 빌라인데 현관문이 곧장 도로와 연결되는 구조였어. 문에는 처브 자물쇠가 달려 있더라고. 오른편에 있는 큰 거실에는 좋은 가구들이 놓여 있고, 거의 바닥까지 길게 난 창문들이 있었어. 애들도 쉽게 열고 들어갈 수 있는 황당한 영국식 창문이었지. 집 뒤쪽에는 별 볼 게 없었지만 마차 차고 위로 올라서면 복도 창문으로 들어갈 수 있는 구조였어. 주위를 돌아보며 꼼꼼히 살펴봤지만 더 주목할 만한 점은 없었고.

그러곤 어슬렁어슬렁 길을 따라 내려가 보니, 역시 예상했던 대로 집 뒷담을 끼고 나 있는 골목에 마구간이 있었어. 말 손질하는 일을 좀 도우며 2펜스와 맥주 한 잔, 싸구려 담배 두 대를 얻었지. 그리고 아이린에 대해 궁금했던 정보들도. 전혀 관심 없는 딴 사람 얘기들까지 한 트럭 들어줘야 했지만."

"아이린 애들러에 대해 뭐래?"

내가 물었다.

"아, 남정네들 마음에 불깨나 질렀더군. 서펀타인 마구간 사람들은 그 여자가 보닛을 쓴 지구상의 생명체 중 가장 아름답다며 난리더라고. 아이린은 조용히 산대. 음악회에 가서 노래를 하고 매일 5시에 나가서는 7시에 돌아와 저녁을 먹고. 노래하러 나가는 일 말고는 외출이 거의 없어. 딱 한 명 찾아오는 남자가 있다는데 자주 온다더군. 검은 머리칼에 씩씩한 미남인데, 하루에 한 번씩은 꼭 방문한대. 두 번씩 오는 날도 많고. 누군고하니 이너 템플 법학원 출신의 고드프리 노턴이야. 마부는 부담

없는 말 상대라는 이점이 있잖아. 그자를 서펀타인 골목에서 집까지 태워다준 마부들이 여럿 있더라고. 속속들이 알고들 있길래 관련된 얘길 전부 듣고 나왔어. 그러곤 브라이어니 로지 주위를 다시 배회하며 작전을 계속 생각해봤지.

고드프리 노턴은 확실히 이번 사건에서 중요한 인물이야. 변호사거든. 뭔가 불길해. 둘이 무슨 사이일까? 자주 방문하는 목적은 또 뭐고? 아이린은 노턴의 고객일까? 아니면 친구, 혹은 정부? 전자라면 아마도 아이린은 사진을 노턴에게 맡아달라고 했을 것 같아. 후자라면 그럴 가능성은 적지. 어느 쪽인지에 따라 브라이어니 로지 근처에서 계속 작전을 수행할지 아니면 이 신사의 법학원 방 쪽으로 눈을 돌려야 할지가 결정돼. 미묘한 지점이라서 조사 범위가 넓어졌어. 이런 세부 사실들을 듣는 게 지루할지도 모르겠군. 그렇지만 상황을 파악하려면 이런 작은 문제점들도 들어둬야 할 거야."

"집중해서 듣고 있어."

내가 대답했다.

"계속 마음속으로 어느 쪽일지를 저울질해보고 있는데, 핸섬 마차가 브라이어니 로지 앞에 서더니 한 신사가 뛰어내리더라고. 눈에 확 띄는 잘생긴 외모에 검은 머리칼, 매부리코, 턱수염까지, 분명히 내가 들었던 그자였어. 굉장히 다급한 것처럼 보였어. 마부에게 기다리고 있으라고 소리치더니 하녀가 문을 열기가 무섭게 자기 집처럼 뛰어 들어가더군.

집에 30분쯤 들어가 있었는데, 거실 창문에 휙 비친 모습을 보니 왔다 갔다 하며 흥분한 것처럼 손을 휘두르면서 뭔가 말하고 있었어. 여자의 모습은 못 봤어. 이내 그자가 나왔는데 들어가기 전보다 더 다급해 보였어. 마차에 올라 주머니에서 금시계를 꺼내 진지하게 들여다보더니 마부에게 이렇게 외쳤어. '전속력으로 달리시오. 우선 리젠트 스트리트에 있는 그로스 앤드 행키스 보석상에 들른 뒤 에지웨어 로드에 있는 세인트 모니카 교회로 갈 거요. 교회까지 20분 내에 도착하면 반 기니를 주겠소!'

그렇게 마차가 출발했어. 내가 얼른 뒤쫓아 가야 하나 생각하고 있는데 작고 멋진 랜도 마차가 오더라고. 그런데 마부는 외투에 단추도 채우지 못하고 넥타이도 귀에 걸려 있는 상태였어. 마구도 아직 덜 씌워서 버클이 튀어나오고 엉망이더군. 그때 아이린이 뛰어나오더니 마차가 멈추기도 전에 올라탔어. 잠깐 보았는데도 남자가 죽기 살기로 매달릴 만큼 예쁜 얼굴의 사랑스러운 여자더라. 그러더니 마부에게 이렇게 외치는 거야. '세인트 모니카 교회로 가요, 존. 20분 안에 가면 반 소버린을 줄게요!'

놓칠 수 없는 기회였어, 왓슨. 뛰어서 쫓아갈지 그 랜도 마차에 몰래 올라탈지 고민하고 있는데 마침 마차가 한 대 왔어. 마부가 내 꾀죄죄한 차림을 몇 번 훑어보길래 승차를 거부당하기 전에 재빨리 올라타서 외쳤어. '세인트 모니카 교회. 20분 안에 도착하면 반 소버린을 주겠소!'라고 말이야. 25분 뒤면 정오였으니 뭔가가 있는 게 분명했어.

마차는 쏜살같이 달렸어. 이렇게 빠른 마차는 처음이었다니까. 하지만 가보니 이미 둘은 도착해 있더군. 내가 도착했을 때 교회 앞에는 핸섬 마차와 랜도 마차 말들이 헉헉대고 있었어. 마차 삯을 내고 서둘러 교회 안으로 들어갔어. 안에는 내가 쫓아온 둘과 예복을 입은 목사 한 명뿐이었는데, 목사는 둘을 타이르고 있는 것처럼 보였어. 셋 모두 제단 앞에 모여 있었어. 난 우연히 교회에 들른 한가한 사람처럼 옆쪽 복도로 어슬렁대며 들어갔어. 그런데 갑자기 제단에 있는 세 사람이 날 돌아보더니 고드프리 노턴이 내게 달려와 외쳤어.

'하느님, 감사합니다! 잘 오셨습니다. 어서 오세요!'

'네?'

내가 되물었지.

'이쪽으로 오세요. 3분이면 됩니다. 안 그러면 법적 효력을 잃어요.'

난 거의 끌려가다시피 제단 앞으로 가서 뭐가 어떻게 돌아가는지 정신도 차리기 전에 들리는 대로 따라 했어. 알지도 못하는 일에 보증을 서게 된 거야. 신부 아이린 애들러와 신랑 고드프리 노턴의 결혼 서약을 돕게 된 거지. 모든 게 순식간에 이뤄졌어. 한쪽 옆에선 신랑이, 다른 옆에선 신부가 감사 인사를 하고 앞에 선 목사는 미소를 보내주더군. 살면서 이렇게 황당한 일은 처음이야. 그래서 방금 전에 그렇게 못 참고 웃은 거야. 아마 증인이 없다는 둥 격식이 갖춰지지 않았다는 둥 하면서 목사가 혼인성사를 진행하려 하지 않았던 모양이야. 그런데 운 좋게도 갑자기 내가 나타나는 바람에 신랑이 증인 노릇을 할 사람을 따로 찾아 나설 필요가 없어진 거지. 신부는 나한테 소버린 금화를 하나 주더군. 시곗줄에 매달아서 기념으로 삼아야지."

"황당하게 흘러갔네. 그래서 그다음엔 어떻게 됐어?"

"음, 계획이 물거품이 될 상황이었어. 이 둘이 당장이라도 떠날 기세더라고. 내 편에서는 즉각 강력한 방법을 강구해야 할 판이었지. 하지만 교회 문 앞에서 둘은 헤어지더라. 남자는 법학원으로 돌아갔고 여자는 자기 집으로. 아이린이 떠나면서 노턴에게 '언제나처럼 5시에 공원으로 나갈게요.'라고 말하는 것만 들었어. 둘은 각자의 방향으로 출발했고, 나도 나만의 준비를 위해 길을 나섰지."

"무슨 준비?"

"차가운 소고기랑 맥주 한 잔."

홈즈는 대답을 하면서 종을 울렸다.

"뭘 먹을 생각도 못 하게 바빴거든. 저녁엔 더 바빠질 거야. 어쨌든 왓슨, 나 좀 도와줘."

"얼마든지."

"법을 좀 어겨도 괜찮지?"

"그쯤이야 뭐."

"잡혀갈지도 모르는데?"

"그럴듯한 명분만 있다면야."

"아, 명분은 확실하지!"

"좋아, 그럼 할게."

"네가 필요할 줄 알았어."

"그런데 뭘 하면 되는 거야?"

"터너 부인♦이 음식을 가져다주면 애기해줄게."

홈즈는 주인아주머니가 차려준 소박한 음식들을 허겁지겁 먹어치웠다.

"시간이 많지 않으니 먹으면서 애기할게. 벌써 5시가 다 되었잖아. 두 시간 뒤에 우린 반드시 현장에 가 있어야 해. 아이린 양, 아니, 이제 부인이지만, 아무튼 아이린이 7시면 집에 돌아와. 우리가 브라이어니 로지에 먼저 가 있어야 해."

"그런 다음에?"

♦ 주석가들은 '허드슨 부인'이 아니라 '터너 부인'이라고 한 것에 대해 의견이 분분하다. 왓슨이 '보스콤 계곡 미스터리'에 전념할 시기라서 그 사건 속 인물 이름과 헷갈렸을 가능성, 허드슨 부인을 대신해 잠시 일하는 사람이라는 가능성, 혹은 허드슨 부인의 밑에서 일하는 사람의 이름일 가능성 등이 있다. BBC 《셜록》 시즌1 〈핑크색 연구(A Study in Pink)〉에서 터너 부인은 이웃으로 묘사된다. 허드슨 부인이 셜록과 존에게 옆집 터너 부인네에 결혼한 동성 커플이 산다고 언급하는 장면이 나온다.

"나한테 맡겨. 모든 건 다 준비해두었으니까. 하나 명심할 게 있어. 무슨 일이 벌어져도 절대 끼어들지 마. 알겠지?"

"중립을 지키라는 거지?"

"아무것도 하지 말라고. 아마 좀 소란스러운 일이 벌어질 텐데 끼어들지 말고 있어. 결국 내가 집 안으로 실려 들어가게 될 테니까. 4, 5분 지나면 거실 창문이 열릴 거고. 그럼 넌 그 창밖에 바싹 붙어 있으면 돼."

"알았어."

"거기서 날 지켜보고 있어. 아마 잘 보일 거야."

"응."

"그리고 내가 손을 이렇게 흔들면, 방 안으로 이걸 던지면서 '불이야!'라고 소리쳐. 할 수 있겠지?"

"알았어."

"바로 이건데, 별건 아냐."

홈즈는 주머니에서 긴 시가처럼 생긴 것을 꺼냈다.

"배관공들이 주로 쓰는 연막탄인데, 양쪽 끝에 자동으로 점화되는 화약이 붙어 있어. 네 임무는 여기까지야. 불이 났다고 외치기만 하면 나머진 몰려드는 사람들이 마저 해줄 거야. 그런 다음 길 끝으로 가 있으면 10분 후에 내가 합류할게. 혹시 궁금한 점 있어?"

"끼어들지 말고 창문 옆에 서 있어라, 그리고 널 보고 있다가 신호가 오면 이걸 던진 뒤 '불이야!' 하고 외치고, 모퉁이에서 널 기다려라, 이거지?"

"정확해."

"그 정도라면 날 믿으라고."

"좋았어. 이제 시간이 된 것 같은데? 새로운 배역을 소화할 준비를 해야겠어."

홈즈는 침실에 들어가더니 몇 분 사이에 상냥하고도 소박한 비국교도 목사처럼 차리고 나왔다. 챙 넓은 검은 모자, 통 넓은 바지, 하얀색 타이에 선한 미소까지, 영락없이 베풀기 좋아하는 성직자의 모습이었다. 이건 존 헤어영국의 배우 겸 연출자쯤이나 되어야 소화할 수 있는 연기였다. 홈즈는 단순히 옷차림만 바꾼 게 아니었다. 표정과 태도, 영혼까지도 바꾼 것 같았다. 홈즈가 범죄 전문가가 되어버리는 통에 과학계가 인재 하나를 놓쳤듯 연극계도 훌륭한 배우 하나를 놓친 셈이다.

우린 6시 15분에 베이커 스트리트를 나섰고, 서펀타인 애버뉴에 도착했을 땐 아직 10분 정도 여유가 있었다. 이미 어둑어둑해져서 가로등에 하나둘 불이 들어오기 시작했다. 우린 브라이어니 로지 주위를 배회하며 주인이 오기만을 기다렸다. 그 집은 셜록 홈즈의 간단한 설명을 듣고 상상했던 그대로였지만, 동네 분위기는 상상했던 것과 달리 조용하지만은 않았다. 작지만 활기찬 동네였다. 모퉁이에서는 남루하게 입은 남자들이 무리

지어 담배를 피우며 낄낄대고 있었고, 길에는 칼 가는 사람이
자전거를 타고 지나갔다. 근위병 두 명이 보모와 시시덕대고 있
었고, 잘 차려입은 남자들은 시가를 물고 어슬렁댔다.

집 앞을 서성이며 홈즈가 말했다.

"둘이 결혼하는 바람에 오히려 일이 수월해졌어. 이제 그 사
진은 양날의 검이 된 거야. 우리의 의뢰인이 왕비가 될 사람에
게 그 사진을 들키기 싫은 것처럼, 아이린도 이 사진을 고드프
리 노턴에게 안 들키고 싶을 거 아냐. 이제 문제는 하나. 사진을
어디에 숨겨놓았을까?"

"정말 어딜까?"

"사진을 가지고 다닐 가능성은 적어. 캐비닛판 사진은 여자
옷 속에 쉽게 숨길 만한 크기가 아니거든. 그리고 왕이 급습해
서 찾으려 할지도 모른다는 걸 알고 있었고. 두 번이나 습격을
당한 적이 있으니까. 그러니까 몸에 지니고 다니진 않을 거야."

"그렇다면 어디?"

"은행이나 변호사. 갖고 다니는 쪽보다는 두 배쯤 높은 확률
이지. 하지만 둘 다 아닐 거라고 생각해. 여성이란 원래 비밀
이 많지만 그걸 자기가 간직하고 있으려고 하니까. 그걸 왜 다
른 사람 손에 맡겨놓겠어? 자기가 보관하는 게 가장 믿을 만하
겠지. 괜히 사업하는 사람에게 맡겨뒀다간 간접적으로나 정치
적으로 어떤 압력을 받을지도 모르는 일이고. 더구나 며칠 안에

그 사진을 사용하려고 했었단 걸 잊지 말자고. 손 닿는 곳에 있는 게 틀림없어. 분명 집 안이야."

"하지만 두 번이나 도둑을 보냈었잖아."

"풋! 어딜 찾아봐야 하는지 몰랐던 거지."

"하지만 넌 어떻게 찾을 건데?"

"난 안 찾을 거야."

"그럼?"

"어디 있는지 나한테 알려주게 만들 거야."

"하지만 거절할 텐데."

"그럴 수 없을 거야. 어, 바퀴 소리가 들리네. 그 마차야. 이제 나머진 내 말대로 해줘."

홈즈가 말하는 사이 길 끝에서 마차의 불빛이 보였다. 작고 예쁜 마차가 달려와 브라이어니 로지 앞에 섰다. 마차가 멈추자 모퉁이에서 어슬렁대던 남자 중 하나가 앞으로 달려오더니 문을 열어줬다. 잔돈 한 푼이라도 받을 셈이었던 모양인데, 같은 꿍꿍이로 달려온 다른 건달에게 밀려 넘어졌다. 격렬한 언쟁이 벌어졌고, 근위병 둘이 한쪽 편을 들고 칼 가는 사람이 또 다른 편을 들면서 판은 커졌다. 결국 몸싸움으로 번졌고, 마차에서 내린 숙녀는 순식간에 남자들이 얽히고설켜 주먹을 치고받는 싸움 한복판에 들어서게 되었다. 홈즈는 무리로부터 숙녀를 지키기 위해 뛰어들었다. 그런데 아이린 옆으로 간 순간 홈즈는

비명을 지르며 쓰러졌다. 얼굴에서는 피가 철철 나고 있었다.♦
홈즈가 쓰러지자 근위병은 내뺐고 건달패도 다른 방향으로 달
아나 버렸다. 그동안 끼어들지 않고 구경만 하고 있던 잘 차려
입은 사람들이 뭔가 도와야겠다는 듯 숙녀와 부상당한 남자에
게로 몰렸다. 아이린 애들러(참고로 난 여전히 그 이름을 서슴지
않고 부를 수 있다.)는 황급히 계단을 올라가다가 현관 입구에 멈
춰서 불빛을 등진 채 이쪽을 돌아보며 말했다.

"가엾은 신사분께서 많이 다치셨나요?"

"죽었어요."

사람들이 외쳤다.

"아녜요, 아녜요. 숨이 붙어 있어요! 하지만 병원에 옮기지 않
으면 죽겠어요."

다른 사람이 외쳤다.

"이렇게 용감하다니. 이분이 나서지 않았다면 지갑과 시계를
꼼짝없이 도둑맞았을 거예요. 전부 깡패였다고요. 오, 숨을 쉬
고 있어요."

한 여성이 말했다.

♦ BBC 《셜록》 〈벨그라비아 스캔들〉에서도 셜록은 검은 셔츠 깃에 흰 종이를 덧대어 목사로
변장한다. 그러고는 존에게 자신을 한 대 치라고 시켜 얼굴에 상처를 만든 뒤 불량배에게
얻어맞은 순진한 목사 흉내를 내며 아이린 애들러 집 초인종을 눌러 도움을 청한다. 셜록이
얼굴에 정말 피를 내며 아이린 애들러를 만날 준비를 하는 동안, 아이린 애들러 역시 핏빛
화장을 하며 셜록을 맞이할 준비를 한다.

"길에 눕혀둘 수는 없겠어요. 부인, 이분을 좀 모시고 들어가도 될까요?"

"그럼요. 거실로 모셔요. 거기 소파로요. 이쪽이에요."

사람들은 천천히 조심스럽게 홈즈를 브라이어니 로지 안으로 옮겨 거실에 눕혔다. 난 여전히 창문 옆 내 위치에 서서 지켜보고만 있었다. 램프가 켜져 있었지만 커튼을 치지 않아서 홈즈가 누워 있는 실내가 잘 들여다보였다. 충실히 연기를 하고 있는 홈즈가 그 순간 양심의 가책을 느꼈는지는 잘 모르겠다. 하지만 난 친절하고 우아한 태도로 다친 사람을 돌보는 이 아름다운 여성을 보면서 가책을 느꼈다. 살면서 이렇게까지 내 자신이 부끄러웠던 적은 없었다. 하지만 이제 와 홈즈가 내게 맡긴 역할을 저버린다면 그거야말로 가장 나쁜 배신이라는 생각에 마음을 단단히 먹고 외투에서 연막탄을 꺼내 들었다. 어쨌건 우리가 아이린을 해치려는 건 아니니까. 우린 아이린이 누군가를 해치려는 걸 막는 거다.

홈즈가 소파에서 일어나 앉더니 갑갑해서 숨을 잘 못 쉬겠다는 듯한 몸짓을 했다. 하녀가 쪼르르 달려와 창문을 열었다. 바로 그때 홈즈는 손을 들고 약속된 신호를 보냈고, 난 즉시 연막탄을 던져 넣으며 외쳤다. "불이야!" 그러자 모여 있던 사람들 모두가, 신사며 마부며 하녀들까지 덩달아 "불이야!" 하고 외치는 게 아닌가. 집 안에 자욱한 연기가 들어차더니 창밖으로 치

솟아 나왔다. 분주한 사람들의 모습이 언뜻언뜻 들여다보였고 잠시 후 불이 난 게 아니라며 사람들을 안심시키는 홈즈의 목소리가 들렸다. 난 약속된 길모퉁이에서 홈즈를 기다리기 위해 소리치는 사람들 사이를 빠져나왔다. 10분 뒤 내 친구는 돌아왔고 우린 그 시끄러운 현장에서 벗어났다. 홈즈는 에지웨어 로드로 이어지는 조용한 거리에 접어들 때까지 몇 분간 말없이 걷기만 했다.

"정말 잘했어, 왓슨. 더할 나위 없이 잘했어. 다 좋았어."

홈즈가 입을 열었다.

"사진 찾았구나?"

"어디에 있는지를 알아냈지."

"어떻게 알아냈어?"

"아이린이 알려줬어. 내가 그럴 거라고 했잖아."

"여전히 모르겠군."

"좋아, 말해줄게."

홈즈는 웃으며 말했다.

"굉장히 간단한 일이었어. 물론 아까 길에 있던 사람 전부가 한통속이라는 건 너도 눈치챘을 거야. 내가 저녁에 고용한 사람들이지."

"그건 알고 있었어."

"넘어질 때 난 손에 빨간 물감을 묻히고 있었어. 돌진하며 쓰러질 때 내 손으로 얼굴을 쳤던 거고, 그래서 그렇게 불쌍한 구경거리가 된 거지. 낡은 수법이지만."

"거기까진 눈치채고 있었어."

"그리고 사람들이 날 들어 날랐고. 아이린도 날 집 안으로 들일 수밖에 없었지. 아님 뭘 더 할 수 있었겠어? 내가 미심쩍다고 생각했던 건 거실이었거든. 침실과 거실 중에 어디에 숨겼을지 알아볼 작정이었지. 사람들이 날 거실 소파에 눕혔고 난 숨이 막히는 척을 하며 창문을 열게끔 한 거야. 그리고 그때 네 차례가 된 거고."

"그게 어떻게 도움이 됐다는 거야?"

"그거야말로 가장 중요했어. 불이 나면 여자는 본능적으로 가장 소중한 것이 있는 쪽으로 달려가게 마련이거든. 이건 뭐 정말이지 강력한 충동이라서, 전에도 한두 번 써먹은 적이 있어. 달링턴 스캔들 때도 그랬고 아른스워스 성 사건 때도 그랬어. 결혼한 여성이라면 여지없이 아이부터 챙기고♦ 미혼 여성이라면 보석 상자를 챙기거든. 오늘 우리의 숙녀께서 자기 집에서 가장 소중하게 여기는 게 뭐겠어? 우리가 찾고 있는 바로 그거지. 그 사진을 지키려고 달려들 거라고. 불났다는 소리가 쩌렁

♦ BBC 《셜록》 〈벨그라비아 스캔들〉에서 존은 잡지에 불을 붙여 화재경보기를 울리는데, 이때 셜록은 아이린의 시선이 향하는 곳을 보고 사진이 숨겨져 있는 곳을 안다. 그러면서 셜록은 화재경보기가 울리면 엄마는 아이부터 챙기기 마련이라며 똑같은 대사를 말한다.

쩌렁 들려왔어. 연기에다가 고함까지 들렸으니 강철 같은 사람이라도 동요할 수밖에. 훌륭한 반응을 보이더군. 사진은 하녀를 부를 때 울리는 종 바로 위쪽 벽 안에 숨겨져 있었어. 미닫이 장식판 뒤쪽 움푹 파인 벽에 있었던 거야. 즉시 가서는 사진을 반쯤 꺼내 든 걸 봤어. 내가 불난 게 아니라고 크게 외치자 사진을 다시 넣고는 연막탄을 힐끔 보더니 방에서 서둘러 나가버렸어. 그러곤 사라져서 못 봤지. 난 일어나서 대충 둘러대고 집 밖으로 나왔고. 바로 사진을 빼낼까 말까 망설였는데, 들어와 있던 마부가 가까이에서 지켜보는 통에 그냥 나왔어. 더 기다리는 게 안전할 것 같아서. 작은 일을 서둘렀다가 괜히 큰일을 망치면 안 되잖아."

"그럼 이젠?"

내가 물었다.

"조사는 실질적으로 다 끝났어. 내일 전하께 기별을 넣고 함께 그 집에 가볼 건데, 괜찮다면 너도 같이 가. 우린 아마 숙녀분을 만나기 위해 거실에서 기다리는 것처럼 보일 거야. 하지만 아이린이 나왔을 땐 손님도 사진도 모두 사라진 다음일걸. 전하께서도 직접 당신의 손으로 사진을 되찾는다면 더없이 만족하실 테고."

"그럼 언제 모시러 갈 건데?"

"아침 8시에. 아이린이 일어나기 전에 가야 거실이 완전히 우리 차지가 될 테니까. 게다가 결혼도 했겠다 생활 방식이 갑자기 바뀔 수도 있으니, 우린 반드시 서둘러 가야 해. 당장 전하께 전보를 쳐야겠다."

우린 베이커 스트리트에 도착했다. 문 앞에 서서 홈즈가 열쇠를 찾고 있는데, 누군가 지나가며 인사를 건넸다.

"좋은 밤입니다, 셜록 홈즈 씨."

길에는 예닐곱 사람이 지나가고 있었는데, 아마 긴 외투를 입고 바삐 걷던 어느 날씬한 젊은이가 말한 것 같았다.

"어디서 들어본 목소리인데 누구더라……."

홈즈가 어둑어둑한 거리를 응시하며 말했다.

3장

난 그날 밤 베이커 스트리트에서 잤다. 아침에 일어나 토스트와 함께 커피를 들고 있을 때 보헤미아의 왕이 급히 들어왔다.

"정말 찾았다고요!"

왕은 셜록 홈즈의 어깨를 잡고 열렬한 눈빛으로 외쳤다.

"아직은 아닙니다."

"하지만 희망은 있는 거요?"

"그럼요."

"그럼 갑시다. 당장 가야겠소."

"마차를 불러야 해요."

"아, 내 마차가 밖에서 대기 중이오."

"그럼 편하게 됐네요."

우리는 계단을 내려와 브라이어니 로지로 출발했다.

"아이린 애들러는 결혼했습니다."

홈즈가 말했다.

"결혼! 언제요?"

"어제요."

"대체 누구랑?"

"상대는 노턴이라는 영국 변호삽니다."

"하지만 아이린은 그자를 사랑하지 않을 거요."

"전 아이린이 그를 사랑하길 바라고 있습니다."

"왜 그런 바람을?"

"그래야 전하께서 마음 쓰실 일이 더는 안 생길 테니까요. 그 숙녀분께서 남편을 사랑한다면 전하를 사랑하지는 않는다는 뜻이겠죠. 그리고 전하를 사랑하지 않는다면 전하의 결혼을 망칠 이유도 없는 것이고요."

"그렇지. 하지만…… 이런! 아이린이 나와 같은 신분이었다면! 멋진 왕비가 되었을 텐데!"

왕은 침울해져서 서펀타인 애버뉴에 도착할 때까지 입을 다물고만 있었다.

브라이어니 로지 문이 열렸다. 나이가 지긋해 보이는 여성이 나오더니 계단 위에 서서는 우리가 브루엄 마차에서 내리는 모습을 비웃는 듯한 표정으로 쳐다보고 있었다.

"셜록 홈즈 씨 맞으시죠?"

그 여성이 말했다.

"제가 홈즈입니다."

내 친구는 질문을 받고 좀 놀라서 대답했다.

"정말 그렇군요! 저희 주인마님께서 오실 거라고 말씀해주시더군요. 마님은 바깥어른과 함께 아침 5시 15분 열차를 타고 채링크로스 역을 떠나 유럽 대륙으로 가셨답니다."

"뭐라고요! 영국을 떠났다고요?"

홈즈는 놀라고 분해 얼굴까지 하얗게 질린 채 휘청거리며 외쳤다.

"다신 안 돌아오신답니다."

"그럼 그 사진은? 전부 틀렸군."

왕이 쉰 목소리로 말했다.

"봐야겠어요."

홈즈는 하녀를 제치며 집 안으로 뛰어 들어갔고 왕과 나도 뒤따랐다. 가구들은 선반이 해체되고 서랍들도 열린 채 어지럽게 흩어져 있었다. 떠나기 전 황급히 짐을 꾸린 것 같았다. 홈즈는 종이 달려 있는 곳으로 가 작은 미닫이를 열고 그 안에 손을 넣더니 사진 한 장과 편지 한 통을 꺼냈다. 사진은 이브닝드레스를 입고 있는 아이린 애들러의 독사진이었고, 편지에는 "셜록 홈즈 귀하. 당신을 위해 남깁니다."라고 적혀 있었다. 내 친구는 봉투를 열었고 우리는 함께 편지를 읽었다. 전날 밤중에 쓴 것 같았는데, 내용은 다음과 같았다.

셜록 홈즈 씨께

정말 대단하셨어요. 저를 완전히 속였습니다. 불이 났다는 소리를 듣고도 전 아무런 의심을 하지 못했어요. 하지만 제가 무심코 스스로 비밀을 드러냈다는 걸 깨닫자 생각해봤죠. 몇 달 전에 당신을 조심해야 한다는 경고를 들은 적이 있거든요. 전하께서 탐정을 고용한다면 그건 분명 당신일 거라고 들었습니다. 저는 당신 주소까지 알아놓았지만, 결국 알고 싶어 하셨던 걸 제가 스스로 알려드린 꼴이 되었지요. 그렇게 자상하고 친절한 노목사님께 다른 꿍꿍이가 있을 거라곤 결코 상상할 수 없었거든요. 하지만 아시다시피 저도 배우 수업을 받았던 사람입니다. 남자 행세를 하는 건 일도 아니죠. 저는 종종 남자 옷을 입었을 때 누릴 수 있는 자유를 즐긴답니다. 난 마부 존을 보내 당신을 감시하게 한 뒤, 위층으로 올라가서는 내가 평소에 산책용 옷이라고 부르는 남성복을 갖춰 입었어요. 그리고 당신이 출발하자 다시 내려왔죠.

그렇게 당신의 집 앞까지 따라갔어요. 그래서 제가 그 유명한 셜록 홈즈의 표적이었다는 사실을 확인했죠. 그러곤 경솔했지만 좋은 밤이라는 인사를 건네고, 제 남편을 만나러 법학원으로 갔답니다.

강력한 상대가 쫓아오니 도망치는 게 최선이라고 생각했어요. 아마 당신은 내일 빈 둥지만 발견하게 되겠지요. 그 사진에 대해서라

면, 당신의 의뢰인께 아무 염려 마시라고 전해주세요. 저는 그분보다
더 좋은 사람을 만나 사랑하고 있고 사랑받고 있어요. 전하께서는 계
획하는 일을 편하게 진행하시면 됩니다. 전하께서 잔인하게 상처를
줬던 한 여성이 더는 전하의 일을 방해할 리 없으니까요. 난 나 자신
을 지키기 위해 이 사진을 보관하고 있는 것입니다. 그분께서 앞으로
어떤 조치를 취할지 모르니, 날 지키는 무기라고 생각하고 사진을 갖
고 있는 거죠. 대신 그분이 갖고 싶어 할지도 모르는 사진 한 장을 남
깁니다. 그럼 친애하는 셜록 홈즈 씨, 이만 줄입니다.

아이린 노턴(구舊 애들러) 올림

"굉장하군. 놀라운 여성이야!"

함께 편지를 읽고 나서 보헤미아의 왕이 외쳤다.

"얼마나 기민하고 굳건한 여성인지, 내가 말한 그대로 아닌
가? 존경받을 만한 왕비가 되고도 남았을 텐데. 나와 같은 위치
에 있지 않다는 게 너무나 안타깝소."

"제 생각에도 이 숙녀분은 전하와 정말 다른 위치에 있는 것
같습니다."

홈즈는 냉정한 말투로 말했다.

"전하께서 분부하신 일을 보다 성공적으로 처리하지 못해 죄
송할 따름입니다."

"오히려 정반대요, 선생. 이보다 성공적일 수는 없지. 난 이

편지에 담긴 신의를 잘 알고 있소. 사진은 이제 불에 타 없어진 것과 같소."

"전하께서 그렇게 말씀해주시니 기쁩니다."

"엄청난 빚을 졌군. 원하는 것을 말해보시오. 이 반지는……."

왕은 손에서 에메랄드빛 뱀 모양 반지를 빼내더니 홈즈에게 주었다.

"전하, 제게 더 필요한 다른 걸 주시지요."

홈즈가 말했다.

"뭐든 얘기해보시오."

"이 사진을 주십시오!"◆

왕은 놀라서 홈즈를 빤히 쳐다봤다.

"아이린의 사진! 원한다면 물론이오."

"감사합니다, 전하. 그럼 이 사건은 이제 종결되었습니다. 평안히 가십시오, 전하."

홈즈는 허리 굽혀 인사를 하고는 왕이 내민 손을 미처 보기도 전에 휙 돌아섰다. 난 홈즈와 함께 집으로 돌아왔다.

이것이 바로 보헤미아 왕국을 위험에 빠뜨릴 뻔한 커다란 스캔들이자, 셜록 홈즈가 공들였던 계획이 한 여성의 기지에 의해

◆ BBC 《셜록》 〈벨그라비아 스캔들〉 마지막 장면에서 존은 마이크로프트가 가져온 사건 파일을 셜록에게 보여주며 아이린 애들러 사건이 종료되었다고 전해준다. 이때 셜록은 아이린 애들러의 카메라폰을 달라고 부탁한다.

산산조각 났던 이야기다. 홈즈는 여성의 지혜를 얕잡아 봐왔었지만 그 후로는 전혀 그러지 않는다. 그리고 아이린 애들러 얘기를 할 때, 혹은 그 사진을 언급할 때면, 언제나 '그 여자'라는 명예로운 호칭을 사용한다.

The Boscombe Valley Mystery

보스콤 계곡 미스터리

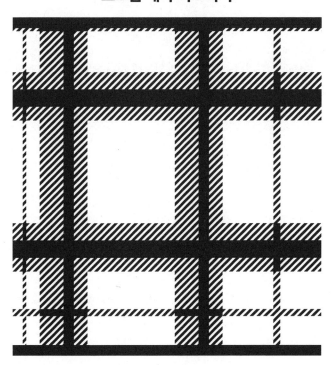

어느 날 아내와 아침을 들고 있는데 하녀가 전보를 갖다 줬다. 셜록 홈즈가 보낸 거였다.

　이틀쯤 시간 어때? 보스콤 계곡의 비극◆과 관련해 잉글랜드 서부에서 전보가 왔어. 함께 가준다면 고맙겠어. 공기도 경치도 환상이래. 11시 15분에 패딩턴 역에서 출발해.

"어떻게 할 거야? 갈 거야?"

◆「보스콤 계곡 미스터리」라는 이 단편소설의 제목은 BBC 《셜록》 〈벨그라비아 스캔들〉에서 유머러스하게 언급된다. 다양한 사건 기록을 자신의 블로그에 제목까지 달아 올리는 존의 열성을 이해하지 못하는 셜록은 존에게 비꼬듯 묻는다. "이 사건은 무슨 제목으로 쓸 거야? '배꼽 살인 사건(Bellybutton Murders)'? '배꼽 처치(The Navel Treatment)'?" 이는 각각 「보스콤 계곡 미스터리(The Boscombe Velley Mystery)」와 「해군 조약문(The Naval Treaty)」의 패러디다.

아내가 물었다.

"글쎄 모르겠네. 요즘 좀 바쁘잖아."

"뭐 업무는 앤스트러더가 처리하면 되지. 요즘 안색도 안 좋은데 가서 기분 전환이라도 하고 와요. 셜록 홈즈의 사건이라면 항상 달려 나가면서 뭐."

"안 그러면 내가 배은망덕한 사람이게? 홈즈의 사건들 덕분에 내가 누굴 얻었는데.왓슨은 '네 사람의 서명' 사건으로 지금의 아내를 만났다. 그나저나 가려면 당장 짐을 싸야 해. 30분밖에 안 남았잖아."

아프가니스탄에서의 군대 생활 덕분에 적어도 난 언제든 재빨리 짐을 꾸릴 수 있게 됐다. 간단히 몇 가지만 챙기면 됐기 때문에 얼른 가방을 꾸려 마차를 타고 패딩턴 역으로 서둘러 갔다. 셜록 홈즈는 승강장을 서성이고 있었다. 큰 키에 야윈 체형은 기다란 회색 여행용 망토와 헝겊 모자♦♦ 때문에 더 길고 홀쭉해 보였다.

"와줘서 기뻐, 왓슨. 전적으로 믿을 수 있는 사람과 함께 있는 거랑 아닌 거랑은 엄청난 차이가 있지. 현지 사람들은 항상 도움이 안 되거나 어느 한편으로 기울기 마련이거든. 구석 자리

♦♦ 셜록 홈즈 이야기 전체를 통틀어 단 두 번 등장하는 이 사냥모자가 셜록 홈즈의 트레이드마크가 될 수 있었던 것은 『스트랜드 매거진』 연재 당시 삽화를 그렸던 시드니 패짓의 그림 덕분이다. BBC 《셜록》에서도 신문에 실린 한 장의 사진 덕분에 셜록의 모자가 유명해지는 것으로 그려진다. 〈벨그라비아 스캔들〉에서 기자들 눈을 피하려고 급히 집어쓴 모자가 우연찮게 사냥모자였던 것이다. 이후 〈라이헨바흐 폭포(The Reichenbach Fall)〉 편에서는 경찰국에서 감사의 뜻으로 셜록에게 사냥모자를 선물하는 장면도 나온다.

두 개를 맡아놓고 있어. 표 사 올게."

객실을 차지하고 있는 건 우리 둘, 그리고 홈즈가 들고 온 엄청난 서류 뭉치들뿐이었다. 홈즈는 레딩 역을 지날 때까지 그 서류들을 뒤적이며 읽었고 간혹 뭔가 메모를 하거나 명상에 잠겼다. 그러다 갑자기 서류들을 둘둘 말아 선반 위로 올렸다.

"이번 건에 대해 뭐 들은 바 있어?"

홈즈가 물었다.

"전혀. 한동안 신문도 안 봐서."

"런던 신문들은 상세하게 다루지도 않아. 이 문제 때문에 최근 신문을 다 살펴봤거든. 내가 모은 정보에 의하면 이번 건은 지극히 단순해서 아주 까다로운 사건처럼 보여."

"역설적인 얘기네."

"하지만 정말 그래. 특이점들은 예외 없이 단서가 돼. 특징 없고 평범한 범죄일수록 진상을 밝혀내기가 어렵지. 이번 사건에서는 피살자의 아들이 가장 유력한 용의자로 지목되고 있어."

"그럼 살인 사건이야?"

"음, 그렇게 추정되는데, 가서 직접 돌아보기 전까지는 아무것도 단정하지 않으려고. 일단 내가 알고 있는 한에서만 간단히 말해줄게.

보스콤 계곡은 헤리퍼드셔의 로스에서 그리 멀지 않은 지방이야. 그 지방 대지주는 존 터너라는 사람인데, 오스트레일리아에서 돈을 벌어서는 몇 년 전에 귀국했어. 갖고 있는 농장 중 하나를 찰스 매카시라는 자에게 임대해주고 있는 모양인데, 이 사람도 오스트레일리아 출신이야. 둘은 식민지오스트레일리아는 1788년부터 1901년 독립하기까지 영국의 식민지였다. 특히 1850년대에는 골드러시로 많은 인구가 이주했다.에서 서로 알고 지내다가 영국에 돌아와 정착하면서도 자연스레 서로 가깝게 지냈어. 터너 쪽이 훨씬 더 부자였고 매카시는 소작인 처지였는데도 둘 사이는 여전히 평등해 보였던 모양이야. 매카시에겐 아들 하나, 터너에겐 딸 하나가 있는데 둘 다 열여덟 살이고, 두 사람 모두 아내와는 사별했어. 그리고 둘 다 이웃에 사는 다른 영국인 가족들과는 별 교류를 하지 않고 은둔해 지낸다고 해. 하지만 매카시 부자는 운동을 좋아해서 동네 경마대회가 열릴 때는 자주 얼굴을 비쳤나 봐. 매카시네 하인은 둘인데한 명은 남자고 한 명은 여자야. 터너네 하인은 꽤 많아. 최소여섯. 가족과 관련해 내가 수집한 정보는 여기까지. 이제부턴사건에 대한 정보야.

6월 3일, 그러니까 지난 월요일이었지. 매카시는 3시쯤 해덜리에 있는 자기 집을 나서 보스콤 연못으로 갔어. 그곳은 보스콤 계곡에서 흘러 내려온 물줄기가 모여서 만들어진 자그마한호수야. 매카시는 그날 아침 하인을 데리고 로스에 나갔었다는데, 3시에 중요한 약속이 있다며 서두르자고 했었다는군. 그 약속에 갔다가 결국 살아 돌아오지 못한 거지.

해덜리 농가에서 보스콤 연못까지는 400미터 정도 떨어져 있
는데, 매카시가 그 길을 지나는 걸 본 목격자가 둘 있어. 한 명
은 이름이 밝혀지지 않은 어느 노파고, 다른 한 명은 윌리엄 크
라우더라고 터너 밑에서 일하는 사냥터지기야. 이 둘 다 매카시
가 혼자 걷고 있는 걸 봤다고 증언했어. 그런데 샤냥터지기가
덧붙이는 말이 매카시가 지나가고 몇 분 후에 그 아들 제임스
매카시가 총을 들고 지나가더라는 거야. 별로 간격을 두지 않고
지나가길래 부자가 동행하는 줄로만 알았대. 당시엔 그냥 그러
려니 하고 잊고 있다가 그날 저녁에 비극적인 사건이 있었다는
얘기를 듣고는 떠올린 거지.

사냥터지기 윌리엄 크라우더가 매카시 부자를 목격한 뒤에
또 그들을 봤다는 사람이 있어. 보스콤 연못 주위는 빽빽한 숲
이고 물가엔 갈대와 풀 들이 무성해. 그 숲에서 보스콤 계곡의
별장지기 딸인 열네 살짜리 페이션스 모런이 꽃을 꺾고 있었대.
이 소녀는 연못 가까운 숲 가장자리에서 매카시 부자를 봤고,
심한 말다툼을 하는 것처럼 보였다고 증언했어. 아버지가 아들
에게 폭언을 하는 걸 들었다고 하고, 아들이 아버지를 칠 기세
로 팔을 치켜드는 걸 봤대. 험악한 광경을 보고 놀라 집으로 뛰
어가 보스콤 연못에서 매카시 부자가 싸우고 있다고 엄마한테
말했어. 싸움이 크게 번질까 두려웠던 거지. 그런데 소녀가 말
을 마치기도 전에 아들 매카시가 헐레벌떡 뛰어오더니 아버지

가 숲에 쓰러져 죽었다며 별장지기에게 도와달라고 했다는 거야. 총도 모자도 없었고 극도로 흥분한 상태였대. 오른손과 소맷동에 피가 묻어 있었고. 그래서 우르르 따라가 보니 연못 옆 풀밭에 시신이 있었다는군. 뭔가 묵직하고 뭉툭한 둔기로 머리를 가격당한 흔적이 있었어. 아들 총의 개머리판에 맞은 것처럼 보이는 상처였고, 총은 시신으로부터 몇 발짝 떨어진 풀밭 위에 놓여 있었어. 이런 정황들 때문에 아들은 즉각 체포됐고, 화요일 검시 결과 '고의 살인'으로 결론 났지. 아들 매카시는 수요일에 로스 치안판사에게 넘어가서 다음 순회재판에 회부될 예정이야. 여기까지가 검시관과 치안판사 앞에 제출된 이번 사건의 골자야."

"끔찍한 패륜 사건이네. 정황대로 아들이 진범이라면 말이야." 내가 말했다.

"정황증거란 아주 모호한 거야."

홈즈는 진중하게 말을 이어갔다.

"모든 정황증거들이 한 사람을 향하고 있는 것처럼 보여도, 조금만 관점을 바꿔서 다시 보면 전혀 다른 어떤 사람을 향하는 것으로 볼 수도 있거든. 솔직히 말하자면 이 사건은 그 청년이 진범이라는 쪽으로 너무 기울어져 있다는 느낌이야. 진짜 범인일 가능성도 물론 있지만. 하지만 이웃에 사는 대지주 터너의 딸을 포함해서 이 청년의 결백을 믿는 사람들도 몇 되는데, 이

들이 매카시의 혐의를 풀어주기 위해 레스트레이드를 고용한 거지. 레스트레이드는 '주홍색 연구' 때 봐서 너도 잘 알지? 혼란에 빠진 레스트레이드가 사건을 나한테 넘기는 통에 아침 댓바람부터 중년 남자 두 명이 시속 80킬로미터의 속도로 서부로 가고 있는 거야. 평온하게 아침 먹은 거나 소화시키고 있을 시간에 말이야."

"그런데 이번 사건은 워낙 드러난 사실들이 분명해서 네가 활약할 부분이 거의 없는 거 아닌가 몰라."

내 말에 홈즈는 웃으며 답했다.

"분명한 사실처럼 믿을 수 없는 것도 없어. 게다가 레스트레이드에겐 터무니없게 받아들여졌던 것들이 우리 눈엔 불현듯 분명한 사실들이 될 가능성도 있고 말이야. 날 잘 알잖아. 난 레스트레이드가 생각하지 못한, 심지어 이해하지도 못한 방법들로 그의 가설을 입증할 수도 있고 반박할 수도 있어. 이게 과연 허풍이라고 생각해? 쉬운 예를 하나 들지. 난 네 침실 오른편에 창문이 있다는 걸 알아. 하지만 레스트레이드가 이런 걸 알아차릴 수 있을까? 글쎄."

"대체 어떻게……."

"이 친구야, 난 널 잘 알잖아. 군인 출신다운 깔끔함이 네 특징이란 것도. 넌 매일 아침 면도를 하지. 이런 계절엔 아침 햇빛을 받으며 면도를 할 테고. 하지만 얼굴 왼쪽으로 갈수록 면도 상태가 깔끔하지 않거든. 심지어 왼쪽 턱선 부분은 확실히 좀 지저분해. 분명 왼쪽이 오른쪽보다 빛을 덜 받았단 거지. 균일한 빛 아래서라면 너처럼 자기 관리를 잘하는 사람이 이런 식으로 면도를 마치진 않았을 거야. 이건 그저 관찰과 추리를 보여주는 사소한 예에 불과해. 이게 내 전문 분야잖아. 이 능력은 우리 앞에 놓인 것들을 조사하는 데에도 분명 도움이 되지. 그리고 검시할 때 나온 얘기 중 한두 가지 사소한 지점은 생각해볼 만해."

"뭔데?"

"매카시는 현장에서 바로 체포되지 않고 해덜리 농가로 돌아온 후에 잡혀갔나 봐. 매카시를 체포했던 경찰 증언에 따르면 체포할 당시 매카시는 놀라지도 않았고 당연히 받아야 할 벌을 받는 거라고 했다는 거야. 이런 사실 때문에 검시 배심원들도 다른 가능성에 대한 의심을 다 거뒀지."

"자백이네."

내가 외쳤다.

"아냐, 나중에는 무죄를 주장했거든."

"이런 패륜적인 일을 벌이고 나서 뭔 말을 못 하겠어. 믿긴 어렵지."

"정반대야. 이건 현시점에서 구름 사이로 보이는 한 줄기 밝은 빛이야. 매카시가 무고하다 해도 아주 바보가 아닌 이상 정황들이 자기에게 불리하다는 걸 모를 수가 없어. 만약 매카시가 체포 당시 펄쩍 뛰었다거나 분노하는 척이라도 했더라면, 나도 매카시를 유력한 용의자로 생각했을 거야. 그렇게 펄펄 뛰거나 화내는 게 그 상황에서 자연스러운 반응은 아니지만, 교활한 자였다면 아마 그렇게 계획했을 거라고 보거든. 체포 상황을 순순히 받아들였다는 건 그가 무고한 사람이거나 굉장한 자제력을 가진 사람이란 뜻이야. 벌 받아 마땅하다고 말한 것도, 그 아버지가 죽었을 때 매카시가 옆에 있었단 걸 떠올려보면 부자연스러울 것도 없어. 그리고 아버지와 말다툼을 했고, 심지어 소녀의 아주 중요한 증언에 따르면 아버지를 치려는 듯이 팔도 들었다고 했잖아. 자식으로서의 도리를 저버린 행동을 했으니 인정할 만도 해. 매카시가 보여준 행동은 자책하고 뉘우치는 모습이야. 내 눈엔 그가 진범이라는 증거가 아니라 그냥 사리에 맞는 반응을 한 걸로 보여."

난 고개를 저으며 대꾸했다.

"훨씬 더 적은 증거들로도 숱하게 교수형을 당한다고."

"그렇지. 억울하게 매달린 사람들이 많지."

"이 일에 대해 그 청년은 뭐라고 진술했는데?"

"자기한테 별로 유리한 진술은 없는 것 같아. 그래도 한두 가지 주목할 부분은 있어. 여기 진술서가 있으니 한번 읽어봐."

홈즈는 서류 뭉치 중에서 헤리퍼드셔 지역 신문 사본을 꺼내더니 이 불운한 청년이 사건에 대해 직접 진술한 대목이 실린 부분을 짚어줬다. 난 열차 구석 자리에 앉아 진술서를 진지하게 읽었다.

고인의 외아들 제임스 매카시 씨가 소환됐고, 다음과 같이 증언했다.

증인: 전 사흘간 브리스톨에 갔다가 지난 월요일인 3일 아침에 막 돌아왔습니다. 집에 와보니 아버지께서는 안 계셨어요. 하녀 말로는 마부 존 코브와 함께 마차를 타고 로스에 가셨다고 하더군요. 얼마 지나지 않아 아버지의 이륜마차 소리가 나길래 창문을 내다보니, 아버지가 마차에서 내리고 있었어요. 그러자마자 아버지는 급히 어디론가 뛰어가셨습니다. 어디로 가시는지는 알 수 없었어요. 그래서 전 보스콤 연못 건너편에 있는 토끼 굴에나 가볼까 싶어 총을 챙겨 들고 연못 쪽으로 어슬렁어슬렁 나갔습니다. 가는 길에 사냥터지기인 윌리엄 크라우더를 봤고요. 그가 증언한 대롭니다만 전 아버지를 따라가던 길이 아니었어요. 저는 아버지가 앞에 가고 계신 줄도 몰랐습니다. 연못까지 한 100미터쯤 남았을 때 "쿠이!" 하고 외치는 소리를 들었습니다. 그 소리는 아버지와 저 사이에 서로를 부르는 신호였거든요. 그래서 서둘러 달려가 봤더니 연못 앞에 아버지가 계셨죠. 절 보고 놀라신 것 같았고, 왜 여기에 있느냐고 화내며 다그치셨어요. 아버지가 워낙 다혈질이셔서 대화를 나누다가 몸싸움까지 갈

뻔했습니다. 전 도저히 감당이 안 돼서 해덜리 농장으로 돌아가려고 돌아섰습니다. 하지만 150미터도 채 못 갔을 때쯤 뒤쪽에서 소름 끼치는 비명이 들렸습니다. 얼른 달려가 봤어요. 가보니 아버지께서 머리에 심한 상처를 입고 땅에 쓰러져 계셨습니다. 총을 내던지고 아버지를 팔로 안았지만 곧 숨을 거두실 것만 같았어요. 몇 분간 무릎 꿇고 아버지 옆을 지키다가 터너 씨의 별장지기에게 도움을 청하러 갔습니다. 거기서 가장 가까운 집이었거든요. 아버지 곁에 누가 있었는지, 어떻게 다치신 건지는 모릅니다. 아버지께서는 다소 냉정하고 불같은 분이셔서 평판이 좋진 않으셨지만, 제가 아는 한 누군가에게 원한을 사실 분은 아닙니다. 제가 아는 것은 여기까지입니다.

검시관: 부친께서 사망하기 전 남긴 말씀은 없으셨나요?

증인: 몇 마디 중얼거리셨는데, '쥐(a rat)'라는 말밖에 못 알아들었습니다.

검시관: 그게 무슨 뜻이었습니까?

증인: 맥락을 알 수 없는 단어였어요. 아버지께서 의식이 없어 헛소리를 내뱉으신다고 생각했습니다.

검시관: 아버지와 마지막으로 말다툼을 할 때는 무슨 이야기를 했나요?

증인: 답변하고 싶지 않습니다.

검시관: 답변하십시오.

증인: 그건 말씀드릴 수 없습니다. 이 비극적인 사건과는 아무 관

련 없는 내용이었음은 확실합니다.

검시관: 그건 법정에서 판단할 문제입니다. 답변 거부는 이후의 재판 과정에서 증인에게 불리하게 작용할 수 있습니다.

증인: 그래도 답변을 거부합니다.

검시관: "쿠이"라는 소리가 평소 아버지와 서로 부를 때 외치는 신호라고 하셨죠?

증인: 그렇습니다.

검시관: 그렇다면 고인은 어떻게 해서 증인을 보지도 못하고, 심지어 브리스톨에서 돌아왔는지도 모르는 상태에서 그런 신호를 보낸 겁니까?

증인: (상당히 혼란스러워하며) 저도 모르겠습니다.

배심원: 비명을 듣고 다시 달려가 아버지가 치명적인 상처를 입은 걸 봤을 때 주위에 뭔가 의심스러운 것은 없었나요?

증인: 정확하게 말할 수 있는 건 없었습니다.

검시관: 그건 무슨 뜻이죠?

증인: 거기로 뛰어가면서 저는 아버지에 대한 걱정으로 정신없이 흥분한 상태였습니다. 하지만 왼쪽 바닥에 뭔가가 놓여 있던 걸 어렴풋이 본 것도 같습니다. 회색 외투나 망토 같은 큰 천으로 보였어요. 나중에 일어나서 둘러보니 사라졌고요.

검시관: 도움을 청하러 가기 전에 사라졌다는 뜻인가요?

증인: 네, 그렇습니다.

검시관: 뭐였는지는 모르겠다는 말씀이시죠?

증인: 네. 뭔가가 거기 있다는 느낌만 있었습니다.

검시관: 시신으로부터 얼마나 떨어져 있었죠?

증인: 한 10미터 정도였습니다.

검시관: 숲에서는 어느 정도 떨어져 있었죠?

증인: 거기서도 한 10미터쯤요.

검시관: 그렇다면 증인과 10여 미터 떨어진 곳에서 누군가 그걸 가져간 거군요?

증인: 네. 하지만 제 뒤쪽에서 일어난 일입니다.

이것으로 증인신문을 마쳤다.

신문 기사를 계속 내려다보며 내가 말을 꺼냈다.

"그렇군. 검시관의 결론은 매카시 청년에게 불리하네. 검시관이 주목한 것처럼 아버지가 아들이 돌아온 걸 몰랐는데도 아들에게 신호를 보냈다는 건 모순이야. 부자간 나눈 대화 내용을 매카시가 말하길 거부한 대목이나, 아버지가 죽으며 남긴 독특한 말에 주목한 것도 합당하고. 검시관도 지적했듯이 이런 정황들 모두가 아들에게 불리하게 작용하고 있어."

홈즈는 웃으면서 푹신한 의자에 몸을 기댔다.

"너나 이 검시관이나 이 청년에게 유리한 지점은 덮어두려고 애쓰고 있어. 이 청년 말이야, 상상력이 지나치게 풍부했다가 또 지나치게 빈약해지는 것 같다는 생각 안 들어? 배심원들의 동정을 살 수 있도록 그럴듯한 말다툼 내용을 만들어내지 못했다는 건 너무 상상력이 빈약한 거고, 다 죽어가는 사람이 말도 안 되게 '쥐'라는 말을 했다는 거나 갑자기 무슨 옷이 사라졌다고 할 때는 너무 상상력이 과도한 것 같지 않으냔 말이야. 이상하잖아. 난 이 청년의 말이 모두 사실이라는 관점에서 접근할 테니 이런 가설이 우릴 어디로 데려갈지 한번 보자고. 자, 그럼 이제 페트라르카의 문고본 시집이나 보면서 사건 얘긴 이만 접어두자. 점심은 스윈던에서 먹지. 20분이면 도착할 거야."

우린 근사한 스트라우드 계곡을 지나고 넘실대며 빛나는 세번 강을 건너 거의 4시가 다 되었을 때야 아름답고 작은 시골 마을 로스에 도착했다. 어딘가 은밀하고 교활한 인상에 바싹 마른 족제비 같은 남자가 승강장에서 우릴 기다리고 있었다. 시골 환경에 맞춘답시고 밝은 갈색 더스터 코트에 가죽 바지를 입고 있었지만 스코틀랜드 야드 영국 런던 경찰국의 별칭. 창설 당시 런던에 있는 옛 스코틀랜드 국왕의 궁전터에 있었기 때문에 이런 이름이 붙었다.에서 온 레스트레이드라는 것을 금방 알아볼 수 있었다. 우린 레스트레이드가 예약해둔 헤리퍼드 암스 호텔로 함께 갔다.

차를 들려고 앉자 레스트레이드가 입을 열었다.

"마차를 준비해뒀어요. 워낙 열성적이시니 곧장 사건 현장으로 가고 싶어 하실 것 같아서요."

"신경 써주셔서 감사합니다. 그런데 언제 방문할지는 순전히 기압에 달린 문제라서요."

홈즈가 답했다.

"무슨 말씀이신지?"

레스트레이드는 놀라며 물었다.

"기압계를 좀 확인해보죠. 흠, 29. 바람도 없고 구름 없는 날씨. 담배도 필요한 만큼 한 갑 가득 있고 시골 싸구려 호텔치고는 소파도 안락하고. 그럼 오늘 밤엔 마차가 필요 없을 것 같습니다."

레스트레이드가 호탕하게 웃으며 말했다.

"보아하니 신문을 보고 이미 결론을 내리신 모양입니다? 이 사건은 불 보듯 뻔한 사건이라 들여다보면 볼수록 명백하지요. 하지만 그렇다고 숙녀분의 부탁을 거절할 수는 없었어요. 워낙에 적극적이라서요. 그분은 홈즈 씨 명성을 익히 알고 있고 고견을 듣고 싶어 하고 있어요. 오신다고 해서 달라질 건 없다고 누누이 얘기를 해봐도 안 먹힙디다. 이런, 저게 뭐야! 그 여자 마차잖아."

레스트레이드가 말하는 도중에 한 젊은 여성이 방 안으로 들어왔다. 살면서 만났던 여자 중에 가장 사랑스러워 보이는 아가씨였다. 보랏빛으로 빛나는 눈동자며 살짝 벌어진 입술, 분홍색으로 물든 뺨, 모든 것이 흥분과 걱정에 휩싸인 상태임을 말해주고 있었다.

"셜록 홈즈 씨!"

그녀는 순간적으로 나와 홈즈를 번갈아 보더니 결국 여성 특유의 빠른 직감으로 내 친구를 알아봤다.

"와주셔서 감사드립니다. 그래서 이렇게 한달음에 달려왔어요. 제임스가 한 짓이 아니에요. 전 알아요. 선생님께서도 그렇게 아시고 이 일을 맡아주시길 바랍니다. 이 점에 대해선 추호도 의심하실 게 없습니다. 전 제임스와 어릴 때부터 알고 지내서 누구보다 제임스에 대해 잘 알고 있어요. 제임스는 파리 한 마리도 못 죽이는 친구라고요. 제임스를 진짜 아는 사람이라면 이게 정말이지 터무니없는 누명이란 걸 알 텐데 말이에요."

"진상을 밝힐 수 있기를 기대합니다, 터너 양. 할 수 있는 모든 걸 해볼 테니 믿고 계세요."

홈즈가 말했다.

"하지만 증언을 이미 읽으셨겠지요. 뭔가 확정적인 결론을 내버린 건 아니신가요? 어떤 구멍이나 결함 같은 건 못 찾으셨어요? 제임스가 무고하다는 생각은 하지 않으세요?"

"그럴 가능성이 있다고 생각하고 있습니다."

"거봐요!"

터너 양은 레스트레이드를 돌아보며 외쳤다.

"들으셨죠! 홈즈 선생님께선 희망을 주셨잖아요."

레스트레이드는 어깨를 으쓱해 보였다.

"제 동료가 좀 성급하게 결론을 내는 건 아닌지 모르겠네요."

"하지만 이분 말씀이 옳다고요! 전 알아요. 제임스는 절대 안 그랬어요. 그리고 아버지와 말다툼한 부분에 대해 증언하지 않은 이유도 알아요. 제가 관련돼 있어서 그래요."

"어떻게 연루됐다는 말씀이신가요?"

홈즈가 물었다.

"이제 와 말씀 못 드릴 것도 없지요. 제임스는 저 때문에 자기 아버지와 자주 말다툼을 했어요. 매카시 아저씨께선 저희 둘을 서둘러 결혼시키려고 하셨거든요. 제임스와 전 항상 남매처럼 서로 아끼는 마음으로 지냈고요. 하지만 제임스는 아직 어리고 세상을 잘 모르니까, 당연히 아직은 결혼 생각 같은 게 없었죠. 그래서 자주 말다툼을 했던 거예요. 그날도 이 얘기로 싸웠던 게 분명해요."

"아가씨의 아버지께선 어떤 입장이신데요? 둘이 결혼하길 원하시나요?"

홈즈가 물었다.

"아녜요. 저희 아버지께서는 반대하세요. 매카시 아저씨만 밀어붙이는 일인걸요."

홈즈가 예리하게 추궁하는 눈빛을 보내자 어린 아가씨의 얼굴이 순간 붉게 달아올랐다.

"말씀해주셔서 감사합니다. 내일 아버님을 뵈러 가도 될까요?"
홈즈가 다시 물었다.

"의사 선생님께서 허락을 안 하실 거예요."

"의사라니요?"

"못 들으셨어요? 저희 아버지께서는 몇 년째 앓고 계시는데, 이번 사건으로 완전히 쓰러지셨어요. 병석에 누워만 계시는데, 주치의 윌로우스 선생님 말씀으로는 신경쇠약이라고 해요. 매카시 아저씨는 빅토리아에 살 때부터 잘 알고 지낸 사람 중 유일하게 남아 있는 친구였거든요."

"하! 빅토리아에서 살았었다고요! 중요한 정보네요."

"네, 광산에서 살았었죠."

"그렇군요. 금광이었겠죠. 거기에서 아버님이 큰돈을 버셨다고 알고 있는데."

"네, 맞아요."

"고맙습니다, 터너 양. 도움이 많이 되는 정보들이었어요."

"내일 뭔가 새로운 걸 알게 되시면 저한테도 연락해주세요. 제임스를 만나러 구치소에 가실 거죠? 아, 홈즈 선생님, 가시거든 제가 제임스의 결백을 믿고 있다고 꼭 전해주세요."

"그렇게 하겠습니다."

"아버지께서 누워 계셔서 전 이만 돌아가 봐야겠네요. 제가 곁에 없으면 찾으시거든요. 안녕히 계세요. 신께서 도우시길 바랄게요."

어린 숙녀는 방에 들어올 때 그랬던 것처럼 황급히 방을 나갔고, 이윽고 마차가 떠나는 소리가 들렸다.

잠시 침묵이 흐르다 레스트레이드가 입을 열었다.

"홈즈 씨, 좀 걱정이 되네요. 도로 실망할 게 뻔한데 뭐하러 희망을 심어주십니까? 나라고 뭐 천사표는 아니지만 그래도 이건 너무 잔인하죠."

"제임스 매카시의 누명을 벗길 방법을 찾은 것 같습니다. 면회 허가서 갖고 계시죠?"

홈즈가 말했다.

"네. 하지만 저희 둘밖에 못 가요."

"그럼 오늘은 나가지 않겠다고 했던 결심을 틀어야겠습니다. 헤리퍼드까지 기차를 타고 가면 오늘 밤 제임스를 면회할 수 있겠죠?"

"너끈합니다."

"그럼 갑시다. 왓슨, 혼자 남아 지루할지도 모르겠지만 몇 시간 나갔다 와야겠어."

나는 둘을 역까지 배웅해주고 자그마한 시내를 둘러봤다. 그러다 결국엔 호텔로 돌아와 소파에 늘어져 통속소설이나 읽어보자 싶었다. 하지만 이야기 전개 방식이 너무 얄팍하고 터무니없어서 우리가 매진하고 있는 심오한 사건들과 비교될 뿐이었다. 계속 이 사건에 마음이 쓰여 결국 소설책은 던져버리고 방으로 건너가 오늘 있었던 일들을 꼼꼼히 되짚어봤다. 이 불행한 청년의 이야기가 전적으로 사실이라고 가정해보면, 청년이 아버지 곁을 떠났다가 비명을 듣고 다시 뛰어 돌아오기까지 그 잠깐의 시간 동안 대체 무슨 끔찍한 일이, 대체 무슨 예기치 않은 일이 갑작스레 벌어졌단 말인가. 뭔가 끔찍하고도 치명적인 일이 분명했다. 무슨 일이 일어났던 걸까? 내 의학적 소견을 동원해봤을 때 그 상처가 말해줄 수 있는 부분은 없을까? 난 호텔 직원을 불러 검시 보고서 전문이 실려 있는 주간지를 좀 갖다 달라고 했다. 보고서에 실린 외과의 소견서에는 좌 두정골 뒤쪽 3분의 1과 좌 후두골 절반이 함몰됐다고 나와 있었는데, 둔기로 강하게 내려쳐 생긴 골절로 보고 있었다. 내 머리에서 그 부분들을 만져봤다. 분명 뒤쪽에서 가격당한 것이었다. 이건 매카시 청년에게 유리한 지점이었다. 아버지와 말다툼을 하는 동안 서로 마주 보고 있었기 때문이다. 하지만 꼭 그렇지만도 않은 것이 노인이 등을 돌렸을 때 내리쳤다고 볼 수도 있다. 그래도 홈즈가 관심을 가질 만한 요소라고 생각했다. 그다음에 쓰러져서 '쥐'라는 말을 내뱉었다는 증언. 이건 무슨 말일까? 헛소리는 아니었을 것이다. 갑자기 가격을 당해 죽어가는 사람은 보통 헛소리를 내뱉지 않는다. 음, 무슨 일이 있었는지 설명하려고 했을 가능성이 크다. 하지만 뭘 말하려던 걸까? 난 뭔가 가능한 설명을 찾아보려고 머리를 쥐어짰다. 그리고 그다음, 매카시 청년이 봤다고 했던 그 회색 옷. 이 말이 사실이라면 살인자가 범행을 저지르는 과정에서 자기 옷 같은 걸 떨어뜨렸다가, 대담하게도 다시 찾으러 와서는 그 아들이 바로 지척에 무릎 꿇고 앉아 있는 틈을 타 가져갔다는 얘기다. 정말이지 하나같이 수수께끼 같고 불가능해 보이는 일들인데! 레스트레이드의 의견도 일리가 있지만 난 셜록 홈즈의 통찰을 믿는다. 매카시의 결백을 밝혀줄 새로운 증거가 나타나는 한 희망을 버릴 순 없다.

셜록 홈즈는 늦게서야 돌아왔다. 레스트레이드 숙소는 시내에 있어서 홈즈 혼자였다.

"여전히 기압이 높네. 우리가 현장에 가보기 전까진 비가 오지 않아야 해. 한편으론 최상의 상태에서 현장을 둘러보는 게 중요하기 때문에 여독이 안 풀린 상태에서 가보고 싶진 않거든. 암튼 매카시를 만나고 왔어."

"그래서 뭐 좀 알아냈어?"

"전혀."

"뭐 희망적인 거 없어?"

"전혀 없대도. 난 처음에 생각하기로, 제임스가 진범을 알고 있고 그를 감싸주기 위해 이러는 게 아닐까 생각했었는데, 제임스 역시 진범을 모르는 혼란스러운 상황인 게 확실해. 잔머리가 잘 돌아가는 청년이 아니더라고. 뭐 진정성은 있긴 하지만."

"안목도 없다고 봐야지. 정말로 터너 양처럼 매력적인 아가씨와 결혼하길 싫어한다면 말이야."

내가 덧붙였다.

"아, 거기엔 슬픈 사연이 있더라. 이 친구는 정말이지 열렬하게 그 아가씨를 사랑하고 있어. 그런데 한 2년 전쯤 혈기 왕성하던 때에 무슨 일이 있었느냐면 말이야, 그러니까 터너 양이 5년간 기숙학교에서 살았기 때문에 이 당시엔 서로 잘 모를 때야. 아무튼 그때, 이 청년이 브리스톨에서 만난 웬 술집 여자에게 얽혀서 멍청하게도 호적 등기소에서 결혼을 해버렸다는 거야. 이 일을 아는 사람은 없어. 하지만 생각해봐. 누구보다 간절히 원하는 결혼이지만 불가능하다는 걸 알고 있는 그로서는, 결혼을 못 하겠다는 말을 하는 것 자체가 얼마나 미칠 일일지 상상해보라고. 그래서 그날도 아버지와 말다툼을 하면서 터너 양과 결혼하라고 부추기니 손까지 치켜들었던 거야. 또 다른 한편으로 제임스는 자력으로 살아갈 능력이 없는데, 그 성미 고약한 아버지가 진실을 알게 되기라도 한다면 완전히 쫓겨날지도 모르는 일이거든. 사흘간 브리스톨에 갔던 것도 그 아내 때문이라더군. 아버지는 아들이 어딜 갔는지 모르고 있었고. 그런데 바로 이 대목, 여기가 중요해. 불행 속에서 행운의 싹이 돋아 나왔지. 그 술집 여자가 제임스가 곧 처형될 거라는 신문 기사를 보고 제임스를 완전히 버렸거든. 그리고 사실 자기에겐 이미 버뮤다 조선소에 남편이 있었다며 제임스와의 혼인은 원래 무효였다고 밝힌 거야. 현재 누구보다 절망에 빠져 있는 매카시에겐 한 줄기 위안이 되는 소식이지."

"하지만 매카시가 무고하다면 누가 죽였단 거야?"

"아! 누구냐고? 특별히 두 가지 사안에 주목해봐. 하나는 피살자가 연못에서 누군가와 약속을 했다는 점. 그게 아들일 리는 없어. 아들이 돌아왔는지도 몰랐었잖아. 그리고 다른 하나는 아들이 돌아온 걸 모르는 상태에서 '쿠이!' 하고 외쳤다는 점. 이 두 가지 지점에 이번 사건이 달려 있어. 자, 그럼 이제 조지 메러디스 영국의 소설가이자 시인 얘기나 하자. 사건에 대한 건 내일로 미뤄두고."

홈즈 말대로 비는 오지 않았고 아침엔 구름 한 점 없는 날씨였다. 9시에 레스트레이드가 마차를 타고 와서 우린 함께 해덜리 농장과 보스콤 연못으로 향했다.

"아침에 심각한 소식을 들었어요. 저택에 있는 터너 영감 병색이 짙은 모양입니다. 오늘내일 한다더군요."

레스트레이드가 말했다.

"연세가 지긋하시죠?"

홈즈가 물었다.

"60대인데, 해외 생활을 오래 하면서 몸이 많이 상했나 봐요. 이번 일도 건강에 안 좋은 영향을 미쳤고요. 고인과는 오랜 친구였고, 덧붙이자면 터너는 매카시의 은인이기도 했어요. 해덜리 농장을 무상으로 빌려주고 있었다나 봐요."

"정말요? 재밌는 대목이네요."

홈즈가 말했다.

"그렇다고 하네요! 여러 방면으로 매카시를 돕던 양반이래요. 동네 사람들이 다 그렇게 말하더라고요."

"그렇군요! 뭔가 특이한 점이 눈에 들어오지 않아요? 자기 재산도 별반 없이 터너의 은혜를 입고 있던 매카시가, 필시 재산 상속자인 터너의 딸과 자기 아들의 결혼을 계속 밀어붙여 왔다는 거잖아요. 이쪽에서 결혼하자고만 하면 터너 집안에서는 군말 없이 따라올 것처럼 배짱 좋은 태도로 말입니다. 이상하지 않아요? 게다가 터너는 둘의 결혼을 반대하는 입장이었어요. 그 딸에게 직접 들은 얘기죠. 뭔가 추리해볼 만한 게 있지 않습니까?"

"추리와 추론의 단계에 진입했군요. 아무래도 가설과 상상을 펼치지 않고선 진상을 붙잡기 어려우시죠?"

레스트레이드는 눈을 찡긋하며 말했다.

"맞아요. 이번 사건이 진상을 파악하기 어려운 사건이란 건 알고 계시는 모양입니다."

홈즈는 새침하게 대꾸했다.

"아무튼 홈즈 씨는 아직 모르는 사실 하나를 제가 알고 있습니다."

레스트레이드는 넉살 좋은 말투로 운을 뗐다.

"그게 뭐죠?"

"매카시 영감을 죽인 건 아들 매카시라는 사실이죠. 이와 어긋나는 가설들은 모두 달빛을 가리켜 햇빛이라고 하는 것처럼 허튼소리라고요."

"글쎄요, 안개 속에선 달빛만큼 밝은 것도 없지요."

홈즈는 웃으며 응수했다.

"아마 저 왼편에 보이는 게 해덜리 농장이겠군요."

"네, 맞습니다."

넓고 쾌적해 보이는 슬레이트 지붕의 이층집이었는데, 회색빛 외벽은 노란 이끼들로 뒤덮여 있었다. 커튼이 드리워져 있었고 굴뚝엔 연기도 없어 이번에 일어난 이 끔찍한 사건의 무게가 아직도 집 안을 짓누르는 것처럼 보였다. 문 앞에서 우릴 맞는 하녀에게 홈즈는 매카시 부자의 신발을 좀 보여달라고 요청했다. 하녀는 사건 당시 고인이 신었던 부츠와 아들의 부츠를 갖고 나왔는데, 아들의 부츠는 사건 당일에 신었던 것은 아니었다. 홈즈는 예닐곱 군데 치수를 신중하게 재보더니 안뜰을 좀 둘러보겠다고 했다. 우리 모두는 농장 안뜰에서부터 보스콤 연못으로 이어진 굽은 길을 따라 걸어갔다.

이렇게 단서를 찾을 때면 셜록 홈즈는 완전히 돌변한다. 베이

커 스트리트에 사는 조용한 사색가 홈즈의 모습만 아는 사람은
이게 홈즈가 맞는지 못 알아볼 정도다. 홈즈의 얼굴은 붉게 달
아올랐고 표정은 심각해졌다. 눈살을 찌푸리는 통에 깊은 주름
이 잡혔고, 눈빛은 빛나면서도 반짝이는 강철처럼 차가웠다. 고
개를 숙이고 어깨도 구부린 채 입술을 앙다물고 있었다. 근육
이 불거진 긴 목에는 정맥이 불끈 솟아 있었고, 콧구멍은 팽창
된 채 동물적 감각을 발휘하고 있었다. 온 정신을 쏟으며 수사
에만 몰두하고 있었기에 뭐라고 말을 걸어도 대꾸하지 않았다.
반응을 보여봤자 짜증 내듯 빠르게 소리치는 정도였다. 홈즈는
신속히, 그리고 조용히 초지를 건너 보스콤 연못으로 이어지는
숲길로 접어들었다. 땅은 축축해 질척였고, 길이고 풀밭이고 할
것 없이 사방에 여러 발자국들이 찍혀 있었다. 홈즈는 서둘렀지
만 이따금 꼼짝 않고 멈춰 서기도 했다. 난 레스트레이드와 뒤
를 따랐는데, 홈즈가 뭘 하든 별 관심 없다는 듯 아랑곳하지 않
는 레스트레이드와 달리 난 내 친구의 모든 행동 하나하나를 유
심히 지켜보았다. 명확한 목표를 갖고 움직이는 것이 분명했기
때문이다.

보스콤 연못은 낮은 갈대로 둘러싸인 폭 50미터 정도의 연못
이었다. 해덜리 농가와 터너의 사유지 사이에 위치해 있었다.
저 멀리 이어지는 숲 위쪽으로는 붉게 솟아오른 첨탑이 보였는
데, 대지주의 저택인 모양이었다. 연못에서 해덜리 농가로 이어

지는 길 쪽은 빽빽한 숲이었는데 숲 가장자리와 갈대 군락 사이로 젖은 풀밭이 보였다. 스무 걸음 정도 너비의 좁은 풀밭이었다. 레스트레이드는 시신이 발견된 지점을 가리켰는데, 세상에나, 땅이 워낙 젖어 있어서 그런지 피해자가 쓰러지면서 남긴 자국이 그대로 파여 있었다. 의욕적인 얼굴과 집중하는 눈빛을 보아하니, 홈즈는 이 푹 파인 풀밭에서 뭔가 많은 것들을 읽어내고 있는 것 같았다. 홈즈는 사냥개처럼 여기저기 뛰어다니다가 우리의 동행자를 돌아보며 물었다.

"연못에는 뭣 때문에 들어가셨죠?"

"갈퀴로 좀 끌어 올리려고요. 이 안에 무기나 다른 흔적 같은 게 있을까 싶어서요. 그런데 대체 어떻게 알고……."

"이런, 쯧쯧! 시간이 없어요! 안쪽으로 휜 당신 왼쪽 발자국이 여기저기 찍혀 있잖아요. 눈먼 두더지라도 알겠네. 그러곤 갈대 사이로 발자국이 사라졌고요. 거참, 물소 떼처럼 사람들이 몰려와 들쑤시기 전에 제가 먼저 와봤더라면 일이 한결 수월했을 텐데 안타깝네요. 여기 이건 별장지기 일행의 자국인데. 시신 주위로 여섯 혹은 여덟 개 발자국 모양이 보이네요. 하지만 세 줄이 같은 방향으로 나 있어요."

홈즈는 돋보기를 꺼내더니 우비를 깔고 바닥에 엎드렸다. 그러고는 우리에게 말한다기보다는 혼잣말에 가깝게 이야기를 이어갔다.

"이건 아들 매카시의 발자국이군. 두 줄은 걸어간 자국인데, 여기 한 줄은 뒤꿈치 자국이 거의 없이 앞부분만 찍혀 있으니 뛰어간 자국. 매카시 청년의 얘기를 뒷받침해주는 증거예요. 아버지가 쓰러진 걸 보고 뛰어왔다고 했으니까. 그럼 이건 매카시 아버지가 서성이던 발자국이고. 그렇다면 이건 뭘까? 아들이 아버지 얘기를 들으며 서 있을 때 찍힌 총의 개머리판 자국이군요. 그럼 이건? 하, 하! 우리가 뭘 찾았는지 아십니까? 까치발! 까치발로 걸은 자국이에요! 네모난, 아주 특이한 부츠 자국이야! 이렇게 왔다가, 가고, 다시 왔어. 물론 망토를 찾으러 온 거였겠죠. 이제 어디서부터 온 발자국인지 볼까?"

홈즈는 이리저리 뛰며 끊어졌다 이어졌다 하는 발자국을 쫓았다. 그러다 숲속 가장자리에 있는 거대한 너도밤나무 그늘 아래 멈춰 섰다. 근방에서 가장 큰 나무였다. 홈즈는 나무 뒤쪽으로 가더니 다시 바닥에 얼굴을 맞댔다. 그러곤 만족스러운 듯 작은 탄성을 내뱉었다. 홈즈는 한참 거기에 있으면서 낙엽이며 나뭇가지들을 헤집어보고, 평범한 진흙처럼 보이는 것을 봉투에 떠 담고, 바닥뿐만 아니라 손이 닿는 높이에 매달려 있는 나뭇잎들까지 돋보기로 살펴보았다. 이끼 낀 울퉁불퉁한 돌멩이도 신중하게 살펴보더니 수집했다. 그러곤 큰길까지 걸어 나왔다. 흔적은 더 없었다.

평상시의 태도로 돌아온 홈즈가 말했다.

"아주 재미있는 사건이야. 내 생각엔 오른쪽에 있는 저 회색 집이 별장인 것 같군. 가서 별장지기 딸 모런과 얘기를 좀 나누고 간단한 전갈을 띄워야 할지도 모르겠어. 여기까지 마치고 돌아가서 점심을 들자고. 마차로 먼저들 가 계세요. 저도 곧장 따라갈게요."

10분쯤 뒤에 우린 다시 모여 마차를 타고 로스로 향했다. 돌아오는 길 내내 홈즈는 아까 숲에서 주웠던 돌멩이를 갖고 있었다.

"주목해야 할 물건입니다, 레스트레이드. 이게 범행 도구거든요."

홈즈가 돌멩이를 내밀며 말했다.

"아무런 흔적이 없는데요?"

"없지요."

"그럼 어떻게 아십니까?"

"이 돌 밑엔 풀이 자라고 있었어요. 불과 며칠 전에야 그곳에 떨어진 돌이란 얘기죠. 어디서 이 돌을 집어 들었는지는 알 수 없지만요. 이건 고인의 상처와도 일치하는 크기입니다. 다른 무기를 쓴 흔적도 없었고요."

"그럼 살인자는요?"

"큰 키에 왼손잡이, 오른쪽 다리를 절룩이는 남자, 밑창이 두꺼운 사냥용 부츠를 신었고 회색 망토를 둘렀죠. 파이프를 사용해서 인도산 담배를 피우고, 날이 무딘 주머니칼을 지니고 다닙니다. 몇 가지 특징이 더 있지만 이 정도면 수소문하기에 충분할 겁니다."

레스트레이드는 웃으며 대꾸했다.

"여전히 미심쩍은데요? 가설이 아무리 그럴듯해도 빡빡한 영국 배심원들을 상대해야 하는 일입니다."

"어디 두고 보자고요. 경위님은 경위님 방식대로, 전 제 방식대로 일하면 됩니다. 오늘 오후엔 좀 바쁘겠군요. 저녁 기차를 타고 런던으로 돌아가 봐야 할 것 같거든요."

"사건을 마무리 짓지도 않고 떠나신다고요?"

"종결짓고 떠나겠다는 겁니다."

"하지만 수수께끼는요?"

"이미 풀렸어요."

"그럼 범인은 대체 누굽니까?"

"제가 묘사한 그 남자죠."

"그게 누군데요?"

"분명 어렵지 않게 찾아낼 수 있을 거예요. 인구도 많지 않은 동네잖아요."

레스트레이드는 어깨를 들썩해 보였다.

"난 실리를 중시하는 사람이에요. 오른쪽 다리를 저는 왼손잡이를 찾겠다고 여길 다 뒤지고 다닐 순 없습니다. 그랬다간 스코틀랜드 야드의 웃음거리가 될 거라고요."

"알았어요. 어쨌든 전 기회를 드리는 겁니다. 숙소에 도착했 군요. 그럼 안녕히 가세요. 떠나기 전에 연락드리겠습니다."

레스트레이드를 내려주고 우리 호텔로 돌아와 보니 점심이 마련돼 있었다. 홈즈는 괴로운 표정으로 말없이 생각에 잠겼다. 난처한 처지에 놓인 듯 보였다.

"왓슨, 있잖아, 여기 앉아서 잠깐 내 얘기 좀 들어봐. 정말 어 떻게 해야 할지 모르는 상황이라 네 조언이 필요해. 담배는 어 서 피우라고. 얘기해볼게."

"그래, 해봐."

"그러니까 이번 사건에서 젊은 매카시의 진술에 대해 우리가 동시에 주목한 지점이 두 군데 있지. 난 매카시의 진술을 믿었 고 넌 의심했지만. 하나는 아버지가 자기를 보기도 전에 '쿠이!' 하고 외치는 걸 들었다고 말한 대목이야. 또 하나는 고인이 죽 어가면서 '쥐'라는 말을 내뱉었다는 대목. 몇 단어 더 중얼거렸 지만 다른 건 못 알아들었다고 했어. 그럼 바로 이 두 가지 대목 에서부터 출발해보자고. 매카시의 말이 전적으로 사실이라는 가정에서 시작해보자."

"대체 '쿠이!'는 뭐지?"

"음, 분명 아들에게 한 말은 아니지. 아들이 아직 브리스톨에 있는 줄 알았으니까. 그 소리를 듣게 된 건 순전히 우연이었어. '쿠이!'는 고인이 만나기로 했던 사람을 부르는 말이었을 거야.

그게 누군지는 모르겠지만, '쿠이'는 분명 오스트레일리아 사람들이 서로를 부를 때 하는 말이거든. 그러니까 매카시가 보스콤 연못에서 만나기로 한 누군가가 오스트레일리아 출신일 가능성이 굉장히 크지."

"그럼 '쥐'는?"

셜록 홈즈는 접어놓은 종이를 주머니에서 꺼내더니 탁자에 펼쳤다.

"식민지 빅토리아의 지도야. 어젯밤에 브리스톨에 전보를 쳐서 받았지."

홈즈는 지도의 한 부분을 손으로 짚으며 물었다.

"뭐라고 써 있어?"

"어랫(ARAT)."

"그럼 이젠?"

홈즈는 짚었던 손가락을 치우며 다시 물었다.

"밸러랫(BALLARAT)."

"맞아. 이게 바로 피살자가 말한 단어야. 아들은 뒤에 두 음절만 겨우 들은 거지. 피살자는 범인의 이름을 말했던 거야. 밸러랫 출신의 아무개. 뭐 이런 식으로 말이야."

"굉장하군!"

난 감탄했다.

"확실해. 그럼 이제 용의자를 확실히 좁혔어. 세 번째 주목할

점은 회색 망토를 가져갔다는 거야. 아들의 진술이 맞는다고 생각한다면 말이야. 애매하기만 한 사건에서, 회색 망토를 걸친 오스트레일리아 밸러랫 출신이라는 명확한 단계까지 좁혔어."

"그렇네."

"그리고 범인은 이 지역에 사는 사람이야. 연못에 가기 위해서는 농장을 지나가거나 사유지를 통과해야 하니까. 외부인은 다니기 어렵다고 봐야지."

"그렇겠네."

"그럼 오늘의 탐험 결과에 대해 말해야겠군. 현장을 조사해본 결과 범인의 특징에 대한 자질구레한 세부 사항들을 알 수 있었어. 그래서 얼간이 레스트레이드에게 말해준 거고."

"하지만 어떻게 알아낸 거야?"

"내 수법 알잖아. 사소한 것들을 관찰해서 알아냈지."

"키는 보폭을 보고 대강 알았을 테고, 신발도 찍힌 발자국을 보고 알았을 테지."

"맞아. 특이한 부츠였어."

"하지만 절름발이라는 건?"

"오른쪽 발자국이 항상 왼쪽보다 희미하더라고. 오른쪽에 힘을 덜 준다는 얘기야. 왜겠어? 절뚝이며 걷기 때문이지. 범인은 절름발이야."

"그럼 왼손잡이라는 건?"

"검시 보고서에 외과의가 써놓은 기록을 보고 너도 느꼈잖아. 왼쪽 뒤에서 가격한 거였지. 왼손잡이가 아니고서야 어떻게 그럴 수 있었겠어? 부자가 대화를 나누는 동안 범인은 나무 뒤에 서 있었어. 담배도 거기서 피웠고. 담뱃재가 떨어져 있더라고. 담뱃재에 대한 내 전문 지식 덕분에 인도산 시가라는 걸 알아봤지. 알다시피 내가 이 주제에 관심이 많아서 파이프, 시가, 궐련 등 담뱃재 140가지에 대한 논문을 쓰기도 했잖아.♦ 담뱃재를 발견하고 주위를 둘러보니 이끼 사이에 꽁초가 있더군. 인도산 시가였어. 로테르담에서 만든 담배였지만."

"파이프를 썼다는 건 어떻게 안 거야?"

"보니까 끝부분을 입으로 물었던 흔적이 없었어. 그러니까 파이프에 끼워 피웠던 거지. 끝이 잘려 있었는데 입으로 뜯어낸 건 아니었고, 깔끔하게 잘려 있지 않은 걸로 봐서 뭉뚝한 주머니칼이겠다 싶었지."

"홈즈, 이제 범인은 네가 친 그물에서 빠져나갈 수 없을 거야. 거의 교수대에 매달린 거나 다름없는 무고한 사람의 목숨을 구했군. 이 모든 정황들이 가리키는 방향을 알겠어. 범인은……."

"존 터너 씨입니다."

♦ BBC 《셜록》 〈벨그라비아 스캔들〉에서도 셜록 홈즈의 담뱃재 연구가 언급된다. 존이 셜록의 수사 과정을 기록하는 자신의 블로그 덕분에 의뢰인이 늘고 있다고 하자 셜록이 자신도 웹사이트가 있다고 말하는데, 존은 담뱃재 240여 가지를 열거하는 웹사이트에 누가 오겠느냐며 셜록을 놀린다.

호텔 직원이 우리 방문을 열고 외치며 손님을 안내했다.

들어오는 남자는 묘하게 인상적인 모습이었다. 다리를 절며 느리게 걸어 들어왔는데 굽은 어깨 때문에 노쇠한 것처럼 보였지만 선이 강하고 우락부락한 이목구비며 장대한 체격을 보니 체력도 성격도 예사롭지 않은 사람처럼 보였다. 엉켜 있는 턱수염, 희끗희끗한 머리칼, 눈에 띄게 처져 있는 눈썹에서 어떤 힘과 위엄이 풍겨져 나왔다. 하지만 안색은 창백했고 입술과 콧방울에는 푸르스름한 그림자가 있었다. 치명적인 만성질환에 시달리고 있는 게 분명해 보였다.

"여기 소파에 앉으시지요. 제 전갈을 받으셨지요?"

홈즈가 온화하게 말했다.

"네. 별장지기가 전해주더군요. 사람들 눈을 피하기 위해 여기에서 보자고 하신 겁니까?"

"제가 저택으로 방문하면 다른 사람들 입에 오르내리게 될 것 같아서요."

"왜 나를 보자고 한 건가요?"

남자는 물으면서도 이미 답을 알고 있다는 듯 지치고 절망한 눈빛으로 내 친구를 보았다.

홈즈는 터너의 말이 아닌 표정에 답했다.

"네, 그렇습니다. 저는 매카시에 대해 모두 알고 있어요."

노인은 얼굴을 감싸 쥐며 외쳤다.

"세상에! 하지만 그 청년을 다치게 할 생각은 없었어요. 순회 재판이 불리하게 돌아가면 자백을 하려고 했습니다."

"그렇게 말씀해주시니 반갑네요."

홈즈가 침착하게 응수했다.

"내 사랑하는 딸만 아니면 지금이라도 자백했을 겁니다. 딸 애는 절망할 거예요. 내가 체포됐다는 소식을 들으면 정말 마음 아파할 거예요."

"그렇게는 안 될 겁니다."

홈즈가 말했다.

"뭐라고요?"

"저는 경찰이 아닙니다. 절 불러온 건 따님이고, 전 따님을 위해 일하고 있습니다. 하지만 매카시 청년은 반드시 풀려나야 합니다."

"난 죽어가고 있어요. 수년간 당뇨를 앓았지요. 주치의는 한 달도 장담하지 못하더군요. 죽더라도 감옥이 아니라 내 집에서 죽고 싶습니다."

홈즈는 일어나서 펜과 종이를 챙겨 탁자 앞에 앉더니 말했다.

"그저 진실만을 말씀해주시면 됩니다. 제가 사실을 간단히 써 내려갈 테니 어르신께서는 서명을 하세요. 여기 왓슨이 증인이 될 겁니다. 이후에 매카시를 구해야 할 결정적인 순간에만 이 자백서를 제출하겠습니다. 꼭 필요하지 않다면 절대 공개하지 않겠다고 약속드릴 수 있습니다."

"좋아요. 순회재판 때까지 내가 산다는 보장도 없고, 내가 염려하는 건 내 딸 앨리스가 충격을 받는 일이 없었으면 하는 것뿐입니다. 그럼 모든 걸 밝힐게요. 오랜 시간이 얽혀 있는 얘기지만 짧게 들려드리지요.

당신들은 죽은 매카시가 어떤 사람인지 모릅니다. 악마의 화신이었어요. 제 얘기 좀 들어보세요. 여러분은 매카시 같은 놈의 마수에 걸리는 일이 없으시길 바랍니다. 제가 매카시에게 꼼짝 못 하게 된 건 20년 전입니다. 그때부터 내 인생은 산산조각났죠. 맨 처음 어떻게 그의 손아귀에 붙들리게 됐는지를 말씀드리죠.

1860년대 초 광산에서였어요. 당시 난 철없고 혈기 왕성했고 뭐든 앞뒤 안 가리는 망나니였어요. 나쁜 친구들과 어울려 놀면서 술이나 마셨고 광산에서는 수확도 없었지요. 도적이 됐어요. 여행자들을 갈취하는 노상강도질을 한 거죠. 여섯이 한 패로 어울려 다니며 거침없이 지냈어요. 때때로 역에서 강도질을 하거나 지나가는 마차를 세우기도 했지요. 난 밸러랫의 블랙 잭으로 통했는데, 우리 일당은 아직까지도 그 일대에서 '밸러랫 갱'으로 알려져 있답니다.

하루는 금궤 호송 마차가 밸러랫에서 멜버른으로 간다기에 우리는 잠복했다가 급습했어요. 수송원도 여섯이었고 우리도 여섯이었지만 첫 공격에서 넷을 떨어뜨렸죠. 하지만 반격도 만 만치 않아서 우리 쪽도 셋이나 죽고 나서야 금궤를 손에 넣을 수 있었어요. 난 마부의 머리에 총을 겨눴는데, 그 마부가 바로 매카시였어요. 그때 쏘아버렸어야 했는데, 내 얼굴을 기억하려 고 쏘아보는 걸 알면서도 결국 살려줬지요. 우린 금궤 덕분에 부자가 됐고 의심받지 않고 영국으로 건너올 수 있었어요. 그 친구들과는 여기서 헤어졌고 난 어디 정착해서 조용하고 존경 받는 삶을 살고자 했지요. 마침 나와 있던 이 토지를 매입했고, 부정하게 번 돈인 만큼 참회의 뜻으로 기부도 좀 하고 그랬습니 다. 결혼도 했지요. 아내는 앨리스를 낳다가 일찍 세상을 떠났 어요. 앨리스는 아기 때부터 그 자그마한 손으로 날 올바르게 이끄는 것만 같았어요. 다른 어떤 것도 그렇게 날 변화시키지 못했었는데 말입니다. 한마디로 말해서 난 완전히 달라져서 과 거의 잘못을 씻기 위해 열심히 살았어요. 매카시를 만나기 전까 지는 모든 게 순조로웠죠.

그러던 어느 날 투자를 위해 도시에 나갔다가 리젠트 스트리 트에서 그자를 만났어요. 외투도 없고 부츠도 없는 신세더라고 요. 그자가 내 팔을 치며 말하더군요.

'이런, 잭이잖아. 이봐, 우린 가족처럼 잘 지낼 수 있을 거야. 우리 둘, 나와 내 아들 말이야. 우릴 좀 돌봐줘야겠어. 싫다면 할 수 없지. 법치국가인 영국에선 고함 한 번 지르면 경찰들이

오니까.'

그래서 이렇게 서부로 같이 오게 됐습니다. 도무지 떼어낼 방법이 없었어요. 그 후로 그들은 가장 좋은 내 땅을 공짜로 차지하고 살아왔어요. 그 이후로 난 마음의 여유도 없고, 평안도 없고, 다 잊고 살 수도 없었습니다. 어딜 돌아봐도 그자가 교활한 미소를 띠며 날 보고 있었으니까요. 앨리스가 자라면서 상황은 더 악화됐어요. 경찰보다도 앨리스가 내 과거를 알게 될까 봐 전전긍긍한다는 걸 그 작자가 알았거든요. 그자는 원하는 건 뭐든 가지려고 들었고 난 이유 불문하고 원하는 대로 줬어요. 땅이며 돈, 집까지 말이오. 결국 줄 수 없는 것까지 요구했어요. 내 딸 앨리스 말입니다.

보셨다시피 그자의 아들과 내 딸이 성장하자, 내 몸이 성치 않다는 걸 아는 그 작자는 자기 아들이 내 재산을 통째로 가져갈 수 있는 묘안을 짜낸 거죠. 하지만 난 흔들리지 않았어요. 그놈의 저주받은 가문과 내 딸을 이어줄 수는 없었어요. 그 청년이 미운 건 아니지만 그놈의 피를 물려받았다는 것만으로도 안 될 말이지요. 난 버텼어요. 매카시는 위협을 해댔고요. 어떻게 나오든 간에 버텼어요. 우린 서로의 집 중간에 있는 연못에서 만나 결판을 짓기로 했죠.

도착해보니 그자는 아들과 얘기를 하고 있더군요. 그래서 나무 뒤에서 시가를 피우며 기다렸어요. 한데 얘기를 듣자하니 화가 끝까지 치밀어 오르더군요. 내 딸과 결혼하라고 자기 아들을 부추기고 있었는데, 내 딸이 거리의 매춘부라도 되는 양 딸애의 의사는 안중에도 없더군요. 난 눈이 확 뒤집혔어요. 나뿐만 아니라 내가 가장 사랑하는 나의 전부가 이런 식으로 그 작자의 손아귀에 놀아날 거라고 생각하니 말입니다. 이 굴레를 끊어낼 수 있을까? 난 이미 죽어가고 있는 희망 없는 늙은인데. 정신은 또렷하고 기운도 아직 펄펄했지만 난 곧 끝날 운명이란 걸잘 알고 있었어요. 하지만 내 과거와 내 딸! 그 작자의 세 치 혀를 못 놀리게만 한다면 이 둘은 지킬 수 있었어요. 홈즈 씨, 그래서 그랬습니다. 다시 돌아가도 난 그렇게 할 거예요. 난 죄지은 나쁜 놈이었지만 평생을 속죄하는 뜻으로 살아왔습니다. 하지만 내 딸까지 같은 굴레에 갇혀 살 걸 생각하니 정말 고통스러웠어요. 난 사악하고 해로운 짐승을 처리하듯 가책 없이 그자를 내리쳤어요. 비명 때문에 그자의 아들이 다시 돌아왔지만 난이미 숲에 숨어 있었지요. 달아나면서 흘린 망토를 주우러 다시돌아와야 했지만요. 여러분, 이게 사건의 전말입니다."♦

"음, 판결은 제가 내리는 게 아닙니다. 저희가 그런 충동에 빠

♦ BBC 《셜록》 〈벨그라비아 스캔들〉에서는 이 이야기가 변형되어 잠깐 등장한다. 오스트레일리아를 여행하고 돌아온 한 남성이 들판에서 알 수 없는 둔기로 뒤통수를 가격당해돌연사한 사건이다. 드라마에서도 경찰 당국은 시신을 최초로 발견하고 신고한 남자를범인으로 보지만, 셜록은 피해자가 쓰러진 젖은 풀밭과 근처 냇가를 살핀 뒤 다른 진범을지목한다. 원작에서 중요하게 등장하는 "쿠이!"라는 소리는 자동차 폭발음으로, 범행도구였던 돌멩이는 예상치 못한 의외의 사물, 부메랑으로 변주된다.

져서는 안 되지요."

홈즈는 진술서에 서명하는 노인을 보며 말했다.

"저도 바라는 바입니다, 선생. 이제 어떻게 하면 되나요?"

"어르신의 건강을 생각해봤을 때 일단 아무것도 하지 않을 생각입니다. 본인도 잘 아시겠지만, 어르신은 머지않아 순회재판보다 더 높은 법정에서 죄의 대가를 치르시게 될 겁니다. 이 진술서는 일단 보관하고 있겠습니다. 매카시가 유죄판결을 받으면 이걸 사용할 수밖에 없겠지만, 풀려난다면 절대로 공개하지 않겠습니다. 설령 어르신께서 돌아가시더라도 이 비밀은 저희가 책임지고 지켜드리지요."

"그럼 돌아가 보겠습니다. 덕분에 편하게 눈을 감게 되었군요. 이 사실을 떠올린다면 여러분의 임종도 편안할 겁니다."

노인은 엄숙하게 말했다. 노인은 거구를 위태롭게 비틀거리며 천천히 자리를 떴다.

홈즈는 긴 침묵을 지키다가 입을 열었다.

"어휴, 어찌하여 이런 일이! 왜 운명은 이렇게 불쌍하고 보잘것없는 인간들에게 이런 장난을 치는 건지, 원. 백스터영국의 청교도목사의 말을 떠올리지 않을 수 없네. '신의 은총이 없었다면 나 셜록 홈즈도 저런 처지였겠지.'"

제임스 매카시는 수많은 이의 제기 덕분에 순회재판에서 석방됐다. 이의 제기서는 홈즈가 작성해서 변호사에게 준 것이었

다. 터너 영감은 그날 이후 7개월을 더 살았지만 지금은 저세상
으로 갔다. 그 아들과 딸은 함께 행복한 삶을 꾸릴 것 같다. 지
난날 자신들에게 어떤 먹구름이 드리웠었는지 모르는 채로.

The Final Problem

마지막 사건

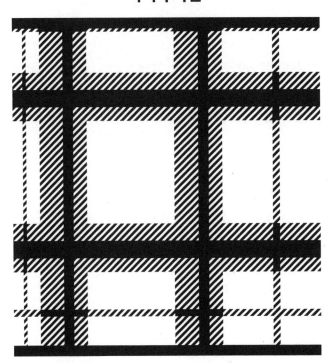

나는 정말 무거운 마음으로, 뛰어난 재능의 소유자 내 친구 셜록 홈즈에 관한 마지막 기록을 남기기 위해 펜을 든다. '주홍색 연구' 시기 홈즈를 처음 만났을 때부터 '해군 조약문' 문제에 뛰어들어 심각한 국제분쟁의 소지를 완전히 막았을 때까지, 나는 두서없이, 이제 와 통감하지만 너무나 부족한 방식으로, 그와 함께 겪은 이상한 경험들을 어떻게든 설명하려고 애를 써왔다. 나는 거기까지만 쓰고 싶었다. 지난 2년간 내 인생에 무엇으로도 채울 수 없는 공허를 남긴 그 사건에 대해서는 아무 말도 하고 싶지 않았다. 하지만 최근에 자기 형을 옹호하는 글을 기고한 제임스 모리아티 대령제임스 모리아티 교수의 동생. 희한하게도 이 형제는 이름이 같다.의 글을 읽고는 일어난 사실 그대로를 알리지 않을 수가 없었다. 나는 진실이 무엇인지를 알고 있는 유일한 사람이다. 진실을 묻어두어서는 안 될 때가 왔다는 것을 깨달은 것이다. 지금까지 언론에서 이 사건을 다룬 건 세 번뿐이었다. 1891년 5월 6일 「주르날 드 주네브」의 기사, 7일 영국 신문들에 실린 로이터 통신의 기사, 그리고 앞서 언급한 모리아티 대령의 글이다. 앞의 두 기사는 너무 간략한 것이었으며, 대령의 글은 이제 내가 입증하겠지만 완전히 사실 왜곡이다. 모리아티 교수와 셜록 홈즈 간에 벌어진 실제 사건들을 처음으로 밝히는 것은 이제 내게 주어진 의무다.

내가 결혼하고 개업을 하게 되면서 더없이 긴밀했던 홈즈와 나의 관계는 좀 달라졌다. 홈즈는 함께 조사를 하고 싶을 때면 여전히 가끔 나를 찾아왔지만 그 횟수는 점점 줄어들었고, 1890년에는 세 사건만 기록으로 남길 수 있었다. 그해 겨울에서 다음 해 봄에 이르는 동안 신문에는 프랑스 정부가 중요한 사건을 해결하려고 홈즈를 고용했다는 기사가 실렸고, 홈즈는 나르본과 님에서 두 통의 편지를 보냈다. 홈즈는 프랑스에 꽤 오래 체류할 것처럼 보였다. 그래서 4월 24일 저녁 내 진료실로 들어오는 홈즈를 보고 나는 깜짝 놀랐다. 홈즈는 다른 때와 달리 훨씬 창백하고 말라 보였다.

홈즈는 내가 말하기도 전에 표정을 보고 앞질러 답했다.

"그래, 한동안 너무 맘대로 돌아다녔지. 요즘 좀 바빴어. 덧문을 닫아도 될까?"

　내 책상에 놓인 램프가 이 방의 유일한 조명이었다. 홈즈는 벽에 바짝 붙어 창문으로 다가가더니 덧문을 닫고 단단히 걸어 잠갔다.

　"왜, 뭔가 불안한 게 있어?"

　내가 물었다.

　"응, 그래."

　"어떤?"

　"공기총."

　"이봐 홈즈, 뭐라고?"

　"넌 날 잘 알잖아, 왓슨. 난 겁 많은 사람이 아니야. 그렇다고 눈앞에 다가온 위험을 모른 척하는 건 용감한 게 아니라 멍청한 거지. 성냥 좀 주겠어?"

　홈즈는 흥분을 가라앉히는 담배의 효과가 고맙다는 듯이 연기를 깊숙이 빨아들였다.

　"너무 늦은 시간에 찾아와서 미안해. 그리고 이상하게 보이겠지만 이따가 뒤뜰 담을 넘어서 떠날 테니 좀 봐달라고."

　"이게 다 무슨 소리야?"

　내가 물었다.

　홈즈가 손을 들자, 주먹을 쥔 손등에 난 찢어진 상처가 램프 불빛에 비쳤다.

　홈즈가 씩 웃으며 말했다.

"보다시피 무슨 일이 있긴 있어. 남자의 주먹에 상처가 생겼을 때는 확실히 일이 있는 거니까. 아내는 집에 있고?"

"어디 좀 갔어."

"좋아! 혼자 있겠네?"

"그렇지."

"그럼 물어보기가 더 낫겠는데. 나와 함께 유럽 쪽으로 일주일 정도 다녀오지 않겠어?"

"어디?"

"오, 어디든. 어디든 마찬가지니까."

모든 게 다 수상쩍었다. 홈즈는 별 이유 없이 휴가를 가는 사람이 아니었다. 창백하고 야윈 얼굴은 어느 때보다 신경을 날카롭게 곤두세운 상태라는 걸 말해주고 있었다. 내 눈빛에서 질문을 읽어낸 홈즈는 양손 끝을 맞대고 팔꿈치를 무릎에 얹더니 상황을 설명해주었다.

"모리아티 교수라는 사람, 아마 모르겠지?"

"전혀."

"그래, 천재적이고 경이로운 인간이야!"

홈즈는 목소리를 높이며 말을 이어갔다.

"런던 전체에 손을 뻗치고 있는데도 아무도 그자의 이름을 몰라. 바로 그게 모리아티를 범죄 역사상 최고의 자리에 오르게 한 거야. 진지하게 말해두겠는데 내가 그를 때려눕히면, 그러니까 우리 사회에서 내쫓는다면, 그야말로 내가 이룰 수 있는 최고의 업적을 이루는 거야. 그러면 난 좀 더 평온한 삶을 준비할 수 있겠지. 우리끼리니까 하는 말이지만, 최근에 스칸디나비아 왕실과 프랑스 공화국을 도와주고 나서는 좀 더 나에게 맞는 방식으로 내 화학 연구에 집중하면서 조용하게 살아갈 수 있게 됐어. 하지만 왓슨, 난 쉴 수가 없어. 내 의자에 편안하게 앉아 있을 수가 없다고. 모리아티 교수 같은 인간이 런던 거리를 거리낌 없이 돌아다니고 있다는 생각 때문에 말이야."

"무슨 짓을 했기에?"

"아주 남달라. 좋은 집안 출신에 훌륭한 교육을 받았고, 놀라운 수학적 재능을 타고났어. 스물한 살에 쓴 이항정리에 관한 논문이 유럽에서 화제를 모은 덕분에 작은 대학의 교수도 됐지. 어느 모로 보나 밝은 앞날이 펼쳐져 있었어. 하지만 유전적으로 사악한 속성을 물려받은 거야. 비상한 지적 능력 때문인지 피속에 흐르던 범죄 성향이 억제되기는커녕 한없이 위험하게 증폭됐어. 대학가에 흉흉한 소문이 떠돌자 그는 쫓겨나다시피 교수직을 그만두고 런던에 올라와 군 장교들을 가르치는 개인 교사가 됐어. 공식적으로는 이래. 하지만 이제 내가 밝혀낸 사실들을 말해줄게.

알다시피 왓슨, 런던의 고등 범죄 세계를 나만큼 잘 아는 사람은 없어. 지난 몇 년 동안 범인들 뒤에 어떤 힘이 도사리고 있다는 생각이 계속 들었어. 법 집행을 끊임없이 방해하면서 범죄자들을 비호하는, 은밀하게 조직화된 세력 말이야. 사기, 절도, 살인, 되풀이되는 수많은 종류의 사건들에서 그 힘의 존재를 느꼈지. 내가 개인적으로 자문하지 않은 여러 미해결 범죄들에서 그 활동을 추론해낼 수 있었고. 수년 동안 베일을 벗겨내려고 애를 쓴 끝에 마침내 실마리를 붙잡아 추적에 들어갔어. 교묘하게 쳐놓은 복잡한 함정들을 피해서 찾아낸 자가 바로 수학계의 유명 인사이자 전직 교수인 모리아티야.

모리아티는 범죄계의 나폴레옹이야, 왓슨. 이 대도시에서 일난 사악한 범죄의 절반은 그자가 꾸민 거야. 밝혀지지 않은 범죄 대부분도 그자가 계획한 거고. 천재이자 철학자고, 추상적인 사유가 가능한 인물이야. 일급의 두뇌를 지녔어. 거미줄 한가운데 거미처럼 가만히 앉아 있지만 거미줄은 수천 갈래로 뻗어 있어서 어느 줄이든 움직이면 바로 알아채게 되지.♦ 직접 하는 일은 거의 없어. 계획만 짜는 거야. 하지만 수많은 부하들이 훌륭하게 조직되어 있어. 누가 어떤 범죄를 저지르고 싶을 때, 없애야 할 서류가 있을 때, 어떤 집을 털고 싶을 때, 누군가를 제거하고 싶을 때, 교수에게 이야기가 들어가면 계획이 떨어지고 일

♦ 거미줄 비유는 BBC 《셜록》에도 그대로 나온다. 복잡한 거미줄 한가운데 앉아 모든 상황을 통제하는 원작의 모리아티는 드라마에서도 치밀한 범죄 컨설턴트로 등장한다. 특히 시즌2 세 번째 에피소드 〈라이헨바흐 폭포〉 편에서 모리아티는 다양한 디지털 보안 시스템을 무력화시키며 웹(거미줄이라는 뜻도 있음.)의 한가운데 열쇠를 쥐고 앉아 있는 자로 묘사된다.

이 진행돼. 그 수하들이 잡힐 때도 있지. 그러면 보석으로 나오거나 변호사를 살 수 있는 돈이 마련돼. 그래도 배후 세력은 절대로 잡히지 않고 아예 의심도 받지 않아. 내가 추론해낸 조직이 바로 이거야. 왓슨, 내가 전력을 다해 폭로하고 무너뜨리려는 조직이 이거라고.

그렇지만 모리아티 교수는 안전장치를 교활하게 마련해두어서, 내가 어떻게 해도 증거를 잡아 법정에 세우기가 불가능해 보였어. 내 능력을 잘 알잖아, 왓슨? 그런 내가 지난 석 달간 애를 썼지만 결국은 나와 지적으로 동등한 호적수를 만났다는 걸 인정할 수밖에 없더라니까. 처음에는 그가 저지른 범죄가 그저 혐오스럽기만 했지만 곧 그 솜씨에 경탄할 지경이 됐지. 하지만 마침내 모리아티도 실수를 했어. 정말 작은, 아주 작은 실수를. 그렇지만 내가 등 뒤에 바짝 따라붙어 있었으니 이보다 더 큰 실수도 없었을 거야. 한 번 보인 틈을 파고들어 그물을 쳐놨고 이제 걷어 올릴 준비가 다 됐어. 사흘이면, 그러니까 다음 월요일이면 돼. 모리아티와 그 조직의 주요 범죄자들이 한꺼번에 경찰 손으로 넘어갈 거야. 금세기 가장 큰 형사재판이 열릴 테고, 40여 건의 미제 사건이 해결될 거야. 그자들 모두가 교수대로 향하겠지. 하지만 섣부르게 움직이면, 이해하겠지? 그놈들은 마지막 순간에 우리 손아귀를 벗어난다고.

내가 모리아티를 잘 몰랐다면 마음을 놓았을 거야. 하지만 진짜 교활한 작자야. 내가 주변에 깔아놓은 모든 올가미들을 차례 차례 찾아내더라고. 그자가 함정에서 벗어나려고 시도할 때마다 난 훼방을 놨어. 이 침묵의 대결을 자세하게 쓰면, 범죄 수사 역사상 가장 빛나는 공방전으로 기록될 거야. 정말이야, 친구. 난 이렇게 전력을 다해본 적도 없고, 이렇게 내게 강한 압박을 가하는 상대를 만나본 적도 없어. 깊숙하게 찔러 들어오면 나도 맞받아쳤지. 오늘 아침 마지막 일을 처리했어. 이제 사흘이면 끝나. 그런데 내가 방에서 생각을 정리하고 있는데 문이 열리더니 모리아티 교수가 내 앞에 서 있었어.

나도 담이 꽤 큰 편인데 말이야, 왓슨. 머릿속을 가득 채우고 있던 바로 그자가 내 방 문턱에 서 있는 걸 보니 솔직히 움찔했어. 겉모습은 어딘가 친숙했지. 아주 키가 크고 깡말랐는데 이마가 허옇게 튀어나왔고 두 눈은 깊게 파여 있더군. 면도를 깔끔히 했고 창백한 데다가 금욕적인 인상이어서 딱 교수처럼 보였어. 연구하는 사람들이 그렇듯 둥그렇게 굽은 어깨에 고개를 죽 빼고 있었는데, 호기심 많은 파충류처럼 천천히 주위를 두리번거리는 거야. 그는 강렬한 호기심을 드러내며 눈을 가느다랗게 뜨고 날 가만히 쳐다봤어. 그러더니 입을 뗐어.

'생각보다 전두골이 덜 발달됐군요. 가운 주머니에 장전한 권총을 넣어두고 방아쇠에 손가락을 거는 건 위험한 버릇인데.'♦

사실 난 그가 들어서자마자 내 처지가 위태롭다는 걸 알았어.

그가 함정에서 빠져나갈 수 있는 유일한 길은 나를 영원히 침묵하게 만드는 거잖아. 그래서 얼른 서랍에서 리볼버를 빼내 주머니 속에 넣고 겨누고 있었던 거야. 그 말을 듣고 주머니에서 무기를 꺼내 공이는 당겨둔 채로 책상 위에 올려뒀어. 모리아티는 여전히 미소를 지으며 눈을 깜빡이고 있었지. 총이 내 옆에 있는 게 정말 기뻤어. 그 눈빛 속에 뭔가가 숨어 있었으니까.

'날 잘 모르겠지요.'

'아뇨, 잘 안다고 생각합니다만. 앉으세요. 5분 드릴 테니 하고 싶은 말이 있으면 하세요.'

'내가 하려는 말은 이미 알 텐데.'

모리아티가 말했어.

'그럼 내 대답도 알겠네요.'

내가 대꾸해줬지.

'생각을 바꿀 맘은 없고?'

'전혀.'

한 손을 호주머니에 넣길래 나는 책상 위의 총을 집어 들었어. 하지만 그자가 꺼낸 건 날짜들을 기록한 수첩이었어.

'1월 4일, 내 일을 방해했었군. 23일에는 날 난처하게 만들었

♦ 특별편 〈유령 신부〉에서도 홈즈는 자신의 방을 찾아온 모리아티와 대면한다. 그때 모리아티는 가운 주머니에 장전한 권총을 넣어두는 건 위험한 습관이라고 똑같은 대사를 말한다. 하지만 이 대면은 실제가 아닌 홈즈가 환각 상태에서 겪은 일이었다.

고, 2월 중순에는 날 아주 불편하게 했어. 3월 말에는 내 계획을 완전히 망쳤고, 이제 4월 말인데, 계속 날 귀찮게 괴롭혀서 난 자유를 잃어버릴 위기에 처했어. 있을 수 없는 일이지.'

'무슨 제안이라도 하려고?'

'그만둬, 홈즈. 멈추라고.'

고개를 저으며 그가 말했어.

'월요일이 지나면 멈춰주지.'

내가 응수했어.

'쯧쯧, 똑똑한 친구가 이런 일의 결말은 하나뿐이라는 걸 왜 모를까. 물러서라고. 이런 식으로 굴면 우리가 택할 방법은 하나만 남지. 그쪽이 애쓰는 모습을 보는 건 내겐 지적인 유희였지만, 솔직히 말하지. 극단적인 조치를 취할 수밖에 없게 되면 난 참 슬플 거야. 웃고 있군. 하지만 확실히 그렇게 돼. 내 보증하지.'

'내 직업은 늘 위험해.'

'이건 위험 정도가 아니야. 필연적인 파멸이지. 그저 한 사람을 훼방 놓고 있는 게 아니잖아. 그 영리한 머리로도 다 파악하지 못한 막강한 조직을 방해하고 있어. 물러서, 홈즈. 그렇지 않으면 완전히 짓이겨질 테니까.'

'즐거운 대화를 나누다 보니 다른 곳에서 중요한 볼일이 있는 걸 깜빡했군요.'

난 일어서며 말했어.

그자도 일어서서 슬픈 듯이 고개를 내저으며 아무 말 없이 나를 바라보더군. 그러곤 마침내 말했어.

'이런, 이런. 유감이군. 내가 할 일은 다 한 셈이야. 난 홈즈 씨의 수를 다 읽고 있어요. 월요일까지는 아무 일도 못 합니다. 홈즈 씨, 그동안 우리 둘은 대결을 펼쳐왔죠. 날 법정에 세우고 싶겠지만, 말해둡니다만 난 절대로 피고석에 앉지 않아요. 날 무너뜨리고 싶겠지만, 절대로 날 이기진 못합니다. 날 파멸시킬 만큼 영리하다? 그렇다면 확실히 말해두지만 이쪽에서도 그렇게 할 수 있지요.'

'칭찬에 감사드립니다, 모리아티 씨. 저도 한 말씀 드리는 게 예의겠네요. 당신이 확실히 파멸을 맞이한다면, 그래서 공공의 이익이 증진된다면, 저도 제가 감당해야 할 몫을 기쁘게 받아들이겠습니다.'

'어느 한쪽의 파멸만큼은 내 확실히 약속하지요.'

그자는 낮게 으르렁거리듯이 대답하고는 구부정한 등을 돌려서 방 바깥을 쳐다보고 눈을 껌뻑이며 가버렸어.

이게 모리아티 교수와의 유일한 만남이야. 솔직히 말해서 꺼림칙했어. 나직하게 핵심만 말하는 말투가 단순한 협박범들과는 달리 정말로 실행에 옮길 거라는 확신을 줬거든. 물론 넌 '경찰이 모리아티를 감시하게 하면 되잖아?'라고 묻고 싶겠지. 난 그의 하수인들이 날 덮칠 거라고 봐. 그 증거도 확실하고."

"벌써 공격당한 거야?"

"왓슨, 모리아티 교수는 부지런히 움직이는 사람이야. 한낮에 옥스퍼드 스트리트에 일이 있어 나가던 길에, 벤팅크 스트리트에서 웰벡 스트리트로 이어지는 모퉁이를 도는데 말 두 마리가 끄는 마차가 미친 듯한 속도로 달리며 나를 향해 돌진해 왔어. 얼른 보도로 뛰어올라 간발의 차로 살았지. 마차는 순식간에 메럴러번 레인 쪽으로 사라져버렸어. 그런 다음에는 보도로 걸었어, 왓슨. 그런데 비어 스트리트로 내려가는데 어느 집 옥상에서 벽돌이 떨어져 내 발 앞에서 산산조각이 났어. 경찰을 불러서 거길 조사하게 했지. 뭘 고치려고 지붕에 슬레이트와 벽돌을 쌓아놓았는데 바람이 불어 하나가 떨어졌다는 거야. 그게 사실이 아니라는 걸 알았지만 증거가 없잖아. 그러고는 마차를 잡아서 펠멜에 있는 형네 집으로 갔지. 거기에서 하루 묵었어. 여기 오는 길에 누가 몽둥이를 들고 덤비더라. 내가 때려눕혔고 범인은 경찰이 데려갔어. 하지만 내가 앞니를 부러뜨린 그 남자와 수학 선생과의 관계가 밝혀질 가능성이 전혀 없다는 건 분명해. 그자는 15킬로미터는 떨어진 곳에서 칠판에 문제를 풀고 있었을 테니까. 왓슨, 그러니까 이제 이해하겠지. 이 방에 들어오자마자 덧문을 닫고, 정문이 아니라 눈에 잘 안 띄는 곳으로 나가겠다고 말한 이유를 말이야."

내 친구의 용기에 놀란 적이 여러 번 있었지만, 제자리에 침착하게 앉은 채로 끔찍한 하루를 만든 여러 사건들을 하나하나 짚어가는 이 모습이야말로 대단했다.

"오늘 밤은 여기 있으려고?"

내가 말했다.

"아니, 난 위험한 손님이야. 계획대로 다 잘되고 있어. 진행이 많이 돼서 나 없이도 경찰들이 체포 정도는 할 수 있을 거야. 유죄판결을 받으려면 내가 필요하겠지만. 경찰이 움직일 때까지 며칠간 어디 피해 있는 게 낫겠어. 나하고 유럽에 같이 다녀올 수 있으면 참 좋겠는데."

"병원엔 별일 없어. 부탁할 만한 이웃도 있고. 같이 가면 나도 좋지."

"그럼 내일 아침에 출발할까?"

"그래야 한다면."

"그럼, 내가 말하는 대로 따라줘, 왓슨. 머리가 비상한 악당과 유럽에서 가장 힘센 범죄 조직에 맞서야 하니 손발을 맞추며 움직이자고. 들어봐! 믿을 만한 심부름꾼을 시켜서 오늘 밤 빅토리아 역에 짐을 갖다두게 해. 짐에는 아무 표시도 하지 말고. 아침에 마차를 부를 때는, 대기하고 있는 첫 번째 마차도 두 번째 마차도 잡지 마. 마차에 오르면 스트랜드 끝의 로더 아케이드로 가달라고 하고, 마부에게 거기 주소를 써준 후 그 쪽지를 버리지 말고 갖고 있으라고 부탁해둬. 마차 요금은 미리 준비해두고 마차가 멈추면 아케이드를 가로질러 뛰어가. 9시 15분에 아케이드 반대편에 도착해야 해. 모퉁이에 보면 빨간 옷깃에 두꺼운 검정 망토를 두른 마부가 모는 작은 브루엄 마차가 대기하고 있을 거야. 그 마차를 타면 대륙행 특급열차 출발 시간에 맞춰서 빅토리아 역에 도착할 거야."

"우린 어디서 만나고?"

"역에서. 앞에서 두 번째 칸 일등석이 예약되어 있을 거야."

"기차에서 만난다는 거지?"

"응."

자고 가라고 했지만 소용없었다. 그랬다간 이 집에 문제가 생길 테니 가야 한다고 생각하는 게 분명했다. 내일의 계획을 황급하게 세우고 나서 우리는 뒤뜰로 나갔다. 홈즈는 모티머 스트리트 쪽의 담을 기어올라 넘었고, 즉시 휘파람을 불어 대기하던 마차를 불렀다. 마차가 멀어지는 소리가 들렸다.

아침이 되자 나는 홈즈의 말대로 움직였다. 아침을 먹자마자 함정일지 모를 마차들을 피해서 마차를 고르고, 로더 아케이드로 간 후 반대편을 향해 전속력으로 달렸다. 검은 망토를 두른 덩치 큰 마부가 모는 브루엄 마차가 기다리고 있었다. 마부는 바로 말들을 채찍질해 빅토리아 역으로 황급히 달려갔고, 내가 내리자 마차를 돌려 뒤도 한 번 돌아보지 않고는 사라져버렸다.

모든 일이 잘 풀렸다. 내 짐이 기다리고 있었고, 홈즈가 말한 기차 칸을 찾기도 어렵지 않았다. 더군다나 이 기차에 '예약석'이라고 표시된 것은 그 객실뿐이었다. 홈즈가 아직 보이지 않는다는 점이 불안하긴 했다. 역 시계는 출발 7분 전을 가리켰다. 떠나는 사람들과 배웅하는 사람들 사이에서 호리호리한 내 친구를 계속 찾아보았지만 헛일이었다. 홈즈의 흔적은 없었다. 연세 지긋한 이탈리아 신부를 돕느라 몇 분이 더 흘렀다. 신부가 짐을 파리로 부쳐야 한다는 말을 서툰 영어로 짐꾼에게 이해시키느라 애를 쓰고 있었기 때문이다. 다시 승강장을 돌아본 후 자리로 돌아오니 짐꾼이 차표를 제대로 확인해보지도 않고 그 연로한 이탈리아 신부를 내 옆자리에 앉혀놓았다. 자리를 잘못 찾아온 거라고 아무리 설명해봐도 소용이 없었다. 내 이탈리아어 실력은 그 신부의 영어 실력보다 못했다. 어깨를 으쓱하며 포기하고는, 창밖을 쳐다보며 불안한 마음으로 내 친구를 찾았다. 무서운 생각이 들었다. 어젯밤에 습격당한 건 아닐까? 기차의 문들이 닫히고 경적이 울렸다. 그때였다.

"왓슨, 이 친구야. 봤으면 인사 정도는 해야지?"

깜짝 놀라 고개를 돌렸다. 늙은 신부가 날 보고 있었다. 갑자기 신부의 주름살들이 확 펴지더니 코가 턱에서 멀어졌고 아랫입술이 쑥 들어가면서 우물거리던 입을 다물었다. 흐리멍덩했던 눈빛엔 활기가 돌아왔고 구부정했던 몸이 곧게 펴졌다. 그러다 갑자기 아까처럼 몸을 구부렸다. 금세 다시 늙은 신부로 돌아간 것이다.

"이런 세상에! 놀랐잖아!"

난 소리를 질렀다.

홈즈는 나직이 말했다.

"아직 조심해야 해. 우리 흔적을 계속 쫓고 있어. 저기 봐, 모리아티야."

기차는 이미 출발했다. 뒤를 돌아보니 깡마른 한 남자가 사람들을 밀치고 급하게 달려 나오고 있었다. 팔을 휘두르며 기차를 멈추게 하려고 했지만 이미 늦었다. 기차는 속도를 높이며 금방 역사를 벗어났다.

"조심하길 잘했어. 따돌렸군."

홈즈가 웃으며 말했다. 그러곤 자리에서 일어나 변장에 사용한 검은 성직자복과 모자를 벗어서 가방 안에 넣었다.

"왓슨, 오늘 조간신문 봤어?"

"아니."

"그럼 베이커 스트리트 얘기도 못 봤겠네."

"베이커 스트리트?"

"어젯밤 놈들이 우리 하숙집에 불을 질렀어. 큰 피해는 없었지만."

"뭐야? 이거 너무하잖아!"

"내가 하숙집에 돌아올 거라고 생각해서 불을 지른 거지. 몽둥이를 들고 덤빈 놈이 체포된 뒤론 내 흔적을 찾지 못한 거야. 결국 네 쪽을 감시했을 테고 그래서 빅토리아 역에 모리아티가 나타난 거야. 오는 길에 뭐 실수한 건 없지?"

"어제 말해준 대로 했어."

"마차는 잘 갈아탔고?"

"응. 대기하고 있던데."

"마부가 누군지 알아봤어?"

"아니."

"우리 형 마이크로프트야. 돈 주고 함부로 사람을 고용할 상황이 아니었으니까. 자, 이제 모리아티에 대응할 계획을 짜야 해."

"이건 특급열차잖아. 항구의 배로 바로 연결되고. 우리가 완전히 그를 따돌린 것 같은데."

"왓슨, 그자가 나와 같은 수준의 지적 능력을 가졌다는 말을 알아듣질 못했군. 내가 추적자라면 이런 사소한 벽 앞에서 포기해버릴 거라고 생각해? 얕잡아 볼 상대가 아니야."

"그가 뭘 할 수 있지?"

"나라면 할 만한 일."

"너라면 뭘 할 건데?"

"기차 한 량을 통째로 빌려서 쫓아와야지."

"그래도 늦을 텐데."

"아니야. 이 열차는 캔터베리 역에 정차해. 그리고 배도 항상 15분 정도는 지연되거든. 모리아티는 거기서 우릴 따라잡을 거야."

"누가 보면 우리가 범죄자인 줄 알겠어. 경찰에 연락해서 모리아티를 잡게 하면 되잖아?"

"그럼 지난 석 달 동안의 노력이 허사가 돼. 대어는 낚겠지만 작은 물고기들은 다 쏜살같이 그물을 빠져나가 버린다고. 월요일엔 다 잡을 수 있어. 안 돼. 체포는 있을 수 없어."

"그럼 어떡할까?"

"캔터베리 역에 내려야지."

"그러고 나서는?"

"음, 뉴헤이븐으로 가서 디에프 항구로 건너가자. 모리아티는 내가 할 만한 일을 할 거야. 우리 짐을 부친 파리로 가서 이틀은 수화물 보관소 앞을 지키고 있을걸. 그동안 우리는 현지 경제 활성화를 위해 여행 가방 두 개를 사자고. 룩셈부르크를 거쳐 스위스 바젤로 느긋하게 떠나는 거야."

이 나이에 가방도 없이 불편한 여행을 감수하기도 싫었지만, 범죄나 저지르는 악당에게 설설 기듯 이 고생을 하게 됐다는 게 무엇보다 짜증 났다. 하지만 홈즈는 확실히 나보다 상황을 더 분명하게 이해하고 있었다. 그래서 우리는 캔터베리에서 하차 했다. 뉴헤이븐으로 가는 기차를 타려면 한 시간 정도 기다려야 했다. 내 옷들이 실려 있는 기차가 빠르게 사라지는 모습을 구슬프게 쳐다보고 있는데, 홈즈가 내 소매를 잡아당기며 선로를 가리켰다.

"벌써 보이지?"

멀리 켄트 주의 숲 사이로 가느다란 연기가 올라왔다. 잠시 후 객실 한 량만 연결된 기차가 날아갈 듯한 속도로 곡선 철로를 따라 들어오는 모습이 보였다. 기차가 덜컹덜컹 굉음을 토하며 스쳐 지나갈 때 우리는 얼른 짐 더미 뒤에 숨었고, 뜨거운 바람 한 줄기가 우리 얼굴을 강타했다.

"저기 가는군."

선로가 갈라지는 지점을 기차가 흔들리며 통과하는 모습을 보고 있을 때, 홈즈가 말했다.

"보다시피 저 똑똑한 친구도 한계가 있어. 내 추리를 추리해서 그대로 따라 했다면 난 두 손 두 발 다 들었을 거야."

"우리를 쫓아와서 뭘 어쩌려는 걸까?"

"날 죽이려고 한다는 것만은 틀림없지. 그렇지만 나라고 가만히 있지는 않을 거야. 자, 그럼 남은 문제는 여기에서 일찍 점심을 먹을 것이냐, 배고픈 걸 참고 뉴헤이븐 역의 식당에 가서 먹을 것이냐인데."

우리는 그날 밤에 브뤼셀에 도착해 이틀을 머무르다 사흘째에 스트라스부르로 갔다. 월요일 아침 홈즈는 런던 경찰국에 전보를 쳤고, 저녁에 호텔로 답신이 왔다. 홈즈는 전보를 뜯어보더니 욕설을 내뱉으며 벽난로에 집어 던졌다.

"이럴 줄 알았어! 도망쳤잖아!"

홈즈는 씩씩거렸다.

"모리아티가?"

"그놈들을 다 체포했는데 모리아티만 놓쳤대. 경찰들을 따돌린 거야. 내가 영국을 비웠으니 놈을 상대할 자가 없었어. 경찰 손에 다 쥐여줬다고 생각했는데! 왓슨, 넌 영국으로 돌아가는 게 낫겠어."

"왜?"

"난 위험한 동반자니까. 모리아티는 제 기반을 잃었어. 런던으로 돌아가도 어쩔 수가 없을 거야. 내가 생각하는 모리아티라면, 나한테 복수하는 데에 온 힘을 다 쏟을 거야. 요전의 짧은 만남에서 그렇게 장담했어. 진심이었을 거야. 넌 병원으로 돌아가는 게 좋겠어."

군대도 다녀온 내가, 그리고 홈즈의 오랜 친구인 내가 이런 말에 흔들릴 수는 없었다. 우리는 스트라스부르의 식당에서 30분 동안 옥신각신했지만 결국 그날 밤 여행을 재개해 제네바로 떠났다.

론 지방의 계곡을 돌아다니며 즐거운 한 주를 보낸 후엔, 로이크로 빠져 눈 덮인 겜미파스를 넘고 인터라켄을 거쳐 마이링겐에 도착했다. 멋진 여행이었다. 산 아래는 화사한 초록빛의 봄, 위쪽은 순결한 하얀색의 겨울이었다. 그러나 홈즈는 자신에게 드리운 그림자를 잊지 않고 있는 것이 분명했다. 푸근한 알프스의 마을이든 인적 드문 고갯길이든, 홈즈는 눈을 번뜩이며 마주치는 모든 사람들을 날카롭게 주시했다. 우리가 어딜 가든 우리의 발자취를 따라오는 위험을 떨칠 수는 없다고 확신하는 듯했다.

젬미파스를 지날 때였다. 음침한 다우벤제 호숫가를 걷고 있는데, 오른편 산등성이에서 커다란 돌이 굴러떨어져 굉음을 내며 우리 뒤의 호수로 추락했다. 홈즈는 신속하게 산등성이로 올라가 가장 높은 곳에 서서 목을 길게 빼고 사방을 둘러보았다. 안내인이 이곳 봄철에는 바위가 떨어지는 일이 흔하다고 홈즈를 이해시키려 노력했지만 소용이 없었다. 홈즈는 아무 말도 안 했지만, 예상했던 일이 벌어진 것을 본 사람처럼 나를 향해 미소를 지어 보였다.

그렇지만 홈즈는 극도의 경계심을 보이면서도 가라앉아 있지는 않았다. 오히려 어느 때보다 원기 왕성한 모습이었다. 홈즈는 모리아티가 완전히 사회에서 격리되기만 한다면 탐정 일을 기쁘게 마무리할 거라는 말을 여러 번 되풀이했다.

"그렇게만 된다면 말이지, 왓슨, 난 아무 의미 없이 살아온 게 아닌 거야. 오늘 은퇴한다 해도 난 차분하게 과거를 돌아볼 수 있어. 런던의 공기는 지금의 나에겐 더 달콤하지. 1,000개가 넘는 사건을 해결했지만 난 내 능력을 엉뚱한 방향으로 발휘했다는 걸 깨닫지 못했어. 요즘 들어 난 인위적인 인간 사회의 피상적인 문제들보다는 자연과학을 파고들어 보고 싶어. 그럼 왓슨, 유럽에서 가장 위험하고 뛰어난 범죄자를 체포하거나 제거해서 내 경력이 가장 화려하게 빛나는 날에, 네 기록도 끝을 맺게 되겠지."

나는 최대한 간결하게, 하지만 정확하게, 얼마 남지 않은 이야기를 전하려고 한다. 나로서는 더 쓰고 싶지 않은 대목이지만, 대충 뛰어넘지 않고 쓰는 것은 내 의무이기도 하다.

5월 3일에 우리는 마이링겐이라는 작은 마을에 도착해서 페터 슈타일러 장로가 운영하는 엥글리셔 호프에 짐을 풀었다. 런던의 그로브너 호텔에서 3년간 일했다는 주인은 교육도 잘 받고 영어에 능숙한 사람이었다. 그가 권해준 대로 우리는 4일 오후에 산을 올라가 로젠라우이라는 작은 마을에서 하룻밤 묵기로 했다. 주인은 산 중턱의 라이헨바흐 폭포 쪽으로는 가지 말고, 정 보고 싶으면 약간 길을 돌아서 가라고 신신당부했다.

말 그대로 무서운 곳이었다. 눈이 녹으면서 만들어진 급류가 무시무시한 심연으로 확 꺾여 떨어지면서 불타는 집에서 피어오르는 연기처럼 물보라가 일어났다. 강물이 스스로를 내던지면서 거대한 협곡을 만들었고, 물살은 칠흑빛으로 번뜩이는 바위를 따라 허옇게 부글거리는 무한한 심연으로 좁아지다가 들쑥날쑥한 가장자리 위로 넘쳐흘렀다. 으르렁대며 영원토록 쏟아져 내리는 푸른 강줄기와 두꺼운 장막처럼 물을 흩뿌리며 영원히 솟구쳐 오르는 물보라는 끊임없이 돌고 돌면서 지켜보는 사람을 어지럽게 했다. 우리는 절벽 끄트머리에 서서 폭포가 검은 돌들에 부딪쳐 부서지며 빛을 내뿜는 광경을 바라보았다. 폭포 소리는 사람의 목소리처럼 울부짖으며 심연에서 뿜어져 나왔고 우리는 그 소리에 귀를 기울였다.♦

　길은 폭포를 완전히 시야에 담을 수 있도록 폭포 둘레를 빙 돌아 나 있었지만, 예상치 못하게 끊겨 있어서 여행객들은 온 길로 되돌아가야 했다. 그때 손에 편지를 들고 헐레벌떡 뛰어오는 스위스 소년을 만났다. 건네준 편지에는 우리가 방금 떠난 호텔의 인장이 찍혀 있었다. 호텔 주인이 내게 보낸 편지였다. 내가 떠난 지 몇 분 지나지 않아 폐결핵 말기인 한 영국인 여성이 도착했는데, 다보스 플라츠에서 겨울을 보내고 친구들과 함께 루체른으로 여행하던 길에 갑자기 각혈을 했다는 것이다. 몇

♦ BBC 《셜록》 〈라이헨바흐 폭포〉 편에서 원작의 '라이헨바흐 폭포'는 윌리엄 터너의 그림으로 변주되어 등장한다. 터너의 '라이헨바흐 폭포' 도난 사건을 해결한 셜록이 '라이헨바흐 영웅'이라는 애칭으로 유명세를 타는 것이다. 또한 극중 모리아티는 '리처드 브룩'이라는 인물로 탈바꿈해 셜록을 옥죄어 오는데, '리처드 브룩'의 독일식 이름은 '라이헨바흐'다. 영국 런던에서 스위스로 이어지는 셜록의 마지막 무대가 드라마에서는 런던의 좁은 공간으로 변형되었지만, 여전히 '라이헨바흐 폭포'라는 단어에 이미 드리워져 있는 몰락(fall)의 검은 그림자는 런던에서도 셜록을 따라다니고 있는 셈이다.

시간도 버티지 못할 것처럼 보이지만, 영국인 의사가 진료를 해주면 그녀에게 큰 위안이 될 것 같으니 돌아와 주면 고맙겠다는 내용이었다. 마음 착한 호텔 주인은 내가 도움을 주면 자신한테도 너무나 감사한 일일 거라고 추신을 달아놓았다. 이 여성이 스위스 의사들을 믿지 못하겠다며 진료를 거부하고 있어서 자기 마음이 너무 무겁다는 것이었다.

무시할 수가 없는 부탁이었다. 낯선 이국땅에서 죽어가고 있는 영국인 여성의 요청을 어떻게 거절할 수 있겠는가. 하지만 홈즈를 두고 가는 건 좀 망설여졌다. 홈즈는 길 안내도 맡길 겸 스위스 소년과 함께 있을 테니 걱정 말고 마이링겐으로 돌아가라고 권했다. 결국 그렇게 하기로 했다.♦♦ 홈즈는 폭포를 좀 더 구경하다가 로젠라우이 쪽으로 천천히 넘어가겠다면서, 저녁에 그곳에서 다시 만나면 되지 않겠느냐고 했다. 난 내려가다가 뒤를 돌아보았다. 홈즈는 바위에 등을 기댄 채 팔짱을 끼고 폭포 수가 쏟아지는 광경을 응시하고 있었다. 내가 이 세상에서 홈즈를 본 건 이것이 마지막이었다.

내리막길을 거의 다 내려와서 산을 올려다보았다. 여기에서는 폭포가 보이지 않았지만 산허리를 따라 구불구불 이어진 길은 볼 수 있었다. 그 길을 따라 누군가가 아주 재빠르게 폭포를

♦♦ BBC 《셜록》 〈라이헨바흐 폭포〉에서도 존은 가보지 않을 수 없는 내용의 전갈을 받고 셜록 옆을 비우는 장면이 나온다. 허드슨 부인이 총상을 입었다는 메시지였다.

향해 가고 있었다.

그 뒤편으로 펼쳐진 푸른 산 덕분에 까만 사람의 형상이 똑똑히 시야에 잡혔다. 맹렬한 걸음걸이 때문인지 왠지 눈길이 갔지만 서둘러 내려가던 길이라 더 관심을 둘 수가 없었다.

한 시간쯤 지나 마이링겐에 도착하니 슈타일러 씨가 호텔 현관에 서 있었다.

난 황급히 들어서면서 말했다.

"봅시다, 그 환자에게 무슨 일이 생기진 않았겠죠?"

슈타일러 씨는 깜짝 놀라는 표정을 짓더니 눈썹을 휙 치켜세웠다. 내 심장은 튀어나올 것만 같았다.

난 호주머니에서 편지를 꺼내며 되물었다.

"이 편지를 쓰지 않았나요? 호텔에 병든 영국 여자 없어요?"

"당연히 없는데요! 그런데…… 이건 우리 호텔 인장이 맞아요! 하, 그 키 큰 영국인이 한 짓이네요! 선생님들이 떠난 뒤 여기 와서, 뭐라고 했느냐면……."

설명을 마저 듣고 있을 여유가 없었다. 나는 두려움이 차올라 마을 거리로 달려 나가 아까 온 길을 찾았다. 내려오는 데에는 한 시간이 걸렸지만, 다시 라이헨바흐 폭포에 도착하기까지는 전력을 다해 뛰었는데도 두 시간이 걸렸다. 홈즈와 헤어졌던 그 바위엔 등산용 지팡이가 아직 비스듬히 놓여 있었다. 하지만 홈즈의 흔적은 없었다. 소리쳐 불러봤지만 대답은 없었다. 내 외침이 주위 절벽에 부딪혀 메아리로 들려올 뿐이었다.

등산용 지팡이는 나를 얼어붙게 만들었다. 홈즈는 로젠라우이로 가지 못한 것이다. 홈즈는 폭이 세 발자국도 안 되는 좁은 길에 있었다. 한편은 바위 벽으로 막혀 있고, 다른 한편은 낭떠러지인 곳에서 습격을 당한 것이다. 스위스 소년도 여기 없었다. 아마 모리아티가 주는 돈을 받고 편지를 전했을 테고, 두 사람을 남겨두고 떠났을 것이다. 그다음엔 무슨 일이 벌어졌을까? 무슨 일이 있었는지 말해줄 사람은 없을까?

몇 분이 지나서야 내 자신을 추스를 수가 있었다. 겁에 질려 넋이 나가 있었던 것이다. 그러다 홈즈의 추리 방식을 떠올렸고, 그 방식대로 이 비극을 되짚어보려고 애를 썼다. 아, 상황은 단순했다. 우리는 길 끝까지 가지 않았다. 등산 지팡이는 우리가 멈춘 곳을 가리키고 있었다. 이곳의 거무스름한 흙은 끊임없이 물보라가 튀겨 항상 축축해서 새들의 발자국이 남아 있을 정도였다. 발자국 두 줄이 길 끝까지 분명하게 찍혀 있었지만, 돌아온 발자국은 없었다. 길 끝에서 조금 떨어진 곳의 흙은 마구 파헤쳐져 진흙투성이였고, 절벽 틈에서 자라던 나뭇가지와 이끼들은 부러지고 짓이겨져 엉망이 되어 있었다. 나는 고개를 내밀어 내 주위로 피어오르는 물보라 아래를 내려다보았다. 날이 어두워져서 젖은 바위들이 여기저기서 번쩍거리는 모습 말고는 아무것도 보이지 않았다. 저 아래에 폭포수가 물 위로 바스러지는 모습만이 희미하게 비쳤다. 소리를 질렀다. 사람이 울부짖는 듯한 폭포 소리만이 내 귀를 때렸다.

그렇지만 내 친구, 나의 동료가 남긴 마지막 말은 결국 내 손에 들어왔다. 홈즈의 등산 지팡이가 놓여 있던 길가 바위 위에서 뭔가가 번뜩이는 게 보였다. 손을 들어 더듬어봤더니 홈즈가 쓰던 은제 담뱃갑이 있었다. 담뱃갑을 집어 들자 그 밑에 있던 접힌 쪽지가 땅 위로 펄럭이며 떨어졌다. 쪽지를 펼쳐보았다. 홈즈의 수첩에서 세 장을 찢어내 쓴 편지였다. 수신인은 나였다. 자기 방에서 적은 편지도 아닌데, 할 말을 정확하게 적고 또박또박 분명한 필체로 써 내려간 것이 홈즈의 편지다웠다.

왓슨에게

모리아티 씨의 호의 덕분에 이렇게 몇 줄 남길 수 있게 되었어. 우리 사이의 여러 문제들을 마지막으로 토론하기 전에 내 편의를 좀 봐주겠다는군. 모리아티는 영국 경찰을 따돌리고 우리의 움직임을 파악한 방법을 간단히 이야기해줬어. 그의 능력은 확실히 높이 평가해주는 게 옳아. 그자가 더는 사회에 영향을 끼치지 못하게 할 수 있다고 생각하니 기분이 좋지만, 그 대가로 내 친구들에게, 특히 왓슨 너에게 아픔을 주는 게 두렵기도 해. 그렇지만 이미 너에게 말했던 것처럼 난 새로운 앞날을 모색하던 차였고, 이것보다 더 나은 결말은 없을 거라는 생각도 들어. 사실 고백하자면 나는 마이링겐으로 돌아오라는 편지가 가짜라고 확신했지만 이런 일이 생길 거라고 예상했기 때문에 너를 보낸 거야. 놈들의 유죄 입증을 위해 필요한 서류는 내 분류함 M 항목 안 '모리아티'라고 써 있는 파란 봉투에 넣어뒀다고 패터슨 경위에게 전해줘. 영국을 떠나기 전에 내 재산은 다 처분해서 형 마이크로프트에게 주었어. 왓슨 부인에게 인사를 전해주고. 그리고 넌 나의 진정한 친구였다는 사실을 기억해줘.

가장 진실한 너의 친구,

셜록 홈즈

이제 나머지는 몇 마디 말이면 충분할 것이다. 전문가들의 조사에 따르면, 이런 환경에서 두 사람 사이에 격투가 벌어졌다면 어쩔 수 없이 서로를 붙잡은 채로 굴러떨어졌을 수밖에 없다고 한다. 시체를 찾으려는 시도도 성과를 거두지 못했다. 저기, 세찬 거품을 일으키며 소용돌이치는 끔찍한 물살 아래에, 역사상 가장 위험한 범죄자와 우리 시대 최고의 법 수호자가 누워 있을 것이다. 스위스 소년은 찾아내지 못했지만 모리아티가 고용한 수많은 심부름꾼 중 하나였던 것이 분명하다. 홈즈의 완벽한 증거 덕택에 모리아티의 범죄 조직을 일망타진한 사건은 많은 사람들이 기억하고 있을 것이다. 죽은 자의 손이 그들의 목을 조른 셈이다. 그들의 무시무시한 두목에 관한 사실들은 재판 과정에서 잘 드러나지 않았다. 내가 이렇게 분명한 기록을 남겨놓는 이유는, 내가 아는 가장 훌륭하고 현명한 자를 공격함으로써 모리아티에 관한 기억들을 지우려고 시도하는 분별없는 사람들 때문임을 밝혀둔다.

옮긴이의 말

셜록 홈즈는 언제나
살아 돌아온다

내가 홈즈와의 첫 번째 모험을 떠났던 때는 초등학교 4학년 여름방학이었다. 누런색 표지의 문고판 시리즈에 있던 「얼룩무늬 끈(The Adventure of the Speckled Band)」이 어찌나 무서웠는지 아직도 기억이 생생하다. 돌이켜 보면 나는 한국의 홈즈 번역본 성장과 발맞춰 자랐다. 다른 장르문학도 사정이 비슷했지만, 내가 홈즈를 처음 접한 90년대 초만 해도 추리소설은 온전한 번역으로 대중 독자를 만나기 힘들었고 주로 아동용 문고로 소비되었다. 출판 시장의 성장과 전문 역자들의 헌신에 힘입어 '완역판', '전집'이라는 타이틀로 간행된 홈즈를 다시 읽으며, 나는 어른이 됐다.

한국에서 셜록 홈즈 이야기는 100년 전에 처음 번역되었다. 1918년 『태서문예신보』 '탐정 긔담(기담)' 란에 「세 학생(The

Adventure of the Three Students)」이 「충복」이라는 제목으로 실렸다. 역자는 셜록 홈즈를 '듀뢰장(주뢰장)'이라는 이름으로 번안했다. 왓슨도 원작과 달리 화자의 역할을 맡고 있지 않고 '심회창'이라는 이름의 '부하 탐정'으로 그려지고 있어 분위기가 사뭇 다르다. 「세 학생」이 『스트랜드 매거진』에 발표된 것이 1904년이니, 홈즈와 왓슨이 한국에 오기까지 그리 오랜 시간이 걸린 것도 아니다. 한국 근대문학 연구자 박진영의 논문 「천리구 김동성과 셜록 홈즈 번역의 역사」에 따르면, 셜록 홈즈 번역은 식민지 시기 내내 꾸준했다. 지금 이 책에 실린 「보헤미아 왕실 스캔들」과 「보스콤 계곡 미스터리」는 각각 「보헤미아 왕」과 「보손촌 사건」이라는 제목으로 1921년에 처음 번역됐고, 『바스커빌의 사냥개』도 『배스커빌의 괴견』이라는 제목으로 1948년에 출간되었다. 시대가 바뀌어도 계속 펼쳐보고 싶은 이야기. 100년을 흐르며 이어지고 있는 홈즈 번역의 역사는 홈즈 이야기가 가진 힘을 보여준다. 이 책은 몇 번째 홈즈 번역서일까? 괜히 궁금하다.

열림원 「셜록」 시리즈는 새로운 시대, 새로운 세대를 반영해 홈즈 이야기에 또 한 번의 숨결을 불어넣고자 기획됐다. 2권인 이 책은 2012년에 방영된 BBC 드라마 《셜록》의 두 번째 시즌에서 다루는 네 편의 소설, 「바스커빌의 사냥개」, 「보헤미아 왕실 스캔들」, 「보스콤 계곡 미스터리」, 「마지막 사건」이 담겨 있다. 이 네 편은 모두 『스트랜드 매거진』에 연재된 작품들이다. 「보헤미아 왕실 스캔들」은 1891년 7월, 「보스콤 계곡 미스터리」는 같은 해 10월, 「마지막 사건」은 1893년 12월에 발표되었다. 라이헨바흐 폭포의 끔찍한 물살이 홈즈를 삼켜버린 「마지막 사건」이 발표되자 당시 많은 영국인들이 충격에 빠졌고 실제로 2만여 명은 『스트랜드 매거진』 정기구독을 끊어버렸다. 코넌 도일은 이후 한동안 홈즈 이야기를 발표하지 않다가 8년 뒤인 1901년 8월, 다시 『스트랜드 매거진』에 「바스커빌의 사냥개」를 연재하며 돌아온다. 홈즈가 살아 돌아오는 「빈집의 모험(The Adventure of the Empty House)」은 1903년 발표됐으므로 「바스커빌의 사냥개」가 발표되던 1901년 당시 독자들은 홈즈가 살아 돌아올 줄은 몰랐다. 하지만 그런 건 중요하지 않았을 것이다. 이야기가 살아 돌아왔다는 것만으로도 그들은 행복했을 테니까.

『스트랜드 매거진』이 그 시대 영국인을 열광시키며 홈지언Holmesian을 낳은 매체였다면, 한 세기 후 그 자리를 차지한 것은 수많은 셜로키언Sherlockian을 낳은 BBC다. 『스트랜드 매거진』에 실린 시드니 패짓의 삽화 덕분에 셜록 홈즈가 생명력을 얻었다면, BBC 드라마에서 셜록으로 분한 베네딕트 컴버배치는 21세기 런던에서 살아 숨 쉬는 셜록을 보여주었다. 2010년부터 방영되고 있는 BBC 《셜록》 시리즈는 매 편 독창적이고 과감한 각색과 함께 원작에 대한 깊고 진지한 애정을 보여주고 있다. 드라마를 보고 나면 우리는 이렇게 말할 수밖에 없다. "책을 다시 읽어봐야겠어!"

셜록 홈즈는 계속해서 우리를 다시 찾아온다. 당장 라이헨바흐 폭포에서 떨어졌던 홈즈가 어떻게 살아 돌아오는지도 다음 권에서 확인할 수 있을 것이다. 유명한 홈지언인 빈센트 스타렛은 시 「Always 1895」의 마지막 구절에서 "여기, 세상이 폭발해도 살아남을 두 사람이 있으니, 그곳은 언제나 1895년이다."라고 했다. 이들의 전성기인 1895년으로 상징되는 홈즈와 왓슨의 이 오래된 모험은 언제나 놀랍도록 새롭다. 쉬지 않고 새롭게 되돌아오는 이들과 함께 우리는 언제든 모험을 떠날 준비가 되어 있다. 이 책이 독자들에게 그 모험을 안내하며 '다시 읽는 즐거움'을 줄 수 있다면 더없이 기쁠 것이다. 마지막까지 애써주신 편집자님과 열림원에 감사드린다.

2017년 6월
김나현

열림원 「셜록」 2권 『바스커빌의 사냥개』 구성

「셜록」 2권 수록 작품	BBC 《셜록》 관련 작품
바스커빌의 사냥개	**주요 관련 작품** 시즌2 ep2. 〈바스커빌의 개(The Hounds of Baskerville)〉 **언급 작품** 시즌2 ep1. 〈벨그라비아 스캔들(A Scandal in Belgravia)〉
보헤미아 왕실 스캔들	**주요 관련 작품** 시즌2 ep1. 〈벨그라비아 스캔들〉 **언급 작품** 시즌1 ep1. 〈핑크색 연구(A Study in Pink)〉 특별편 〈유령 신부(The Abominable Bride)〉
보스콤 계곡 미스터리	**주요 관련 작품** 시즌2 ep1. 〈벨그라비아 스캔들〉 **언급 작품** 시즌2 ep3. 〈라이헨바흐 폭포(The Reichenbach Fall)〉
마지막 사건	**주요 관련 작품** 시즌2 ep3. 〈라이헨바흐 폭포〉 **언급 작품** 특별편 〈유령 신부〉

셜록 2
바스커빌의 사냥개

초판 1쇄 인쇄 2017년 8월 3일
초판 1쇄 발행 2017년 8월 10일

지은이 아서 코넌 도일
옮긴이 김나현

펴낸이 정중모
펴낸곳 도서출판 열림원
출판등록 1980년 5월 19일(제406-2000-000204호)
주소 경기도 파주시 회동길 121(문발동)
전화 031-955-0700
팩스 031-955-0661~2
전자우편 editor@yolimwon.com
홈페이지 www.yolimwon.com

기획 편집 심소영 유성원
제작 관리 박지희 김은성 윤준수 조아라
홍보 마케팅 김경훈 김정호 박치우 김계향
디자인 최정윤
「**셜록**」**기획 편집** 김다미 문유진 **디자인** 형태와내용사이

ISBN 979-11-88047-14-7 (04840)
      979-11-88047-16-1 (세트)